Een dag om nooit te vergeten

Van Jill Mansell zijn verschenen:

Solo
Open huis
Tophit
Kapers op de kust
Hals over kop
Geknipt voor Miranda
De boot gemist
Millies flirt
Niet storen!
Kiezen of delen
Gemengd dubbel
Geluk in het spel
De prins op het verkeerde paard
Schot in de roos
En de minnaar is...
Ondersteboven
Scherven brengen geluk
Eenmaal andermaal verliefd
Versier me dan
De smaak te pakken
Drie is te veel
Vlinders voor altijd
Huisje boompje feestje
Rozengeur en zonneschijn
Je bent geweldig
Lang leve de liefde
Ik zie je op het strand
Stuur me een berichtje
Ik wil met je mee!
Heerlijk duurt het langst
Tot aan de zon en terug
De zomer van je leven
Het zonnetje in huis

Jill Mansell

Een dag om nooit te vergeten

Vertaald door Marja Borg

LUITINGH-SIJTHOFF

Oorspronkelijke titel *The Wedding of the Year*
Vertaling Marja Borg
Omslagontwerp Ingrid Bockting
Omslagbeeld Ingrid Bockting
Opmaak binnenwerk Crius Group, Hulshout

ISBN 978 90 210 4983 0
ISBN 978 90 210 4413 2 (e-book)
ISBN 978 90 210 4415 6 (luisterboek)
NUR 302

www.jillmansell.nl
www.lsuitgeverij.nl
www.boekenwereld.com

Uitgeverij Luitingh-Sijthoff vindt het belangrijk om op milieuvriendelijke en verantwoorde wijze met natuurlijke bronnen om te gaan. Bij de productie van dit boek is daarom gebruikgemaakt van papier waarvan het zeker is dat dit niet tot bosvernietiging heeft geleid.

2023 was het jaar waarin ik zowel een blije schoonmoeder als een dolverliefde oma werd en daarom kan ik dit boek alleen maar opdragen aan Lydia, Arthur en mijn schat van een kleindochter Jessica Abigail. Ik hou van jullie!

Lanrock
BELL STREET
Drew Dawsons huis
WOOD LANE
Tess Nicholsons cottage
LANROCK BRIDGE
ANGEL STREET
LONG STREET
Lanrock-rivier
Bloemist
Kaftan Queen winkel
Marktkramen op zaterdag
Lachlans restaurant
hotel Rupert
Dolphin Pub
Haven
West Beach

De pastorie
St Mary's church
Cameron Bancrofts huis
Dotties kantoor (Lanrock Holiday Homes)
LEOPARD LANE
Iris Nortons cottage
TRESILIAN ROAD
Gezondheids-centrum
CLIFF ROAD
Lotties appartement
Ruby's appartement
COASTAL PATH
art gallery
EACH STREET
Berts bar
East Beach
Lanrock-baai
N
W
O
Z

1

O god, hij was het. Hij was het echt!

Het ene moment zat Lottie nog aan het eind van de bank in het midden van de kerk afwezig het zonlicht te bewonderen dat in brede banen door de glas-in-loodramen naar binnen viel en de gemengde geuren van warme stenen, oude bijbels en bijenwas in te ademen, en het volgende moment hoorde ze een lach waarvan alle haartjes op haar armen rechtovereind gingen staan.

Maar dat kon toch niet? Het was gewoon onmogelijk. Maar tegelijkertijd wist ze van wie die lach was. Het was lang geleden, maar die lach zou ze uit duizenden herkennen.

Ze strekte haar nek en keek als een stokstaartje de rijen banken aan de andere kant van de kerk af, over de zee van mooie hoeden, tot ze een glimp opving van zijn achterhoofd. En alweer onmiddellijke herkenning.

Max Farrell. Bizar. De laatste keer dat ze hem had gezien, hadden ze allebei in Oxford gewoond... tot dat éne was gebeurd en zijn vader hem had meegenomen naar Ierland. En nu, dertien jaar later, waren ze hier, ruim driehonderd kilometer verwijderd van Oxford, voor dezelfde huwelijksplechtigheid.

Wauw, het voelde echt heel raar om hem weer te zien.

'Wat zie je?' Het was Hannah, die naast haar zat, opgevallen dat er iets was. 'Leuke man gespot?'

'Iemand die ik al heel lang niet heb gezien.' Lottie kon haar ogen niet van hem afhouden. Max praatte met een paar van de bruidsjonkers die hij duidelijk kende. 'Waar heeft Cameron eigenlijk gestudeerd?'

'Eh... wacht even. Volgens mij heeft hij dat wel een keertje verteld. Was het niet ergens in Schotland? Die universiteit waar prins William Kate heeft leren kennen?'

'St Andrews.' Lottie knikte; dat klonk logisch. Ze had via via gehoord dat Max daar was afgestudeerd. Cameron, die op het punt stond om met Freya te trouwen, had blijkbaar ook wat oude studievrienden uitgenodigd voor de bruiloft. En nu bleek Max daar een van te zijn.

Vanaf deze plek kon ze hem niet echt goed zien – een weelderig bloemstuk van roze en crèmekleurige rozen en lelies belemmerde het zicht – maar hij leek nog steeds op de oude Max, donker haar, gebruind, brede lach, hoge jukbeenderen... Nou ja, natuurlijk waren die nog hoog, je kon ze moeilijk lager laten maken. En hij droeg een wit overhemd onder een donkerblauw pak, maar dat was zo'n beetje alles wat ze kon zien.

Maar zodra de plechtigheid achter de rug was zou ze natuurlijk naar hem toe kunnen gaan...

'Welke is het? Die kale?' Hannah stootte haar even aan. 'Of die met die paarse das?'

'Nee, die man links van hen.'

'O, die ziet er inderdaad goed uit. Is hij een ex van je? Altijd leuk om op een bruiloft een vriendje van vroeger tegen te komen, vooral als het zo'n stuk is.' Met een blik op Lotties rode zijden jurk vervolgde ze opgewekt: 'En het komt goed uit dat jij er ook lekker sexy uitziet.'

Hannah had gelijk. Uit ervaring wist Lottie dat je een ex over het algemeen toevallig tegenkwam wanneer je een oud slobbershirt droeg met ijsvlekken op de voorkant, of op een moment dat je echt je haar had moeten wassen en je benen moest scheren, maar daar geen tijd voor had gehad. Alleen... 'Hij is geen ex van me. We zaten bij elkaar op school.'

Wat waar was, maar niet helemaal. Er leek zich destijds een hele wereld aan mogelijkheden voor hen te openen tot... tot dat éne was gebeurd, waardoor hun leven volledig op de kop was gezet.

Maar ze had geen zin om het daar nu over te hebben.

'Des te beter. Misschien is het tijd om uit te zoeken wat je hebt gemist. Want weet je, als ik single was, zou ik een poging wagen. Hij is echt heel sexy.'

'Ahum,' zei Jerry. 'Ik zit naast je, hoor, voor het geval dat je dat was vergeten.'

'Alsof dat ooit zou kunnen, schat.' Hannah gaf de hand van haar verloofde een geruststellend kneepje, boog zich toen weer naar links en fluisterde tamelijk luid tegen Lottie: 'Ik wil alleen maar zeggen dat die van jou daar eruitziet alsof hij ontzettend goed kan kussen.'

'Ik zit hier nog steeds, hoor,' merkte Jerry vriendelijk op.

'Je moet naar hem toe gaan,' drong Hannah aan. 'Even gedag zeggen!'

Lottie verschoof iets over de houten bank, die glom van ouderdom, en keek op haar horloge. Het was vijf voor drie en de plechtigheid kon elk moment beginnen. Bovendien wilde ze dit niet doen met al die mensen erbij; het leek haar echt iets voor Max om zich haar totaal niet te herinneren. 'Ik ga straks wel even naar hem toe.'

'Je ogen glinsteren helemaal.' Hannah was irritant opmerkzaam. 'Misschien is hij dan geen ex, maar je houdt iets voor me achter.' Ze nam Lottie met opgetrokken wenkbrauwen op. 'Er moet iets zijn geweest. Sinds wanneer ken je hem?'

'Sinds wanneer ben jij zo nieuwsgierig?' vroeg Jerry aan haar andere kant.

'Ik ben nieuwsgierig geboren. Nou, vooruit, vertel,' zei Hannah.

'Oké.' Lottie haalde haar schouders op. Het was lastig om te doen alsof het haar allemaal niets deed, terwijl alles in haar trilde. 'Ik was zes toen ik hem leerde kennen.'

'Ach, wat lief!'

'Dat klinkt misschien zo, maar dat was het echt niet.'

Haar herinneringen aan die eerste kennismaking waren nooit

verflauwd; ze herinnerde zich alles nog kristalhelder, alsof het gisteren was gebeurd. Het was een paar weken voor haar zevende verjaardag geweest en Max was zelfverzekerder dan hij had moeten zijn, aangezien het zijn eerste dag op de Ashley Road Primary School was, waar zij echt al tijden op zat.

Juffrouw Philpott had hem de plek naast Lottie aangewezen en had tegen haar gezegd dat ze hem moest helpen mocht hij vragen hebben, en daardoor had ze zich speciaal en belangrijk gevoeld. Maar toen de juffrouw was weggelopen, was het eerste wat hij tegen haar had gezegd: 'Mijn vriendje had vroeger een muis die Lottie heette en jij lijkt wel een beetje op een muis.' Daarbij had hij ook nog een soort muizengezicht getrokken, iets wat haar woedend had gemaakt en daarom had ze hem toegebeten: 'Nou, mijn vriendinnetje had een varken dat Max heette en dat was net zo lelijk als jij.'

Met een blik vol medelijden op haar had hij gezegd: 'Maar dat lieg je, hè? Dat heb je net verzonnen.'

En zo was het gebleven. Max had ervan genoten om haar te plagen en dwars te zitten, en zij was daar keer op keer op ingegaan omdat… Nou ja, omdat ze moeilijk anders kon. Zo gingen die dingen nu eenmaal. Toen Max de uiteinden van haar vlechten in lijm had gedoopt, had ze wraak genomen door glitter in de capuchon van zijn groene jack te strooien. En als ze insecten in haar schooltas aantrof, hoefde ze zich niet af te vragen wie dat had gedaan. En toen Max tijdens een schoolreisje naar het Cotswold Water Park ontdekte dat zijn sokken in het meer waren gegooid, hoefde ook hij zich niet af te vragen wie de dader was.

In de loop der jaren had ze genoeg kansen gehad om de schande van die eerste zwakke reactie uit te wissen. Het was nu alsof ze door een tijdschrift bladerde, er waren zoveel herinneringen die bovenkwamen: op school, na school, eindeloze plagerijen over en weer zonder ooit echt ruzie te krijgen. Misschien hadden ze elkaar nooit echt als vrienden beschouwd, maar het was altijd leuk geweest om met elkaar om te gaan op die haat-liefdemanier.

Totdat dat éne was gebeurd wat alles had veranderd.

'Goh, je bent echt mijlenver weg.' Hannah wist van geen ophouden. 'Het doet je echt iets, hè, dat je hem hier ziet. En er is iets wat je me niet vertelt. Oké, er is misschien niets gebeurd toen jullie zo jong waren, maar hoe zit het met later?'

Hannah leek wel een soort heks. Lottie zuchtte. Dit was precies waarom ze zo blij was dat ze hem eerst uit de verte had gezien, zodat ze zichzelf even streng kon toespreken en alle tijd had om kalm en beheerst over te komen als...

'Het begint.' Hannah stak een vinger op toen ze voor de kerk een auto tot stilstand hoorden komen. 'Precies op tijd. Vertel het me straks maar.'

Maar net toen de dominee de organist een seintje gaf en iedereen zich opmaakte voor de komst van de bruid, hoorden ze buiten iemand schreeuwen: 'Nee, niet stoppen, niet uitstappen! Sorry, maar kun je even een extra rondje maken? Het duurt maar vijf minuutjes. En daarna kun je naar binnen om te trouwen, echt.'

2

Zeventien minuten daarvoor

Ruby Vale had er echt naar uitgekeken na haar drukke driedaagse zakenreisje naar Londen: een frisse douche gevolgd door een paar uur in de tuin op een ligstoel met een glas wijn en een mooi boek.

Het was haar niet gegund. Wat ze kreeg, was vreselijk nieuws gevolgd door nog meer vreselijk nieuws, gevolgd door het allervreselijkste nieuws ooit.

Ze dacht dat ze misschien in shock was, maar dat was lastig te zeggen als je al die informatie in nog geen twee minuten tot je had moeten nemen.

'O god, je valt toch niet flauw? Ga zitten. Hier is een stoel.' Iris bracht haar naar een stoel voordat Ruby's benen het begaven. 'Mannen! Allemaal klootzakken. Ik bedoel, dat wist ik natuurlijk wel, dat weet ik mijn hele leven al, maar ik dacht echt dat die van jou anders was. Ik kon het gewoon niet geloven toen ik ze zag. En als ik al aan het stofzuigen was geweest, hadden we nog van niks geweten. Maar ik was nog in de weer met het snoer toen ik hem binnen hoorde komen. En ik wilde net iets roepen om hem te laten weten dat ik er was toen ik gelach hoorde en besefte dat hij iemand bij zich had.' Ze trok een vies gezicht. 'En toen was het al te laat; ze zaten al zo'n beetje aan elkaar geplakt. Ik hoorde ze de trap op komen en toen kon ik natuurlijk niks meer zeggen. Ze dachten dat ze alleen waren. Dus toen ben ik maar in de logeerkamer gebleven en zij verdwenen in... nou ja, jullie slaapkamer.'

Ruby deed haar ogen dicht; ze was kotsmisselijk.

'Het duurde niet lang. Maar het ging er behoorlijk luidruchtig aan toe.' Weer vertrok haar gezicht. 'En je moet echt iets aan dat hoofdeinde laten doen. Hoe dan ook, ik wachtte tot ze klaar waren en weer naar beneden waren gegaan, en ze lachten nog steeds en... nou ja, ze zeiden van die dingen die je niet van anderen wilt weten. En toen gingen ze weg en liep ik naar het raam om te kijken wie het was. Mijn god, ik viel bijna flauw van schrik. Nou, en toen heb ik een filmpje van ze gemaakt.' Ze hield haar mobiel op, als een actrice die trots een BAFTA omhooghoudt. 'Dat leek me wel slim, je weet nooit of het nog van pas kan komen. Nu kunnen ze nooit zeggen dat ik het heb verzonnen.'

Daar zat wat in. Iris, die twee keer per week bij hen kwam schoonmaken, was een pittige tante met stevige meningen, enkele dubieuze ex-vriendjes en indrukwekkend lange, spinachtige valse wimpers. Ze droeg diep uitgesneden topjes en hoog opgesneden shorts, en vlak boven haar borst had ze LOOK UP laten tatoeëren. Ze was ook een bijzonder lief mens, met een strenge moraal, hoewel Ruby wist dat mensen die haar zagen dat niet achter haar zochten.

'Hier, drink op.' Ze duwde een glas cognac in Ruby's trillende hand. 'Oké. Had je liever gehad dat ik niks had gezegd?'

'Nee.' Ruby schudde haar hoofd. 'Nee!'

'Mooi zo. Ik had het rot gevonden als je ja had gezegd. Ik heb het je verteld omdat ik jou stukken aardiger vind dan hem. Wil je het filmpje zien?'

'Nee, dank je.' Ze wist echter dat ze wel zou moeten kijken, er zat niets anders op. Nadat ze een flinke slok cognac had genomen, zette ze zich schrap en zei: 'Oké.'

Met Iris' warme hand bemoedigend op haar schouder keek ze naar haar man en de vrouw die samen de voordeur uit kwamen na hun niet meer zo geheime rendez-vous. Het was gisteren gebeurd, toen zij in Londen was. En de lichaamstaal tussen hen toen ze naar Peters blauwe Volvo liepen, sprak boekdelen; zij had haar arm om zijn middel en zijn hand lag op haar achterste, terwijl ze zich naar elkaar toe bogen en iets zeiden wat Ruby niet kon horen, maar waarvan ze de strekking wel kon raden.

Het was de identiteit van de vrouw die haar het meest verbijsterde, en natuurlijk ook het feit dat Peter blijkbaar liever met haar naar bed ging dan met zijn eigen vrouw.

Alsof Iris haar gedachten kon lezen, flapte ze eruit: 'Ik bedoel, een man die liever haar heeft dan jou is toch niet goed bij zijn hoofd? Jij bent een stuk!'

Precies. Ruby knikte. De oneerlijkheid van alles kwam als gal omhoog.

'Ze is ouder dan jij! En moet je die kleren van haar zien!'

Ruby bestudeerde de kleren. Zelf probeerde ze altijd leuke kleren te dragen, zich zo goed mogelijk te presenteren, maar misschien ging het daar niet om. De vrouw in het filmpje droeg een simpel grijs vest over een beige blouse met daaronder een bruine rok tot over haar knieën en beige instappers. Misschien gaf haar man de voorkeur aan zo'n soort outfit.

'En dan te bedenken hoe ze altijd op me neerkeek,' vervolgde Iris met iets van tevredenheid in haar stem. 'Al die keren dat ze me bij haar op kantoor riep en probeerde me het gevoel te geven dat ik een slechte moeder was. Het gore lef! Je weet toch wel wat je nu moet doen, hè?'

Ruby keek naar de laatste paar seconden van het filmpje waarop Peter en de andere vrouw elkaar innig omhelsden en elkaar kusten als dolverliefde tieners. Na een tijdje maakten ze zich met tegenzin van elkaar los, stapten in de auto en reden weg.

Ze draaide zich om naar Iris. 'Kun je me er een kopie van sturen?'

Het was vrijwel meteen gebeurd. 'Zo.'

De eerste vonken van schrik en ongeloof vlamden nu ineens op tot een laaiend vuur van woede. Ruby zei: 'Nou, vertel, wat zou ik volgens jou moeten doen?'

Iris had er al een dag over kunnen nadenken. Ze keek op haar horloge. 'Nou, om drie uur opent ze het meifeest op school.' Ze wierp Ruby een uitdagende blik toe. 'Als ik jou was zou ik daarnaartoe gaan en haar de volle laag geven.'

Ruby haalde diep adem. Oog om oog, tand om tand. Wraak. Kon ze dat? Tot vandaag was ze niet het soort vrouw geweest dat een andere vrouw tot de orde riep. Maar nu was ineens dit gebeurd en was het alsof Peter plotseling een heel andere man was geworden.

En waarom zou zij dan niet een heel andere vrouw kunnen worden?

De adrenaline die door haar heen schoot kon geen kant uit. Ze was drie dagen weg geweest en haar hoofd was compleet blanco.

'Weet je toevallig waar hij nu is?'

'In de kerk,' zei Iris. 'Met alle anderen.'

Ach ja. De bruiloft. De plechtigheid zou over een paar minuten beginnen.

'En daarna gaat hij meteen door naar Liverpool,' voegde Iris eraan toe.

'Wat? Waar gaat hij naartoe?' Peter had haar daar niets over verteld.

'De laatste keer dat ik hier was, had hij het erover, vlak na jouw vertrek op woensdag. Hij had het over een of andere retraite.'

O, ja, de zogenaamde stilteretraite. Dat was haar helemaal ontschoten. 'Dat is vast ook gelogen,' zei ze. Er zat echt veel te veel adrenaline in haar lijf en ze kon dan ook beslist niet wachten tot hij terug was uit Liverpool. Vastbesloten stond ze op. 'Oké, dit pik ik niet.' Ze had nog niet echt een plan, maar ze kon ook niet gewoon hier blijven zitten. Er moest iets gebeuren, anders zou ze letterlijk ontploffen. En de meeste bruiden kwamen toch te laat op hun bruiloft. Het was een traditie waar Peter zich altijd aan ergerde, maar het gaf haar nu wel de gelegenheid om de confrontatie met hem aan te gaan. En dat ging ze dan maar doen.

'Goed idee. Ho, niet zo snel, wacht!' Iris rende achter haar aan de keuken uit en riep vrolijk: 'Ik ga mee!'

St Mary's Church, vele honderden jaren oud en met een lichtelijk scheve toren, was vlakbij. De zon scheen nog fel en Ruby's rug was klam en haar 'alleen stomen'-jurk plakte aan haar lijf. Toen ze de oprit van de kerk op liepen zagen ze dat de bruidsauto hun net voor was geweest en al naar de ingang reed. Verdomme, je kon een huwelijksplechtigheid moeilijk onderbreken zodra die eenmaal was begonnen en daarom moest ze ervoor zorgen dat ze eerder binnen was dan de bruid.

'Hé, jij daar!' Iris wuifde, stak toen haar duim en wijsvinger tussen haar lippen en floot schril om de aandacht van de chauffeur te trekken.

Toen de man zijn raampje omlaag deed, hapte Ruby paniekerig naar adem en riep: 'Nee, niet stoppen, niet uitstappen! Sorry, maar kun je even een extra rondje maken? Het duurt maar vijf minuutjes. En daarna kun je naar binnen om te trouwen. Echt.'

Freya Nicholson, de bruid die achter in de limousine zat naast haar moeder Tess, keek verbaasd maar niet al te geschokt. Ze boog zich naar voren, zwaaide even naar Ruby en vroeg toen: 'Zijn ze nog niet zover? Oké, prima, tot over vijf minuten. Je ziet er trouwens goed uit. Prachtige jurk!'

Het was inderdaad een prachtige jurk, van glanzend wit katoen bedrukt met grote roze rozen. Ruby mocht dan een droge mond hebben en hersens als pap, ze wist nog wel hoe je een complimentje in ontvangst moest nemen. Ze stak haar heupen naar voren voor het geval Freya het mooiste gedeelte nog niet had gezien en riep: 'Dank je. En er zitten zakken in!'

'Kom.' Iris gaf haar een duwtje in de richting van de openstaande kerkdeuren. 'Dit is jouw moment. Daar gaan we dan!'

'Wat gebeurt er?' Terwijl iedereen zich omdraaide om te kijken wie de bruid wegstuurde, riep Hannah opgewonden: 'O, stel dat iemand de bruiloft wil tegenhouden? Zoals in *The Vicar of Dibley*? Dat heb ik altijd al eens in het echt willen meemaken!'

'Ik kan me niet voorstellen dat dat het is.' Lottie schudde haar hoofd, want dat was echt onmogelijk. 'We hebben het hier wel over Cameron en Freya.'

'Misschien is Cameron al getrouwd. Of is hij een moordenaar en wordt hij door de politie gezocht...'

Het volgende moment klonk het getik van hoge hakken over de stenen vloer en kwam er een werveling van roze-op-wit binnenstormen. Lottie en Hannah wisselden een blik van teleurstelling, want het was dus toch niet iets opwindends, het was de vrouw van de dominee maar, Ruby Vale.

'Laat me eens raden,' fluisterde Lottie. 'Waarschijnlijk doet de wifi het thuis niet of zit er een spin in bad...' Want Ruby kon soms nogal theatraal uit de hoek komen. Ze was een van die kunstzinnige types. Al jaren getrouwd met dominee Peter Vale. En al ging ze zelf bijna nooit naar de kerk, de meeste mensen in Lanrock mochten haar graag, en bovendien was ze, als glamoureuze schrijver en illustrator van een enorm populaire kinderboekenreeks, een van de beroemdheden van het stadje.

'Ik moet je spreken,' flapte ze eruit, wijzend naar haar man. 'Alleen.'

Peter Vale stond naast de preekstoel de liturgie door te nemen. Hij keek even op. 'Ik ben bezig. De huwelijksplechtigheid begint zo.'

'Peter. Heel kort, in de consistoriekamer. Alsjeblieft.'

'Schat, het komt nu echt heel slecht uit. Waarom kom je na de plechtigheid niet terug?' Lichtelijk geïrriteerd wuifde hij haar met zijn hand met de liturgie erin weg, alsof ze een lastige wesp was.

Lottie keek belangstellend toe. Ze zag dat Ruby diep ademhaalde, met ogen als schoteltjes en een dun laagje zweet op haar slanke hals.

'Straks, schat,' zei Peter ten overvloede, op overdreven geduldige toon.

En daar had je ineens ook Iris Norton, bij de meeste inwoners van Lanrock bekend om haar brutale karakter, haar ongezouten meningen en fantastische poetskwaliteiten. Anders dan Ruby was ze niet echt gekleed op een bruiloft met haar fluorescerende groene topje en denim short met franjes, en ook anders dan Ruby zat ze niet om woorden verlegen.

'Oké,' zei ze tegen de dominee. 'We gaan al. Je vrouw wilde je alleen even vertellen dat ze het weet. Maar dat geeft niet, we hebben nog wel meer te doen, zoals een bezoekje afleggen aan een bepaald iemand...'

'Sorry, hoor, maar ik heb geen flauw idee waar je het over hebt.' Peter schudde niet-begrijpend zijn hoofd.

'Nou, dan hoef je je er ook niet druk om te maken. Wij gaan weer. We kunnen deze kans niet laten lopen, toch?' Iris tikte op haar horloge. 'Ons grote moment, als je snapt wat ik bedoel.'

Ruby had zich inmiddels hersteld en deed ook een duit in het zakje. 'Ik verheug me er zo op om iedereen te vertellen wat er aan de hand is. Ik kan gewoon niet wachten!'

Peters gezicht kreeg de kleur van mist. De aanwezigen in de kerk, die eerst naar Iris hadden gekeken, draaiden zich nu naar hem om.

'Luister, ik weet niet wat jullie misschien hebben gehoord, maar dit is be-belachelijk.' Struikelend over zijn woorden haastte hij zich door het middenpad naar hen toe. 'Ik moet een huwelijksplechtigheid voltrekken...'

'Het was niet je vrouw die iets heeft gehoord,' zei Iris opgewekt. 'Dat was ik. En ik heb het ook allemaal opgenomen.'

Iedereen in de kerk keek verbijsterd toe. Naast Lottie fluisterde Hannah: 'O, mijn god, wat bizar. Is dit wat ik denk dat het is?'

Iris toverde haar telefoon tevoorschijn uit haar beha. 'Ik had trouwens niet gedacht dat ze jouw type was. Zo zie je maar weer.'

'Zo is het genoeg,' beet Peter haar toe. 'Weg hier!'

'Dat wilden we net doen,' zei Ruby. 'We gaan nu naar haar toe. Ik vraag me af wat iedereen wel niet zal denken als ze horen wat ik te vertellen heb.'

Hij werd nog bleker. 'Dat kun je niet maken. Nee, dat mag je niet doen!'

'Ach, we kunnen het ook anders zeggen, namelijk dat jij het niet had mogen doen,' diende Ruby hem van repliek.

Het papier in zijn hand verkreukelde tussen zijn vingers. 'Maar het is niet wat je denkt.'

Iris imiteerde zijn paniekerige toon: 'O, maar dat is het wel. Dat weet jij en dat weten wij.' Ze legde een hand op Ruby's arm. 'Kom, dan gaan we. Voel je je al iets beter?'

Ruby keek haar aan. 'Eerlijk gezegd wel. Ik begin het geloof ik zelfs leuk te vinden.'

'Wacht!' brulde Peter toen ze zich omdraaiden om weg te lopen. 'Dat kun je niet maken!'

'O, nee? Wacht maar af.'

'Je bent echt te gek. Ik wist dat je het kon.' Iris applaudisseerde even terwijl ze Ruby naar buiten volgde.

In de kerk hield iedereen zijn adem in. Een klein kind zei: 'Mama, ik moet plassen.' Vanaf een van de banken aan de andere kant van het middenpad hoorde Lottie de bekende lach van haar jeugdvijand op klateren en haar hart maakte onwillekeurig een sprongetje.

Nadat dominee Peter Vale een paar seconden als aan de grond genageld was blijven staan, zei hij ineens met een bevende stem die nauwelijks te herkennen was: 'Het spijt me. Ik ben zo weer terug.'

Hij trok zijn zwarte toga iets omhoog en beende de kerk uit.

3

Een golf van verbazing, schok en nauwelijks verholen leedvermaak trok door de oude kerk. Lottie zag dat Cameron Bancroft zich voor in de kerk niet echt van de wijs liet brengen door de onverwachte kink in de kabel van zijn huwelijksplechtigheid.

'Dit is maf,' zei zijn getuige naast hem. 'Wat moeten we nu doen?'

Cameron was arts; hij was niet iemand die snel in paniek raakte. Hij haalde zijn schouders op en sprak de aanwezigen op zijn gebruikelijke vriendelijke, capabele manier toe. 'Tja, hier valt weinig aan te doen. Sorry voor het oponthoud, mensen. Er zit niets anders op dan te wachten tot hij terugkomt.'

'Jammer dat we ze niet achterna kunnen gaan,' fluisterde Hannah in Lotties oor. 'Ik zou heel graag willen weten met wie de dominee het bed in is gedoken.'

Het kleine kind dat net nog had gezegd dat het moest plassen, zei nu met een hoog stemmetje: 'Nu moet ik plassen en poepen!'

En tegelijkertijd hoorde Lottie aan de andere kant van het middenpad, waar de ceremoniemeesters zich hadden verzameld, Max Farrell zeggen: 'En ik kan wel een drankje gebruiken.'

Vanaf de heuvel kon je de zee zien schitteren in het zonlicht, net zo duizelingwekkend blauw als de hemel. En op deze mooie middag aan het einde van de lente, de eerste zaterdag in mei, werden de straten van Lanrock bevolkt door vakantiegangers.

Toch was het niet moeilijk om tussen de bezoekers in hun kleurige shorts, T-shirts en jurken een dominee in een zwarte toga met daaroverheen een opbollend wit koorhemd als een paniekerige pinguïn te zien rondrennen.

'Daar heb je hem.' Ruby wees.

Peter, die over een laag stenen muurtje was geklauterd om een stuk af te snijden en eerder dan zij in de stad te zijn, stopte in de deuropening van een winkel om te bellen.

'Hij zal haar wel proberen te waarschuwen, denk ik,' vervolgde ze.

Maar terwijl ze verder de heuvel af liepen, zagen ze dat hij zijn telefoon onverrichter zake weer opborg, hijgend en wel.

Even later keek hij op en zag hen komen aanlopen. Een mengeling van emoties trok over zijn gezicht.

Ruby bespeurde zijn angst en voelde zich ineens oppermachtig.

'Sorry, sorry. Het spijt me,' flapte hij eruit toen ze bij hem waren. 'Maar je kunt echt niet naar haar toe. Dat is de doodsklap voor haar carrière, voor mijn carrière...'

Ruby knikte. 'Dat denk ik ook.'

Hij nam hen mee een steeg in waar niemand hen zou kunnen horen. 'Doe het niet. Alsjeblieft.'

'Weet je,' bemoeide Iris zich ermee, 'ik geloof niet dat je snapt dat ons dat geen ene donder kan schelen.'

Hij keek haar ontzet aan en wendde zich toen weer tot Ruby. 'O, wil je dat ik ga smeken? Prima, ik smeek het je. Je mag mij straffen wat je wilt, maar straf Margaret alsjeblieft niet.'

Het was bijna halfvier. Over een paar minuten zou Margaret Crane het podium op komen om de ouders en kinderen te verwelkomen op het jaarlijkse meifeest van de school.

Ruby vond het raar om te bedenken dat in nog geen uur tijd haar hele wereld was ingestort. Ze zag zweetdruppels op de hals van haar man parelen en er zaten donkere zweetvlekken op zijn zwarte toga.

'Hoelang is dit al gaande?' vroeg ze. Als hij zou zeggen dat gisteren de eerste keer was geweest, dat het een vlaag van verstandsverbijstering was geweest, een onbeduidend slippertje, zou ze het hem dan kunnen vergeven?

Peters adamsappel ging koortsachtig op en neer boven zijn witte boord. 'Acht maanden.'

Wat?

'Fuck.' Iris schudde haar hoofd, bijna als in bewondering. Zo te merken had ze niet gedacht dat hij het in zich had.

Inderdaad fuck. Ruby keek in de ogen van de man met wie ze bijna tien jaar was getrouwd. 'Hou je van haar?'

Op de stoep, een paar meter verderop, ging een meeuw ervandoor met een ijsje nadat hij het uit de hand van een kind had gestoten. Het kind begon te gillen en meteen daarna landde er een tweede meeuw op de stoep om een stukje van het hoorntje dat was blijven liggen mee te pikken, waardoor het jongetje nog harder begon te krijsen.

Zo was het leven. Vol onverwachte gebeurtenissen en akelige verrassingen.

'Ja.' Peter knikte. 'Ja. Ik hou van haar. Sorry.'

Ruby had het gevoel alsof ze buiten haar lichaam trad, alsof ze opsteeg en hen drieën van bovenaf bekeek. Ze zei: 'Je moet terug. Ze zitten allemaal op je te wachten in de kerk.'

Hij keek haar ongelovig aan. 'Maar ik laat je niet hier achter. Ik weet niet wat je gaat doen.'

'Het is de bruiloft van Freya en Cameron. Je moet ze trouwen. Dat is je werk.'

'Maar ik vertrouw je niet. Ik moet Margaret waarschuwen. Ik krijg haar niet te pakken...' Hij pakte weer zijn mobiel en drukte op de Bellen-toets.

Ruby zag dat zijn handen trilden, ze zag een spiertje vertrekken in zijn kaak en voelde de paniek gewoon van hem afstralen. Hij was haar man, hij was al tien jaar haar man, maar het was alsof ze naar een vreemde keek, naar iemand met Peters gezicht maar met de hersens van iemand anders. Nou ja, het verklaarde tenminste waarom zijn libido al die maanden geleden zijn koffers had gepakt. En dan te bedenken dat ze medelijden met hem had gehad, dat ze had gedacht dat zijn impotentie het gevolg was van stress.

'Waarom neemt ze nou niet op?' Nog steeds op de toetsen drukkend liep hij verder het steegje in.

'Nou, wij gaan er maar weer eens vandoor,' riep Iris hem na. 'Zullen we een wedstrijdje houden wie er het eerst bij haar is? Ik moet je wel waarschuwen dat ik behoorlijk snel ben. Ik denk niet dat je van mij kunt winnen.'

Hij begon meteen te rennen en was eerder dan zij bij de hoofdstraat. Toen hij rechts af wilde slaan, botste hij tegen een toerist op in een shirt van Manchester United en kaatste van diens omvangrijke buik terug, waardoor zijn mobiel uit zijn hand vloog en op de straat belandde.

'Godsamme...' schreeuwde de toerist, terwijl Peter met een wanhopige kreet naar zijn toestel dook.

'Neeee!' riep Ruby, toen een auto Peter niet meer kon ontwijken.

O, god, laat hem niet dood zijn. Dat zou te veel instantkarma zijn.

Alles, zowel voetgangers als auto's, kwam tot stilstand. Terwijl Ruby zich een weg baande door de steeds dichtere menigte heen riep ze: 'Dat is mijn man...'

Er druppelde bloed uit een akelig uitziende schaafwond op zijn voorhoofd. Peter slaakte een kreun van pijn, deed zijn ogen halfopen en mompelde iets onverstaanbaars.

'Ik zal een ambulance bellen,' zei Iris.

Ruby knielde neer op de stoffige weg. 'Het komt goed. Blijf liggen, niet bewegen. Wat wil je zeggen?' Ze was natuurlijk geen compleet monster.

'M-mobiel,' mompelde hij. 'Waar is hij? Ik moet Margaret bellen.'

'De auto is over je telefoon heen gereden. Hij is helemaal in stukken,' zei Ruby. Net als mijn hart.

'Waar is Iris? Ze mag niet naar de school gaan, je moet haar tegenhouden. Alsjeblieft!'

En dan te bedenken dat ze net nog medelijden met hem had gehad. 'Waar heb je pijn?'

'Overal. Schouders. Ribben. Hoofd. Linkerknie.' Hij ging iets verliggen en kromp meteen ineen. 'Bekken.'

'Och jeetje. Dan zal het wel een tijdje duren voordat je weer seks kunt hebben.'

Hij sloot zijn ogen. 'Je hoeft niet zo sarcastisch te doen.'

'Dat doe ik niet. Ik ben alleen blij dat het niet met mij zal zijn.'

De ambulance arriveerde een kwartier later, opgehouden door het drukke verkeer, en de verpleegkundigen onderzochten Peter snel, tilden hem toen op de brancard en schoven hem de auto in.

De oudste van de twee verpleegkundigen, die inmiddels had vastgesteld dat Ruby zijn vrouw was, maakte een gebaar dat ze kon instappen. 'Rijdt u met ons mee?'

'Nee, dank u.' Ruby schudde haar hoofd. 'Volgens mij is het tijd dat hij op eigen benen leert staan.'

In het begin was iedereen in de kerk gebleven, als kleine kinderen die wachten tot de juf of meester terugkomt om de les te hervatten. Maar toen het erop begon te lijken dat de dominee niet binnen afzienbare tijd terugkwam, liepen de gasten naar buiten om Freya en haar moeder te begroeten die nog steeds in hun limousine zaten te wachten, en bespraken ze met elkaar wat er in vredesnaam aan de hand kon zijn. Het gedoe met de dominee en zijn vrouw was natuurlijk opwindend, maar wanneer zou hij eindelijk eens terugkomen om de huwelijksplechtigheid te voltrekken?

Dat kon toch niet al te lang meer duren?

En eigenlijk had hij er ook helemaal niet zo paniekerig vandoor horen te gaan. Dat was weinig professioneel geweest.

Buiten in het zonnetje verschool Lottie zich tussen een paar goed onderhouden graven om stiekem even in het make-upspiegeltje te kijken dat ze voor deze ene keer zowaar bij zich had. Het was belachelijk, maar ze had echt vlinders in haar buik. Duizenden. Max was nog steeds in de kerk met de bruidegom en de ceremoniemeesters. Ze depte haar gezicht met een schoon zakdoekje, bracht een vers laagje lippenstift aan en spoot een beetje parfum uit een gratis tester in haar hals en op haar polsen.

Dus zo voelde het om de vreemde eend in de bijt te zijn. Op dit moment was iedereen opgewonden omdat de dominee een verhouding bleek te hebben en daar net door zijn vrouw mee was geconfronteerd. Lottie wierp een blik op de ingang van de kerk; natuurlijk was zij ook opgewonden, maar dat Max er was, deed haar nog veel meer.

Haar adem stokte ineens in haar keel, daar had je hem. Hij kwam de kerk uit met zijn vrienden, lachend om een of andere grap, en idioot aantrekkelijk in zijn donkere pak. Als jongen was hij altijd al lang geweest voor zijn leeftijd, en hij was nog steeds lang en lenig en atletisch. En in de tussenliggende jaren was hij beslist niet afgetakeld. Zelfs zijn manier van lopen onderscheidde hem van de mannen om hem heen.

Ze zag dat hij zich iets losmaakte van zijn vrienden en zijn blik over het tafereel voor hem liet glijden: de limousine, de druk kletsende gasten en het keurige kerkhof daarachter. Eindelijk bereikten zijn ogen de hare en Lottie wachtte met ingehouden adem af, maar er kwam geen enkele reactie en hij keek inmiddels alweer naar de andere gasten. O, god, hij had geen idee wie ze was, hij had haar helemaal niet herkend. Wat gênant!

Toen keek hij ineens weer haar kant uit, alsof hij plotseling iets besefte. Een kort knikje, gevolgd door zijn wijsvinger die hij naar haar uitstak, terwijl zich over zijn gezicht een lach verspreidde.

Een gevoel van opluchting doorstroomde haar.

Een van de andere ceremoniemeesters zei iets tegen hem, maar Max legde zijn hand verontschuldigend op zijn arm en kwam naar haar toe met dat loopje van hem dat ze zich zo goed herinnerde, losjes en nonchalant.

'Mijn god. Van alle kerkhoven in alle plaatsen in de hele wereld,' zei hij, 'moest ze uitgerekend dit uitzoeken. Goh. Lottie Palmer... Je ziet er fantastisch uit... op dat spul in je haar na dan. Is dat vogelpoep?'

4

Lottie wilde al naar haar hoofd grijpen toen tot haar doordrong dat hij haar in de maling nam. Snel liet ze haar hand weer zakken.

'Heel grappig.'

Max was zichtbaar in zijn sas met zijn succes. 'Net als vroeger. Een-nul voor mij.'

'Het is behoorlijk lang geleden. Ik ben het verleerd.'

'Vooruit, voor deze ene keer telt het niet. Maar wat een toeval. Ongelooflijk dat je hier ook bent. Hoe gaat het met je?'

'Goed. En met jou?'

'Ook goed. Je bent zeker een vriendin van de bruid?'

'Ik ken ze allebei. Ik woon hier in Lanrock. En jij?'

'In Londen.'

'Laat me eens raden, jullie zijn vast allemaal studievrienden.' Ze gebaarde naar het groepje ceremoniemeesters een eindje verderop.

'Ja, dat klopt.'

'Hij heeft het nooit over je gehad.'

'Ook niet over jou.'

Lottie kon het niet laten. 'Maar hoe komt het dat de anderen allemaal ceremoniemeester zijn en jij niet?'

'Eh ja... Cameron was bang dat ik me niet zou weten te gedragen.' Zijn ogen dansten.

'Niks veranderd dus.' Zo'n beetje alle meisjes hadden Max vroeger onweerstaanbaar gevonden en hij had daar volop van geprofiteerd.

'Nee, eerlijk gezegd had hij het me wel gevraagd, maar ik moest in Nieuw-Zeeland zijn en was dus niet beschikbaar.' Zijn mond vertrok iets. 'Cameron was er natuurlijk kapot van.'

'Natuurlijk.'

'Maar ik was daar sneller klaar dan verwacht en toen heb ik een eerdere vlucht genomen en kon ik er toch bij zijn. En daar ben ik dan.' Hij spreidde zijn handen. 'Last van een jetlag, maar toch blij dat ik er ben. Vooral nu ik jou heb gezien.'

Er bleef zoveel onbesproken, er vielen zoveel vragen te stellen. Met een discrete blik op zijn linkerhand vroeg ze: 'Ben je hier alleen?'

'Is dat codetaal voor of ik single ben? Ja, zo'n beetje wel. Min of meer. Geen vrouw, geen vriendin met wie ik samenwoon, als dat je vraag is.'

Hoe kon het dat ze elkaar weer als vanouds ongedwongen zaten te plagen? 'Nou ja, nu weet je in elk geval dat ik je niet stiekem heb gestalkt op social media.' Dat had ze wel geprobeerd natuurlijk, bij tijd en wijle. Ze had hem alleen niet kunnen vinden.

'Ik zit niet op social media.' Hij schonk haar een grijns. 'Maar ik neem aan dat je dat al had ontdekt.'

'Ik vraag me af waarom je nergens te vinden bent. Misschien omdat dat handiger is, met die talloze vriendinnen van je met wie je niet samenwoont? Dan word je minder snel betrapt.'

'Je snapt het helemaal. En hoe zit het met jou?' Hij wees nadrukkelijk naar haar linkerhand. 'Nog niemand die je heeft geschaakt?' Hij liet zijn blik over de bruiloftsgasten dwalen die in het zonnetje stonden. 'Staat er nu soms ergens een boos vriendje naar ons te kijken, zich afvragend met wie zijn vriendin staat te praten? O, god, is dat hem soms, die daar?'

Lottie slaagde erin om niet te kijken. Ze wachtte tot hij begreep dat ze dit punt in de wacht had gesleept en volgde toen pas de richting van zijn knikje. 'Die man met die pet en rubberlaarzen? Dat is Stan, een van de grafdelvers. Veertig jaar geleden schijnt hij een heel goede vangst te zijn geweest. En nee, ik ben op dit moment wat je noemt een blije single. Mijn werk is het belangrijkst nu.'

Na een korte aarzeling vroeg ze: 'En jouw ouders? Eh... hoe gaat het met hen?'

Zo, dat was eruit. Nou ja, ze moest er natuurlijk wel naar vragen.

Max keek haar aan en de tijd leek even stil te staan tot hij zei: 'Ze leven nog, ja. Dank je.'

'En...'

'Nog steeds bij elkaar.' Opnieuw een korte stilte. 'En die van jou?'

'Ook.' Ze slaakte een zucht. Zo weinig woorden, die zoveel betekenden. Maar terwijl ze zich afvroeg of ze verder moest vragen, werd ze zich ervan bewust dat de gesprekken om hen heen verstomden en dat iedereen zich omdraaide naar iemand die naar de kerk toe kwam lopen.

Ruby Vale was deze keer nergens te bekennen. Het was Iris, die in haar eentje kwam aanlopen.

Misschien zou een ander de bruidegom en bruid even apart hebben genomen, maar discretie was nooit Iris Nortons sterkste punt geweest. Ze bleef voor de verzamelde menigte staan, haalde haar schouders op en zei simpelweg: 'Nou, hij leeft nog, maar hij is aangereden door een auto en afgevoerd in een ambulance, dus ik ga ervan uit dat hij voorlopig zijn taken als dominee niet kan hervatten. Mocht er hier iemand zijn die zo'n stomme onlinecursus heeft gevolgd en nu gemachtigd is om een huwelijk te voltrekken, steek dan je hand op. Dit kan jouw grote moment zijn.'

'Niet te geloven.' Tess Nicholson, van wie de roze lippenstift al bijna helemaal was verdwenen vanwege haar toenemende stress, kneep in haar dochters hand. 'Dat hij jou dit aandoet. O, liefje, dit heb je niet verdiend.'

'Ik weet niet wat we verder nog kunnen doen.' Cameron staarde naar zijn mobiel alsof dat op wonderbaarlijke wijze met een oplossing op de proppen zou kunnen komen. 'Ik heb echt iedereen gebeld die ik maar kon bedenken, maar helemaal niks. Het is niet zoals bij een opvoering van *Les Misérables*, er staan geen understudy's klaar die elk moment kunnen invallen.'

De fotograaf, in zijn slechtzittende pak, zei verontschuldigend: 'Ik wil niet vervelend doen, maar jullie hebben me maar voor vier uur geboekt en zaterdag is mijn drukste dag. Jullie zullen me toch moeten betalen, ook als jullie me niet meer nodig hebben.'

Freya Nicholson wendde zich tot haar bijna aanstaande man, die vandaag blijkbaar toch niet haar man zou worden. Ze kende hem goed genoeg om te weten dat hij zijn ergernis probeerde te verbergen. Cameron was een echte planner, iemand die graag wilde dat alles gladjes verliep, en dit was iets wat hij niet had kunnen voorzien. Ze wist bovendien dat hij weliswaar niet gierig was, maar dat hij er ook niet van hield om geld over de balk te smijten. Bruiloften waren duur, en ze hadden hier afgelopen anderhalf jaar hard voor gespaard.

Freya nam een besluit. Ze wapperde met haar boeket roze rozen en blauwe vergeet-me-nietjes om iedereens aandacht te trekken. Zodra het gebabbel was verstomd, zei ze: 'Oké, het is wat het is. We zijn hier allemaal nu eenmaal en we zullen zorgen dat het toch nog een fantastische dag wordt. Het hotel verwacht ons pas over veertig minuten, dus laten we de kerk weer in gaan en wat foto's maken. En als een van jullie wat zou willen zeggen vanaf het preekgestoelte, heel graag. En dan gaan we daarna naar de receptie als een gewoon getrouwd paar. Hoe lijkt jullie dat?'

Iedereen begon te juichen, want het klonk als een goed plan. En Freya en haar moeder liepen begeleid door orgelmuziek door het middenpad naar voren, waar Freya zich omdraaide naar Cameron en zijn handen in de hare nam.

'Cameron, ik kan me geen fijnere echtgenoot wensen dan jij. Dank je voor alles wat je hebt gedaan om ons leven zoveel mooier te maken.' Ze glimlachte naar haar moeder terwijl ze het zei, en Tess glimlachte terug. 'Ik ben de gelukkigste vrouw ter wereld die trouwt met de liefste man ter wereld. En dit is een dag om nooit te vergeten.'

'Het is een dag die geen van ons ooit zal vergeten,' zei Cameron met nadruk. 'En ik ben de gelukkige hier. Ik hield al van je toen ik je voor het eerst zag, en dat zal nooit meer veranderen.' Hij aarzelde. 'Ik heb natuurlijk de ring bij me, maar...'

Freya schudde snel haar hoofd. 'Nee, laten we dat nog niet doen. We wachten ermee tot we echt gaan trouwen.' Ze wierp een blik op de fotograaf, die vanaf de zijkant druk foto's stond te maken.

'Ik verheug me er erg op om met je te trouwen,' vervolgde Cameron, 'wanneer dat dan ook mag zijn. Maar laten we er in elk geval een te gekke dag van maken.'

De getuige riep: 'En dan mag je nu je verloofde kussen!'

Iedereen lachte en Freya en Cameron kusten elkaar. Hij was echt een schat van een man, dacht ze. En toen begonnen ze allemaal te klappen en te juichen en de organist zette Mendelssohns bruiloftsmars in, nog opgewekter dan gebruikelijk. Daarna haastte iedereen zich naar buiten om daar Freya en Cameron op te wachten en er werden nog tientallen foto's gemaakt, en veelkleurige confetti dwarrelde als duizenden ontsnapte vlinders door de lucht.

'Je ziet er echt fantastisch uit.' Iris omhelsde Freya. 'En zo'n mooie trouwplechtigheid heb ik nog nooit meegemaakt. Luister, ik weet dat ik niet op de gastenlijst sta, maar mag ik misschien toch mee naar de receptie?'

'Natuurlijk,' zei Freya meteen.

'Sorry nog dat ik je bruiloft heb verknald. Want eigenlijk komt het allemaal door mij.'

'Nou, voor zover ik weet is het allemaal de schuld van de dominee. Arme Ruby, hoe gaat het met haar?' Heel even vroeg Freya zich af of ze Ruby misschien moesten vragen om ook op de receptie te komen. Nou ja, misschien beter van niet. 'Ken ik de vrouw met wie hij wat heeft?'

Iris aarzelde even en zei toen: 'Ruby heeft me gevraagd om het niet te vertellen tot ze het een beetje heeft verwerkt.'

'Oké.' Freya knikte. Dat was waarschijnlijk een verstandig besluit, tenminste voor vandaag. En bovendien zouden ze het snel genoeg te weten komen.

'Maar nogmaals sorry.' Iris stond inmiddels verwoed confetti uit haar befaamde decolleté te vegen. 'Als ik niks had gezegd, zouden jullie nu waarschijnlijk getrouwd zijn. Dat vind ik een rotidee.'

'Maak je daar nu maar niet druk om.' Freya zond een weesgegroetje omhoog omdat gelukkig niemand haar gedachten op dit moment kon lezen. Wat zouden ze er wel niet van denken als ze wisten dat ze voornamelijk opluchting voelde? Ze schonk Iris een edelmoedige lach. 'Kom, laten we naar het hotel gaan. Volgens mij kunnen we allemaal wel een drankje gebruiken.'

5

Ruby herinnerde zich ineens weer dat haar man, de o zo heilige dominee, van plan was geweest om meteen na de huwelijksvoltrekking af te reizen naar zijn stilteretraite. Omdat ze thuis nergens zijn koffer of autosleutels zag, pakte ze de reservesleutels uit de la en liep naar buiten.

De koffer lag in de kofferbak en na een vluchtige inspectie ervan wist ze alles wat ze wilde weten. God, hoeveel aanwijzingen had ze wel niet over het hoofd gezien? Het was bijna gênant om te bedenken dat ze echt geen flauw idee had gehad. Wisten anderen het soms al veel langer? Had de helft van Lanrock er soms over geroddeld en haar achter haar rug om uitgelachen?

Hoewel, misschien ook niet. Want Iris werd algemeen beschouwd als dé autoriteit op het gebied van roddels en zij had het ook pas gisteren ontdekt.

Ruby dwaalde door het krakende oude huis tot er een uur was verstreken en belde toen het ziekenhuis om te horen wat ze te melden hadden over Peters toestand. Hoe graag ze ook wilde vragen 'Leeft hij nog of is hij dood? Meer hoef ik niet te weten,' zette ze toch haar domineesvrouwenstem op, de stem die ze haatte en nauwelijks gebruikte, om naar hem te vragen.

Nadat haar was verzekerd dat hij niet dood was, liep ze naar boven en nam een extra lange douche. Dat ze wist dat Peter, als hij hier was geweest, zich zou hebben opgevreten van ergernis over het geld dat al dat warme water kostte, maakte de lange douche dubbel zo fijn.

Na de douche droogde ze zich af en borstelde ze haar haren in de badkamer, die vol stoom stond. De gebruikte handdoeken liet ze gewoon op de vloer liggen, in de wetenschap dat ook dit hem vreselijk zou ergeren.

Eigenlijk jammer dat hij er niet was.

Ze föhnde haar lange haar en trok een oude spijkerbroek, een Bretons gestreept T-shirt en oranje espadrilles aan. Parfum. Ach, waarom ook niet? En make-up. Alles erop en eraan.

Toen ze klaar was, keek ze naar zichzelf in de spiegel in de slaapkamer en knikte tevreden. Ze zag er niet uit als de vrouw van een dominee, wat goed was, want vanaf nu was ze ook geen vrouw van een dominee meer. Het was wel irritant dat Peter het huis hield, want dat hoorde bij zijn werk, maar eigenlijk was ze er toch nooit echt dol op geweest.

Gelukkig kon ze het zich veroorloven om ergens wat te huren. Geld speelde geen rol, ze wist dat ze wat dat betrof van geluk mocht spreken.

Toch ergerde het haar een beetje toen ze twintig minuten later bij het schoolhek twee pond moest betalen om naar binnen te kunnen. Twéé pond, voor het meifeest? Regelrechte oplichterij. Maar er zat niets anders op dan te betalen als ze de andere vrouw in het leven van haar man wilde spreken, en nu ze zeker wist dat Peter buiten levensgevaar was, was dat wat ze wilde doen. Het moest gewoon. Dat was voor hen allebei beter.

'U krijgt er wel gratis loten bij,' zei de irritant opgewekte vrouw bij het hek. 'De eerste prijs is een diner voor twee bij McCarthy's, leuk toch?' Ze keek even op haar horloge. 'O, en u bent gelukkig nog net op tijd voor de dansvoorstelling!'

Ruby pakte de loten aan en probeerde zich voor te stellen hoe de vrouw zou kijken als ze zou zeggen: 'Ik laat nog liever al mijn kiezen onverdoofd trekken dan dat ik naar een dansvoorstelling moet kijken.' Maar ze glimlachte alleen maar en liep door het hek, het schoolplein op dat uitbundig versierd was en werd bevolkt door enthousiaste feestgangers, allerlei kraampjes en hyperactieve kinderen.

En daar, midden op het plein, omringd door de kleine zenuwachtige dansertjes in bijpassende glitteroutfits, stond het hoofd van de school, Margaret Crane, de trotse ouders en grootouders toe te spreken.

'En dan nu iets waar jullie allemaal naar uit hebben gekeken,' verkondigde ze. 'Onze fantastische dansgroep zal een optreden verzorgen... voor jullie. Zijn jullie er allemaal klaar voor? Oké dan, muziek!'

De kleine aarzeling in haar zin kwam doordat ze Ruby ineens tussen het publiek had zien staan. Ruby merkte dat ze bijna op een perverse manier genoot van de macht die ze had. Het was beter zo, zonder Iris die haar vertelde wat ze moest doen. Het voelde goed om te weten dat haar aanwezigheid de vrouw die een relatie had met haar man zo'n angst inboezemde.

De muziek begon en de dansertjes begonnen vol overgave te dansen. Margaret Crane begreep natuurlijk best dat er iets groots was gebeurd, want Ruby was geen ouder of idolate grootouder. Haar onverwachte bezoek aan het feest moest een reden hebben.

Zou Margaret inwendig beven, misschien wel misselijk zijn van angst? O, Ruby hoopte dat met heel haar hart.

Toen de schattige, maar knullige voorstelling eindelijk was afgelopen en het niet al te enthousiaste applaus was verstomd, ging Margaret weer achter de microfoon staan. 'Kinderen, dat was gewoon geweldig! Bravo! We gaan om halfvijf verder met een demonstratie van het klokken luiden. En dat willen jullie zeker niet missen!'

Nou, Ruby wilde dat maar al te graag missen. Terwijl Margaret probeerde weg te glippen in de richting van het schoolgebouw, liep ze snel naar haar toe. 'Margaret. Kan ik je even spreken? Beter privé misschien.' Haar eerste ingeving was geweest om de hele school te laten weten wat er aan de hand was, maar dat was vóór het ongeluk geweest; zo harteloos was ze nu ook weer niet.

Maar toen de andere vrouw leek te aarzelen, kon ze het niet

laten en vervolgde ze met een minzaam lachje: 'Het kan ook hier, als je dat wilt. Zeg het maar.'

Er parelden zweetdruppeltjes op Margarets bovenlip. 'Kan het niet wachten tot na het feest?'

'Sorry, nee, maar dat gaat helaas niet.'

De minnares van haar man nam haar mee het kantoor in en sloot de deur stevig achter haar.

'Ik hoop dat hij het waard was,' zei Ruby vriendelijk.

'Sorry, ik weet niet waar je het over hebt.' Margaret ging achter haar bureau zitten en zette haar vingertoppen tegen elkaar. Ze was blijkbaar vastbesloten alles te ontkennen.

'O, volgens mij weet je dat best. Als ik zeg: met mijn man naar bed gaan, begint je dan misschien iets te dagen? En weet jouw man het eigenlijk wel?'

'Ruby, ik weet niet wat je precies hebt gehoord, maar ik kan je verzekeren dat ik nooit...'

'Dat lieg je, toch?' onderbrak Ruby haar. Om haar woorden kracht bij te zetten stak ze haar wijsvinger op. 'Het punt is dat ik over bewijs beschik. Een filmpje. Dus je hebt geen poot om op te staan, om het zo maar te zeggen.' Toen ze zag dat Margaret knalrood werd, kreeg ze even zin om daar ook nog een grapje over te maken, iets in de trant van dat rood niet erg paste bij haar normaal zo saai gekleurde outfit, maar zo diep zou ze niet zinken.

'Hoe dan ook, ik wilde je even vertellen dat je vandaag toch niet op reis gaat met mijn man. De stilteretraite,' ze maakte aanhalingstekens met haar vingers, 'zal moeten worden geannuleerd vanwege een betreurenswaardig ongeluk.'

'Wat voor ongeluk?' Margaret keek Ruby vol afschuw aan, alsof ze dacht dat ze Peter in een plas bloed op de keukenvloer van de domineeswoning had achtergelaten.

'Maak je niet druk, ik heb hem niet vermoord. Hij is in Beach Street geschept door een auto en daarbij gewond geraakt. Gebroken sleutelbeen, verbrijzelde enkel, gescheurd bekken... Hij kan elk moment geopereerd worden, maar hij overleeft het wel. O, en ik vond dit nog in zijn koffer. Het is niet mijn maat, dus ik denk dat het voor jou bedoeld was.' Met een vies gezicht pakte Ruby het paarse lingeriesetje van kant en satijn uit haar tas en legde het op het bureau.

Margaret Crane hapte naar adem. 'Eh, hoor eens, het spijt me.'

'Nergens voor nodig. Ik weet bijna zeker dat ik beter af ben zonder hem. Nou, dan ga ik maar weer. Veel succes met alles,' zei Ruby. 'Vooral met dat ondergoed. Lijkt me niet al te lekker te zitten.'

De ellende van de vrouw van de dominee zijn was dat heel veel mensen je kenden. Je moest je er dus continu van bewust zijn dat je in de gaten werd gehouden. Nadat Ruby het meifeest had verlaten, gelukkig voordat het klokgelui een aanvang had genomen, liep ze naar East Beach en liet haar blik over de menigte daar glijden.

Te veel plaatsgenoten. In drie minuten tijd was ze al vijf keer begroet door mensen die haar kenden, van wie de laatste ook al op de hoogte bleek van het ongeluk en alle bijzonderheden uit haar had willen peuren. Het zou niet lang meer duren of iedereen wist het. En behalve dat ze aan haar kop zouden zeuren, zouden ze zich ook afvragen waarom ze niet in het ziekenhuis was om de hand van haar geliefde echtgenoot vast te houden.

Geliefde. Ha!

Nee, ze wilde niet in de buurt zijn van mensen die haar kenden. Ze had echter ook geen zin om in een huis te gaan zitten dat niet lang meer haar huis zou zijn.

Vanaf het strand ging ze naar de kleine taxistandplaats achter in Long Street. Hoewel ze zelf een auto had, durfde ze nu niet achter het stuur te gaan zitten. Er stonden geen taxi's te wachten, maar er was wel net een taxi gestopt van een bedrijf dat ze niet kende.

Nadat het gezin dat in de taxi had gezeten was uitgestapt, liep ze naar de chauffeur. 'Bent u vrij?'

'Sorry, schat. Dit was mijn laatste rit vandaag. Ik ga naar huis.'
'En waar is dat?'
'St Ives.'

St Ives was goed. Het lag bovendien tachtig kilometer van Lanrock vandaan, aan de noordkust van Cornwall, en er woonden allemaal mensen die ze niet kende. Kortom, perfect. 'St Ives is precies goed.'

6

'Te gek is dit! Wie had dit nou kunnen denken!' Freya, met roze wangen en enigszins aangeschoten na meer champagne dan ze was gewend, vond het echt ongelooflijk. 'Ik bedoel, ik weet wel dat je me tijden geleden over jouw Max hebt verteld, en ik wist dat een van Camerons studievrienden ook Max heette, maar het is nooit bij me opgekomen dat het weleens een en dezelfde persoon zou kunnen zijn.'

'Jouw Max?' Max keek Lottie even lachend aan en wendde zich toen weer tot Freya. 'Ik wist niet dat ik van haar was. Maar nou word ik wel nieuwsgierig naar wat ze je over mij heeft verteld.'

'O, alleen hoe ongelooflijk irritant je op school was,' zei Lottie.

'Maar jullie waren toch wel bevriend? Jullie haatten elkaar toch niet?' Freya keek Max met glinsterende ogen aan, zichtbaar onder de indruk van hem. 'Jij ziet er echt goed uit, zeg! Cameron had me niet verteld dat je zo aantrekkelijk was.'

'Ik geloof dat mijn nog-net-niet-vrouw zich een beetje laat gaan.' Cameron sloeg een arm om haar middel. 'Zo meteen vraagt ze nog of jij met haar wilt trouwen in plaats van ik.'

'Ik vind gewoon dat je dat best eens had kunnen zeggen. Mam? Mám!' riep Freya naar Tess Nicholson, die zich een weg tussen de tafels door baande. 'Moet je horen! Max en Lottie kennen elkaar van heel lang geleden! Ze hebben samen op school gezeten! En wat een mooie ogen heeft hij, hè?'

Nadat de fotograaf klaar was met het maken van een reeks informele, niet-geposeerde foto's van hen, nam Max Lottie mee naar een lege bank op het hotelterras.

'Kom, we hebben heel wat bij te praten. Ik wil alles van je weten.'

Lottie was zich hyperbewust van zijn arm over de rugleuning van de bank, met zijn vingers slechts een paar millimeter verwijderd van haar blote schouder.

'Ik werk veel. Ik run het vakantieverhuurbedrijf van mijn vader, Lanrock Holiday Homes, en ik vind het fantastisch. En ik vind het ook fantastisch om hier in Lanrock te wonen.' Ze haalde haar schouders op, misschien een fractie hoger dan ze normaal zou doen en voelde haar huid tintelen toen die zijn vingers raakte. 'Ik ben gelukkig. Ik heb een te gek leven.'

'Dat is fijn om te horen.'

'En jij?'

'Ik?' Hij lachte. 'Je kent me toch. Altijd blij.'

'Doe je nog steeds aan snowboarden?'

'Alleen als er sneeuw ligt.'

'Wat doe je verder?'

Hij haalde ook zijn schouders op. 'Op het ogenblik zo min mogelijk.'

'Wat jammer,' zei ze. 'Je wilde altijd bij de tv werken. Als sportpresentator, toch?'

'Dat was toen mijn droom. Nou ja, dat of de winnende goal voor Engeland scoren in de finale van het WK.'

'En wat ben je uiteindelijk gaan doen?'

'IT. Ik ontwerp games.'

'O, god, ben je zo'n nerd geworden?'

'Misschien. Maar met dit werk kan ik vanuit huis werken, reizen wanneer ik maar wil, en bovendien maak ik er veel mensen blij mee.'

'Ik speel niet eens online games.'

'Zelfs geen woordspelletjes?'

'Ja, maar dat is anders. Ik vind Wordle leuk. En Scrabble.'

Hij nam haar geamuseerd op. 'Ik ook. Letterdox?'

'Ik ben dol op Letterdox!'

'Dat is er eentje van mij.'

'Een van jouw lievelingsspelletjes, bedoel je?'

'Dat ook.' Hij grinnikte. 'Vooral nadat ik het vorig jaar heb kunnen verkopen aan *The New York Times*.'

Een beetje aan de late kant snapte ze het. Hij had Letterdox ontworpen. Logisch. Voor sommige mensen was het leven een moeizame weg, maar mensen als Max legden hem fluitend af, zonder ook maar een enkele versperring of valkuil tegen te komen. De zon scheen iedere dag voor hem, de kansen vielen hem in zijn schoot en andere mensen zorgden ervoor dat zijn weg naar succes was geplaveid. Het was alsof zijn leven een sprookje was, en iedereen die toevallig zijn pad kruiste, werd erdoor betoverd.

'Ik kan gewoon zien wat je denkt. Dat was vroeger ook al zo,' zei hij.

'Je weet helemaal niet wat ik denk.'

'Tuurlijk wel. Je hebt een blik geworpen op mijn horloge, mijn schoenen, mijn pak. Je zou heel graag willen weten hoeveel *The New York Times* me ervoor heeft betaald en je vindt niet dat ik het verdien, omdat games ontwerpen geen echt werk is. En daar heb je waarschijnlijk gelijk in.' Hij haalde zijn schouders op. 'Wat je niet weet is hoeveel tijd ik in Letterdox heb gestoken, weken, maanden. En dan heb ik het nog niet eens over al die jaren die het me heeft gekost om te leren hoe je überhaupt games moet ontwerpen. Maar jij denkt nog steeds dat alles me veel te makkelijk afgaat.'

Oké. Hij kon haar gedachten lezen. Ze knikte. 'Precies.'

'Maar stiekem ben je er ook van onder de indruk en vraag je je af hoe duur mijn horloge is.'

'Je loopt er ook wel erg mee te koop.'

'Ik heb hem vorig jaar voor twintig euro op een vlooienmarkt in Parijs gekocht.' Hij liet haar het horloge zien en ze zag dat het inderdaad toch niet van een of andere beroemde ontwerper was. Geamuseerd vervolgde hij: 'O jee, ben je nu teleurgesteld? Ik bedoel, ik hou van horloges, het zijn verdomd handige dingen, maar ik zou niet weten waarom ik duizenden ponden zou moeten betalen om te kunnen zien hoe laat het is.'

Ze kon het niet laten. 'Toen je vijftien was, heb je al het geld dat je voor je verjaardag had gekregen besteed aan een nep-Rolex. En daar was je o zo trots op.'

'Natuurlijk was ik er trots op.' Hij lachte. 'Ik was vijftien. Ik dacht ook dat tien seconden op het achterwiel van mijn fiets rijden een topprestatie was.'

'En je was er ook trots op dat je het alfabet kon boeren terwijl je tegelijkertijd met sinaasappels jongleerde.'

'Natuurlijk! Je moest eens weten hoeveel tijd ik erin heb gestoken om dat te perfectioneren.'

'Je wilde er auditie mee doen voor *Britain's Got Talent*.'

'En ik had misschien nog wel gewonnen ook. Ik had zomaar de Susan Boyle van het boeren tijdens het jongleren kunnen zijn. Helaas is het daar nu te laat voor. We zullen het nooit weten. Het leven had helemaal anders kunnen lopen.'

'Van alle gesprekken die ik vandaag dacht te zullen voeren, is dit er toch echt niet een van,' zei Lottie.

Een serveerster kwam met een dienblad vol glazen aanlopen. Max gaf Lottie een nieuw glas prosecco, leunde naar achteren en strekte zijn benen. Lange benen, nonchalant gekruist bij de enkels, precies zoals vroeger.

Hij wierp een zijdelingse blik op haar. 'Geloof het of niet, maar ik ben volwassen geworden.'

'Ja, hoor.'

Hij tikte met zijn glas tegen het hare. 'O, Lottie, het is echt heel leuk om je weer te zien.'

'Dat zeg je vast tegen alle vrouwen.'

'Alleen werkt het niet als ze geen Lottie heten.' Hij lachte toen ze met haar ogen rolde. 'Oké, misschien is het weleens voorgekomen. Maar deze keer meen ik het. Vertel me nog eens wat meer over jezelf. Ik wil alles weten.'

'Wat bijvoorbeeld?'

'Alle belangrijke dingen, bijvoorbeeld of "Umbrella" van Rihanna nog steeds je lievelingsnummer is. En of het je nog steeds lukt om zeven Jaffa Cakes tegelijk in je mond te proppen. En of je nog steeds moet huilen als iemand een medaille wint op de Olympische Spelen.'

Echt iets voor hem om de allerstomste dingen uit haar tienerjaren te onthouden. Lottie nam een slokje en vroeg zich af of hij zich ook herinnerde dat ze elkaar hadden gekust, op die ene avond, de avond voordat alles was veranderd en haar hele leven, en ook dat van hem, volledig op de kop was gezet.

Herinnerde hij zich die kussen nog, de tintelingen die ze hadden gevoeld, de dingen die ze tegen elkaar hadden gezegd, het gevoel dat er iets belangrijks tussen hen te gebeuren stond nu ze de grappen en grollen voorbij waren?

Want zelf zou ze die avond nooit vergeten, zelfs niet als ze honderd zou worden. Ieder microscopisch detail had zich onuitwisbaar in haar hersens gegrift.

En die twee dagen daarna... nou, die zou niemand ooit kunnen vergeten.

Maar daar was het nu niet het moment voor. Ze zette de herinneringen van zich af en schudde haar hoofd. 'Er is geen enkel nummer dat "Umbrella" ooit zal kunnen evenaren.'

'... ella, ella.' Max tokkelde op de rugleuning van de bank en keek haar ondeugend aan. 'Zal ik eens vragen of de dj het op zijn playlist heeft staan?'

Iris kwam bij hen staan. Ze had haar telefoon aan haar oor en maakte een afwezige indruk.

'Alles in orde?' vroeg Lottie.

'Ik hoop het. Ik ben bij Ruby thuis gaan kijken of alles goed was, maar ze was er niet. En haar telefoon staat uit. Ik wil gewoon graag weten of alles oké is.'

'Die arme Ruby.' Schuldbewust zette Lottie haar glas neer. 'Zitten wij hier een beetje een bruiloft te vieren die niet eens is doorgegaan, terwijl zij net heeft ontdekt dat haar man haar bedriegt. God, wat erg voor haar.'

'Ja, en ik dacht echt dat ik er goed aan deed om het haar te vertellen... O, hoi, gelukkig, ik heb me zulke zorgen gemaakt! Je auto staat er nog, maar je bent niet thuis. Gaat het wel?' Iris luisterde, legde toen een hand op haar borst en knikte glimlachend naar Lottie en Max om hen gerust te stellen.

Lottie slaakte een zucht van opluchting. Ruby was oké. Gelukkig.

Door het raam van het café in St Ives keek Ruby naar de surfers die de golven namen die kwamen opzetten vanuit de Atlantische Oceaan. Toen ze haar telefoon weer had aangezet, was hij meteen overgegaan. Geroerd door Iris' bezorgdheid zei ze: 'Het gaat prima met me, echt. Je hoeft je over mij geen zorgen te maken.'

'Ik kan er niks aan doen. Ik voel me verantwoordelijk. Waar ben je?'

'Niet in Lanrock. En ik ga echt niks stoms doen. Ik wilde alleen even weg, mijn gedachten op een rijtje zien te krijgen.'

'Ga je het hem vergeven?' Iris klonk geschokt. 'Neem je hem terug?'

Ruby wist het antwoord al. 'Nee. En nee. Dat zou pas echt stom zijn.'

'Gelukkig! Je bent bovendien veel te goed voor hem.'

Droogjes zei ze: 'Dat weet ik.'

'Zo mag ik het horen. Hij kan niet aan jou tippen.'

'Gek genoeg denk ik er precies zo over.'

'Wil je dat ik het ziekenhuis bel? Om te vragen hoe het met hem gaat?'

'Nee, dat hoeft niet. Dat heb ik zelf al gedaan. Hij verkeert niet in levensgevaar, hij heeft alleen een flinke opdoffer gehad.' Ruby zweeg even terwijl ze naar een surfer keek die op spectaculaire wijze van zijn surfplank viel. 'Ik ben ook bij haar geweest. Ze scheet bijna in haar broek toen ze me zag. Het voelde fantastisch.' Het had inderdaad fantastisch gevoeld.

'O, echt? Heb je het gezegd waar iedereen bij was? Wauw, goed, zeg!'

'Nee, niet waar iedereen bij was. Uiteindelijk heb ik het heel discreet aangepakt. Niet dat ze dat verdient, maar zo zit ik nu eenmaal in elkaar. Ik ben veel te aardig.'

'Dat is zo. Dat vinden we allemaal. Toch?'

'Tegen wie heb je het?' vroeg Ruby, want het was wel duidelijk dat Iris het tegen iemand anders had.

'Tegen Lottie Palmer en een of andere aantrekkelijke man. Ik ben min of meer onuitgenodigd op het zogenaamde bruiloftsfeest. Waarom kom je ook niet?'

'Nee, laat mij maar hier blijven, dat is beter. Op dit moment is het fijner om ergens te zijn waar niemand me kent.' Het aanbod ontroerde haar echter wel. 'Maar lief dat je hebt gebeld, en je hoeft je echt geen zorgen om me te maken.'

'Fijn om te horen.' Wat zachter vervolgde Iris: ' Maar mocht je ooit om gezelschap verlegen zitten of iets anders nodig hebben, dan moet je me gewoon bellen. En dat meen ik, hoor. Je bent een schat van een vrouw en dit verdien je niet. Die man van je is een lul eersteklas. O. Sorry.'

'Waarom zeg je nou sorry?'

'Ik heb net "lul" gezegd.'

Ruby had al gedacht dat het daarom ging. Over het algemeen dachten mensen dat een vrouw van een dominee dat soort woorden niet aankon. 'Daar hoef je je echt niet voor te verontschuldigen. Hij is ook een lul.'

Eindelijk moest Iris lachen. 'Zo mag ik het horen.'

Ruby lachte ook, maar nadat het gesprek was geëindigd, werd ze ineens overspoeld door een golf van verdriet. Dat kwam door het medeleven. Ze wist dat iedereen medelijden met haar zou krijgen zodra ze het hoorden en die gedachte maakte dat ze... o, god, alsjeblieft, niet nu...

Maar sommige gevoelens lieten zich niet wegdrukken en daar had je de tranen al waar ze al die tijd tegen had gevochten. Gezeten aan een tafel in de hoek, godzijdank met haar rug naar de andere gasten, voelde ze haar keel samenknijpen en daar was het verdriet, het kwam aangalopperen als een kudde paarden. Maar dat gaf niet, ze kon het aan, zolang ze het maar stilletjes deed. Ze moest geen geluid maken en de tranen gewoon laten komen en niemand die het zou zien.

En misschien had dat zelfs wel gewerkt als haar mascara niet was uitgelopen en zich niet had vermengd met de tranen en de sunspray die ze op haar gezicht had gespoten, en de combinatie ervan prikte nu in haar ogen. Ze pakte haar tas, zette hem op de tafel en ging op zoek naar haar zakdoekjes. Toen ze het pakje had gevonden, wilde ze het blindelings openscheuren, want ze zag haast niets meer door alle tranen. Daarbij raakte de rug van haar hand haar koffiekopje, zodat de koffie over de tafel vloog. Van schrik ontsnapte haar een wanhopig toetergeluid, als van een wrattenzwijn dat weeën had, terwijl er lauwe koffie op haar voeten druppelde. Au au au en bah...

7

'Het geeft niet, alsjeblieft.' Ruby kreeg een droge zakdoek in haar vrije hand gedrukt. Daarna werd er ook nog een dikke stapel servetten op de tafel gelegd en werd het pakje zakdoekjes uit haar hand gegrist, snel geopend en weer teruggegeven. 'Die zakdoek is schoon, hoor. Laat me even iets aan de rommel op tafel doen,' zei haar redder. En toen hij een blik van haar gezicht opving, voegde hij eraan toe: 'Och hemeltje, misschien wil je ook even iets aan jezelf gaan doen. De wc is daar, die blauwe deur.'

Hij had geen grapje gemaakt. De mengeling van mascara, zonnebrand en zilte tranen hadden tot modderige strepen over haar wangen geleid. Ruby waste haar gezicht met de vloeibare handzeep en droogde het vervolgens met een papieren handdoekje. God, wat zag ze eruit. Maar dat ze haar koffie had omgestoten, had ook zijn goede kant gehad, want ze was van schrik meteen gestopt met huilen.

Helaas had ze geen make-up bij zich, dus hier moest ze het voorlopig mee doen.

Toen ze terugkwam bij haar tafel, had de man alles al opgeruimd en lag haar telefoon op een bordje.

'Hij is niet nat geworden,' zei hij. 'En ik heb een nieuwe cappuccino voor je besteld.'

'Dank je. Dat is erg aardig.' De koffiespetters waren ook van de vloer gedweild en haar stoel was verplaatst, zodat ze niet meer tegen de muur aankeek. Haar redder trok de stoel voor haar naar achteren en na een korte aarzeling ging Ruby zitten en zei verontschuldigend: 'Nu is je zakdoek vies.'

'Nou, ik overleef het ook wel zonder die zakdoek.' De koffie kwam en de man zei tegen de serveerster dat ze hem op zijn rekening moest zetten.

'Dat hoeft echt niet, ik kan hem zelf wel betalen,' zei Ruby.

'Ach, laat me gewoon iets aardigs voor je doen.' Hij ging weer aan zijn eigen tafel zitten, met een open laptop voor hem. 'Ik heb vanzelfsprekend enige dingen opgevangen van je telefoongesprekje en zo te horen was het niet echt een topdag voor je.'

Hij leek haar een jaar of veertig en was aantrekkelijk op een niet al te opzichtige manier. Lichtbruin haar dat achterover was gekamd uit een gebruind gezicht. Hij had een krachtige arendsneus, kleine wallen onder vriendelijke grijze ogen en zijn kaken waren bespikkeld met blonde stoppeltjes. Hij droeg een lichtblauw linnen overhemd, een verkreukelde crèmekleurige chino en versleten gympen.

Ruby knikte. 'Dat kun je wel zeggen.' Even zag ze de video die Iris had opgenomen weer langsflitsen. 'Gek, hè, hoe je leven het ene moment nog kalmpjes voortkabbelt en dan het volgende moment ineens... Hoe moet ik het zeggen, ineens meegesleurd lijkt te worden. Als door een tsunami.'

'En dan kijk je plotseling naar een geheel andere wereld.' Hij knikte en deed nog een schepje suiker in zijn koffie. 'Zeg maar niks meer.'

'Eh...' Hoe bedoelde hij dat?

'O, god, sorry. Ik bedoelde niet dat je niks meer mag zeggen. Ik bedoelde dat ik het gevoel ken, dat alles van het ene op het andere moment totaal anders blijkt te zijn dan je dacht.' Hij schudde zijn hoofd. 'Natuurlijk mag je nog wel wat tegen me zeggen. Maar niet per se daarover natuurlijk, behalve als je dat wilt,' voegde hij er snel aan toe.

Ruby wierp een blik uit het raam op het goudkleurige strand en de turquoiseblauwe zee die lag te schitteren in de zon. Toen zei ze: 'Ik weet niet of ik dat wil, maar het punt is dat ik nu nieuwsgierig ben geworden naar jouw ramp.'

'Hoop je soms stiekem dat mijn ramp nog groter was dan de jouwe?' Hij glimlachte. Hij had het soort gezicht dat mensen zouden beschrijven als vriendelijk. Maar ja, zo'n gezicht had Peter ook; dat was min of meer een voorwaarde als je predikant was.

Ze knikte. 'Misschien helpt het me.'

'Wil je het verhaal echt horen?'

'Alleen als jij dat wilt. En als je niks anders te doen hebt.' Ze knikte naar de open laptop waarop hij waarschijnlijk zakelijke dingen had zitten doen, iets met spreadsheets of zo.

Hij sloeg de laptop dicht. 'Ik vertel je er graag over zelfs. Een goed excuus om te stoppen met werken. Ik heet overigens Richard.'

Na een korte aarzeling zei ze: 'Ruby.'

'Leuk je te leren kennen. Al is het dan onder niet zulke leuke omstandigheden. Goed, daar gaan we dan. Mijn ex heeft me net gevraagd of ik haar zaaddonor wil worden, want ze wil graag een kind met haar nieuwe partner.'

Ruby knipperde met haar ogen. 'Wauw.'

'Precies.'

'Ik neem aan dat haar nieuwe partner onvruchtbaar is? Heeft hij zich laten steriliseren?'

'Geen van beide. Haar nieuwe partner is een zij, geen hij.'

'O...'

'Ja ja.' Hij knikte langzaam. 'Een van die dingen die je niet ziet aankomen. Mel en ik zijn vijftien jaar geleden getrouwd en ik dacht dat we een fantastisch huwelijk hadden. We zijn naar Henley-on-Thames verhuisd en hebben daar twee dochters gekregen, Sasha en Flo, en ons leven had echt niet beter kunnen zijn. En toen vertelde ze me drie jaar geleden ineens dat ze iemand had leren kennen en voor het eerst echt verliefd was.' Droogjes liet hij erop volgen: 'Wat natuurlijk heel fijn was om te horen. Maar gek genoeg dacht ik meteen te weten over wie ze het had. In de maanden ervoor hadden we vriendschap gesloten met een echtpaar bij ons uit de buurt, Dara en Graham, en ik had me al een paar keer afgevraagd of Mel en Graham soms iets hadden, want ze was altijd heel vrolijk in zijn gezelschap. Maar toen vertelde ze me hoe het echt zat, dat ze niet vrolijk was geworden van hem, maar van Dara.'

'Dat moet vreselijk zijn geweest,' zei Ruby meelevend.

'Leuk was anders. In het echte leven is zoiets veel minder grappig dan in *Friends*, toen het Ross overkwam.'

'En was het voor haar ook onverwacht? Of heeft ze altijd al geweten dat ze op vrouwen viel?'

Hij haalde zijn schouders op. 'Als tiener heeft ze dat blijkbaar weleens gedacht. Maar nadat wij elkaar hadden leren kennen, zette ze dat idee weer van zich af. En ze genoot ervan om echtgenote en moeder te zijn. Pas toen ze Dara leerde kennen, kwamen die oude gevoelens weer naar boven, en dan honderd keer zo sterk. En ze wist gewoon dat ze bij haar wilde zijn.'

'Wat erg voor je.'

'Ach, niemand kon er iets aan doen. Zoiets doe je niet expres. Ik bedoel, ik kon niet echt boos worden, wat nog best lastig was, want ik was wel ontzettend boos.' Een klein lachje. 'En ik kon ook niks doen om haar terug te krijgen of zo. Bovendien kregen de kinderen ineens een scheiding voor hun kiezen, iets wat we nooit voor ze hadden gewild, en daarom was het belangrijk om vriendschappelijk uit elkaar te gaan.'

'Hoe gaat het nu met de kinderen?'

'Beter dan we hadden durven hopen. Het zijn fantastische meiden en ze gaan er echt heel goed mee om. Ze verdelen hun tijd tussen mijn huis en dat van Dara en Mel. Ze kunnen het goed met Dara vinden. Wat mijn vrouw en haar nieuwe vrouw betreft is er geen vuiltje aan de lucht.' Richard stopte om een slok koffie te nemen en keek door het raam naar een klein jongetje buiten dat zich krijsend op de grond had geworpen. 'Kijk, ik weet precies hoe hij zich voelt. Maar goed, we zijn nu drie jaar verder en hebben een heel moderne co-ouderschapconstructie en iedereen zegt dat we het ontzettend goed doen. Maar vorige week stonden Mel en Dara bij me op de stoep. Ze willen samen een kind en dachten dat het leuker zou zijn als de baby een volle broer of zus van de meisjes is. En daarom vinden ze het logisch als ik de zaaddonor word. Wat inhoudt dat ik de biologische vader zal zijn. Maar ik zou niet de échte vader zijn, want ik krijg geen enkele inspraak in de opvoeding. Het zou het kind van Mel en Dara zijn.' Hij haalde zijn schouders op en keek weer even naar het kind dat door zijn ouders werd opgetild en meegenomen. 'En ze snappen niet dat ik niet erg enthousiast ben over dit blijkbaar te gekke plan.'

'Nou,' zei Ruby. 'Misschien troost het je om te weten dat ik me inderdaad al een stuk beter voel over mijn eigen sores.'

Hij maakte een groots gebaar. 'Graag gedaan. Missie geslaagd.' Weer een klein lachje. 'Zo heeft het toch nog iets positiefs voortgebracht.'

'Wil je ex het kind dragen?'

'Ja. Via ivf vanzelfsprekend.'

'Maar kan Dara het kind niet dragen? Waarom vraagt Dara het niet aan haar ex?'

'Ze hebben Graham gepolst voor het geval ik nee zei, en hij zei dat ze de pot op konden.'

'Wat erg voor jullie allebei. Heeft hij de scheiding al verwerkt?'

'Laat ik het zo zeggen: mocht je Graham ooit tegen het lijf lopen, dan moet je hem vooral niet aankijken, want dan probeert hij je meteen te versieren. Hij heeft het inmiddels met alle vrouwen uit Henley gedaan. Ik denk dat hij wil bewijzen dat het niet zijn schuld is dat zijn vrouw ervandoor is gegaan met een andere vrouw.'

Het probleem met nieuwsgierig zijn was dat je van die vragen wilde stellen waarmee je mensen afschrikt. Ruby deed dan ook haar uiterste best om er niet van die vragen uit te flappen.

Terwijl Richard haar opnam, zei hij vriendelijk: 'Je bent te beleefd om het te vragen, maar ik zie gewoon dat je brandt van nieuwsgierigheid.'

'Het gaat me niets aan.'

'Ach, als het Graham heeft geholpen... Ik heb juist het andere uiterste gedaan.'

'Dus de vrouwen uit Henley hadden van jou niets te duchten?'

'Nee. Totaal niet.'

'En je hebt nog geen andere vrouw leren kennen?'

'Nee. Daar ben ik ook niet naar op zoek. Ik moet twee dochters opvoeden, dat is nu mijn prioriteit.'

'Zijn ze nu ook in St Ives?'

'Nee, ze moesten naar school. Ik heb hier voor een paar dagen een huisje gehuurd, even iets anders terwijl ik aan een klus werk. Dat is het voordeel als je niet vastzit op een kantoor. Maar morgen ga ik weer naar huis.'

Hoewel ze hem nauwelijks kende, voelde ze toch een lichte teleurstelling. Het was net alsof hij een vriend was, en dat hij naar huis ging, was niet iets wat ze op dit moment wilde horen. Nadat ze haar koffie had opgedronken zei ze: 'Ik voel me nu echt al wat beter. Als je naar andere mensen kijkt, denk je algauw dat zij hun leven op orde hebben, en dan is het een troost om te weten dat een ander ook zo zijn problemen heeft gekend.'

'Nogmaals: graag gedaan.' Hij lachte, wierp een blik naar buiten waar wat meeuwen ruzieden om een gevallen zak friet en wees toen naar haar kopje. 'Nog eentje?'

Hun gesprek was nog niet voorbij; ze had hem nog helemaal niets over haar eigen problemen verteld. Maar ze hoefde geen koffie meer. Buiten weerkaatsten de golven een stralende zon; het was zo'n prachtige middag dat het zonde was om binnen te zitten. Maar aan de andere kant was hij hier aan het werk.

Toen hij haar zag aarzelen, zei hij: 'Als je liever weggaat, ook goed.'

'Nee, dat is het niet. Maar het is zo'n mooie dag.' Nou ja, qua weer dan.

'Zullen we anders een stukje gaan lopen? Het is maar een idee, hoor. Je mag gewoon nee zeggen,' zei hij.

'O, dat lijkt me heel leuk,' zei ze opgelucht. 'Maar jij zit met je laptop. Je hebt vast geen zin om die met je mee te slepen.'

'Mijn huisje is vijf minuten lopen. Dan gaan we eerst daarlangs. En maak je er niet druk om dat ik eigenlijk zou moeten werken, ik neem vanaf nu officieel de rest van de dag vrij.' Snel voegde hij eraan toe: 'Geen paniek, ik bedoel niet dat je de rest van de dag met mij zit opgescheept. Zodra je er genoeg van hebt, moet je dat gewoon zeggen. Geen probleem.'

Hij betaalde de rekening en ze verlieten het café. Een paar minuten later stonden ze voor het kleinste huisje ter wereld, in Carncrows Street, waar ze buiten wachtte tot hij zijn laptop naar binnen had gebracht. Daarna liepen ze terug naar Quay Street en gingen op weg naar de haven.

'Nu is het mijn beurt,' zei Ruby een kwartier later toen ze bij het brede Porthminster Beach waren aangekomen. Ze had haar espadrilles uitgetrokken, bewoog haar tenen in het warme droge zand en bukte zich om een stuk blauw zeeglas op te rapen.

'Alleen als je dat echt wilt.'

Ze keek op haar horloge hoe laat het was. 'Drieënhalf uur geleden dacht ik dat ik getrouwd was met een man die goed, eerlijk en compleet betrouwbaar was. Ik zou daar weet ik hoeveel geld op hebben durven inzetten. Maar toen ontdekte ik dat hij een verhouding heeft. Al maanden! Met iemand op wie hij blijkbaar verliefd is.'

'Oké.' Terwijl ze kameraadschappelijk naast elkaar verder wandelden, vervolgde Richard met een knikje: 'Wauw. Ik bedoel, ik kan nu wel zeggen dat ik het erg voor je vind, maar dat helpt niet echt. En dat is dus net gebeurd. Logisch dat je zo in de war bent.'

Ruby schopte in het zand en keek naar haar felroze gelakte teennagels. Ze vroeg zich af of Margaret Crane haar teennagels ook lakte, of dat ze dat soort versierdrift te frivool vond. Misschien keurde Peter het stiekem ook wel af; dat zou ook nog kunnen. Ze wist dat hij die superlange gelnagels met veel tierlantijntjes belachelijk vond. Maar aan de andere kant, hij had wel een felpaars satijnen lingeriesetje voor Margaret gekocht dat ze dan tijdens hun sexy weekendje kon dragen...

Ineens werd het zand wazig en ze pakte een zakdoekje uit haar zak om haar ogen te drogen. 'Sorry. Ik had me voorgenomen om niet meer te gaan huilen. Normaal gesproken ben ik niet zo'n huilebalk.'

'Nou, ik zou dit wel verzachtende omstandigheden willen noemen, dus mocht je willen brullen, brul er dan maar lekker op los. Ik zal er niet van schrikken,' zei Richard.

'Dank je.'

'Weet hij dat je hier bent?'

Ze schudde haar hoofd. 'Nee.'

'En waar is hij nu?'

'In het ziekenhuis.'

Hij leek even van zijn stuk gebracht. 'Heb je... heb je hem iets aangedaan?'

'Zo zou je het ook kunnen zeggen.'

'Ik geloof dat je me dat even moet uitleggen.'

'Hij dacht dat ik zijn... zijn vriendin in het openbaar ter verantwoording zou gaan roepen. In paniek liet hij toen zijn telefoon op straat vallen en toen hij hem wilde oprapen, werd hij aangereden door een auto. Dus hoewel ik daar technisch gezien niet verantwoordelijk voor ben, zou het niet zijn gebeurd als ik hem niet de stuipen op het lijf had gejaagd.'

'Het zou ook niet zijn gebeurd als hij geen verhouding had gehad,' merkte Richard op. 'Was je echt van plan zijn minnares in het openbaar ter verantwoording te roepen?'

Ze schudde haar hoofd. 'Ik denk eigenlijk niet dat ik dat had gekund, en al helemaal niet nadat hij was afgevoerd naar het ziekenhuis. Maar binnenkort zal iedereen het vast wel weten. En dan lopen ze allebei het risico hun baan kwijt te raken.' Zou dat echt kunnen? Dat moest ze straks maar even googelen.

'Is hij zwaargewond?'

Ze stapte om een hoopje gedroogd zeewier heen. 'Een paar gebroken ribben. Hij zal een poosje weinig kunnen doen.'

'Wat doen ze eigenlijk voor werk?'

Hij leek zo vriendelijk, zo aardig en bezorgd. Maar hij was ook een vreemde voor haar. Ze zei: 'Misschien ben je wel journalist.'

'Heel verstandig.' Hij knikte goedkeurend. Met een lachje liet hij erop volgen: 'Dat ben ik niet, maar het had natuurlijk gekund.'

'Ik zal je nog één ding vertellen.' Een lichte zeebries blies haar haren voor haar gezicht en ze streek ze weg. 'Toen we trouwden zei iedereen tegen me dat hij geluk met me had. En ze hadden gelijk. Ik was de betere helft.'

'Dat geloof ik graag.'

'Als je mensen had gevraagd wie van ons tweeën eerder vreemd zou gaan, dan hadden ze op mij gegokt.'

'En hadden ze gelijk? Heb jij sinds je getrouwd bent ooit iets met een ander gehad?'

'Nee!' Ze spreidde wanhopig haar handen, want dat was niet zo. 'Dat is er nu net zo irritant aan! Hij had geluk met mij, en nu dit!' De onrechtvaardigheid van alles kronkelde in haar borst naar boven als een slang die elk moment kon toeslaan. 'Ik weet dat het vreselijk klinkt, maar je zou die vrouw eens moeten zien. Ze draagt van die tuttige kleren en ze is ook nog eens ouder dan ik... Ik heb me nog nooit zo vernederd gevoeld.'

8

De zon was langzaam in de zilverblauwe zee gezakt, overal in de stad gingen lampen aan en het water stond nu zo hoog dat er golfjes tegen de kademuren aan sloegen, en de beschilderde houten boten bonkten zachtjes tegen elkaar in de deining.

De aardige serveerster had net de laatste wijn uit de fles sancerre tussen hun glazen verdeeld en zei: 'Zo! En dan nu de rekening? Of kan ik jullie verleiden tot nog een drankje?'

Ruby aarzelde. Ze voelde zich heerlijk ontspannen na de fantastische wijn en het eten. Die ene fles was eigenlijk niet genoeg geweest. Maar een tweede was misschien te veel. Ze hadden uren van elkaars gezelschap genoten. Dit was waarschijnlijk het moment om een taxi te nemen als ze naar huis wilde.

Als.

Het kaarslicht in het restaurant deed alles goudachtig opgloeien. Het was een rampzalige dag geweest en nu was het laat op de avond. Tijd om te vertrekken, Assepoester. Ze pakte haar tas van de vloer en zei: 'Het was allemaal even lekker. Maar nu de rekening graag.' Toen de serveerster weer weg was, keek ze Richard aan. 'Ik trakteer. Je hebt me echt gered vandaag.'

'Het was een ontzettend leuke dag. Nou ja, niet voor jou natuurlijk.' Hij tikte even met zijn glas tegen het hare. 'Maar ik ben blij dat ik je heb leren kennen.'

Haar huid begon te tintelen. 'Je zult me moeten aanwijzen waar de taxistandplaats is.'

'Dat zal ik doen.' Wat zachter vervolgde hij: 'Je hoeft niet terug, hoor. Je mag ook bij mij logeren.'

Hou op met dat getintel, huid!

'Aardig van je, maar dat lijkt me niet zo'n goed idee.' Hij wist nog steeds niet wat haar man voor de kost deed. Het enige wat hij wist was dat ze beter verdiende.

Buiten liepen ze naar de plek waar een stuk of wat taxi's stonden te wachten.

'Je bent een fantastische vrouw.' Hij omhelsde haar. 'Dat mag je nooit vergeten. En hij is een idioot.'

'Ik weet het. We verdienen allebei beter.' Ze deed een stapje naar achteren. 'Dank je wel voor vandaag. En jij ook succes met je vrouw.'

'Ex-vrouw,' bracht hij haar in herinnering.

Impulsief gaf ze hem een kus op zijn wang. Nogal dicht bij zijn mondhoek, maar niet echt op zijn mond. Ze hoorde hem even naar adem happen en toen mompelde hij: 'Oké, nu kun je echt beter weggaan.'

Ze stapte in de voorste taxi en zwaaide naar hem. Hij zwaaide terug, draaide zich om en liep in de richting van zijn vakantiehuisje.

De chauffeur reed door de smalle, bochtige straatjes van St Ives en toen het stadje uit, terug naar Lanrock.

Terug.

Naar Lanrock.

Waarom?

Omdat... omdat...

'Oude vriend van je?' De taxichauffeur was een vrouw van in de vijftig, vriendelijk en praatgraag.

'Een nieuwe vriend.'

'Hij leek me erg aardig. En hij zag je wel zitten, merkte ik. Mijn dochter doet van dat Tinder-daten, maar dat heeft nog niks opgeleverd. Ze komt alleen maar malloten tegen.'

'Dit was geen Tinder-date. We raakten gewoon met elkaar in gesprek in een café.'

'Des te beter. Je wilt hem vast wel vaker zien!'

'Nee, dit was het. We hebben geen nummers uitgewisseld.'

'Jemig, meid, ben je wel goed bij je hoofd? Ik zou het wel weten met zo'n kerel. Of was er iets mis met hem?'

'Nee, nee. Helemaal niet. Hij was te gek.'

Er viel een stilte. De taxi reed net langs Carbis Bay.

'Oké, je hebt gelijk,' zei Ruby toen. 'Het was stom van me.'

De vrouw grijnsde en keek haar aan in de achteruitkijkspiegel. 'Dat weet ik wel zeker.'

'Kunnen we teruggaan?'

'Lijkt me een goed plan, schat.'

Ruby gaf haar een goede fooi, als compensatie voor het korte ritje.

'Hier heb je mijn kaartje, schat. Als je hem niet kunt vinden, bel me dan. Ach wat, bel me sowieso maar,' zei de vrouw met een knipoog. 'Het is altijd leuk om te weten hoe dit soort dingen aflopen.'

Het was maar een paar honderd meter lopen van de taxistandplaats naar het huisje in Carncrows Street met de blauwe plantenbakken vol geraniums. Gelukkig brandde er beneden licht. Met ingehouden adem belde Ruby aan en vlak daarna hoorde ze dat de deur van slot werd gedraaid. Oké, wat zou er nu nog mis kunnen gaan? Hooguit dat ze oog in oog zou komen te staan met een niet erg blije niet-lesbische echtgenote...

Maar het was Richards gezicht dat ze zag toen de deur openging en er leek niemand achter hem te staan. 'Hé hallo! Wat een verrassing... Ben je iets vergeten?'

'Nee.' Ze schudde haar hoofd. Omdat hij glimlachte, glimlachte ze ook.

'Problemen met de taxi?'

'Nee. Hoewel de chauffeur zei dat ze je er wel erg aardig uit vond zien.'

'Ik wist wel dat ik haar mocht.'

'En ze vond het ook jammer dat wij elkaar nooit meer zouden zien.'

'Dat vond ik ook.' Na een korte pauze vroeg hij: 'Ben je daarom soms hier? Omdat je mijn telefoonnummer wilt weten?'

Tijd om moedig te zijn. 'Nou, eigenlijk hoopte ik op iets meer dan een telefoonnummer.'

Hij pakte haar hand en trok haar naar zich toe. 'Nou, dat is iets waar ik me wel in kan vinden. Als je het zeker weet tenminste.'

'Ja, heel zeker zelfs.'

'Ik wil je kussen.'

Ze keek hem recht in de ogen. 'Toevallig zeg.'

Zijn mond raakte de hare, en het voelde vreemd maar ook fijn om voor het eerst in meer dan tien jaar iemand anders te kussen. Zijn huid rook anders, zijn lichaam voelde anders... Op een rare maar leuke manier was het net alsof ze weer jong was.

Nadat hij zich van haar had losgemaakt, vroeg hij: 'Doe je dit om wraak te nemen op je man?'

'Waarschijnlijk.' Ze kon het maar beter gewoon zeggen. Maar ze zei niet dat ze ook behoorlijk op hem viel.

'En is dat goed?'

Hij bood haar de gelegenheid om nog van gedachten te veranderen. Wat betekende dat hij echt een fatsoenlijke man was en wat vervolgens weer betekende dat ze niet van gedachten zou veranderen. 'Ik zal er geen spijt van krijgen, als je dat soms bedoelt. Ik ben van plan van iedere minuut te genieten. En je hoeft me niet nog een keer te vragen of ik het wel zeker weet, want ik weet het honderd procent zeker.'

Om zijn ogen verschenen lachrimpeltjes. 'Gelukkig maar.'

Vanaf het strand kon je zien dat het feest in het Rupert Hotel nog in volle gang was. In de bomen aan weerszijden van het brede terras hingen duizenden fonkelende witte lampjes. Er klonk muziek, er vloeide drank en de mensen dansten inmiddels vol overgave om het huwelijk dat niet had plaatsgevonden te vieren.

Als je vanuit de verte naar het hotel keek, zou je nooit denken dat er iets verkeerd was gegaan. Het zag eruit als een succesvolle receptie met vrienden en familie die tot in de late uurtjes wilden genieten van deze gelukkige dag.

Lottie wendde haar blik af en keek weer naar de zee. Voor sommige mensen was het beslist een gelukkige dag geweest, maar haar eigen gevoelens waren nogal gemengd. Ze had Max weergezien en dat had heel veel oude, weggestopte herinneringen en emoties opgerakeld. De hele middag hadden ze gekletst en gelachen en elkaar geplaagd, gedanst met zijn vrienden en de hare en het was haar op een gegeven moment allemaal te veel geworden; ze had tijd en ruimte nodig om alles te overdenken zonder Max, de ultieme afleiding, aan haar zijde. En daarom was ze, toen hij naar binnen was gegaan om nog wat drankjes te halen, weggeglipt en over het bochtige pad naar het strand gelopen. Voor haar was dat altijd de beste plek om na te denken; het ritmische geruis van de golven werkte als een trage, geruststellende metronoom. De hemel was bezaaid met sterren en bracht haar in herinnering dat wat er nu allemaal gebeurde, maar klein en nietszeggend was. Wat in haar eigen leven enorm leek, was in feite microscopisch klein. Zelfs het feit dat de huwelijksplechtigheid van haar vriendin Freya met Cameron in de soep was gelopen, was geen echte ramp, want het enige wat ze hoefden te doen was een nieuwe datum prikken.

Een paar minuten later hoorde ze iemand over het pad achter haar naar beneden lopen. Ze voelde vlinders in haar buik, maar hoe was het in godsnaam mogelijk dat ze zijn voetstappen herkende? Toch wist ze dat hij het was, net zoals ze wist dat hij op zoek was naar haar.

'Sex on the beach?'

'Nee, dank je.'

'Nou, dan is het maar goed dat ik gewoon een gin-tonic voor je heb meegenomen.' Hij kwam naast haar staan met twee witte handdoeken over zijn rechterarm en een drankje in elke hand.

'Hoe wist je dat ik hier was?'

'Hoezo, had je je soms voor mij verstopt?' Hij ging naast haar zitten in het droge zand. 'Ik ging naar mijn kamer boven om mijn telefoon op te laden. En toen ik uit het raam keek, zag ik jou het pad af sluipen.'

'Ik verstop me niet. Ik wilde gewoon even nadenken.'

'Over hoe fantastisch het is om mij weer te zien? Want dat zal de reden wel zijn.'

'Ik zat naar de sterren te kijken. En toen voelde ik me heel klein. Heb je die soms meegenomen om op te zitten?' Ze wees naar de handdoeken die nu op een hoopje in het zand lagen.

'Het leek me wel leuk om even te gaan zwemmen.'

'Ben je wel goed bij je hoofd?'

'Ja, hoor. En wat is dat met jou? Ben je soms bejaard geworden?'

'Het is pas mei. Dat water is ijskoud.'

'Vroeger was je nergens bang voor.'

'Ik ben niet bang, ik heb alleen geen zin om in een blok ijs te veranderen.' Nog terwijl ze het zei, wist ze al hoe hij zou reageren.

'Doe niet zo flauw.' Zijn tanden glinsterden wit in de duisternis. 'Of durf je soms niet?'

Hoe vaak had hij dat niet tegen haar gezegd? En hoe vaak had zij dat niet tegen hem gezegd? En als je puber bent en iemand zegt dat tegen je, dan wil je bewijzen dat je wel durft. En omdat ze allebei behoorlijk competitief waren geweest, waren ze daardoor in de raarste situaties beland.

'Je weet best dat je het wilt.' Hij gaf haar een por in haar zij.

'Nee, ik wil het echt niet.'

'Het is maar water.'

'Je hebt me ooit zover weten te krijgen om een pepertje te eten waarvan je zei dat het best meeviel. En dat bleek een Carolinapepertje te zijn.'

'O ja, dat weet ik nog. En ik weet ook nog dat je een keer een jampot vol mieren hebt leeggeschud in mijn schooltas.'

Met een uitgestreken gezicht zei ze: 'Een van mijn mooiste herinneringen.'

'En nu zitten we hier.' Weer een speelse por. 'Wie het eerste in het water is. Net als vroeger.'

'Echt niet.' Ze stond op en schudde haar hoofd. 'Geen sprake van.' Ze begon verwoed het zand van haar benen te vegen, liep een paar passen weg en trok toen in één snelle beweging haar jurk uit over haar hoofd.

'Jij...' Met een kreet van ongeloof stond hij ook snel op en trok zijn overhemd en broek uit, maar het was al te laat. Ze was hem te snel af geweest. Ze gooide de jurk op de grond en rende over het strand naar de zee. Max ging achter haar aan, onderweg nog kleren van zich af werpend, maar ze had een flinke voorsprong en hij kon haar niet meer inhalen.

Triomfantelijk juichend beende ze door de branding en dook toen de golven in.

Als het water zo koud was als nu, was dat de enige manier.

Brr, en koud was het. Maar ook opwekkend, niet in het minst omdat ze had gewonnen. Ze was Max te snel af geweest en dat was ongeveer het beste gevoel ter wereld.

Toen ze weer boven water kwam, draaide ze zich om en schudde haar haren uit als een hond. 'Niet te geloven dat je erin bent getrapt, loser!' Maar hij was in geen velden of wegen te bekennen; ze zag alleen zijn kleren op het strand liggen. Hij had zich natuurlijk achter een rotsblok verstopt, dacht ze verontwaardigd, en haar expres in haar eentje het koude water in laten gaan. Echt iets voor hem. Ze had kunnen weten dat hij haar te slim...

'Aaaaah!' Ze gilde het uit toen twee handen haar middel beetgrepen. Alweer had hij haar voor de gek gehouden. En voordat ze wist wat er gebeurde, hield hij haar al hoog in de lucht, zoiets als aan het einde van *Dirty Dancing*, alleen was ze op haar rug gedraaid in plaats van op haar borst. En in de film had Patrick

Swayze Jennifer Grey alleen maar in de lucht getild en niet expres laten vallen, zoals Max nu deed.

Met een plons belandde ze weer in het water, met haar hoofd naar beneden. Het enige wat ze kon doen was de dichtstbijzijnde enkel vastgrijpen en Max uit zijn evenwicht brengen zodat ook hij onder water belandde, en het leek zo op vroeger dat ze bijna in de lach was geschoten, maar dat was niet slim als je je onder water bevond.

Uiteindelijk hervonden ze allebei hun evenwicht en kwamen ze naar adem happend weer boven. Ze rilde nog niet, maar dat zou niet lang meer duren. Ze droeg alleen haar limoengroene beha en slipje en Max had ook alles uitgetrokken op zijn zwarte boxershort na. Ze bevonden zich vlak tegenover elkaar, op een paar centimeter afstand, terwijl hun lichamen werden gewiegd door de golven.

9

'Lottie.' Max schudde zijn hoofd. 'Ik vind het nog steeds ongelooflijk dat ik naar Cornwall ben gekomen voor een bruiloft en jou hier heb gevonden.'

'Ja, gek, hè.' De kou probeerde zich een weg naar binnen te banen, ijzige tentakels die haar ingewanden vastgrepen.

'Ik wist wel dat ik je het water in zou krijgen.' Weer die glans van zijn witte tanden. 'Je ging een uitdaging vroeger ook nooit uit de weg.'

Een golf duwde hen nog dichter naar elkaar toe, en Lotties arm raakte kort de zijne toen ze een stap opzij zette om haar evenwicht niet te verliezen.

'Ik vraag me af wat onze ouders zouden zeggen als ze ons nu konden zien,' fluisterde Max.

'Niet doen.' Het was een ondenkbaar scenario. En haar hoofd was op dit moment ook te vol om eraan te willen denken. Bovendien begon haar lichaam te protesteren tegen de kou; ze had al bijna geen gevoel meer in haar handen en voeten.

'Kom, je staat helemaal te klappertanden.' Hij pakte haar hand.

Terwijl ze naar het strand liepen vroeg ze zich af of hij haar daarnet soms had willen kussen. Misschien had hij het niet aangedurfd uit angst dat ze zijn tong eraf zou bijten.

Of had ze stiekem alleen maar op die kus gehoopt?

Nadat ze hun kleren bij elkaar hadden geraapt, pakten ze allebei een handdoek en droogden zich zo goed en kwaad als dat ging af.

'Hoe ver is het lopen naar jouw huis?' vroeg Max.

'Tien minuten.'

Hij schudde zijn hoofd. 'Dan wordt het mijn kamer.'

Natuurlijk vond iedereen het om te gieren toen ze gehuld in hun handdoeken terugkwamen op het terras. Er werd gelachen, er klonk zelfs een applausje op, en er werden wat schunnige opmerkingen gemaakt toen ze blootsvoets over de dansvloer het hotel in liepen.

Max' kamer bevond zich op de derde verdieping. Hij zette de douche aan en zei: 'Wie het het koudst heeft, mag eerst.'

'Dank je.' Ze glipte langs hem heen, sloot de deur en stapte onder het hete water. Heerlijk.

Toen was hij aan de beurt en terwijl hij in de badkamer was, blies Lottie haar beha en slipje droog met de gelukkig erg krachtige föhn. Tegen de tijd dat hij de kamer in kwam, was ze alweer aangekleed en probeerde ze haar haar nog snel even droog te föhnen.

'Beter zo?'

'Veel beter.' Ze ging rechtop staan en zette de föhn uit. 'Dank je. Dan ga ik nu maar weer eens naar beneden.'

'Heb je haast?'

'Nee, maar ik wil gewoon naar beneden.'

Hij wierp haar een klein lachje toe. 'Nou, het was leuk om samen te zwemmen. Weet je, je bent geen steek veranderd.'

'Welles. We zijn allebei veranderd. Nou ja, jij misschien niet zo.' Ze wees naar zijn telefoon die op het bed lag op te laden. 'Toen je onder de douche stond, kreeg je een berichtje.'

'Oké.' Hij trok een gezicht alsof hij zich betrapt voelde. 'En?'

Het had geen zin om te doen alsof ze niet op het schermpje had gekeken. 'Cara wil weten hoe het gaat. Ze hoopt ook dat je je gedraagt.'

'Volgens mij gedraag ik me keurig. Vind je niet?'

'Is Cara je vriendin?'

'Nee. Cara is iemand die ik af en toe zie. Als het ons allebei uitkomt.' Hij glimlachte. 'Je zou het een win-winrelatie kunnen noemen.'

'Wat betekent dat zij jou leuker vindt dan jij haar, maar dat ze genoegen neemt met wat ze kan krijgen.'

'Misschien is het wel andersom,' opperde hij. 'Misschien ben ik wel stapelgek op haar, maar wil ze mij alleen maar voor de seks.'

'Nou ja, wat maakt het ook uit. Je mag doen wat je wilt,' zei Lottie schouderophalend.

De telefoon pingde en hij gebaarde dat ze hem moest pakken.

'Lees maar.'

'Ze zegt dat Denny net heel veel foto's op Instagram heeft geplaatst, maar dat jij op geen van die foto's staat, dus ze wil weten waar je bent en ze zegt dat je maar beter niet weer in je oude slechte gewoontes kunt vervallen.'

'Ach, wat kan ik zeggen? Ze is nogal onzeker.'

Lottie had genoeg ervaring met het andere geslacht om het klassieke geval te herkennen van de schuld doorschuiven naar de ander. Ze gaf hem de telefoon. 'Dag.'

'Wacht even, ik heb me zo aangekleed.'

'Ik ga naar huis.'

'Hé, wacht. Waarom?'

'Ik ben moe. En ik moet morgen werken.' Ze haalde achteloos haar schouders op, hoewel er in haar borst van alles gebeurde. Ze was nooit het type voor onenightstands geweest, een onbekende man tegenkomen en er dan meteen mee in bed duiken was gewoon niets voor haar. Maar Max was geen onbekende man en ze was compleet in de war van het weerzien. Er smeulde nog steeds iets tussen hen, en dat wisten ze allebei. Ze zou liegen als ze zei dat ze zich niet in verleiding gebracht voelde. De afgelopen zes uur, terwijl ze elkaar met woorden hadden proberen af te troeven, had de chemie tussen hen ervan afgespat. En steeds als ze elkaar per ongeluk aanraakten, was het alsof ze een stroomstoot kreeg.

Natuurlijk kon het nooit iets worden tussen hen, dat wisten ze allebei, maar misschien zou één nacht samen, eentje maar, zonder bijbedoelingen, de zaak netjes kunnen afronden, een eind maken aan iets wat de afgelopen dertien jaar onopgelost was gebleven.

Ach, wie hield ze nu eigenlijk voor de gek? Natuurlijk zou de avond zo hebben kunnen eindigen. Natuurlijk had ze bij Max kunnen blijven slapen in deze hotelkamer. En het zou waarschijnlijk ook heerlijk zijn geweest; Max wilde altijd overal de beste in zijn, en in bed zou hij gewoon waanzinnig fantastisch zijn.

Ze keek hem aan met een mengeling van frustratie en spijt. Er was nóg iets wat ze nog nooit had gedaan, en dat was naar bed gaan met de vriend van een andere vrouw. En Max mocht zichzelf dan niet als 'dé vriend' van Cara beschouwen, in Cara's ogen was hij dat blijkbaar wel.

Als om dat te bevestigen ging de telefoon in zijn hand over. Toen hij aarzelde, zei ze: 'Je moet echt opnemen.'

Max sloot heel even zijn ogen en drukte toen op Opnemen. Ze kon niet horen wat Cara zei, maar dat deed er niet toe.

'Nee, niks aan de hand, ik zat met een oude kennis te praten.' Nadat hij even had geluisterd, vervolgde hij: 'Nee, je hoeft me niet van het station af te halen. Ik neem wel een taxi. Cara, mijn mobiel is bijna leeg. Ik bel je morgen. Ja, nee, oké. Dag.'

Hij hing op en zei: 'Ze is echt niet mijn vriendin.'

'In dat geval kun je haar misschien maar beter uit de droom helpen.' Ze liep naar de deur.

'Ik wil niet dat je gaat.'

'Ja, nou. Je krijgt niet altijd wat je wilt.' Ze deed de deur open en liep de gang op.

Max volgde haar. 'Krijg ik dan tenminste nog een afscheidskus?'

Met een bonk viel de deur achter hem dicht.

'Beter van niet,' zei Lottie.

'En nu kan ik mijn kamer ook niet meer in.' Hij knikte naar zijn naakte bovenlijf en de handdoek om zijn heupen.

'Ik zal het tegen de receptioniste zeggen. Ze stuurt dan wel iemand naar boven.' Bij de trap aangekomen, zwaaide ze nog even.

Met een klein lachje zei hij: 'Je maakt me echt gek, weet je dat wel?'

Het was typisch iets wat een zelfverzekerde versierder zou zeggen. En misschien werkte het soms zelfs wel. 'Je overleeft het wel,' zei ze.

Beneden vertelde ze de receptioniste wat er was gebeurd en toen liep ze naar buiten om haar schoenen te halen en afscheid te nemen van het gelukkige ongehuwde paar.

'Ongelooflijk dat je bij Max op school zat.' Cameron omhelsde haar even. 'Echt heel gek.'

'Ja, en ook ongelooflijk dat Cameron me nooit heeft verteld dat hij zo'n superaantrekkelijke vriend heeft.' Het was nu de beurt van de aangeschoten Freya om Lottie te omhelzen. 'Wat een stuk. Vind je hem ook geen stuk? Die ogen!'

'Ik denk dat hij denkt dat hij onweerstaanbaar is. Maar hoe dan ook, ik moet ervandoor. Alles goed met jullie?'

Freya keek haar stralend aan. 'Prima. Mijn mooiste dag ooit. Nou ja, niet voor iedereen natuurlijk. Mijn moeder heeft het ziekenhuis nog gebeld en blijkbaar is Peter al geopereerd. Ze willen natuurlijk niet in details treden, maar het schijnt goed met hem te gaan. Maar die arme Ruby, wat vreselijk voor haar.'

'Vind je het niet erg dat ze jullie bruiloft heeft verknald?'

'Hoezo verknald? Het was een fantastische dag en iedereen heeft genoten.' Freya omhelsde haar nog een keer enthousiast. 'Ik bel je morgen, kunnen we even bijpraten. Ik wil alles weten! Ook waarom de aantrekkelijke Max nu met alleen een handdoek om de receptie in komt lopen,' voegde ze eraan toe, met een blik over Lotties schouder.

Oeps. Lottie verschool zich snel achter Freya voordat hij haar kon zien. 'We hebben het er morgen over. Ik moet er nu echt vandoor.'

10

Het was zo'n broeierige, rusteloze nacht geweest, steeds even in slaap vallen en dan weer wakker worden, en Lottie wist wiens schuld dat was; nog een reden om zich kwaad te maken om hem. Het was nu zeven uur 's ochtends en ze lag nog steeds in bed aan Max te denken.

Het was in elk geval heel verstandig geweest om weg te gaan. Haar lichaam had misschien wel willen blijven, maar haar geweten had dat niet toegestaan, al leek Max zelf totaal geen last van zijn geweten te hebben. Maar hij had dan ook geen trauma opgelopen zoals zij in haar eerste studiejaar toen ze als een blok was gevallen voor de gladde praatjesmaker Keiron, wat haar een hoop ellende had bezorgd. Achteraf zag ze natuurlijk best dat Keiron een egocentrische man was, vol van zichzelf en totaal niet charmant, maar in die tijd was ze te verliefd om dat in te zien. Bijna drie maanden lang hadden ze de tijd van hun leven, tot op een ochtend een meisje had aangeklopt op de deur van zijn kamer in het studentenhuis. Snikkend had ze gezegd dat ze met hem moest spreken. Keiron en zij hadden in bed gelegen en hij had 'Sst' in haar oor gefluisterd. 'Als ze denkt dat ik er niet ben, gaat ze vanzelf wel weg.'

De bezoekster ging echter niet weg. Ze bleef uren voor de deur zitten tot Lottie en Keiron wel gedwongen waren om de kamer uit te komen, en toen had het doodongelukkige meisje aan haar gevraagd: 'Hoelang heb je al iets met hem?'

Gekrenkt had ze geantwoord: 'Nog niet zo lang.'

Het betraande meisje had zich tot Keiron gewend met de vraag: 'Waarom heb je me dat niet verteld?'

Hij had haar vermoeid aangekeken. 'Omdat ik wist dat je dan zoiets als dit zou gaan doen.'

Aan Lottie had het meisje vervolgens gevraagd: 'Ga je het nu met hem uitmaken?'

Op dat moment had Keiron Lottie een bemoedigend kneepje in haar hand gegeven. En Lottie, die zijn gefluisterde uitleg had aangehoord over een plakkerige ex-vriendin die weigerde te geloven dat hun korte relatie echt voorbij was, wist wat haar te doen stond. Vriendelijk maar streng hoorde ze zichzelf zeggen: 'Luister, hij is verdergegaan met zijn leven. Sorry, maar dat zul je moeten accepteren. Hij is liever bij mij.'

Het was eigenlijk niets voor haar geweest om zoiets te doen, maar op dat moment had ze zich heel moedig gevoeld, als een filmpersonage dat voor zichzelf en haar relatie opkwam.

Daarna was het meisje zonder nog iets te zeggen vertrokken en Keiron was opgetogen geweest, want ze had zijn leven behoorlijk verpest, die wanhopige stalker uit zijn geboortestad die het maar niet wilde snappen. Hij zei tegen Lottie dat ze de situatie perfect had afgehandeld en trakteerde haar als beloning op een maaltijd bij Burger King.

Twee dagen later was hij plotsklaps verdwenen, en via een van zijn vrienden kreeg Lottie te horen dat de wanhopige stalker in werkelijkheid de twintigjarige moeder van zijn halfjaar oude zoontje was en dat ze op het ogenblik op de ic lag na een overdosis antidepressiva te hebben genomen.

Gelukkig had het meisje het overleefd. Maar Keiron was niet meer teruggekeerd op de universiteit en had ook nooit meer contact opgenomen met Lottie. De afschuw, de schaamte en het gevoel dat ze op zijn minst deels schuld had aan wat er was gebeurd, hadden haar nooit meer verlaten. Door haar domme en helemaal niet bij haar passende besluit om haar vriendje te verdedigen, had ze zomaar medeschuldig kunnen zijn aan de tragische dood van een jonge moeder.

O, god, ze vond het vreselijk om aan die akelige periode terug te denken. Ze was er onherroepelijk door veranderd en was sindsdien altijd op haar hoede voor potentiële vriendjes. En als de timing gisteravond ook maar een heel klein beetje anders was geweest, had ze niets geweten van Cara's bestaan. En dan was ze vanochtend misschien wel wakker geworden in Max' hotelkamer, in zijn bed en in zijn armen... Als ze er alleen maar aan dacht, ging haar bloed al sneller stromen, want het was wel wat ze had gewild en...

Trrring... de deurbel, en nu ging haar hart ook nog eens tekeer, want wie anders dan Max kon op dit tijdstip op een zondagochtend voor haar deur staan? Hij had blijkbaar haar adres aan iemand gevraagd en nu was hij hier om verder te gaan met zijn versierpoging, want als je Max Farrell heette, kon je je verlies niet zomaar accepteren. Maar wat hij nog steeds niet begreep was dat ze niet van plan was om toe te geven.

Ze sprong uit bed en poetste in de badkamer met de snelheid van het licht haar tanden, daarna plensde ze wat water in haar gezicht en probeerde haar net-uit-bed-kapsel om te toveren in een warrige sexy haardos. Lipgloss? Nee. Geurtje? Nou, vooruit, een klein beetje. En daarna trok ze ook nog gauw een schoon oversized T-shirt aan, want het shirt waarin ze had geslapen had een vlek van zwartebessenjam op één borst, waardoor ze eruitzag als iemand die heel slonzig toast had zitten eten in bed.

Wat ze natuurlijk ook altijd deed.

De bel ging weer, lang en hard.

Ze racete de trap af, haalde diep adem, trok de deur open en zag een klein oud mannetje staan in een oranje parka en met grote felgele sneakers aan zijn voeten.

Hij wierp haar een beschuldigende blik toe. 'Jij bent Mary niet.'

En hij was Max niet. Ze zei: 'Nee. Bedoelt u soms Mary Jackson?'

Hij knikte. 'Wat heb je met haar gedaan?'

'Ik heb niks gedaan. Mary woont een eindje verderop, op nummer 26.' Ze wees hem aan waar het was. 'Met die rode voordeur.'

Hij slaakte een geïrriteerd kreetje. 'Nou, daar kan ik niks aan doen. Dat had ze me niet verteld.'

Zo. Dus toch geen Max Farrell op de stoep. Maar beter ook waarschijnlijk.

Lottie ging terug naar bed en besloot haar gevoel van teleurstelling gewoon te negeren.

'Nou, ik had niet verwacht dat mijn laatste avond hier zo zou eindigen.' Richard veegde een lok haar uit Ruby's gezicht. 'Maar ik ben heel blij dat het wel zo is gegaan.'

'Ik ook.' Eigenlijk vroeg ze zich nog steeds af of ze het allemaal niet had gedroomd. Hier op de stoep van het huisje in Carncrows Street, op het punt om te vertrekken, voelde ze zich totaal niet zichzelf.

'Weet je zeker dat je mijn nummer niet wilt hebben?'

'Ja. Gisteren was volmaakt, precies wat ik nodig had na al die ellende. Maar ik denk dat het beter is dat het iets eenmaligs blijft. Ik moet eerst eens uitzoeken wat ik verder wil.' Ze wist alleen zijn voornaam. En hij alleen de hare. Het was beter om het daarbij te laten. Nadat ze hem nog een keer kort op de mond had gekust, zei ze: 'Ik hoop dat je eruit komt met je ex. Je moet je niet gedwongen voelen om iets te doen wat je niet wilt.'

'Dat gebeurt ook niet. En jij ook succes.' Zijn glimlach had haar hart kunnen breken, als dat al niet was gebroken.

Ze blies hem een kusje toe, wapperde even met haar vingers en liep toen door de smalle straat naar de taxistandplaats. Het was tijd om St Ives te verlaten, tijd om terug te gaan naar de echte wereld.

En hoogstwaarschijnlijk ook tijd om haar echtgenoot op te zoeken in het ziekenhuis.

Echt iets om naar uit te zien.

Peter lag in zijn ziekenhuisbed met zijn ogen gesloten en verschillende lichaamsdelen in verband. Terwijl Ruby vanuit de deuropening naar hem keek, dacht ze dat het heel toepasselijk zou zijn als dát deel van hem, daar onder het witte laken, ook in verband zat.

Blijkbaar voelde hij dat ze er was, want zijn ogen gingen open en hij keek haar aan met een mengeling van opluchting en angst. Hij stak een hand op, kromp even ineen van de pijn, schraapte toen zijn keel en zei: 'Je bent gekomen. Hoor eens, het spijt me.'

'Dat is nergens voor nodig. Ik ben alleen maar gekomen omdat er dingen geregeld moeten worden.' Ze liep de kamer in en pakte een stoel die ze op gepaste afstand van het bed zette. 'Is zij al bij je geweest?'

'Nee.' Na een korte aarzeling zei hij: 'Wil je iets voor me doen?'

Blijkbaar had Margaret hem niet willen bezoeken, uit angst dat hun affaire dan algemeen bekend zou raken. 'Wauw, jij durft,' zei Ruby.

'Ik heb een telefoon nodig. Er moeten zaken geregeld worden. Ik moet...'

'De bisschop bellen? Dat denk ik ook, je zult hem moeten vertellen dat je je functie neerlegt.'

'Wil je me dat echt aandoen? Is dat wat er gaat gebeuren?'

Ruby was niet van plan de bisschop in te lichten, hij zou het snel genoeg te horen krijgen van deze of gene, maar ze verbaasde zich wel over Peters poging om de situatie te verdraaien, alsof zij degene was die iets verkeerds had gedaan. 'Dit is iets wat je jezelf hebt aangedaan. Ik heb overigens aan niemand verteld wie je minnares is. Maar ik neem aan dat dat niet lang geheim zal blijven.'

Hij keek haar verslagen aan. 'Alsjeblieft...'

'Ik hoop voor je dat ze het waard is. Hoelang moet je hier nog blijven?'

'Niet zo lang. Gisteravond ben ik aan mijn knie geopereerd. Ze hopen dat ik over een paar dagen naar huis kan, maar daar zal ik wel hulp nodig hebben.'

'Nou, succes ermee. Hopelijk mag je van de bisschop in het huis blijven wonen tot je weer beter bent. Ik zal de komende paar dagen mijn spullen weghalen.'

Het gezicht van haar man vertrok van de pijn. 'Kunnen we er niet over praten?'

'Dat heeft weinig zin.' Ruby sloeg haar benen over elkaar. 'Ons huwelijk is voorbij. En als ik eerlijk ben, stelde het ook niet veel meer voor, hè? Het was niet wat je zegt echt leuk meer. Maar ik ben bij je gebleven omdat ik vond dat dat zo hoorde. En moet je ons nu eens zien. Gewoon doodzonde van al die jaren.'

Hij schudde zijn hoofd. 'Het spijt me.'

'Ja, dat zeg je steeds. Maar alleen omdat je bent betrapt. Hou je echt van haar?'

'Ik weet het niet. Misschien. Ik geloof van wel.'

'Nou, laten we hopen dat ze ook van jou houdt, want je hebt de komende weken iemand nodig die je je sokken aantrekt.'

'Ik heb een nieuwe telefoon nodig.' Hij smeekte bijna, als een wanhopige tiener.

'Ja, vast. Maar die wil Margaret wel voor je kopen, denk ik. Ik heb het te druk met mijn spullen inpakken.'

'Waar ga je naartoe? Naar je ouders?'

'Wat? Nee, dank je. Ik ben veertig. En denk maar niet dat ik uit Lanrock wegga. Ik huur hier wel iets. Ik ga echt niet weg om jou een plezier te doen. Ik hoef helemaal niets meer te doen om jou een plezier te doen,' zei ze. 'Vanaf nu kan ik doen waar ik zin in heb. Ik kan naar bed met wie ik maar wil. Niets wat me tegenhoudt. Waarom kijk je me nu zo aan?'

'Je doet belachelijk. Dat zeg je alleen maar om mij van streek te maken.' Zijn stem kreeg ineens een betuttelende klank, een truc die hij wel vaker toepaste wanneer hij vond dat ze haar toon moest matigen.

'O, echt?' Ruby sloeg een hand voor haar borst. 'Zou mijn ontrouwe echtgenoot er werkelijk door van streek raken als ik met iemand anders naar bed ging? Nou, dan zal ik je eens iets vertellen. Dat heb ik al gedaan! Ik heb gisteren iemand leren kennen en ben vannacht bij hem gebleven. In zijn bed.'

Per slot van rekening had ze dat gedaan om het hem te kunnen zeggen. Om hem te kunnen kwetsen, zodat hij wist hoe zij zich voelde. Wat ze niet had verwacht, was dat hij met een van die vlakke, humorloze lachjes van hem op de proppen kwam, om haar te laten zien dat hij haar niet geloofde. Hij dacht dat ze het alleen maar zei uit wraak.

'Ja, vast,' zei hij.

Ze stoof op. Hoe durfde hij het te betwijfelen? 'Het is zo. Het is echt gebeurd.'

'Ja, natuurlijk.'

O, dit was echt woestmakend. 'Denk je soms dat ik lieg? Ik lieg niet. Ik heb hem leren kennen in een café in St Ives en we hebben de middag en avond samen doorgebracht. En daarna wilde ik naar huis, maar toen dacht ik ineens: waarom eigenlijk? En toen ben ik bij hem gebleven.'

'Ja ja.' Daar had je het al, dat trage, neerbuigende knikje dat hij bewaarde voor speciale gelegenheden, zoals wanneer oude mensen hem foto's van hun kleinkinderen lieten zien.

Witheet van woede verhief ze haar stem. 'En we hebben heel vaak seks gehad en het was echt fantastisch...'

Te laat hoorde ze het discrete klopje op de deur die al halfopen was geduwd. 'Sorry, ik wilde jullie niet storen.' De vrouw van middelbare leeftijd met de theewagen wist bijzonder goed te verbergen dat ze net iets had gehoord waarover het fijn roddelen was. 'Hebt u trek in een kopje thee, dominee?'

'Zeer zeker,' zei Peter. 'Melk, maar zonder suiker. En negeert u alstublieft wat u misschien net hebt gehoord. Mijn vrouw bedoelde het niet zo... Het was een grapje.'

Ruby keek hem hoofdschuddend aan en er viel een ongemakkelijke stilte terwijl de vrouw thee inschonk waarvan ze in haar opwinding de helft over het schoteltje morste.

Toen ze de kamer weer uit was, maar vermoedelijk nog binnen gehoorsafstand rondhing in de gang, zei Ruby: 'Het was geen grapje. Ik meende elk woord ervan. En het was echt fantastisch.'

'In dat geval zou ik graag kennis met hem maken. Maar kunnen we nu weer even verstandig praten over de situatie?'

'Volgens mij praat ik al verstandig.'

'Zonder telefoon kan ik niks. Ik heb een telefoon nodig. Alsjeblieft,' voegde hij eraan toe.

'Het verbaast me eigenlijk dat je niet stiekem ergens een tweede toestel hebt verstopt. Dat hebben mensen die vreemdgaan toch meestal?'

Hij wierp haar een lange, teleurgestelde blik toe. 'Dat zeg je puur uit rancune. Je moet begrijpen dat ik je nooit verdriet heb willen doen.'

'Goh.' Ruby stond op. 'Ik jou ook niet. Ik dacht dat dat zo hoorde in een huwelijk, toch?'

'Het spijt me.'

'Echt? Volgens mij moet het je vooral spijten voor de school. Niet dat ik persoonlijk iets zal zeggen, maar het is beslist niet de makkelijkste tijd van het jaar om een vervanger voor de directeur te vinden.'

11

Freya droeg een groot en beschamend geheim met zich mee. Gisteren zou ze trouwen met Cameron Bancroft, officieel de aardigste man ter wereld, maar toen dat niet was doorgegaan, had ze zich enorm opgelucht gevoeld. En dat moest natuurlijk geheim blijven, want wie dacht ze wel dat ze was? Een of ander verwend nest dat vond dat alles haar in de schoot geworpen moest worden? Ze verdiende zo'n schat van een man als Cameron niet, dat wist ze in elk geval wel. Ze had hem drie jaar geleden in een café leren kennen en op de een of andere manier had hij besloten dat zij voor hem de ware was. Sinds die ontmoeting was ze eraan gewend geraakt dat mensen tegen haar zeiden dat ze zo'n geluk met hem had, dat hij een heel goede vangst was. Cameron was een huisarts die voor iedereen tijd maakte. Hij had een open, vriendelijk gezicht en een warme glimlach, en hij wist mensen het gevoel te geven dat hij echt naar hen luisterde, zelfs als ze hem op straat aanhielden om hem een uitgebreide update te geven over de toestand van hun spataderen.

Hij was gewoon áárdig; in zijn vrije tijd haalde hij geld op voor goede doelen en stimuleerde anderen om ook iets goeds voor de mensheid te doen. Hij hield van fietsen en gaf oprecht de voorkeur aan eten dat gezond was, en hij zou vast ook een fantastische vader worden. Er was echt niets op hem aan te merken. Gewoon niets.

Freya had zich ongelooflijk schuldig gevoeld toen haar gevoelens voor hem na hun eerste jaar samen begonnen af te nemen. Want over je gevoelens had je geen enkele controle toch? Dat was het punt, ze hadden de controle over jou. En hoe aardig ze hem ook vond – want Cameron was iemand die je gewoon wel aardig móést vinden – ze begon langzaamaan te denken dat ze haar leven liever wilde doorbrengen met iemand van wie haar hart op hol sloeg.

Tijdens die besluiteloze periode was er echter iets belangrijks gebeurd. Bij haar moeder, die haar in haar eentje had opgevoed nadat haar vader twintig jaar geleden was overleden na een bootongeluk, was acuut nierfalen vastgesteld. Freya en Tess waren altijd erg close geweest, en Freya was compleet in paniek geraakt bij het idee dat ze haar geliefde moeder zou kunnen kwijtraken. Op dat moment was het heel fijn om Cameron aan haar zijde te hebben, want hij kon haar precies uitleggen hoe het zat en hij had haar ervan verzekerd dat haar moeder de allerbeste behandeling kreeg, waar ze hem enorm dankbaar voor was.

Maar soms werkte zelfs de allerbeste behandeling niet. Tess werd steeds zieker en toen Freya te horen kreeg dat haar nieren het echt hadden begeven en dat haar moeder aan de dialyse moest, kon ze niet helder nadenken. Ze bood zichzelf meteen aan als nierdonor, maar uit tests bleek dat ze daar niet geschikt voor was.

Vier weken daarna was Cameron aan Tess' bed in het ziekenhuis verschenen, waar Freya ook was, en had simpelweg aangekondigd: 'Ik ben wel een match.'

Ze hadden niet eens geweten dat hij contact had opgenomen met het niertransplantatieteam en zich door hen had laten testen. Het was stiekem gebeurd, om geen valse hoop te wekken. Tess had tranen van vreugde gehuild en hem geknuffeld, en Freya had in haar verwarring alleen maar kunnen zeggen: 'Weet je het zeker? Weet je het echt zeker?'

Hij had haar een warme lach geschonken. 'Natuurlijk weet ik het zeker. Ik hou van je. Als jij je moeder geen nier kunt geven, dan doe ik dat.' Toen hij zich vervolgens had gebukt, had Freya gedacht dat hij iets van de vloer wilde oprapen, maar hij was op een knie gaan zitten en had een klein fluwelen doosje uit zijn broekzak gepakt. En daar in de ziekenzaal, ten overstaan van allerlei patiënten, bezoekers en verplegend personeel, had hij gevraagd: 'Freya, wil je van mij de gelukkigste man ter wereld maken en met me trouwen? Wil je mijn vrouw worden?'

Nou ja, en toen had ze natuurlijk niet nee kunnen zeggen.

Hoewel hij het niet expres zo had gepland, hadden de andere aanwezigen natuurlijk hun telefoons gepakt en filmpjes en foto's gemaakt, wat zelfs nog tot een artikel op pagina zeven van de plaatselijke krant had geleid. Niet lang daarna had de transplantatie plaatsgevonden, met groot succes. Zowel donor als patiënt herstelde goed, en Tess was dolblij dat haar dochter ging trouwen met een man die niet alleen sowieso al perfect was, maar wiens altruïstische gebaar ook nog eens haar leven had gered. Ze waren nu voor altijd met elkaar verbonden, en dat maakte haar zielsgelukkig.

Voor Freya zat er ondertussen niets anders op dan haar twijfels te begraven en te accepteren dat ze het aan Cameron verschuldigd was om de liefhebbende vrouw van hem te worden die hij zo verdiende.

Want een andere uitweg zag ze niet. Stel je voor dat ze zou zeggen: 'Nou, bedankt dat je je leven op het spel hebt gezet om mijn moeder een van je nieren te geven, maar nu dat is gebeurd, hoef ik niet meer met je te trouwen, dus dag, hoor!' Dan zou ze bekend komen te staan als de verloofde van ijs.

De deur van Lanrock Holiday Homes stond op een kier om de bries binnen te laten en Lottie zat achter het bureau met de snelheid van het licht te typen op haar laptop toen er iemand in de deuropening bleef staan.

'Hoi,' zei Freya. 'Druk?'

'Natuurlijk niet. Kom verder. Het is behoorlijk raar om je hier te zien de dag nadat je eigenlijk zou trouwen.'

'Ja, hè? Toen ik vanochtend mijn huis uit liep, keek iedereen me aan met een blik alsof ik nog in bed had moeten liggen om heel veel huwelijksreisseks te hebben.'

Lottie trok een wenkbrauw op. 'Ja, en waarom lig je niet in bed om heel veel niet-huwelijksreisseks te hebben?'

'Cameron is naar een van zijn patiënten. Ze is niet ziek, maar heel erg overstuur omdat haar jongere broer is overleden. Ik bedoel, hij was negentig en zij is drieënnegentig, maar je weet hoe Cameron is. Ze huilde toen ze hem vanochtend belde en toen kon hij geen nee zeggen.'

'We weten allemaal hoe Cameron is. Maar goed dat jullie geen huwelijksreis hadden geboekt, dan had hij waarschijnlijk het vliegtuig gemist.'

'Hij laat zijn patiënten niet graag in de steek. We zijn nu van plan om eind dit jaar een kort uitstapje naar Parijs te maken.' Freya was altijd ontzettend begripvol. Na een korte pauze vervolgde ze: 'Heb je al gehoord...' terwijl Lottie precies hetzelfde zei.

'Volgens mij weten heel veel mensen het al.' Lottie liet haar het schermpje van haar telefoon zien, vol Whatsapp-berichtjes. 'Margaret Crane! Mijn god, onvoorstelbaar toch?'

Ze keken elkaar even aan terwijl ze zich het probeerden voor te stellen. Dominee Peter Vale met het stijve ietwat intimiderende hoofd van de basisschool. Wie had dat ooit kunnen denken?

Lotties telefoon pingde weer. 'Eigenlijk denk ik dat iedereen het al weet.'

Iris Norton, die gistermiddag en -avond dapper haar mond had gehouden over de identiteit van de vrouw met wie de dominee stiekem iets had, was rond middernacht uiteindelijk voor de verleiding bezweken, na een paar glazen cider te veel. Ze had de naam Margaret in het oor gefluisterd van haar vriendin Sally, die als serveerster in het hotel werkte en die het nieuws meteen had doorgebriefd aan de rest van het personeel, en daarna ook aan haar vele broers en zussen. Binnen een uur waren overal in de stad telefoons opgelicht en had iedereen het erover. Het grote geheim was geen geheim meer.

'Zo zie je maar, je weet nooit echt hoe het zit, hè? En trouwens, nu we het daar toch over hebben, die Max is echt wel een stuk, vind je ook niet?' Freya keek Lottie vragend aan.

Lottie tikte met een pen tegen de rand van haar bureau. Daar had je het al, het grote verhoor. 'Ja, en dat weet hij zelf ook. Hij was altijd al vol van zichzelf.'

'Jullie zijn samen nog in zee gaan zwemmen toch?'

'Dat was niet de bedoeling,' protesteerde Lottie, 'maar hij daagde me uit. En geloof me, als Max je uitdaagt moet je er wel op ingaan, anders houdt hij er nooit meer over op.'

Freya schudde met haar vinger naar haar. 'Wat ik wil weten is wat er in zijn hotelkamer gebeurde na die zwempartij.'

'Ik heb een douche genomen. Hij heeft een douche genomen. Niet tegelijkertijd. En er is helemaal niets gebeurd.'

'Nou, hij wilde het vast wel. Voelde je je niet een beetje in de verleiding komen?'

'Ik ben verstandig geweest. Ik ben gewoon weggegaan.' Lottie negeerde de herinnering aan de adrenalinestoot van hoop toen eerder die ochtend bij haar was aangebeld.

'Inderdaad verstandig, denk ik. Cameron vertelde dat Max nogal een reputatie had op de universiteit. Blijkbaar vielen de meisjes bij bosjes voor hem.' Freya's eigen telefoon pingde ook ten teken van het zoveelste berichtje. 'Het is van Amber. Ze zag net Margaret Crane haar koffer in haar auto leggen en wegrijden. Ze zegt dat Margaret heel hard toeterde naar een gezin dat net wilde oversteken en dat ze daarna ook nog eens door rood reed.'

'Wat een puinhoop. Ik vraag me af of haar man het al weet? Misschien heeft hij haar er wel uit geschopt... O.' Lottie wees door het raam. 'Kijk eens wie we daar hebben.'

Ze keken allebei naar Ruby Vale, die de heuvel op kwam lopen, in een smaragdgroene jurk en met een zonnebril op. Ze had haar bruine haar in een losse knot gebonden met een groen-wit gebloemd sjaaltje en droeg witte espadrilles.

'Net een Italiaanse filmster,' verzuchtte Freya. De vrouw van

Peter Vale was weelderig, gebruind en bijzonder glamoureus en ze vond het ongelooflijk dat hij dat alles op het spel had gezet. 'Als ik met haar getrouwd was, zou ik niet stiekem iets met de plaatselijke schooljuf beginnen. Echt niet.'

'O, ze komt hiernaartoe,' piepte Lottie toen Ruby de straat overstak en daarna de zaak in kwam lopen. 'Hallo.'

Ruby nam plaats op een van de stoelen tegenover Lotties bureau. Ze zette haar zonnebril af en keek Freya aan. 'Hoi. Nou, nu kan ik tenminste twee vliegen in één klap slaan. Freya, het spijt me ontzettend van gisteren. Ik voel me er zo rot over. Vreselijk dat het op zo'n toestand is uitgelopen.'

'Je hoeft je nergens voor te verontschuldigen, het was niet jouw schuld.' Freya schudde haar hoofd. 'En dat van de bruiloft geeft ook niet. We kunnen wel een ander keertje trouwen, en de receptie in het hotel was ondanks alles fantastisch. We hebben ons meer zorgen om jou gemaakt,' vervolgde ze. 'Wat moet dat vreselijk voor je zijn. Hoe voel je je nu?'

'Ik overleef het wel. Iris heeft me al een berichtje gestuurd waarin ze zich heeft verontschuldigd voor haar grote mond. Weet iedereen nu wie het is?'

Lottie knikte. 'Helaas wel.'

'Nou ja, zulke dingen blijven nooit lang geheim.'

'Hoe gaat het met je man? Heb je al iets gehoord?'

'Ik ben een uur geleden bij hem geweest. Hij hoeft niet lang meer in het ziekenhuis te blijven. Daarom ben ik hier ook.' Ruby gebaarde naar de huizenfolders op de schappen. 'Ik zoek iets waar ik tijdelijk kan wonen. Het liefst voordat Peter thuiskomt.'

'Maar dat is heel oneerlijk,' vond Freya. 'Jij hebt toch niks verkeerd gedaan? Waarom moet jij dan weg?'

Lottie liep naar het koffieapparaat in de hoek. 'Koffie?'

'Ja, lekker. En ja, het is oneerlijk, maar het is niet het einde van de wereld.'

'Je wilt dus in de buurt blijven?'

'Ja. Lanrock heeft alles. Ik vind het heerlijk hier.' Ruby keek hen stralend aan. 'Waarom zou ik hier weggaan?'

'Precies!' viel Freya haar bij.

'Ik bedoel, ik neem aan dat er wel over me geroddeld zal worden, dat mensen me stiekem uitlachen...'

'Nee, ze lachen hem uit, niet jou. Niemand snapt het. Ik bedoel, moet je jou nou zien, hij mocht in zijn handen knijpen dat hij jou had.'

Even verschenen er tranen in Ruby's ogen. Toen herstelde ze zich weer. 'Nou, fuck Peter. Jammer voor hem dan.'

Na een moment van verbaasde stilte – een vloek uit de mond van de vrouw van de dominee! – zette Lottie de koffie op het bureau en zei grijnzend: 'Ja, fuck hem. En het is inderdaad jammer voor hem. Goed, dan gaan we nu kijken of ik een huis voor je kan regelen.' Ze trok haar laptop naar zich toe. 'Wat had je precies in gedachten? En voor hoelang?'

'O god, een paar maanden denk ik. Ik hoop dat ik tegen het einde van de zomer toch wel iets voor mezelf kan kopen.' Ruby nam een slokje koffie en liet erop volgen: 'En wat het precies moet zijn, geen idee, zolang het maar geen tochtige oude pastorie is. Laat me maar gewoon zien wat je hebt.'

Twee dagen later trok Ruby in haar tijdelijke onderkomen. Ze had maar weinig keus gehad, want de meeste vakantiehuizen werden per week of twee weken verhuurd en waren ook grotendeels al bezet. Ze had echter geluk, een paar dagen daarvoor had een gezin dat de zomervakantie in Lanrock had willen doorbrengen, hun plannen op het allerlaatste moment gewijzigd en waren naar Californië vertrokken.

'Dus het is een van deze twee,' had Lottie die zondagochtend tegen haar gezegd. 'Het eerste is niet zo duur, maar ligt wel aan het eind van Leopard Lane...' Ze had haar zin niet afgemaakt, iedereen wist dat dat vlak bij de pastorie was.

Ruby had even gerild. 'Liever niet.'

'Oké. Het andere huis is duurder, maar ook veel leuker.' Lottie had haar het appartement getoond op haar laptop. 'Aan zee, dus een fantastisch uitzicht.'

Bij de pastorie was geen sprake geweest van welk uitzicht dan ook, die werd omringd door bomen. 'Klinkt perfect.'

'Het enige probleem is dat je daar wel een lastige buurvrouw hebt.'

Het kon ook nooit eens echt volmaakt zijn. De moed zonk Ruby al in de schoenen. 'Wie dan?'

'Ik,' zei Lottie droog. 'Sorry, ik kon het niet laten. Maar denk je dat je dat aankunt?'

Wat een opluchting! Ruby begon te lachen. 'Nou, ik ben zo wanhopig dat ik dat maar op de koop toe neem.'

12

En nu zat ze, drie weken later, volkomen gelukkig te zijn in het op een na kleinste appartement dat een paar jaar geleden was gerenoveerd door Lotties vader, Terence Palmer. De in totaal vier appartementen waren gebouwd rondom een binnenplaats, op de plek van de oude overdekte markt, waar Beach Street en Cliff Road elkaar kruisten, vlak bij Bert's Bar, en door slechts een strook gras gescheiden van het strand.

Vanuit haar kamer kon Ruby het hele strand, de zee en vele kleine bootjes zien, en het slaapkamerraam aan de achterkant keek uit op de gemeenschappelijke binnenplaats, waar alle gasten gebruik van konden maken. Het appartement met het minste uitzicht werd bewoond door Lottie, die het familieverhuurbedrijf runde, terwijl haar ouders, Terence en Kay, genoten van hun pensioen en hun dagen zeilend en golfend doorbrachten.

Ruby spoelde haar blauwgrijze kwast af in het glas water voor haar en vroeg zich af of ze wel echt volkomen gelukkig was. Het appartement was fantastisch; hoewel aan de kleine kant, was het licht en luchtig, en ze had de glazen eettafel onder het raam geschoven zodat ze tegelijkertijd kon werken en het veranderlijke uitzicht op zee kon bewonderen.

Maar gelukkig? Nee, niet echt, want ze sliep nog steeds slecht en schrok iedere ochtend wakker met een paniekerig gevoel van naderend onheil in haar borst.

Want haar oude leven was onder haar vandaan getrokken, zoals een tapijt onder je voeten vandaan wordt getrokken. Misschien was haar huwelijk niet een en al feest geweest, maar ze was eraan gewend. En ja, ze wist dat ze uiteindelijk ook gewend zou raken aan dit onverwachte nieuwe leven, maar vooralsnog was daar weinig van te merken.

Ondertussen zat ze met een deadline; haar nieuwe boek moest over een maand bij haar uitgever op het bureau liggen. Haar hoofd weigerde echter dienst en leek in staking te zijn, wat je toch wel problematisch kon noemen.

Het allerergst was nog dat haar redacteur naar Lanrock kwam om met haar te lunchen en de plannen voor komende boeken te bespreken, wat betekende dat ze ook zou willen zien hoever ze was gevorderd met dit boek.

Dit boek dat in de verste verte nog niet klaar was, hoewel Ruby had gezegd van wel.

Het probleem was dat uitgeverijen altijd maanden in het voren werkten, en een deadline niet halen zorgde voor heel wat consternatie. Ze was zich daarvan bewust en had er dan ook altijd voor gezorgd dat ze zowel de tekst als de tekeningen ruim op tijd inleverde.

Ze mocht dan domineesvrouw af zijn, ze was verdomme niet van plan om ook haar carrière als schrijver en illustrator van kinderboeken op te geven. Al acht jaar kon ze zichzelf een bestsellerauteur noemen en het was niet de bedoeling dat Peters overspel daar een einde aan maakte.

Door het grote raam zag ze opgewonden meeuwen wervelen om een vissersboot die de haven in kwam. Een peuter op het strand probeerde een sliert zeewier te eten en een donkerbruine labrador met een oranje frisbee in zijn bek deed een trekspelletje met zijn baasje. Ruby vond haar inspiratie altijd door naar mensen en dieren te kijken en dan maakte ze snelle schetsen met waterverf en inkt in de hoop dat daar iets uit zou komen. Maar vandaag weigerden haar hersens koppig dienst. Bommel de Hommel en Zelda hadden er geen zin in. En de wetenschap dat haar redacteur zo meteen zou komen maakte het er niet beter op in haar hoofd.

Ze was negen jaar geleden op een zondag op het idee gekomen toen Peter zonder enige aankondiging vooraf een zes jaar oud meisje aan haar zorgen had toevertrouwd omdat hij met de moeder moest spreken. Paniekerig had ze gevraagd: 'Maar wat moet ik met haar doen? Ik ben helemaal niet goed met kinderen!' Waarop hij kordaat had gezegd: 'Nou, dan wordt het misschien tijd dat je dat leert.'

Daar had wat in gezeten. Bovendien was er niemand anders in de buurt om het meisje bezig te houden terwijl hij haar radeloze moeder meenam naar de woonkamer om het met haar te hebben over haar problemen met haar man en schoonouders.

Waardoor Ruby voor wie weet hoelang in de keuken zat opgescheept met een stil meisje van zes. Een meisje dat ook nog eens haar hoofd schudde en nee zei toen Ruby voorstelde om tv te gaan kijken.

Met de moed der wanhoop had Ruby haar laten plaatsnemen aan de keukentafel met een schetsboek en een pak viltstiften. Het meisje had met trillende onderlip gefluisterd: 'Papa zegt dat ik niet kan tekenen. Hij gooit mijn tekeningen altijd weg.'

Ruby wist al dat de vader een akelige man was met een drankprobleem. Vol medelijden had ze uitgeroepen: 'Och liefje, ik durf te wedden dat jij prachtig kunt tekenen. Zou je geen tekening voor mij willen maken? Dat heeft nog nooit iemand gedaan en dat zou ik zo leuk vinden!'

'Ik kan dat niet.' Er gleed een traan over de wang van het meisje.

'Zullen we er anders samen eentje maken? Lijkt dat je geen leuk idee? Dan verzinnen we wat we gaan tekenen en maken er een verhaaltje van.' Tijdens deze laatste wanhoopspoging van Ruby vloog er een hommel door het open keukenraam naar binnen en hij cirkelde luid zoemend om hun hoofd. Ze probeerde hem met een theedoek naar buiten te verjagen, maar de hommel ontweek haar behendig. 'Ik weet het al, we gaan deze stoute jongen tekenen! Hoe denk je dat hij heet? O, waar is hij ineens gebleven?' Ze staakte haar jacht toen de hommel achter een pot gele geraniums op de vensterbank verdween. 'Zie jij hem nog ergens? Als we wisten hoe hij heette, konden we hem roepen.'

Voor het eerst toonde het meisje iets van belangstelling. Ze zei: 'We kunnen hem Bommel de Hommel noemen.'

'O, dat is te gek,' zei Ruby. 'Want als mensen zijn naam horen denken ze meteen dat hij een grote dikzak is, en dan zien ze hem en dan blijkt hij een lief klein hommeltje te zijn dat Bommel de Hommel heet. Maar hij kan vliegen en avonturen beleven met zijn beste vriendje of vriendinnetje... O, ik denk dat het een meisje van zes is en we noemen haar... Wat denk jij? Jij mag het zeggen.'

'Ezeltje?'

'Eh...'

'Koekje?'

'Nou...'

'Ik weet het al.' Het meisje kreeg er zin in. 'We noemen haar Zelda.'

Ruby schreef de naam op. 'Dat is een prachtige naam. Hoe kwam je daarop?'

Het meisje keek haar aan alsof ze dat toch zou moeten weten. 'Zo heet mijn slak.'

En zo was op een saaie regenachtige middag, aan Ruby's keukentafel, haar nieuwe carrière begonnen. Toen Megans moeder en Peter een uur later de woonkamer uit kwamen, had ze al schetsen gemaakt van Bommel de Hommel en Zelda en had ze samen met Megan een verhaaltje bedacht dat het meisje trots aan haar moeder liet zien. En die avond merkte Ruby dat ze alweer andere avonturen zat te bedenken. Het was alsof er een bron was aangeboord waarvan ze niet eens had geweten dat die er was. Het leek wel tovenarij. Tot op dat moment was aquarelleren niet meer dan een hobby voor haar geweest, maar een week later al had ze haar eerste verhaal af, compleet met tekeningen. Over het tweede verhaal had ze zes dagen gedaan. Een maand later had de baas van het advocatenkantoor waar ze als secretaresse werkte haar betrapt toen ze stiekem nieuwe ideeën achter op een bruine envelop had zitten schrijven.

'Wat is dat?' Hij had de envelop weggegrist en was hardop gaan lezen. 'Bij de tandarts zoemt Bommel de Hommel rond, een geluid als een tandartsboor... geheime voorraad snoepjes in de la... ze beginnen te zingen en te dansen... Hommel krijgt gebreide sokjes aan... Zelda moet hem uit de vuilnisbak redden en als ze 's avonds uit het raam klimt vindt ze een ster die in de boom is gevallen...'

Met een knalrood hoofd zei Ruby: 'Sorry.'

'Laat dat sorry maar zitten. Wat ís dit? Heb je soms lsd geslikt?'

'Het is niets.' De man was een onverdraaglijke bemoeial, de enige op kantoor die ze niet aardig vond.

'Het is voornamelijk nonsens. En als je nonsens wilt opschrijven, dan zou ik graag willen dat je dat in de toekomst in je eigen tijd deed. En nu weer aan het werk.' Hij verfrommelde de envelop en gooide de prop in de dichtstbijzijnde prullenbak. 'En wee je gebeente als ik het je nog een keer zie doen.'

Hij was altijd al een ouwe zeurpiet geweest. En Ruby was gewoon doorgegaan met het noteren van haar ideeën, ze had er alleen voor gezorgd dat hij haar niet meer betrapte.

Drie maanden later had ze in een vakblad de namen opgezocht van literaire agentschappen die misschien wel belangstelling voor haar verhalen zouden hebben. Ze stuurde acht van haar verhalen op. De eerste agent zond ze terug. Net als de tweede. En de derde. Het begon bijzonder deprimerend te worden. Ruby troostte zichzelf door inmiddels succesvolle schrijvers te googelen die door nog veel meer agentschappen waren afgewezen dan zij tot nu toe.

Maar toen werd de zevende agent verliefd op Bommel de Hommel en Zelda en vroeg Ruby om naar Londen te komen voor een kennismaking. Hij wilde haar opnemen in zijn stal en deed suggesties om de personages en hun avonturen nog wat meer uit te diepen. Nog geen vier maanden later lagen er al aanbiedingen van uitgevers in Amerika, Groot-Brittannië en nog wat landen, en een jaar later, toen de boeken een voor een verschenen, waren ze meteen een groot succes.

De bevredigendste dag uit Ruby's leven was de dag dat ze haar ontslag indiende bij de baas van het advocatenkantoor, de man die de envelop had weggegooid waarop ze een paar ideetjes had genoteerd. Stijfjes zei hij: 'Ik heb dat interview met je gelezen in *The Sunday Times*. Zo te horen verwachten ze dat je een soort superster op het gebied van kinderboeken wordt.'

Hoewel Ruby het interview inmiddels uit haar hoofd kende, haalde ze bescheiden haar schouders op. 'Ach, dat zegt nog niks.'

'Ik zei tegen mijn vrouw dat ze het ook maar eens moet proberen als het zo makkelijk is om kinderboeken te schrijven.'

Hoewel Ruby nog maar pas kwam kijken in de boekenwereld, had ze dat soort opmerkingen ondertussen echt al tig keer gehoord. Ze schudde haar hoofd naar de baas die ze nooit had gemogen en zei: 'O, het is verre van makkelijk.'

Daartegenover stond dat het ontzettend leuk was geweest om de boeken aan Megan en haar moeder te kunnen geven. Megans ouders waren inmiddels gescheiden en haar vader was in Trowbridge gaan wonen, bij zijn al net zo akelige ouders.

En nu, acht jaar later, was Megan een slungelige puber die zich waarschijnlijk doodschaamde wanneer ze weer een boek kreeg toegestuurd, en was Ruby een auteur die over de hele wereld door kinderen werd aanbeden vanwege haar humor, haar grappige illustraties en haar inventieve plots. Journalisten wezen haar er altijd graag op dat het zo ironisch was dat ze zelf geen kinderen had, en Ruby had geleerd te glimlachen en vriendelijk te zeggen dat het inderdaad jammer was dat ze nooit kinderen had gekregen, maar dat het heel veel voldoening gaf om vreugde te schenken aan al die miljoenen kinderen die haar boeken lazen of naar de tv-series keken die op haar boeken waren gebaseerd.

Het extra geld dat binnenkwam had ook nog eens haar en Peters leven veraangenaamd; ze hadden een mooi spaarpotje aangelegd en konden zich dingen veroorloven die anders niet voor hen waren weggelegd. Ze vroeg zich nu af of dat niet de reden was dat hij misschien langer bij haar was gebleven dan hij anders zou hebben gedaan.

Waarschijnlijk.

Een reden temeer om hem te minachten.

Ja, haar leven had negen jaar geleden een onverwachte wending genomen, en nu nam het opnieuw een wending. Het vervelende was dat ze haar inspiratie weer terug moest zien te krijgen, want die leek compleet verdwenen.

En daar stapte, precies op tijd, Morwenna, haar redacteur, al uit een taxi. Ze was een weekje op vakantie in Fowey en omdat ze nu toch in de buurt was, had ze een afspraak gemaakt om te zien hoe het met het volgende boek ging.

Het antwoord was dat het helemaal niet ging, maar eerst zouden ze samen lunchen bij McCarthy's, en Ruby nam zich voor om vooral te genieten van Lachlan McCarthy's fantastische eten voordat ze opbiechtte hoe het zat.

Per slot van rekening zag de wereld er altijd een stuk vrolijker uit wanneer je kreeft in een pernod-knoflooksaus in je buik had.

13

'Wat een klootzak,' riep Morwenna uit nadat Ruby haar het hele verhaal had verteld. 'Sorry, ik weet dat je dat niet mag zeggen van een dominee, maar wat een lef heeft die vent. Ik hoop dat je beseft dat je beter af bent zonder hem.' Ze schonk haar glas bij.

'O ja, dat weet ik,' zei Ruby. 'Het is alleen... Ach, je weet wel, ik moet nog aan het idee wennen.'

'Ja, het is alsof iemand je lekkere pantoffels heeft gejat en je dan de hele dag op hoge hakken moet rondlopen. Maar uiteindelijk zul je wel aan die hakken wennen, en dan is er niets meer wat jou tegenhoudt, geloof mij maar.' Morwenna prikte met haar vork in de lucht toen ze ineens een idee kreeg. 'Dit zou weleens de perfecte tijd kunnen zijn om je wat meer in de picture te zetten. Literaire festivals, scholen, dat soort dingen... Dan heb je meteen even wat anders aan je hoofd.'

'Nou, dat weet ik niet, hoor,' flapte Ruby eruit, want op dit moment had ze bepaald geen zin in reizen. 'Sorry, maar ik geloof niet dat ik dat nu aankan.'

'Maar het zou juist leuk zijn! Dan leer je allemaal nieuwe mensen kennen.' Morwenna nam nog een grote slok wijn; soms was haar enthousiasme gewoon eng. 'Leuke dingen doen... precies wat je nu nodig hebt.'

'Ik heb op dit moment helemaal geen zin om nieuwe mensen te leren kennen. Niet nu ik me zo voel.'

'Oké, prima, ik kan je niet dwingen. Als je maar geen kluizenaar wordt.' Morwenna nam haar op met het scherpe oog voor detail dat een redacteur eigen was. 'Volgens mij ben je afgevallen. En zo te zien slaap je ook slecht.'

Ruby wist best dat ze donkere wallen onder haar ogen had. Gelaten zei ze: 'Ik word 's nachts wel vijftig keer wakker. En dan val ik overdag in slaap.'

'Het zal vanzelf beter gaan. Maar je moet goed voor jezelf zorgen, hoor. Oké, ik ben zo weer terug.'

Terwijl Morwenna naar de wc ging, staarde Ruby uit het raam naar de toeristen die door Beach Street slenterden. Voor het café aan de overkant zag ze twee kinderen kiezelstenen uitzoeken uit een emmertje, terwijl de vrouwen die bij hen waren een geanimeerd gesprek voerden en koffiedronken. De kinderen – een jongen en een meisje? – hadden allebei een snel smeltend ijsje in de hand. Toen liet het jongetje zijn ijsje in zijn schoot vallen en zette het op een krijsen, maar het meisje wist het ijsje te pakken net voordat het op de stoep viel en gaf het aan hem terug.

Ruby kreeg tranen in haar ogen van al dat vertoon van vriendelijkheid. O, god, niet nog meer tranen! Ze wendde haar blik af. Al jaren kon ze ineens geraakt worden door de aanblik van baby's in kinderwagens en peuters die vielen en dan zonder klagen weer opstonden. Peter had er echter weinig voor gevoeld om vader te worden, hij kende dat bijna lichamelijke gevoel van verlangen naar een kind niet, en hij had er dan ook niet mee gezeten dat ze nooit zwanger was geworden. Wanneer ze het weleens met hem over haar gevoelens had proberen te hebben, had hij altijd afwijzend gereageerd en gezegd dat er al genoeg mensen op de wereld waren en dat je je heus niet hoefde voort te planten alleen maar om jezelf belangrijk te vinden.

'Hoor eens,' had hij op zijn serieuze geloof-me-nou-maar-toon gezegd, 'als het gebeurt, gebeurt het. En zo niet... Nou, dan is dat misschien wel Gods wil.'

Ruby drukte een zakdoekje tegen haar ene oog en toen tegen het andere en probeerde zichzelf weer onder controle te krijgen, terwijl de kinderen begonnen te ruziën over van wie een bepaald steentje was. Genoeg van deze zwakte. Ze dronk wat ijswater om de onrust in haar maag mee te dempen. De lunch zat er bijna op, Morwenna kon elk moment weer aan tafel verschijnen en had haar al gezegd dat ze heel benieuwd was naar Ruby's nieuwe appartement. De tijd van opbiechten kwam steeds dichterbij.

Twintig minuten later verlieten ze McCarthy's en wandelden ze door Beach Street.

'Wat een prachtig complex. Ik vind het nu al mooier dan die sombere oude pastorie.' Morwenna knikte goedkeurend toen ze door het hek de binnenplaats op liepen. 'Zo schoon en modern. Past veel beter bij je. Alleen jammer van die kleine lastpakken daar,' vervolgde ze wat zachter toen de twee kleine kinderen van het café een van de appartementen uit kwamen rennen met een opblaasbare roze flamingo en een gestreepte strandbal, die ze natuurlijk lieten vallen zodat ze er allebei over struikelden. Het jongetje gilde en deed een greep naar de flamingo, waarop een luidruchtig gevecht volgde over van wie het beest was.

'Jij liever dan ik,' zei Morwenna toen de kinderen steeds harder begonnen te schreeuwen. 'Zou ik ze mogen zeggen dat ze hun bek moeten houden?'

Morwenna mocht dan een uitstekende redacteur van kinderboeken zijn, in het echte leven had ze geen greintje geduld met kinderen. Met een klein lachje zei Ruby: 'Dat zal je vast niet in dank worden afgenomen. Per slot van rekening is het ook hun vakantie.'

'Nou, ik kan alleen maar zeggen dat ik heel blij ben dat er hotels bestaan waar kinderen niet zijn toegestaan.'

'Mama, ze wil hem niet teruggeven!' brulde het jongetje. 'Hij is van mij!'

'Hou op met dat geruzie.' De moeder verscheen in de deuropening met een arm vol kleren. 'Als jullie lief gaan spelen, krijgen jullie daarna een bananenyoghurtje.'

'Allemachtig.' Morwenna huiverde even terwijl Ruby de voordeur van haar appartement opendeed.

'Ik lust geen yoghurt... au!'

'Tja, wie houdt er nou wel van bananenyoghurt,' zei Morwenna, terwijl de ruzie om de flamingo weer werd hervat. 'Ze zou ze een wodka-tonic moeten geven, misschien dat dat helpt.' Nadat ze nog eens overdreven had gerild, zei ze: 'Dat jij daar niet gek van wordt. Die akelige hoge stemmetjes! Als een krijtje over een schoolbord.'

'Ze zijn net aangekomen.' Ruby kon er niet mee zitten. 'Vandaag is het de wisseling van de wacht. Vorige week zaten er in de appartementen twee bejaarde echtparen, die zaten de hele avond op de binnenplaats te kletsen en te drinken. En de week daarvoor was het een groepje dertigers. Over herrie gesproken!'

'Nou ja, dat hoort er dus blijkbaar bij. Maar misschien zou je iets van geluidsisolatie kunnen laten aanbrengen? Oké, laat me eens zien hoever je bent...' Morwenna was al naar de tafel voor het raam gelopen en opende de grote tekenmap waarin Ruby altijd haar laatste werk bewaarde. 'O, dat ziet er fantastisch uit!' Ze bewonderde de eerste tekening en draaide die toen om. 'Waar is de rest?'

Tijd om te vertellen hoe het zat. Met tegenzin zei Ruby: 'In mijn hoofd.'

Morwenna wierp haar een zijdelingse blik toe. 'Is dat echt zo?'

Ruby haalde haar schouders op. 'Nee, sorry. Ik heb alleen dat. Er komt gewoon niks.'

Ze gingen aan tafel zitten en hadden het over haar verlammende mentale blokkade, waarover Morwenna zei dat die volkomen begrijpelijk was gezien de omstandigheden, hoewel het misschien beter voor Ruby zou zijn om zichzelf te dwingen dóór die blokkade heen te werken, want dat was meteen een mooie afleiding van al die gedachten aan Peters overspel.

Ze ging verder met te zeggen dat de ideeën en de aandrang om te scheppen vanzelf zouden terugkeren, terwijl Ruby haar best deed om te doen alsof ze het daarmee eens was en daarbij overtuigend probeerde te klinken. Morwenna zei vervolgens dat het weliswaar ingewikkeld was, maar dat ze de publicatie eventueel een paar maanden konden verzetten, mocht er echt niets uit haar handen komen. Dat klonk zowel geruststellend als angstaanjagend. Daarna probeerden ze wat te brainstormen, waarna Ruby er alleen maar nog meer van overtuigd raakte dat de blokkade permanent was en dat haar carrière voorbij was. Hoe vaker Morwenna zei dat ze zich moest ontspannen en zich geen zorgen moest maken, hoe bezorgder ze werd.

'Het gaat om de stemmen van de personages... Ik ben ze gewoon kwijt. Ik kan niks grappigs meer verzinnen.'

'Dat komt vanzelf wel terug. Gewoon doorgaan.' Morwenna dronk haar derde espresso op. 'Zodra je de tekst en wat illustraties hebt, kunnen de ontwerpers aan het omslag beginnen. Goed.' Ze las het bericht dat net was opgeflitst op haar telefoon en stond op. 'Mijn taxi is er. Ruby, het was ontzettend leuk je te zien. Mocht je nog een keer willen brainstormen, bel me gewoon, dan kunnen we... O. Alles goed met je?'

Ruby had haar net ten afscheid willen omhelzen toen ze buiten iemand zag staan die... maar nee, dat kon niet, en meteen daarna zag ze ook niemand meer. Het moest gewoon een oppervlakkige gelijkenis zijn geweest. Ze haalde diep adem en schudde haar hoofd. 'Sorry, ik dacht dat ik iemand zag die ik kende, maar dat was niet zo.'

'O, gelukkig, ik dacht dat je je had bezeerd aan mijn armband!'

Morwenna hing haar dure tas aan haar schouder en liep naar de voordeur, waar ze elkaar nog even omhelsden. Een van de kinderen van het appartement aan de overkant schopte een rauwe wortel over de binnenplaats en een zilvermeeuw vloog geschrokken en luid fladderend op. Toen hij wegvloog krijste hij nog een keer verontwaardigd en liet een klodder poep vallen die bijna op Morwenna's hoofd terechtkwam.

'Misschien is het een idee,' verkondigde Morwenna op heldere en duidelijke toon, 'dat jullie wat rustiger doen in een ruimte die ook door anderen wordt gebruikt. En misschien is het ook een idee om niet met eten te schoppen.'

O, god. Ruby zag dat de onderlip van het jongetje begon te trillen. O, ga alsjeblieft niet huilen.

'Geloof me,' fluisterde Morwenna tegen haar, 'als ik het voor het zeggen had, zouden kinderen wel weten hoe ze zich moesten gedragen en dan zou de wereld er een stuk beter uitzien.'

De moeder van de kinderen verscheen in de deuropening. 'Is er een probleem?'

'Helemaal niet.' Morwenna's glimlach was strak en neutraal. 'Ik probeerde ze net uit te leggen dat ze wat meer rekening met anderen moeten houden. En dat voedsel geen speelgoed is.' Ze gaf Ruby een klopje op haar arm, blies haar een kusje toe en liep met grote passen naar de wachtende taxi, net toen de persoon die Ruby vanuit haar raam had gezien de binnenplaats op kwam.

Het was hem. Het was hem echt. Hoe had hij haar in vredesnaam weten te vinden? Het hart klopte haar in de keel en ze had het gevoel dat ze elk moment kon flauwvallen.

'Ah, daar ben je!' riep de moeder van de kinderen. 'Zag je die vrouw die net wegliep? Ze deed zo onaardig tegen de meisjes!' Met een beschuldigende blik op Ruby liet ze erop volgen: 'Ik hoop maar dat dit niet onze vakantie zal verpesten.'

Terwijl Ruby zich doodschaamde en zich een houding probeerde te geven, ving ze ineens Richards verbaasde blik op en het drong tot haar door dat dit weerzien voor hem net zo onverwacht was als voor haar. Ze schudde haar hoofd naar de vrouw die vast zijn ex was en riep: 'Nee, hoor, ze is al weg,' en stoof toen gauw naar binnen.

14

Max Farrell was meer een click-and-collect-man. Dus toen Lois de schoonheidsspecialiste hem had voorgesteld om op zaterdagmiddag samen te gaan shoppen, legde hij haar uit dat dat niet echt iets voor hem was, en in plaats daarvan waren ze gaan lunchen in een nieuw en veelbesproken restaurant in Chelsea.

En toch zat hij na de lunch op de een of andere manier op haar te wachten naast een pashokje in een boetiek aan King's Road, terwijl Lois vanaf de andere kant van het gordijn in een onafgebroken woordenstroom liet weten wat ze vond van de kleren die ze aan het passen was.

En het waren niet zomaar kleren. En het was ook niet zomaar een boetiek. Tot nu toe had ze haar oog op vier outfits laten vallen en geen ervan kostte minder dan duizend pond.

Dit was zijn derde date met Lois, die weliswaar mooi was maar ook nogal vermoeiend bleek te zijn. Tijdens hun eerste date had Max te horen gekregen dat *Made in Chelsea* – goh, wie had dat nou gedacht? – haar lievelingsprogramma was. Op hun tweede date had ze hem verteld dat het haar levensdoel was om in dat programma te komen. En vandaag was, al wist ze dat nog niet, hun laatste uitje samen.

'Want die turquoise met goud past beter bij me,' kletste ze verder vanuit het pashokje, 'maar bij die smaragdgroene komen mijn ogen zo mooi uit. Goh, ik weet echt niet welke ik moet kiezen…'

Ze was al eeuwig in die trant bezig, klaarblijkelijk zonder enige reactie te verwachten. Max sloot zich voor het gebabbel af, strekte zijn benen en probeerde het zich gemakkelijk te maken in het belachelijke roze fluwelen stoeltje. Hij pakte zijn telefoon en bekeek de foto's die hij afgelopen week van zijn ouders had gemaakt toen ze naar Londen waren gekomen om hun trouwdag te vieren. Zijn moeder werd binnenkort zestig en zijn vader was drieënzestig, hoewel je dat niet zou zeggen; ze zagen er bijzonder goed uit voor hun leeftijd. Hij scrolde nog wat verder terug, naar de foto's die hij van Lois had moeten nemen op hun eerste date; hij had al snel ontdekt dat ze een lievelingspose had: champagneglas in één hand, fles scheef in de andere, hoofd schuin, mond in pruilstand, maar wel halfopen om haar nieuwe stralend witte facings te showen.

Nog verder terug kwam hij bij de foto's die hij in Lanrock had genomen tijdens de befaamde bruiloft die niet was doorgegaan. Het waren er niet veel, want hij dacht er meestal niet aan om zijn mobiel te pakken, maar er zaten er een paar bij van Cameron met zijn ceremoniemeesters, en nog wat hapsnapfoto's van de receptie.

Eindelijk kwam hij bij de foto waar hij zogenaamd helemaal niet naar op zoek was geweest, de enige foto waarop Lottie stond. Daar had je haar, op het brede terras van het hotel, dansend met Freya op Elton Johns 'I'm Still Standing'. Ze hadden allebei hun armen boven hun hoofd en hielden elkaars hand vast terwijl ze 'Yeah, yeah, yeah!' zongen en met hun andere hand in de lucht beukten. Er waren nog meer mensen op de foto te zien, maar Max kon zijn ogen niet van Lotties gezicht afhouden, haar ogen glansden en ze straalde puur geluk uit.

'Ta-daa!' Het zware donkerblauwe fluwelen gordijn werd abrupt opengeschoven en Lois verscheen in beeld, ze poseerde alsof er een hele menigte paparazzi op haar stond te wachten. 'Nou, welke vind je het mooist? Denk aan de Henley Regatta, aan Wimbledon...' Ze schudde nog een keer met haar heupen. 'Volgens mij is dit mijn nieuwe favoriet.'

Ze zag er prachtig uit. Kantachtige laagjes oranje en zilverkleurige stof omhulden haar lichaam en de kleur stond haar echt bijzonder goed. Draaiend met haar heupen liep ze op hem af en wees naar zijn telefoon. 'Blijf daar niet zo sloom zitten, Maxi. Maak een paar foto's van me! Wat denk je, zullen ze me korting geven als ik zeg dat ik de winkel op al mijn socials zal vermelden?'

Een uur later kwam Max thuis. God, wat vond hij het altijd verschrikkelijk om het uit te maken, zelfs al had een relatie maar heel kort geduurd. Hoewel hij het in de loop der jaren al heel vaak had gedaan, was het er niet makkelijker op geworden. Hij bleef zich er klote bij voelen. Als iemand ooit een manier bedacht om het pijnloos te kunnen doen, voor beide partijen, dan was zijn kostje gekocht.

Deze keer was het verre van pijnloos en voor hen allebei een nare ervaring geweest. Lois was in de auto in huilen uitgebarsten en had hem daarna gesmeekt om het niet uit te maken, omdat ze net al haar vriendinnen had verteld dat hij de ware was. En toen eindelijk tot haar was doorgedrongen dat hij niet van gedachten zou veranderen, had ze hem er met een betraand gezicht van beschuldigd dat hij haar had voorgelogen, dat hij haar het idee had gegeven dat het serieus was, en dat hij een regelrechte klootzak was.

Maar goed, het was gebeurd. En het was ongetwijfeld de juiste beslissing geweest, want onderweg in de auto naar haar huis had ze nog selfies zitten maken van haar bleke, diep ongelukkige gezicht.

Hij verwachtte dat ze binnen een uur wel op Instagram zouden staan.

Binnen legde hij zijn mobiel aan de oplader en keek nog een keer naar de vrolijke Lottie, die danste en zong onder de sterrenhemel.

Hij had verwacht wel iets van haar te zullen horen, had gedacht dat ze een paar dagen zou wachten en dan contact met hem zou opnemen. Zo moeilijk was dat niet; ze kon zijn nummer gewoon aan Cameron vragen. Maar er waren inmiddels drie weken verstreken en het was nog steeds niet gebeurd, wat zowel intrigerend als irritant was, want nu moest hij de eerste stap zetten en hij wist al precies dat Lottie dan zou denken dat zij had gewonnen.

Eens competitief, altijd competitief. Zoals die keer dat ze hadden getennist en hij op matchpoint had gestaan, al helemaal klaar om de overwinning in de wacht te slepen. Maar Lottie was recht op de bal af gedoken die hij net met een volley over het net had gewipt en had daarbij met haar hoofd het paaltje geraakt en was haar bewustzijn verloren.

Haar roekeloze wilskracht, met als resultaat een indrukwekkende bult op haar voorhoofd, had grote indruk op hem gemaakt. Haar weigering om te accepteren dat zij de wedstrijd kon verliezen, was gewoon grappig geweest. En twee weken later was de relatie tussen hen onherstelbaar veranderd.

Hadden ze al geweten dat dat vroeg of laat toch zou gebeuren? Max wist bijna zeker dat het antwoord op die vraag ja was. De gestage ontwikkeling van een nieuw soort band had onvermijdelijk geleken, tenminste, van zijn kant. Maar de eerste stap zetten was zeer riskant, want dit was niet zomaar een meisje, dit was Lottie. En in potentie zou het ook helemaal mis kunnen gaan.

Tot op dat moment, hij was toen zeventien, kwam iets als falen bij het andere geslacht niet in zijn vocabulaire voor; dat had er gewoon niet in gezeten. Als je een meisje kuste, kuste ze je enthousiast terug; zo ging dat gewoon. Maar dit was echter veel onvoorspelbaarder. Stel dat hij iets probeerde bij Lottie en ze lachte hem gewoon uit? Stel dat ze riep: 'O mijn god, ben je wel goed bij je hoofd? Waarom zou ik jou willen kussen?'

De denkbeeldige afwijzingen bleven maar komen, in een oneindige golf. Stel dat ze hem wegduwde en zei: 'O, dat moet ik de anderen vertellen! Ze lachen zich kapot als ze het horen!' En dat was natuurlijk zijn grootste angst, want die vernedering zou hij niet aankunnen. Wat er ook gebeurde, hij mocht niets doen, helemaal niets. Hij moest al die gedachten en gevoelens van zich afzetten, want hij durfde dat risico gewoon niet te nemen.

Maar ja, hij was zeventien, en zijn hormonen lieten zich niet zo gemakkelijk onder de duim houden...

Een week daarna hield Anders Nilsson zijn verjaardagsfeest. Zijn rijke ouders hadden een dj ingehuurd en een cateraar zorgde voor het eten. Er waren tachtig vrienden uitgenodigd en iedereen was door het dolle heen. Toen Max samen met een paar vrienden op het feest arriveerde, zag hij dat Lottie er al was met een stel vriendinnen van school. Ze droeg een nieuwe jurk, felgeel en strak, en plateauschoenen, waardoor haar lange benen nog langer leken. Hij knikte van een afstandje naar haar en negeerde haar toen een poosje, want zijn vrienden waren benieuwder naar de meisjes van de school waar Anders' zus op zat, en die waren in de tuin.

Tegen de tijd dat iedereen weer binnen was, klonk 'Don't Cha' van de Pussycat Dolls uit de speakers en de enorme huiskamer was tjokvol. Max zag dat Lottie aan het dansen was met een lange, breedgeschouderde jongen met stekeltjeshaar en hij merkte hoe hij zich daarbij voelde. Niet best.

Toen hij vijf minuten later nonchalant een blik over zijn schouder wierp, zag hij dat Stekeltjeshaar inmiddels zijn arm om Lottie heen had geslagen en haar iets in het oor fluisterde.

En weer twee minuten later zag hij dat Lottie zich hoofdschuddend probeerde los te maken, maar dat Stekeltjeshaar haar niet wilde laten gaan.

Binnen een paar seconden was Max al bij haar. 'Hoi,' zei hij vriendelijk. 'Lottie, kan ik je even spreken?'

Stekeltjeshaar keek hem met samengeknepen ogen aan. 'Hé, wie denk je wel dat je bent?'

Het was Anders' feest. Max had geen zin om problemen te veroorzaken. 'Ik ben haar broer, sorry, maar het is belangrijk.'

Terwijl hij Lottie mee naar buiten nam, zei hij: 'Wat een malloot.'

'Je hoefde me echt niet te komen redden, hoor.' Ze keek hem boos aan. 'Ik kan dat soort jongens heus wel aan.'

'Ik noemde hém een malloot, niet jou. En ik weet ook wel dat je hem aankunt. Maar ik wilde je gewoon helpen. Waarom loop je zo te hinken?'

'Nieuwe schoenen. Ik heb een enorme blaar op mijn hiel.' Ze waren bij een houten bank aangekomen die voor een vijver vol waterlelies stond. Lottie leunde tegen de armleuning en trok haar linkerschoen uit. Een zucht van verlichting slakend zette ze haar blote voet op de terrastegels. Meteen hoorden ze allebei het onmiskenbare geluid van een slakkenhuis dat geplet werd. Ze slaakte een kreet van afkeer. 'O, god, nee, gadverdamme, haal weg!'

Met een handvol bladeren veegde hij het geplette slakkenhuis van haar voetzool en daarna ondersteunde hij haar terwijl ze haar voet schoonspoelde in het vijverwater. Nog steeds rillend van afschuw schudde ze het water van haar voet en wilde daarna op de bank gaan zitten, net toen een duif opvloog uit een beuk aan de andere kant van de vijver en over hen heen vloog.

'Je hoeft me niet te bedanken, hoor,' zei Max. 'Graag gedaan. Nee, niet gaan zitten... O.'

'Wat o? Wat nu weer?' Ze kwam overeind en hinkte weg van de bank.

'Duivenpoep.' Met een vies gezicht keek hij naar de smerige vlek op de achterkant van haar jurk; met dodelijke precisie had de duif zijn ontlasting op de bank gedropt, vlak voordat ze was gaan zitten.

'Niet te geloven! Waarom heb ik dat altijd?' Ze slaakte een diepe kreun en probeerde toen de schade op te nemen. 'Echt, binnen ging het allemaal prima, maar jij moest me per se mee naar buiten nemen. En moet je me nou eens zien.'

Max kon er niets aan doen; hij begon te lachen. 'Wil je nu serieus beweren dat het allemaal mijn schuld is?'

'Natuurlijk is het jouw schuld.' Wiebelend op één plateauschoen bukte ze zich, trok de andere schoen uit en gooide hem op de grond.

'Prima.' Nog steeds grinnikend zei hij: 'De volgende keer dat een of andere lelijke kerel je probeert te versieren zal ik hem maar gewoon zijn gang laten gaan, oké?'

'Ja, graag.'

'Zal ik je nog even helpen met je jurk of heb je liever dat ik naar binnen ga?'

Haar antwoord bestond uit een woedende blik, en zomaar ineens kreeg Max ontzettend veel zin om haar te kussen. Zijn knieen knikten. 'Het is allemaal jouw schuld,' zei ze, 'dus dan kun je me op zijn minst even helpen.'

'Wacht hier op me,' zei hij. 'Ik ben zo terug.'

In de bijkeuken liet hij een kleine emmer vollopen met water en even later liep hij ermee naar buiten, samen met een rol keukenpapier. Lottie ging met haar rug naar hem toe staan en hield de stof van haar jurk zo strak mogelijk, zodat hij de dikste vogelpoep kon wegboenen en de rest er een beetje afspoelen.

Toen zijn hand per ongeluk haar dijbeen raakte, hoorde hij haar kort naar adem happen.

Toen hij klaar was met spoelen vroeg ze: 'Kun je de vlek nog zien?'

Zelfs in het schemerdonker was de vlek nog zichtbaar. 'Eerlijk gezegd wel, ja.'

'Nou, fijn, nu is mijn jurk niet alleen doorweekt maar ook nog eens vies. Lekker dan.'

'Anders trek je mijn overhemd aan. Dat valt eroverheen. Is dat een idee?'

'Dan zie ik er hartstikke stom uit.'

Het lag op het puntje van zijn tong om te zeggen: 'Dat ben je toch wel gewend?' want dat soort dingen zeiden ze nu eenmaal continu tegen elkaar. Deze keer zei hij het echter niet. Hij maakte de knoopjes van zijn blauw-zwart gestreepte overhemd los en trok het uit, zodat hij alleen nog zijn witte T-shirt aanhad.

Lottie trok het aan over haar gele jurkje en schudde haar hoofd. 'Echt geen gezicht. En het is ook heel oneerlijk, want jij ziet er alleen maar beter uit in alleen dat T-shirt en ik loop voor gek.'

'Het vloekt bij elkaar, daar komt het door. Je zult je jurk moeten uittrekken.'

Ze zuchtte, want ze wisten allebei dat hij gelijk had. Toen stak ze streng een vinger op en zei: 'Draai je om.'

Max deed wat hem was opgedragen en probeerde voor zich te zien wat hij hoorde: geritsel, een rits die werd opengetrokken, en toen het gestreepte overhemd dat werd aangetrokken.

'Ik loop nog steeds voor aap,' zei Lottie klaaglijk.

Hij draaide zich weer om. Daar stond ze, met de mouwen opgestroopt, de kraag omhoog en ellenlange gebruinde blote benen.

Hij zei: 'Echt niet, je ziet er te gek uit,' maar zijn keel was samengeknepen en het laatste woord kwam er heel raar uit, een beetje pieperig. Shit, shit, shit, nu zou ze hem uitlachen en hem er eeuwig mee blijven pesten.

Maar ze lachte niet, iets wat al raar was. Hij zag dat ze slikte en hem onderzoekend aankeek en toen hoorde hij haar bijna ongelovig fluisteren: 'Echt?'

Max knikte; dat lukte hem in elk geval nog wel. 'Echt.'

'Zullen ze me niet uitlachen?'

Er gebeurde iets; de lucht leek tot leven te zijn gekomen en om hen heen te vonken. Max schraapte zijn keel om nog meer gepiep te voorkomen. 'De andere meisjes zullen alleen maar wensen dat ze er half zo mooi uitzagen en de jongens dat je hún overhemd aanhad.'

Gezien hun verleden was het niet verbazingwekkend dat ze aarzelde. 'Ik zit nog op de grap te wachten, de uitsmijter.'

'Die is er niet.' Waar was hij mee bezig? Wat kraamde hij er in godsnaam allemaal uit? En wie van hen was dichterbij gaan staan, want ineens stonden ze vlak voor elkaar en hij merkte nu pas dat dat zo was.

En toen raakten hun monden elkaar en was het alsof ze in een vonkenregen stonden. Zodra Max haar lichaam voelde rillen, wist hij dat ze hetzelfde voelde. En nu ze elkaar eindelijk kusten, losten al die weken van angst en verwarring op, want hij wist dat zijn gevoelens werden beantwoord. Na al die jaren zou hun relatie zich tot een ander niveau ontwikkelen. Dit was het beste feest waar hij ooit was geweest. En dat allemaal dankzij een poepende duif en een geplette slak.

Rust zacht, slak. Je hebt je opgeofferd voor een goede zaak.

'Godsamme, dat is echt goor,' verklaarde een stem vanaf de andere kant van het gazon. 'Man, als dat je zus is, zwaait er wat voor je.'

In de deuropening naar het terras verscheen Anders. 'Waar heb je het over? Dat zijn Lottie en Max. Ze zijn gewoon vrienden.'

'Nou.' Stekeltjeshaar begon te lachen. 'Ze zijn wel meer dan dat.'

15

Soms gebeurde er iets waardoor er ineens een herinnering bij je naar boven kwam. Lottie, die op maandagochtend haast had om naar haar werk te gaan, had helemaal geen tijd voor willekeurige herinneringen, maar ze hadden zich blijkbaar verenigd en haar desondanks bestookt, net toen ze een glas appelsap achteroversloeg en haar sleutels pakte.

Een dag eerder had ze een bosje verlepte pioenrozen gekocht in de supermarkt, niet alleen omdat ze drastisch afgeprijsd waren, maar ook omdat ze medelijden met ze had gehad. En nu, net toen ze op het punt stond om naar kantoor te gaan, klonk uit de radio ineens 'Umbrella', van Rihanna. Door de combinatie van die twee dingen vloog ze plotseling terug in de tijd, naar dertien jaar geleden, naar het feest voor Anders Nilssons achttiende verjaardag, want de bloembedden in de tuin van zijn ouders hadden vol gestaan met pioenrozen, en terwijl zij en Max elkaar hadden staan kussen bij de vijver met waterlelies, hadden binnen een stuk of zeventig, tachtig feestvierders gedanst op en meegebruld met 'Umbrella-ella-ella'.

De vlijmscherpe herinneringen kwamen op volle kracht terug en Lottie kon geen stap meer verzetten. Die avond had het in zich gehad om een van de mooiste van haar leven te worden. Max had met zijn rug naar het grote met klimop begroeide huis gestaan, maar zij had vanuit haar ooghoeken de jongen met het stekeltjeshaar het terras op zien komen. Als hij haar zocht, zou hij dan dit belangrijke moment komen verstoren? Want voor haar voelde het als een belangrijk moment en als het dat ook echt was, dan moest ze dat die jongen laten zien, zodat hij wist dat hij geen kans maakte.

En daarom had ze de afstand tussen Max en zichzelf overbrugd. En daarom had ze Max gekust, en hij had haar terug gekust, en in de dertien jaar sinds die avond had ze nooit meer zo'n kus meegemaakt. Iedere keer dat ze op het punt stond om een ander te kussen, vroeg ze zich af of deze kus die van destijds zou overtreffen. Maar dat was nooit gebeurd.

Maar aan de andere kant, ze was toen zeventien geweest, één kolkende massa hormonen; misschien was het niet eerlijk om te verwachten dat iemand anders dezelfde krachtige uitwerking op haar had.

Het feest was om middernacht afgelopen. De Nilssons woonden op het platteland van Oxfordshire, ver van de bewoonde wereld, en tegen de tijd dat iedereen naar buiten liep, stond er al een lange rij auto's in de bermen achter de toegangshekken te wachten. Terwijl Lottie naar de blauwe Volvo van haar vader liep, hoopte ze dat hij niet aan haar zou kunnen zien dat ze de afgelopen paar uur fanatiek kussend had doorgebracht, want dan zou hij haar er alleen maar mee plagen. Toch was ze bang dat hij het aan haar mond zou kunnen zien.

'Leuk gehad?' vroeg hij toen ze naast hem kwam zitten.

'Ja, hoor.' Ze ging hem echt niet vertellen dat dit haar beste feest ooit was geweest.

Hij lachte. 'Dat vind ik altijd zo leuk aan je, dat je me er zo uitvoerig over vertelt. Nog een leuke jongen ontmoet?'

'Nee.' Klonk ze soms anders? Waren haar lippen uitgeput? Hingen ze erbij alsof ze eindeloos had gekust? O, god, en nu draaide haar vader ook nog zijn raampje naar beneden; hij wilde vast met wat mensen kletsen. Typisch.

En ja, hoor, hij riep al: 'Derek, hoe gaat-ie? Ik zie je volgende week bij cricket.'

En nu reden ze voorzichtig langs de rij geparkeerde auto's en Lottie zag dat Max in de auto van zijn ouders stapte. Ze was blij dat ze niet samen naar buiten waren gelopen, ze voelde haar huid tintelen en haar bloed sneller stromen bij zijn aanblik, maar ineens kromp ze ineen toen haar vader vrolijk toeterde om de aandacht te trekken van Max' moeder. 'Hoi, ik dacht dat het Wills beurt was om Max vanavond op te halen!'

Imelda schudde spijtig haar hoofd. 'Will heeft iets van zijn werk. Ik ben vanavond de pineut.'

'Pech. Nou, ik rij verder. Prettig weekend!' Meteen zwaaide hij alweer naar de volgende bestuurder die hij kende, Brad Jameson, de vader van de tweeling Maisie en Della. Maar toen werd er achter hem getoeterd door iemand in een zwarte SUV.

Gegeneerd rolde Lottie met haar ogen. 'Pap, je houdt ze allemaal op.' Er stond inmiddels een behoorlijke rij achter hen.

'Die halve minuut? Dat overleven ze wel.' Hij lachte om haar zichtbare gêne. 'Er is niets mis met een beetje sociaal doen.'

Alleen bleek dat dat wel zo was.

Max had haar de volgende ochtend gebeld. Hij kwam meteen ter zake. 'Hoi. Luister, ik wil niet dat je denkt dat ik je negeer, maar mijn vader kwam hier ineens mee op de proppen. Mijn moeder heeft als verrassing twee tickets voor ons gekocht voor de autoshow, dus ik kan niet nee zeggen, maar het betekent wel dat ik je vandaag niet kan zien. Zullen we morgen iets afspreken?'

Het was zowel frustrerend als een opluchting. Lottie had uren wakker gelegen, ze moest steeds aan hem denken en had de hele avond steeds weer voor haar geestesoog afgespeeld. Het was fantastisch en spectaculair geweest, maar ze was ook bang geworden dat hij tot de conclusie zou komen dat hij het beter niet had kunnen doen, dat het een vergissing was geweest.

Maar dat was niet zo, dat kon ze horen aan zijn stem. De adrenaline borrelde als champagnebubbels door haar heen. 'Dan zie ik je gewoon zondag, dat is prima.'

'Zeker weten? Ik wilde dat ik niet mee hoefde. Is alles... nou ja... oké?'

Nog meer bubbels. Ze was door het dolle heen. 'Helemaal oké, en jij?'

'Hé, gisteravond was me wel wat, hè?' Ze hoorde aan zijn stem dat hij glimlachte.

'Anders dan anders in elk geval.' Dat was haar zwakke poging om cool te doen.

'Maar wel op een positieve manier, hoop ik.'

Haar mond tintelde van verlangen om hem weer te kussen. En weer. 'O ja, heel positief.'

Er viel even een met lust gevulde stilte, en toen zei Max: 'Ik kan bijna niet wachten tot ik je weer zie. Kom je morgenmiddag naar mijn huis? Er is dan verder niemand.'

Nou, dat klonk als een aanbod dat ze waarschijnlijk beter kon afslaan. Maar of ze dat wilde, was een totaal andere zaak.

Toen hij haar aarzeling bespeurde, vervolgde hij: 'Of we spreken ergens anders af. Wat je wilt. Laat het me zondagochtend maar weten.'

Haar hart sloeg op hol. 'Nee nee, het is prima, ik kom wel naar jou toe.'

Ze wisten allebei wat er morgen zou gebeuren. En ze kon bijna niet wachten.

Aan de rest van de zaterdag leek geen einde te komen. Lottie vroeg zich af of dat voor Max ook zo voelde, of dat hij zich vermaakte op de autoshow. De minuten kropen voorbij als een slak in de modder en ze probeerde zichzelf afleiding te bezorgen door met haar moeder mee te gaan naar de supermarkt voor de wekelijkse boodschappen. Toen ze twee uur later thuiskwam, had ze een nieuw soort muesli om uit te proberen, een fles showergel met ananasgeur en een pakje met drie kleine met kant afgezette slipjes in de kleuren roze, rozer en superroze gescoord.

Die avond lakte ze haar teennagels perzikroze en keek urenlang tv zonder er ook maar iets van op te nemen. Ze voelde voortdurend aan haar schenen. Omdat ze haar benen nog nooit eerder had geschoren, was het gewoon eng hoe glad ze waren. Nou ja, op de plekjes na dan waar het scheerapparaat dat ze van haar moeder had geleend was blijven haken aan haar huid, wat meer bloed had doen vloeien dan ze ooit voor mogelijk had gehouden – toen ze eindelijk klaar was had de douche eruitgezien alsof er een moord was gepleegd.

De eindeloze dag was gevolgd door een alweer bijna compleet slapeloze nacht, waarin tientallen bedachte scenario's door haar hoofd tolden. Tegen zes uur 's ochtends vroeg ze zich af hoe ze de komende uren in vredesnaam moest doorkomen. Maar op de een of andere manier tikten de minuten weg en tegen enen was het bijna tijd om naar de bushalte te lopen om daar de bus te pakken die haar naar Max' huis zou brengen, een rit van zo'n acht kilometer. Hij had gezegd dat zijn vader om halftwee de deur uit zou gaan.

Ze vond dat ze er goed uitzag. En ze kon het weten, want ze had vaak genoeg in de spiegel gekeken. Ze droeg haar superroze slipje, haar mooiste blauwe beha en een donkerblauw topje met spaghettibandjes boven haar oudste, zachtste spijkerbroek, want er goed uitzien was één ding, maar ze wilde niet de indruk wekken dat het leek alsof ze al te erg haar best had gedaan. Hoewel ze een witte push-upbeha had, had ze besloten die niet aan te trekken, want dan zou ze door de mand vallen als zij of Max hem later uittrok.

Pff, wat moest je aan veel dingen denken als je voor het eerst op weg was naar het volgende stadium. Ze had nooit geweten dat seks zo ingewikkeld was.

Vijf minuten voordat ze de deur uit zou gaan, stond ze in de badkamer voor de spiegel te bedenken of ze haar haar los zou dragen of in een paardenstaart. In het laatste geval kon ze dan het elastiekje lostrekken en met haar hoofd schudden, net als dat meisje in die ene shampooreclame. Voordat ze echter een besluit kon nemen, ging de bel.

Haar eerste blije gedachte was dat het Max was, die niet meer had kunnen wachten en daarom naar haar huis was gekomen. De tweede gedachte was dat het Max was om haar te vertellen dat ze maar moest vergeten wat er vrijdag op het feest was gebeurd en dat ze beter gewoon vrienden konden blijven, omdat hij had besloten dat hij toch niet op haar viel.

Ze vloog naar haar slaapkamer om uit het raam te kijken en zag een politieauto voor het hek staan. Tegelijkertijd hoorde ze haar moeder de voordeur openen.

Na een halve minuut gedempt gepraat, begon haar moeder ineens te schreeuwen, en dat was het moment waarop hun leven totaal veranderde. Lottie, die al veel politieseries had gezien, wist dat het waarschijnlijk betekende dat haar vader, die dit weekend ergens was gaan golfen, een vreselijk ongeluk had gehad waarbij hij gewond was geraakt.

Het was óf dat óf hij was dood.

Haar vader was niet dood, maar wel buiten bewustzijn. Hij lag op de intensive care van een ziekenhuis honderd kilometer van Oxford verwijderd. In Bristol blijkbaar, hoewel dat nergens op sloeg. Want Terry Palmer was op zaterdagochtend om zes uur uit huis vertrokken voor een golfweekendje met zijn vrienden aan de andere kant van Birmingham.

'Hij heeft me nog een kop thee op bed gebracht voordat hij wegging.' Haar moeder trilde over haar hele lichaam en schudde niet-begrijpend haar hoofd. 'Hij gaf me een kus en zei nog dat het verkeer rond Birmingham wel helemaal vast zou zitten vanwege wegwerkzaamheden. En gisteravond kreeg ik nog een appje waarin hij zei dat ze het fantastisch hadden.' Bijna hyperventilerend vervolgde ze vol ongeloof: 'Hij zei dat hij van me hield. Sorry, maar dit slaat nergens op. Hij kent niet eens iemand die in Bristol woont, wat doet hij daar dan?'

Ze deden er een paar uur over om bij het ziekenhuis te komen. Het enige wat ze wisten was dat Terry was gevonden in een vakantieappartementje in het noorden van de stad. Een schoonmaker had hem bewusteloos aangetroffen in bed en had meteen een ambulance gebeld.

En er waren er twee gekomen, om precies te zijn.

Want hij was niet alleen geweest.

Het ziekenhuispersoneel was discreet; ze vertelden dat ze niet wisten wie er bij hem was geweest en waar die andere persoon naartoe was gebracht. Het was hun taak, zo zeiden ze tegen Kay, om voor haar man te zorgen en hem hierdoorheen te slepen. Er werden tests gedaan om te kijken waardoor hij in coma was geraakt.

Voor Lottie was het een traumatische ervaring om haar vader aan slangetjes en sissende en bliepende apparaten te zien liggen. De verplegers probeerden de huilende Kay te troosten. Lottie, te geschokt om te kunnen huilen, zat een uur aan Terry's bed naar het gesnik van haar moeder te luisteren en ondertussen zichzelf te vervloeken omdat ze er niet aan had gedacht om haar telefoon mee te nemen. Niet alleen omdat Max zich vast afvroeg waarom ze niet was gekomen, maar ook omdat ze hem wilde spreken, ze wilde zijn stem horen terwijl hij haar geruststelde en zei dat er vast een vergissing in het spel was, dat er een logische verklaring moest zijn voor wat er was gebeurd.

Een onschuldige verklaring. Die moest er gewoon zijn. Ze had die alleen nog niet kunnen bedenken.

De fictieve onschuldige verklaring ging tien minuten later in rook op toen Kay Lottie wat geld gaf om in de cafetaria twee cola light te gaan kopen.

Toen Lottie de trap af kwam die naar de open ruimte op de benedenverdieping leidde en zag wie er aan een van de tafeltjes zat, liet ze de muntjes uit haar hand vallen. Ze kletterden de trap af en iedereen keek op.

Hoe had Max geweten dat ze hier was? Ze had geen flauw idee, maar hij had het geweten. Op de een of andere manier had hij het gehoord en toen was hij als een gek naar Bristol gekomen om haar bij te staan.

Beneden aan de trap riep een oudere vrouw: 'Ik raap ze wel even voor je op, hoor. Gaat het wel, schat? Je kijkt alsof je een spook hebt gezien. Niet flauwvallen, hoor!'

Lottie hoorde nauwelijks wat ze zei, ze had alleen oog voor Max. Heel langzaam hief hij zijn hoofd en toen keek hij haar aan, en in die ene fractie van een seconde begreep ze dat er iets heel erg mis was.

Hij was hier niet voor haar. Hij schrok net zo van haar aanwezigheid als zij van de zijne.

En het was niet alleen schrik die ze zag. Het was afschuw.

Alsof hij ineens iets besefte wat zij nog niet wist.

Licht in het hoofd liep ze met haar hand op de leuning verder de trap af. Het lukte haar de behulpzame vrouw die de muntjes had opgeraapt een glimlachje te schenken. Daarna liep ze als een slaapwandelaarster naar Max toe.

De keren dat ze Max serieus had zien kijken waren op de vingers van één hand te tellen; ze kende hem vooral als vrolijk, ondeugend en grappig.

Maar van grappig was nu niets te merken. Zijn donkere ogen, bijna mat voor deze ene keer, namen haar op terwijl hij vroeg: 'Weet je het?'

'Wat moet ik weten?' Een golf van angst sloeg over haar heen. Ze wilde zich tegen hem aan gooien, de geruststelling van zijn armen om haar heen voelen, maar ze wist dat dat niet zou gebeuren.

'Je vader.' Max zweeg even, terwijl om zijn mond een vage grimas verscheen. 'En mijn moeder. Ze waren... samen.'

En zo ontdekte ze de schokkende, onvoorstelbare waarheid die het verplegend personeel uit discretie voor hen had verzwegen. Terry Palmers golfweekendje had niets met golf te maken gehad.

Lottie kreeg te horen dat Imelda Farrell voor haar man en zoon tickets voor de autoshow had gekocht en toen had besloten om zelf een van haar oude schoolvriendinnen op te zoeken, die in

Nottingham woonde, want, zo had ze gezegd, ze hadden elkaar al heel lang niet gezien en het zou heel leuk zijn om eindelijk weer eens bij te praten.

Alleen was dat bezoek ook verzonnen. Terry en Imelda hadden een vakantieappartementje in Bristol gehuurd om daar samen ongestoord een weekend door te kunnen brengen. Als de boiler in hun appartementje niet defect was geraakt, was er geen koolmonoxide vrijgekomen, waren ze niet allebei buiten bewustzijn geraakt en was hun bedrog misschien wel nooit ontdekt.

Hun affaire duurde al bijna zeven maanden, kwamen ze te weten. Ze hadden elkaar bij de discoavond van school leren kennen toen ze op hun kinderen hadden staan wachten, want de school lag buiten de bebouwde kom en zo laat op de avond reden er geen bussen meer. Ze waren aan de praat geraakt en hadden elkaar meteen leuk gevonden. Vanaf die eerste ontmoeting was er geen weg terug meer geweest. Imelda was een mooie, flirterige vrouw, en Terry had haar onweerstaanbaar gevonden. Hoewel ze hadden geprobeerd de verleiding te weerstaan – ze hadden geen van beiden ooit een affaire gehad – was de wederzijdse aantrekkingskracht te sterk geweest. Ze waren als betoverd door elkaar. In sommige gevallen was nee zeggen blijkbaar geen optie.

Deze informatie kregen Max' vader, William, en Lotties moeder, Kay, stukje bij beetje te horen nadat hun echtgenote/echtgenoot allebei bij waren gekomen uit hun gezamenlijke bijna-doodervaring. Tegen de tijd dat ze werden overgebracht naar het ziekenhuis in Oxford, wist zo'n beetje iedereen wat er was gebeurd. William Farrell, beschaamd, vernederd en niet meer in staat om de blikken en het gefluister nog langer aan te kunnen, kwam op de dag na Terry's ontslag uit het ziekenhuis naar het huis van de familie Palmer.

'Mijn vrouw schaamt zich voor de fout die ze heeft gemaakt.' Hij torende hoog uit boven Terry, die, nog erg zwakjes, in een ochtendjas in zijn leunstoel in de kamer zat. 'Ik zou je het liefst willen vermoorden om wat je mijn gezin hebt aangedaan, maar dat doe ik niet, want dan ben ik degene die de gevangenis in draait. Maar jij zult mijn vrouw nooit meer zien. Ik neem mijn gezin mee terug naar Ierland, en wee je gebeente als je ooit nog contact met haar opneemt... dan sta ik niet voor mezelf in.'

De haat steeg uit hem op als een giftige wolk; hij was gekomen om zijn woordje te doen, en Lottie, boven op de overloop, voelde zich misselijk worden, want ze wist dat dit ook het einde van haar en Max was. Het begin van dat einde vond zijn oorsprong in die eerste dag in het ziekenhuis in Bristol, en dit was de laatste nagel die in de doodskist van hun relatie werd getimmerd.

'Begrepen?' wilde William weten.

Stilte.

'Niet alleen knikken.' De woorden werden er door op elkaar geklemde kaken uitgespuugd. 'Ik wil het je horen zeggen.'

'Begrepen.'

'Hij heeft het begrepen,' bemoeide Lotties moeder zich ermee vanuit de deuropening. 'En we zijn blij dat jullie hier weggaan. Als die bitch van een vrouw van je ooit nog contact met mijn man opneemt, dan sta ík ook niet voor mezelf in. We willen jullie nooit meer zien. Hoe verder weg, hoe beter.'

En dat was de laatste keer dat Lottie iemand van de familie Farrell zag. Geen van de ouderparen had geweten van haar ontluikende relatie met Max, en omdat haar moeder vastbesloten was elk contact te verbreken, had ze Max' nummer uit de telefoon van haar dochter verwijderd.

Max wist waar ze woonde; hij had haar kunnen schrijven. Of contact opnemen via Facebook. Maar dat had hij niet gedaan, en Lottie kon het hem niet kwalijk nemen. En haar hart was misschien gekneusd, het was niet gebroken – daar was niet eens tijd voor geweest – en het was duidelijk dat het zo het beste was, vooral omdat Max nou niet bepaald een verlegen type was. In Ierland zouden de meisjes vast voor hem in de rij staan.

Lottie vertelde zichzelf dit zo vaak dat ze er zelf in begon te geloven. Wat gebeurd was, was gebeurd. Ze hield van haar ouders en wilde niet dat ze zouden gaan scheiden. Ze was een vriend kwijt, maar daar zou ze in de loop der tijd wel overheen komen. Het zou niet lang duren of ze zou verliefd worden op iemand anders.

Tenminste, dat was het plan geweest.

16

Dertien jaar later, terug in de echte wereld, drong tot Lottie door dat ze op de automatische piloot naar haar werk was gelopen, zich totaal niet bewust van haar omgeving, omdat haar hoofd uit elkaar barstte van de herinneringen aan Max Farrell, opgeroepen door de geur van die pioenrozen en daarna het nummer van Rihanna op de radio.

Toen ze de laatste bocht omsloeg, zag ze Max op het lage muurtje tegenover het kantoor zitten en even vroeg ze zich af of ze niet droomde. Maar nee, hij was het echt. In haar droom had ze dat paars-groen gestreepte overhemd nooit kunnen verzinnen. Want dat droeg hij, samen met een oude spijkerbroek en grijze teenslippers, en met een Ray-Ban Aviator op zijn hoofd om zijn donkere haar weg te houden van zijn gebruinde voorhoofd.

Hij grijnsde naar haar en toen ze wat dichterbij was tikte hij op zijn horloge. 'Goedemorgen. Je bent te laat.'

Het was drie minuten over negen. Hoewel het haar moeite kostte haar gezicht in de plooi te houden, zei ze koeltjes: 'Ik ben de baas. Dan mag dat.'

Ze opende de deur en hij liep achter haar aan naar binnen.

'Ben je soms van plan om te doen alsof je het niet leuk vindt om me weer te zien?' vroeg hij.

'Ik verbaas me alleen maar over je overhemd.'

'Het is een prachtoverhemd.'

'Wat kom je hier doen?'

Hij trok een stoel naar haar bureau toe en ging zitten, met zijn rechterenkel op zijn linkerknie, zoals hij vroeger ook altijd had gedaan wanneer hij zich op zijn gemak voelde. 'Je bent van de receptie vertrokken zonder gedag te zeggen.'

Subtiel snoof ze de geur van zijn aftershave op. 'Volgens mij heb ik wel gedag gezegd.'

'Niet echt. En je hebt de receptie ook niet verteld dat ik me buitengesloten had.'

'Welles. Misschien was de receptioniste het vergeten.'

'Dat is bijna een maand geleden. Ik had verwacht wel iets van je te zullen horen.'

Zie je nou wel? Hij dacht altijd dat hij overal recht op had. Hij verwachtte van haar dat zij de eerste stap zou zetten.

'Ik heb je gemist.' Iets van een geamuseerde blik, gevolgd door een schouderophalen. 'Ik vroeg me af of je mij ook hebt gemist.'

Ze haalde ook haar schouders op. 'Ik geloof van niet. En ik weet dat je de neiging hebt dat soort dingen te vergeten, maar je hebt een vriendin. Heb je haar deze keer wel meegenomen?'

'O, zat dat je dwars? Ik heb geen vriendin meer.' Hij sloeg op zijn borst. 'Officieel honderd procent single. Ik dacht dat je dat wel leuk zou vinden.'

Ze hoopte maar dat hij haar hart niet kon horen bonken. 'Ik snap nog steeds niet wat je hier komt doen.'

'Nou, je weet toch dat, als je trek hebt, je naar een winkel gaat waar ze eten verkopen? Of dat je voor een kapotte oplaadkabel naar een winkel gaat waar ze nieuwe hebben?' Hij gaf haar een bemoedigend knikje en gebaarde toen om zich heen. 'Ik ben hier omdat jij huizen verhuurt. En ik wil graag een huis huren.'

'Meen je dat serieus?'

'Ik ben altijd serieus.' Een van zijn mondhoeken ging iets omhoog. 'Nou, misschien niet altijd. Maar in dit geval wel.'

'En waarom wil je een huis huren?'

'Tja, waarom niet? Ik heb een laptop. Ik vind deze stad leuk. En ik wil hier wel een tijdje wonen, kijken hoe de dingen zich ontwikkelen.'

'Welke dingen?' Lottie had een droge mond gekregen.

'Tja, wie zal het zeggen? Misschien heb ik een paar weken nodig om daarachter te komen.' Hij knikte naar haar laptop. 'En daarom ben ik dus hier, op deze maandagochtend, helemaal wakker en blij. En single.'

En blijkbaar ook van plan om haar te plagen.

'We zitten behoorlijk vol,' zei ze. 'We hebben niets voor de langere termijn. Ik heb wel iets wat de komende twee weken vrij is...'

'Nou, dat moet dan maar.'

Ze draaide zich iets om om de brochure af te drukken. 'Waar heb je afgelopen nacht dan geslapen?'

Weer haalde hij zijn schouders op. 'Ach, ik raakte in een café aan de praat met een meisje en toen mocht ik bij haar slapen...' Hij begon te lachen. 'Dat gezicht van jou. Het was een grapje. Ik heb een kamer in het Rupert Hotel. En daar heb ik geslapen. In mijn eentje.'

Ze pakte de papieren uit de printer. 'Nou ja, dit is het huisje dat je voor de komende twee weken zou kunnen boeken. Zeg het maar.'

'Kan ik niet eerst even gaan kijken voordat ik beslis?'

Lottie wees naar de brochure. 'Daar staan foto's in.'

'Maar het is hier in Lanrock. Misschien kun je me het huisje even laten zien.'

'Marcus komt om tien uur. Als je wilt, kan hij het je laten zien.'

Hij stak zijn handen op. 'Oké, jij wint. Ik neem het.'

'Het hoeft niet. Er zit nog een ander verhuurbedrijf in Angel Street. Misschien hebben ze daar iets wat je leuker vindt...'

'Lottie, Lottie. Wat ben jij onzakelijk.' Hij schudde haar hoofd. 'Waar ben je zo bang voor?'

Voor alles. Echt voor alles. Ze begreep niet hoe haar handen wisten hoe ze de vijf pagina's van de brochure van Jericho Cottage zo efficiënt op een stapeltje moesten leggen, terwijl het in haar hoofd één grote puinhoop was.

Terwijl ze het stapeltje aan Max gaf, zei ze: 'Nergens voor.'

'Dat geloof ik niet. En je hebt me ook nog steeds niet verteld of je me hebt gemist.'

Daar was het weer, die onzichtbare aantrekkingskracht tussen hen, iets wat ze nooit bij iemand anders had gevoeld. Ze haalde diep adem. 'Wil je het echt weten? Nee, ik heb je niet gemist. Het was een schok om je op de bruiloft te zien, maar ook weer niet zo'n schok. En het was leuk om even bij te praten. Maar toen ik wegging uit het hotel, verwachtte ik niet je ooit weer te zien.' Oké, een klein leugentje. 'En ik heb de afgelopen weken ook niet naar je zitten smachten in de hoop dat je als door een wonder terug zou komen. Want dat... nou ja, dat heeft geen zin.'

Met een scheef hoofd keek hij haar aan. 'Waarom niet?'

Het was te vroeg voor zo'n soort ondervraging. Ze had geen tijd gehad om zich erop voor te bereiden. 'Omdat het nooit iets kan worden,' flapte ze er uit.

'O, nee? Omdat jouw vader en mijn moeder ooit iets hebben gehad samen? Toen we zeventien waren?' Hij trok zijn wenkbrauwen ongelovig op. 'Lottie, dat was toen. Dit is nu. We zijn twee volwassen mensen die kunnen doen wat we willen, niemand die ons kan tegenhouden als...'

'Meneer en mevrouw Derham!' Lottie plakte een brede glimlach op haar gezicht toen een echtpaar op leeftijd de zaak binnenkwam. 'Wat leuk om u weer te zien. Ik moet nog even iets afhandelen met deze klant, maar dat duurt maar een paar minuutjes.'

De Derhams waren een pietluttig stel dat soms uren bleef hangen om het volmaakte vakantiehuisje voor hun volgende verblijf uit te zoeken, maar op dit moment was ze blij hen te zien. Nadat Max met zijn creditcard had afgerekend, gaf ze hem de sleutels van Jericho Cottage en een lijst met instructies voor het huisje. 'Zo, klaar!' zei ze opgewekt. 'Ik hoop dat je een fijne vakantie hebt!'

'Dank je. En als ik nog vragen heb...'

'Je kunt altijd bellen. Of mailen. Er is hier altijd iemand die je kan helpen.'

'Nou, eerlijk gezegd heb ik al een vraag.' Bij de deur bleef hij even staan. 'Zullen we vanavond samen wat gaan eten?'

Hij knipoogde naar de Derhams.

Nora Derham begon te giechelen en zei: 'Ooo!'

Lottie begon razendsnel en met een ernstig gezicht zogenaamd iets zakelijks op haar laptop te typen – *lllmpgggaaa bim poooooo* – en zei: 'Nee, dank je.'

'Oké. En morgenavond dan?'

De Derhams hielden haar nauwlettend in de gaten, zag ze. Met een nietszeggend glimlachje zei ze tegen Max: 'Het blijft nee.'

'Het is maar een etentje.' Zijn ogen glansden geamuseerd. 'Het is geen huwelijksaanzoek.'

Mevrouw Derham knikte naar Lottie en vroeg fluisterend maar wel zo hard dat Max het ook kon horen: 'Weet je het zeker, schat? Misschien wordt het wel heel leuk.'

Max keek haar grijnzend aan. 'Volgens mij is dat precies waar ze bang voor is.'

'Niet waar.' Lottie typte nog iets heel belangrijks. Deze keer was het: *fffuck fuck fuckfuckfuckkkkk*. 'En het blijft nee. Dag!'

Toen de deur achter Max dichtviel, kon ze zich eindelijk weer ontspannen.

'Ach.' Mevrouw Derham slaakte een zucht van teleurstelling. 'Als hij mij mee uit eten zou vragen, zou ik meteen meegaan.'

'Nee, dat zou je niet,' stoof haar echtgenoot op. 'Want dat zou ik niet toestaan.'

'Hij is altijd al een jaloers type geweest, mijn Malcolm.' Ze klopte op zijn arm. 'Maak je niet druk, schat, ik zou je voor niemand willen ruilen.'

Lottie slaagde erin om niet te lachen, iets waarvoor ze eigenlijk wel een medaille verdiende. O hemeltje, arme Max.

17

Ruby had de hele ochtend in het wilde weg wat zitten schetsen en op het internet gesurft in de hoop een paar fantastische ideeën op te doen... nou ja, bruikbare ideeën... Oké, helemaal geen ideeën uiteindelijk. Er was alweer een week verstreken en ze had nog steeds niets op papier. Bommel de Hommel en Zelda waren nog in staking; ze zaten op het vel papier en weigerden iets te doen of te zeggen. Zelfs een klein beetje hulp kon er niet af. Er zat niets anders op dan het vel uit haar schetsboek te scheuren, in elkaar te frommelen en in de prullenbak te gooien. En ja, hoor, zelfs dat lukte haar niet. De prop viel ernaast.

Ze stopte ermee. Het was een prachtige dag. Normaal gesproken zou ze op de binnenplaats gaan zitten, een beetje lezen en soezen. Maar als ze nu naar buiten ging, zou je zien dat het gezin van de overkant net terugkwam van waar ze vanochtend dan ook waren geweest en dan begonnen de kinderen weer met hun luidruchtige spelletjes.

Maar eerlijk was eerlijk, de kinderen waren niet het probleem. Het probleem was de vader die vaak buiten met zijn dochtertjes speelde. Ja, dat kind met dat korte haar was een meisje, dat wist ze inmiddels.

Ze wist ook dat zij en Richard het helemaal verkeerd hadden aangepakt, waardoor ze zich nu in een ingewikkelde situatie bevonden. Als ze allebei wat meer ervaring hadden gehad met onenightstands hadden ze zich misschien een houding weten te geven, maar die eerste keer hadden ze allebei net iets te lang geaarzeld en vervolgens helemaal niets gezegd over dat ze elkaar kenden. Vandaar die ingewikkelde situatie, helemaal hun eigen schuld.

Ruby had besloten dat het het beste was om het gezin maar helemaal te ontwijken gedurende hun verblijf in Lanrock, maar soms tuurde ze stiekem over de vensterbank van haar slaapkamer naar Richard, zijn kinderen, zijn ex-vrouw en haar nieuwe partner wanneer ze buiten in de beschutte warmte van de binnenplaats zaten.

Ze konden het goed met elkaar vinden, dat merkte ze aan alles. En Richard was ook een liefhebbende vader voor zijn dochtertjes. Door de kier van het raam kon ze niet echt verstaan wat er werd gezegd, maar ze kon hen wel horen lachen en dat vond ze een aangenaam geluid. Vooral Richard had een heerlijke lach...

Nou ja, genoeg weer. Dankzij haar eigen onbeholpenheid kon ze de komende week geen gebruikmaken van de binnenplaats en daarom besloot ze naar het strand te gaan.

'Hoi, Zelda.'

'Hallo, Bommel de Hommel.'

'Wat ga je vandaag doen?'

'Niets.'

'O.'

'Oké. Nou, dag dan maar.'

'Wacht. Waar ga je naartoe?'

'Nergens.'

'O.'

'Oké. Dag.'

Allemachtig, laat me met rust, dacht Ruby, terwijl zich achter haar gesloten oogleden de zoveelste saaie scène afspeelde. Hier op West Beach speelden kinderen vrolijk samen, vakantiegangers maakten plezier en het geluid van golven die op het zand sloegen werd vergezeld door gilletjes van pret van de mensen die aan het pootjebaden waren. De frisse zeelucht was vermengd met de geur van zonnebrandcrème. Iemand vlak bij haar had fish-and-chips gekocht, en Ruby's maag begon te knorren, want ze had niet geluncht en...

'Au!' Een caleidoscoop van pijn ontplofte in haar linkeroog toen het hard door iets werd geraakt. Ze schoot overeind en greep naar haar gezicht. Ze kreeg bijna geen lucht meer van de pijn. Met haar ogen stijf dicht werd ze zich bewust van een vrouwenstem die riep: 'O, god. Sorry! Sorry! Gaat het?'

Een golf van misselijkheid overspoelde Ruby en ze haalde een paar keer diep adem.

De vrouw, die inmiddels naast haar zat gehurkt, vroeg: 'Kun je je hand even wegnemen, dan kan ik kijken hoe het eruitziet. Sorry, het was een ongelukje.'

'Ik heb het niet gedaan,' flapte een angstige jongere stem eruit. 'Ik was het niet.'

Ruby haalde haar hand van haar oog. Tot haar opluchting zag ze geen bloed. De bonkende pijn zat in haar oogkas boven haar oog en hoewel ze wazig zag, herkende ze de vrouw die naast haar zat en het kleine kind dat zich achter haar verstopte.

'O, jij bent het!' zei de vrouw. 'Van het appartement tegenover ons. Hoe gaat het? Is het erg, denk je? Kun je zien? Moeten we je naar een dokter brengen?'

Ruby zag nu dat het een harde plastic frisbee was geweest die haar had geraakt. Terwijl ze voorzichtig haar oogkas betastte, merkte ze dat hij al begon op te zetten, maar ze bloedde niet en alles was ook al minder wazig.

'Het valt wel mee.' Voorzichtig keek ze omhoog; stond de rest van het gezin ook vol afschuw naar haar te kijken?

'Sasha, zeg tegen... de mevrouw dat het je spijt... Sorry, maar we weten niet hoe je heet.'

'Ruby.'

'Het ging per ongeluk.' Sasha, de oudste dochter keek haar ongelukkig aan. 'Hij vloog zomaar uit mijn hand.'

'Dat heb je soms.' Ruby glimlachte naar het meisje; de pijn werd gelukkig al minder. 'Het is al bijna over. Maak je maar niet druk. Ik wilde toch al naar huis gaan...'

'Weet je zeker dat het gaat?' Richards ex-vrouw keek haar nog steeds bezorgd aan. 'Kunnen we niet beter even met je meelopen?'

'Nee, hoor, nergens voor nodig.' Ruby wilde alleen maar weg, want er stonden allemaal mensen te kijken. Ze stond op en pakte haar handdoek en strandtas. 'Ik heb al lang genoeg in de zon gelegen. Tot ziens!'

Tegen zes uur 's avonds zat er, ondanks de zak diepgevroren broccoli die ze op de plek had gehouden, een dikke bult boven haar oog . De huid was bont en blauw, maar het zag er erger uit dan het was, want ze kon goed zien. Nadat ze een douche had genomen en een T-shirt en een legging had aangetrokken, nestelde ze zich op de bank voor een avondje Deliveroo en simpele tv-programma's.

Maar toen ging de bel en stonden Richards ex-vrouw en haar partner op de stoep, met een enorm boeket gemengde zomerbloemen van die dure bloemist in Angel Street.

'Hoi... Och arme,' riep de partner uit. 'Ik heb van Mel gehoord wat er op het strand is gebeurd. Ongelooflijk. Ik ben trouwens Dara. Dit is Mel. En deze zijn voor jou.'

Mel duwde Ruby de bos in de armen. 'Ik weet dat ik al heel vaak sorry heb gezegd, maar we vinden het zo erg. En moet je zien hoe dik je oog is.'

'Het is niks. Echt niet. Het doet niet eens pijn.'

'Mogen we binnenkomen?' Op de een of andere manier waren ze al binnen. 'O, wat een mooi appartement, kleiner dan dat van ons, maar wat een uitzicht! We zijn voor het eerst in Lanrock. Te gek is het hier, hè? Kom jij hier vaker?'

'Ik woon hier al jaren, maar in dit appartement pas een paar weken.' Terwijl Ruby dat zei, zag ze dat Dara Mel aanstootte en discreet naar iets aan de andere kant van de kamer knikte.

'Nou, we wilden ons verontschuldigen voor wat er is gebeurd. En Sasha spijt het ook heel erg.' Met een iets scherpere stem vervolgde Dara: 'Eh... heb je toevallig iets van Sasha gevonden op de binnenplaats en mee naar huis genomen? Misschien omdat je dacht dat het zou gaan regenen?'

Ruby knipperde met haar ogen; ze keken haar allebei nogal raar aan. Of ze iets had gevonden? Natuurlijk niet. Ze schudde haar hoofd. 'Nee.'

De vrouwen wisselden opnieuw een blik. Na een korte aarzeling zei Dara: 'Nou, Sasha is een boek kwijt en dat vindt ze heel erg... en toevallig zie ik hetzelfde boek daar op de tafel bij het raam liggen.'

'Dat is niet Sasha's boek, maar jullie mogen het gerust meenemen.' Ruby pakte het boek van tafel; ze had erin gebladerd om inspiratie op te doen.

Niet dat die was gekomen.

'Nou, niet als het jouw boek is,' zei Mel.

Ruby glimlachte. 'Het is inderdaad mijn boek, maar dat geeft niet. Ik heb het geschreven.' O, god, klonk dat niet al te opschepperig? Maar ja, ze konden haar beter een opschepper vinden dan een dief die boeken stal van kleine kinderen.

De gezichten veranderden meteen.

'O, echt?' Mel keek haar stralend aan. 'Ben jij Ruby Vale? O, mijn god, niet te geloven!'

'En natuurlijk dachten we niet echt dat je Sasha's boek had meegenomen,' zei Dara snel. 'Jij zou nooit zoiets doen! Maar je moest eens weten hoe dol Sasha op jouw boeken is. Ze zal haar oren niet geloven als ze dit hoort. Goh, wat zal ze blij zijn. En dit is echt haar lievelingsboek.' Ze wapperde met *Bommel de Hommel en Zelda's avonturen in Australië*. 'Als je hem zou willen signeren, kan haar dag echt niet meer stuk!'

'Nee, niet nu meteen,' riep Mel uit toen Ruby een pen pakte. 'Je moet bij ons komen eten, dan kunnen we elkaar wat beter leren kennen! We eten buiten, om zeven uur, en dan kun je Sasha het boek zelf geven. Echt, dat zal ze zo leuk vinden, je bent voor haar de allerbeste schrijver van de hele wereld!'

Tja, zeg dan nog maar eens nee. Haar protesten werden weggewuifd en ze besefte dat ze het alweer helemaal verkeerd had aangepakt.

Toen de vrouwen weg waren, wierp ze een paar keer een blik uit het slaapkamerraam en zag dat de voorbereidingen al in volle gang waren. De tafel werd gedekt en er werden stoelen bijgetrokken. Ze vroeg zich af hoe het nu zat tussen Richard en de twee vrouwen, en of hij zich misschien ineens zou herinneren dat hij haar al een keertje had ontmoet. Misschien konden ze ermee wegkomen als ze vertelden dat ze elkaar in een café hadden ontmoet, zonder melding te maken van de onvergetelijke nacht vol wilde seks. Of misschien zou hij dat ook wel vertellen... Maar nee, toch niet waar de kinderen bij waren...

Bovendien had ze alleen zijn kant van het verhaal. Dat hij een eerlijke indruk had gemaakt, wilde nog niet zeggen dat het was zoals hij had verteld. Misschien was hij nog wel steeds gelukkig getrouwd met Mel en was Dara gewoon een goede vriendin, of een zus.

Per slot van rekening had ze hem maar één dag meegemaakt.

Met Peter was ze tien jaar getrouwd geweest.

Mannen. Hoe kon je ooit weten of ze te vertrouwen waren?

'Dank voor de uitnodiging,' zei Ruby toen ze zich vlak na zeven uur bij hen op de binnenplaats voegde. 'Wat ziet het er allemaal mooi uit. Hallo!' Ze ging op de lege stoel naast Sasha zitten en gaf haar het braaf gesigneerde boek. 'Ik vind het zo leuk dat je mijn boeken mooi vindt.'

'Het zijn de mooiste boeken ter wereld.' Bij Sasha streden verlegenheid en enthousiasme om de voorrang.

'Dat is Flo, Sasha's zusje.' Nadat Mel het jongere meisje had voorgesteld, gebaarde ze naar links. 'En dat is Richard.'

Dat weet ik, ik heb hem naakt gezien. We hebben seks gehad, een paar weken geleden, heel veel seks...

'Hoi,' zei ze. God, het was niet gemakkelijk om naar iemand te kijken alsof je hem niet kende terwijl je hem wel kende.

'Hoi,' zei Richard.

'Mag ik even iets zeggen?' Dat was Dara, die een ruimvallende blauwe top met wijde mouwen en plooitjes aan de voorkant droeg. 'Nadat die andere vrouw zo onaardig tegen Sasha en Flo had gedaan, besloten we je te negeren. Het was Richard die zei dat je misschien niet zo erg was als we dachten. En vandaag reageerde je zo vriendelijk op dat gedoe met die frisbee dat we beseften dat hij gelijk had.'

'Trouwens, Sasha heeft haar eigen boek ook weer teruggevonden,' bemoeide Richard zich ermee. 'Het lag onder haar dekbed.'

'O, dat is fijn.' Ruby pakte een quichepunt van een van de vele schalen die op de tafel stonden. 'Ik zei toch dat ik het niet had gestolen,' voegde ze er plagerig aan toe.

'Dat dachten we ook niet, hoor.' Dara gaf haar een kom rijstsalade. 'Hoewel ik misschien wel even heb gedacht dat die vriendin van je het had meegenomen.'

'Ze was hier alleen maar op bezoek.' Het leek Ruby beter om niet te vermelden dat Morwenna haar kinderen hatende redacteur was.

'Nou, fijn om te weten,' zei Mel. 'Hier, neem wat guacamole bij de rijstsalade. En wat wil jij bij je gebakken aardappelen, Flo? Champignons? En tomatensaus? Of wil je quinoa?'

'Bah.' Flo trok een vies gezicht.

Het eten was verrukkelijk, tot Ruby een hap van haar quiche nam en ontdekte dat er geitenkaas in zat, iets wat ze nooit lekker had gevonden. Duizendmaal bah; ze snapte gewoon niet wat mensen lekker vonden aan iets wat rook en smaakte naar geit. Maar het zou een slecht idee zijn om het uit te spugen, iets wat Flo misschien zou doen als ze tegen haar zin een hap quinoa moest eten, dus gedroeg ze zich als een volwassene en slikte ze alles zo snel mogelijk door en spoelde de smaak weg met een slok sinaasappelsap.

'Zeker weten dat je geen wijn wilt?' Mel pakte de fles Whispering Angel uit de ijsemmer.

Ruby schudde haar hoofd; ze moest haar hoofd erbij houden.

'Nee, dank je. Ik hou het bij sap. Maar ik zou wel graag nog wat van die garnalen willen.'

Het gesprek was geanimeerd en er werd veel gegeten, en toen werden de meisjes naar bed gebracht en werd er nog een fles wijn opengetrokken en leeggedronken, alleen niet door Ruby. Ze hadden het over haar werk, over geslaagde en mislukte vakanties en over de kookcursus die Dara vorig jaar had gevolgd in Frankrijk. Toen het donker werd, gingen de lampjes op de binnenplaats aan en Mel kwam aanzetten met een plank vol kazen, crackers en druiven.

Terwijl ze allemaal wat pakten, vroeg Dara: 'Ruby, als schrijver ben je toch nieuwsgierig naar andere mensen?'

'Ja, ik wel in elk geval. Maar ik denk dat het voor alle schrijvers geldt.'

'Dat dacht ik ook. En daarom vind ik het zo raar dat je helemaal niets over ons hebt gevraagd.'

'O, sorry. Ik bedoel, ik weet hoe jullie heten.' Ze dacht snel na, blij dat ze geen wijn had gedronken, en pakte onderwijl nog een cracker. 'Sorry, maar soms vind ik dat mensen te veel vragen stellen! Zijn jullie dan beroemd of zo?'

Dara schudde haar hoofd. 'Nee, niet beroemd. Ik bedoelde, hoe denk je dat wij in relatie tot elkaar staan?'

Ruby voelde dat ze bloosde. 'Nou, de kinderen noemen Mel en Richard mama en papa, dus ik neem aan dat zij een stel zijn. En jij bent óf een goede vriendin óf misschien... Richards zus?'

'Nee,' zei Dara.

'O, ben je dan Mels zus?'

'Nee, gelukkig niet. Wij zijn een erg modern gezin om precies te zijn.' Dara kneep even in Mels hand. 'Dit is mijn mooie vriendin. We wonen samen. En ik hou zielsveel van haar.'

'O! Oké, dat wist ik niet! Fantastisch!' Te veel uitroeptekens. Veel te overdreven, alsof ze het eigenlijk niet meende. Maar misschien was dit wel een goed moment voor Richard om op te biechten dat ze elkaar al kenden. Zelf durfde ze het initiatief niet te nemen, maar als hij het gewoon vertelde, hoefden ze tenminste niet meer toneel te spelen.

'Richard en ik zijn zeven jaar getrouwd geweest,' legde Mel uit. 'Maar we zijn op goede voet uit elkaar gegaan en we zullen ook altijd goede vrienden blijven. Het gaat zelfs zo goed tussen ons dat hij ons gaat helpen samen een gezin te stichten.'

'Goh... wauw... dat noem ik nog eens op goede voet!' Ruby lachte naar Mel en Dara, maar ze durfde Richard niet echt aan te kijken. 'Fantastisch zeg!' Oké, nu moest ze eens ophouden met al die uitroeptekens. Even dimmen.

'Het is gewoon heel logisch,' zei Dara stralend. 'We zijn gek op de meisjes natuurlijk, maar we willen ook graag samen een baby om ónze relatie te vieren. En Richard heeft ermee ingestemd om zaaddonor te zijn, want hij is gewoon een prachtvent en hij weet hoeveel het voor ons betekent. We hebben zo'n geluk met hem. En op deze manier zijn de meisjes en de nieuwe baby ook echt verwant.' Ze glimlachte naar Ruby, legde toen haar hoofd op Mels schouder en zei: 'Het wordt perfect.'

'Wauw.' Ruby knikte en keek Richard heel snel even aan. Het ging haar niets aan natuurlijk, maar wilde hij dit echt? 'Nou, dat is... te gek.'

Mel kuste Dara op haar slaap en draaide zich toen om om Richard een kus op de wang te geven, maar een paar centimeter van zijn mondhoek. 'Ja, dat is het. Ik hou nog steeds van Richard. We zijn nog steeds familie... en dat zullen we altijd blijven. Ik ben de gelukkigste vrouw ter wereld.'

18

Op vrijdagochtend werd er bij Ruby aangeklopt en ze zette zich schrap voor weer een ongewenst bezoekje van Dara en Mel. Maar toen ze opendeed, bleek het Richard te zijn.

'Ze zijn met de meisjes naar het strand,' viel hij met de deur in huis. 'Zonder frisbee, je zult wel blij zijn dat te horen. Luister, het spijt me zo. Ik kon natuurlijk niet weten dat je hier woonde. Dara heeft het appartement al maanden geleden geboekt. Ik kon mijn ogen niet geloven toen ik jou ineens zag.'

'Ik ook niet. Wil je niet even binnenkomen?' Ze deed een stapje opzij en hij liep langs haar heen naar binnen.

'Ik had niet gedacht dat ik je ooit nog zou tegenkomen,' zei hij.

'Ik jou ook niet.'

'Hoe gaat het nu met je oog?'

'Nog dik en blauw, maar ik heb er verder geen last van. Je hoeft niet bang te zijn dat je dochter een proces aan haar broek krijgt, hoor.'

'Dat is maar beter ook, denk ik. Ze krijgt maar drie pond zakgeld per week.'

'Dus je bent van gedachten veranderd over dat zaaddonorschap.' Als je niet wist hoelang je de gelegenheid had om het ergens over te hebben, kon je er maar beter niet omheen draaien.

Hij slaakte een zucht en haalde zijn hand door zijn haar. 'Tja. Verrassend, hè?'

'Je zei eerder dat je het niet echt zag zitten. Wat is er veranderd?'

'Ze vroegen of ik er niet nog eens over wilde nadenken. Voor de meisjes. Ik bedoel, het klinkt wel logisch dat het fijn is als de kinderen echt verwant zijn. Een anonieme donor is toch anders. Tenminste, zo denkt Mel erover.'

'Maar jij, weet je het echt zeker? We hebben het hier wel over een kind. Een nieuw menselijk wezen.'

'Ik snap wat je bedoelt. Maar je hebt ze gisteravond gehoord. Ze willen dit zo graag. En misschien is het ook wel het beste. Ik kan het kind zien opgroeien... ik ben erbij betrokken. Zoals Mel al zei, we zullen altijd familie blijven.'

Ze merkte aan alles dat hij zich verscheurd voelde; dit was een van die dilemma's waar geen pasklare oplossing voor was. Hardop zei ze: 'Ik zeg niet dat je er verkeerd aan doet, hoor. Ik wil alleen graag weten of jij het ook echt wilt.'

Hij leek opgelucht. 'Ja, ik wil het ook. Maar ik zal je eens vertellen wat ik pas echt raar vind. Dat ik Sasha altijd heb voorgelezen uit haar lievelingsboeken zonder te weten dat jij die had geschreven. Ik bedoel, ik dacht dat die naam toeval was. Het is geen seconde bij me opgekomen dat jij Ruby Vale zou kunnen zijn.'

Ze glimlachte. 'Als je in een café een huilende vrouw ontmoet, denk je niet meteen dat ze de schrijfster van grappige kinderboeken is.'

'Zoiets, ja. En nu is het mijn beurt om je te vragen hoe het met jou gaat. Ik weet dat het pas een paar weken geleden is, dus ik verwacht niet dat je dat met je man al helemaal hebt verwerkt. Maar red je je een beetje?'

Hij had vast geen zin om het hele verhaal te horen, niet nadat ze de vorige keer ook al haar hart bij hem had uitgestort. Het was al deprimerend genoeg om toe te moeten geven dat ze er niet in slaagde om iets op papier te krijgen. 'Ja, hoor, het gaat prima. Beter dan verwacht eigenlijk. Mijn bijna ex-man is herstellende van zijn verwondingen. Hij is ontslagen uit het ziekenhuis, heeft zijn baan opgezegd en is met zijn nieuwe grote liefde naar een andere streek verhuisd. En ze mag hem hebben. Ik mis hem niet echt.' Ze speelde met de zilveren armband om haar pols. 'Ik moet er alleen nog aan wennen dat ik weer single ben. Dat ik helemaal zelf kan bepalen wat ik doe. Niet dat ik veel uit ben geweest of zo,' voegde ze er snel aan toe, want ze wilde niet dat hij dacht dat ze iedere avond een andere man oppikte in een of ander café. 'Eigenlijk helemaal niet.'

'Nou, ik ben blij dat het goed met je gaat. En je hebt ook geen spijt van wat er toen... nou ja, je weet wel?'

Zat dat hem soms dwars? Ze schudde haar hoofd. 'Geen spijt.'

Zijn telefoon ging en hij zei: 'Dat is Mel. Sorry, ik kan beter even opnemen.'

Ze luisterde terwijl hij Mel te woord stond. 'Hoi. O, god, echt? Geen probleem, ik kom er meteen aan met de noodvoorraad.' Hij verbrak de verbinding. 'Het is Flo, ze heeft niet zo'n goede start vanochtend. Ze hebben luiers nodig en schone kleren.'

'Richard de redder,' zei Ruby.

'Dat hoort erbij. Dit soort ongelukjes gebeuren vaak genoeg, ik spreek uit ervaring.' Hij haalde nonchalant zijn schouders op. 'Nou, het was leuk weer even met je te praten. Ik kan maar beter gaan, dan kun jij ook weer aan het werk.'

Ja, vast.

Toen ze hem uitliet, ving ze een vleugje van zijn aftershave op. Ze voelde opeens de onverwachte aandrang om hem te omhelzen, en misschien zelfs wel te kussen.

Maar dat deed ze niet. Dat zou verkeerd zijn. Wat gebeurd was, was gebeurd. Die nacht had zijn doel gediend. Het behoorde nu tot het verleden.

Hoewel...

In een opwelling zei ze: 'Luister, ze houden hier ieder jaar een Piratenparade, en dat is aankomende zondag. Ik denk dat de meisjes het erg leuk zullen vinden! Als jullie het vanaf de tribune willen zien, kan ik wel aan kaartjes voor jullie komen.'

'Sorry, maar dan kunnen we niet.' Richard schudde zijn hoofd. 'We gaan zaterdagavond naar huis om de files te vermijden en zondagmiddag geeft Dara's zus haar verjaardagsfeest in Oxford.'

Ze forceerde een glimlach. 'Ach, het was maar een idee.'

'Ik kan maar beter gaan.'

'Inderdaad.' Ze probeerde niets van haar teleurstelling te laten merken.

'Nou, we zien je vast nog wel voordat we weggaan,' zei Richard. 'Hoewel, als je verkleed bent als piraat, herkennen we je misschien wel niet.'

Ruby sliep op zaterdagochtend uit, wat niet vaak voorkwam. Het appartement tegenover haar bood een lege aanblik, waarschijnlijk waren ze al naar het strand om nog zo veel mogelijk van hun laatste dag te genieten. Tegen de tijd dat ze zelf haar huis verliet, was het al halftwaalf en de zee lag bijna mediterraans blauw te glinsteren.

Ze liep naar de markt op het parkeerterrein naast de kunstgalerie in Beach Street, waar het op zaterdag altijd een drukte van belang was. Er werden veel lokale producten verkocht; er waren kramen met brood, gebak, pasteien, fruit en groente, zelfgemaakte jam, verse sapjes en smoothies, chips en geroosterde noten, zelfgemaakte Cornish fudge en...

'Hé,' zei een stem achter haar, 'hoe gaat het met jou?'

Ruby schrok en zette zich schrap. Tot voor kort was ze de vrouw van de plaatselijke dominee geweest en ze was er inmiddels aan gewend geraakt dat mensen haar staande hielden omdat ze met haar meeleefden. Hoewel het vast vriendelijk bedoeld was, beviel het haar maar matig. Bovendien vroeg echt niet iedereen ernaar uit medeleven, sommigen genoten zichtbaar van het drama dat haar was overkomen en hoopten haar nog wat sappige details te ontfutselen.

Vandaag was het gelukkig niet iemand die ze nauwelijks kende. Het was Iris, in een feloranje hemdje met spaghettibandjes, een korte kakibroek met rafels en roze sandalen.

'Je bent er weer!' riep Ruby, want Iris was de afgelopen twee weken in Truro geweest om voor haar gehandicapte vader te zorgen, terwijl haar moeder even op adem kwam bij een vriendin in Weston-super-Mare. Ze omhelsde haar. 'Hoe was het? Hoe gaat het met je vader?'

Iris grijnsde. 'Die is blij dat hij van mijn kookkunsten is verlost.'

'Wat? Maar jij kunt fantastisch koken!'

'Ja, maar mijn vader houdt van dingen als gehakt en aardappelen en vissticks en geroosterde aardappelen uit de oven. Niet van buitenlandse troep, geen exotische dingen zoals curry of pasta. En hij is ook nog eens een oude mopperkont, maar toch hebben we wel gelachen. En mijn moeder kon eindelijk eens tot rust komen, en daar ging het om. Maar nu wil ik weten hoe het met jou gaat en... O, fuck, wie heeft dat gedaan?'

Ruby had haar zonnebril omhooggeschoven, zodat haar oog zichtbaar werd; niet langer dik, maar nog steeds bont en blauw. Snel zei ze: 'O, dat was een ongelukje, een meisje van zes met een frisbee op het strand.'

'Oef, ik schrok echt even. Hoe gaat het met die klootzak van een ex van je?'

'Hij is uit het ziekenhuis ontslagen en is vertrokken met Margaret. God mag weten waarnaartoe. Opgeruimd staat netjes, zeg ik maar.' Ze stonden nogal in de weg, er botsten voortdurend mensen tegen hen op die van kraampje naar kraampje slenterden. Met een knikje naar de halfvolle canvas tas over Iris' magere schouder zei ze: 'We staan hier niet erg handig. Wat heb je gekocht?' Ze vond het fantastisch dat Iris altijd zo avontuurlijk kookte.

'Asperges, een potje za'atar, veel verse kruiden.' Iris toonde haar de inhoud van haar tas. 'En kruisbessen voor een toetje. Vanavond maak ik iets met gerookte eend... O, en ik moet nog wat torta di dolcelatte hebben...'

'Daar staat nu geen rij.' Ruby hield haar hand boven haar ogen tegen de zon, terwijl ze naar de kaaskraam keek die was versierd met rode, blauwe en witte vlaggetjes. 'Ik ga zelf denk ik maar mozzarella kopen.'

Maar toen ze bij de kraam aankwamen vulde de geur van geitenkaas ineens haar neus, haar hersens, haar hele lichaam. O, allemachtig, dit was nog erger dan bij dat etentje op de binnenplaats toen ze gedwongen was een stukje van die afschuwelijke quiche te eten. Dat was weerzinwekkend geweest, maar het was haar gelukt.

'Wat is er? Wauw, gaat het wel?' Iris keek haar aan toen Ruby stokstijf bleef staan. 'Je ziet lijkbleek ineens. Je valt toch niet flauw, hè?'

'Ik ben misselijk,' mompelde Ruby, overweldigd door de kracht van de golf die door haar heen trok. Het was vast de combinatie van de hitte en de geur. Maar één ding was zeker, ze moest hier heel snel weg.

'Oké, we moeten hier weg... Even denken waar we het best naartoe kunnen.' Iris nam haar mee door de menigte, weg van de zichtbaar opgeluchte eigenaar van de kaaskraam. 'Diep in- en uitademen, heel rustig... Oké, ik weet het al, we gaan naar Lachlan.'

McCarthy's was nog niet open, maar Iris wist blijkbaar dat Lachlan er al was om de voorbereidingen te treffen voor de lunch. Ze bleef Ruby stevig vasthouden terwijl ze de deur opende en riep: 'Hallo? Mag Ruby even van je wc gebruikmaken? Het is nogal dringend.'

Lachlan verscheen in de doorgang tussen de keuken en het restaurant en zei: 'Natuurlijk, ga je gang,' maar Ruby en Iris waren al naar de wc-ruimte gelopen. De deur van het wc-hokje sloeg achter Ruby dicht en ze was nog maar net op tijd.

O, wat een opluchting. Nog geen halve minuut later was haar maag leeg en haar misselijkheid verdwenen.

'Beter zo?' vroeg Iris toen ze het hokje uitkwam.

'Stukken beter.'

Iris wachtte tot Ruby haar handen had gewassen en haar mond gespoeld en bood haar toen een pepermuntje aan, dat Ruby dankbaar aannam. 'Wat was dat ineens? Voedselvergiftiging?'

'Ik voel me weer goed. Het was de geur van die geitenkaas. Fijn dat je me hier zo snel naartoe hebt gebracht.' De openbare wc's waren driehonderd meter lopen en Ruby wist dat ze die nooit had gehaald. Ze zoog op het heerlijk frisse pepermuntje en streek haar haar naar achteren. 'Gek, hè? Dat je je het ene moment doodziek kunt voelen en het volgende moment weer helemaal beter. Maar ik heb ineens ontzettend zin in een blikje Orangina.'

Iris vroeg: 'Zal ik even een lekker koud glas water voor je halen uit de keuken?'

Water, water... het probleem van water was dat het zo... waterig was. Ruby schudde haar hoofd. 'Nee, ik heb echt zin in een blikje Orangina. En een warm pasteitje.' Ze zweeg even en vroeg toen: 'Waarom kijk je me nou zo aan?'

'Och, schat.'

'Wat? Ik zei toch dat ik me niet meer ziek voelde!'

Iris had nog steeds zo'n rare blik in haar ogen. 'Dat weet ik. Maar... Luister, ik wil je niet meteen de stuipen op het lijf jagen, maar zou je misschien... eh... zwanger kunnen zijn?'

Zwanger.

Wat?

Ruby's hersens begonnen te zoemen als een wesp die zat opgesloten in een jampotje. Had ze dat goed gehoord? Had Iris echt dat woord gebruikt of had ze iets gezegd als... banger... langer? Maar nee, ze wist dat ze het goed had verstaan.

Iris, die haar reactie had gezien, pakte haar handen beet. 'O, die vieze vuile klootzak,' zei ze boos. 'Jou een beetje bezwangeren en er dan vandoor gaan met die... die... Niet te geloven...'

Ruby schudde haar hoofd. Ze was zo verbijsterd dat ze niet eens kon overzien wat dit allemaal te betekenen had, laat staan dat ze Iris kon tegenspreken. Het was echt maanden geleden dat Peter en zij seks hadden gehad. Hij had steeds als smoes aangevoerd dat hij gestrest was, dat het werk hem boven het hoofd groeide, hoewel ze inmiddels wist dat ze het woordje 'werk' kon vervangen door 'Margaret'.

Niet dat ze wakker had gelegen van hun gebrek aan intimiteit; na jaren vergeefs te hebben geprobeerd zwanger te raken, had ze zich er langzaam bij neergelegd dat dat niet zou gebeuren en haar gevoelens voor Peter waren daardoor een beetje weggestorven. Ze kon zich nu zelfs nauwelijks meer voorstellen dat ze ooit, toen ze net getrouwd waren, gelukkig waren geweest. Ze wist dat dat zo was, maar blijkbaar waren ze langzaam, bijna onmerkbaar, toch uit elkaar gegroeid.

Maar als ze inderdaad zwanger was, dan zou iedereen er natuurlijk van uitgaan dat het Peters kind was.

O, help, dit kon ze allemaal niet zo snel verwerken. Hoe graag ze Iris ook mocht, Ruby wist dat ze haar mond niet zou kunnen houden. Sommige roddels waren gewoon te fijn om voor jezelf te houden.

'Dat hoeft het niet te zijn.' Ze hoorde dat ze aarzelend klonk; ze wilde nu alleen nog maar naar huis.

'Toen ik zwanger was van mijn eerste, had ik steeds trek in pretzels, en die doopte ik dan in de honing. Echt, dat at ik als ontbijt. Ik kon er geen genoeg van krijgen,' zei Iris verwonderd. 'En daarna heb ik ze nooit meer gegeten. Gek, wat al die hormonen met je doen.'

'Ik denk dat ik gewoon een of andere virusje heb opgelopen. Ik hoorde een vrouw in de supermarkt laatst zeggen dat er iets heerste. Nou ja, in elk geval bedankt voor alles, maar ik ga nu naar huis.'

'Goed, schat, maar misschien kun je onderweg even zo'n test kopen. En als je hulp nodig hebt, hoor ik het wel. En laat je door die klootzak van een ex van je niks aanpraten wat je niet wilt.'

Ruby was niet van plan haar klootzak van een ex hier ook maar iets over te vertellen. 'Nee, zal ik niet doen.'

'O,' riep Iris haar na toen ze op de stoep afscheid hadden genomen, 'en niet naar die drogist hier om de hoek. In Tresilian Road verkopen ze er twee voor de prijs van één.'

Ruby ging helemaal niet naar een drogist, zo stom was ze echt niet. Terug in haar appartement probeerde ze te bedenken wanneer ze voor het laatst ongesteld was geweest, maar ze was altijd heel onregelmatig en had het al lang geleden opgegeven om het goed bij te houden. Toen ze uit het slaapkamerraam keek zag ze dat haar tijdelijke buren nog steeds niet terug waren van het strand. Ze pakte nog een van de blikjes Orangina's die ze onderweg had gekocht en genoot van het heerlijke prikkelende gevoel van de sinaasappeldrank door haar keel.

Wat later ging ze met haar auto helemaal naar Lostwithiel, waar drogisterijen waren en mensen die geen flauw idee hadden wie ze was.

Tegen de tijd dat ze terugkwam in Lanrock was het al halverwege de middag en de behoefte om de test te doen vocht om de voorrang met de behoefte om hem niet te doen, want een definitief antwoord zou het echt maken.

Het eerste wat haar opviel toen ze de binnenplaats op liep, was de openstaande voordeur en de open ramen van het appartement tegenover haar. Het tweede was het geluid van een stofzuiger binnen. Hoewel ze hier pas een maand woonde, wist ze wat dat geluid te betekenen had. Zodra er mensen vertrokken, maakte een schoonmaakploeg alles in orde voor de volgende gasten.

Lottie, die Ruby door het raam de binnenplaats op had zien komen, kwam naar buiten met het klembord in haar hand dat ze gebruikte om de vakantiehuizen te controleren.

'Gaat het?' vroeg ze vrolijk. 'Je ziet er een beetje verward uit.'

'Ik ben alleen verbaasd. Ze zeiden dat ze pas vanavond zouden vertrekken.'

'Ze hebben hun plannen veranderd. Tussen de middag hebben ze de sleutels afgegeven, ze zeiden dat ze vroeg weggingen om de drukte voor te zijn. En Marge en Lena wilden maar al te graag vanmiddag komen schoonmaken, dan hoeven ze morgen de Piratenparade niet te missen. Hoe waren ze, als buren? Niet te luidruchtig, hoop ik?'

'Nee, hoor.'

'Aardig?'

'Heel aardig.' Lottie moest eens weten.

Eenmaal binnen deed Ruby de test.

Iris had gelijk. Hij was positief.

Dit was wat ze al jaren wilde. Nou ja, toen ze getrouwd was geweest.

Misschien was het maar goed dat het gezin uit het appartement tegenover het hare vroeg was vertrokken, want het was nu niet bepaald nieuws dat ze Richard zomaar even kon vertellen waar iedereen bij zat.

Richard was weg, waarschijnlijk voorgoed.

Ze keek naar de test, met zijn veelzeggende blauwe streepje. Ze moest echt eerst eens goed nadenken voordat ze het iemand – hem – vertelde.

Die arme man, hij kreeg al genoeg voor zijn kiezen; dit was wel het laatste wat hij nu zou willen horen.

Haar handen gingen naar haar platte buik en haar vingers spreidden zich, terwijl ze zich afvroeg wat er daar verborgen ging. Had het al een hartslag? Had het al een hart?

Haar eigen hart draaide overuren.

Ik krijg een kind. Onvoorstelbaar.

19

Het was middag en de stad puilde uit van bewoners en toeristen, terwijl de Piratenparade vrolijk en luidruchtig door Angel Street slingerde, over Lanrock Bridge en verder via Long Street aan de overkant van de rivier. Er waren trommels en trompetten, gezang en dans, en dat allemaal onder luid applaus van de toeschouwers.

Lottie had het kantoor aan Marcus overgelaten om naar de parade te kunnen kijken terwijl die Beach Street naderde. Een eindje verderop zag ze Max voor Bert's Bar staan. Voor Max was het zijn eerste Piratenparade. Ze had hem niet meer gezien sinds ze hem een week geleden de sleutels van Jericho Cottage had overhandigd, wat haar een beetje had verbaasd, want ze had verwacht dat hij nog wel een keer zou langskomen om haar mee uit te vragen.

Alleen was dat niet gebeurd.

Ze bleef staan toen ze zag dat hij zijn telefoon opnam en een paar minuten praatte. Van deze afstand, gebruind en lachend, en gekleed in een wit overhemd en een gebleekte spijkerbroek, zag hij er... oké, toegegeven, behoorlijk aantrekkelijk uit. Wat natuurlijk meteen het probleem was. Haar hart kneep even samen toen ze dacht aan wat hij had gezegd toen ze zijn uitnodiging had afgewezen: 'Het is maar een etentje, het is geen huwelijksaanzoek.'

En daar ging het nu net om; misschien had hij op dit moment inderdaad belangstelling voor haar, maar hoelang zou dat duren? Waarschijnlijk lang genoeg om haar te laten denken dat hij serieus was, en dan ging hij daarna weer verder met zijn oude leven, met in zijn kielzog het zoveelste gebroken hart.

Dat ze hem had afgewezen was een daad van zelfbescherming geweest. Ze kon echter niet ontkennen dat het haar streelde dat hij haar had gevraagd.

Terwijl ze nog steeds naar hem keek, verbrak hij de verbinding en wierp een blik op het jongetje naast hem dat huilde omdat hij opgetild wilde worden. De moeder van het jongetje schudde nee en legde hem uit dat ze hem niet kon optillen omdat ze al een baby in haar armen had. Max zei iets tegen haar en liep de bar in, waar hij een paar seconden later weer uit kwam met een stoel die hij tegen de muur zette zodat hij niet omvergelopen kon worden. Er volgde een kort gesprekje, toen overhandigde de dankbare moeder hem de baby zodat zij haar zoontje op de stoel kon tillen en haar arm om hem heen houden om te voorkomen dat hij viel.

Pinggg deden Lotties eierstokken bij de aanblik van Max met een baby in zijn armen. Hij begon het kind automatisch te wiegen en trok gekke gezichten om het aan het lachen te maken.

Het geluid van trommels en trompetten werd steeds luider naarmate de stoet dichterbij kwam, en toen stroomden de piraten de straat in en iedereen begon te juichen en te klappen. Het gezicht van het jongetje was een plaatje nu hij alles zo goed kon zien, en Max en de moeder van de kinderen stonden ondertussen zo geanimeerd te praten en te lachen dat Lottie zich begon af te vragen of ze elkaar soms al kenden.

Maar zodra de stoet voorbij was, hielp de moeder haar zoontje van de stoel en nam de baby weer van Max over. Nadat Max en zij elkaar vrolijk gedag hadden gezegd, verdween ze in de richting van het strand.

Het werd al wat minder druk op de stoep. Lottie voelde haar hart in haar keel bonzen toen tot haar doordrong dat Max haar kant uit kwam. Hij had haar nog niet gezien, maar zodra hij dat deed...

Nou ja, misschien zou ze deze keer geen nee zeggen als hij voorstelde om samen iets te gaan drinken.

Alleen zag hij haar helemaal niet, en nu stak hij ook nog de straat over, zich een weg banend tussen de toeristen door en...

'Max!' Ze kon er niets aan doen, haar arm schoot al de lucht in om zijn aandacht te trekken voordat hij weer zou zijn verdwenen. 'Hoi!'

Hij bleef staan. 'O, hoi,' zei hij toen hij haar zag. 'Moet je niet werken?'

'Ik wilde de parade even zien. En jij?'

'Ik ook. Het was leuk. Nou...' Nu stak hij ook zijn hand op, maar dat was duidelijk als afscheidsgroet bedoeld.

'Alles in orde in het huisje?' vroeg ze snel.

'Ja, hoor, prima.'

Nou, dit verliep totaal niet volgens plan. 'Mocht er iets zijn, dan kun je me altijd bellen of even langskomen, hoor.' Ze wierp hem haar luchtigste, vriendelijkste lach toe. Waarom keek hij haar nu niet aan zoals hij daarnet naar die baby had gekeken?

'Mocht het nodig zijn, dan doe ik dat. Maar het is allemaal in orde. Oké. Tot ziens dan maar...'

En nu liep hij gewoon weg, de heuvel op, alsof ze een of andere vage bekende was met wie hij net een praatje over het weer had gemaakt. Ze staarde hem verbijsterd na, wachtte een hele minuut en liep hem toen achterna. Had hij soms met iemand afgesproken? Had die vrouw haar kinderen bij haar ouders gedropt om met Max te kunnen lunchen? Of had hij een nieuwe vriendin gescoord in de week dat hij hier was?

Dat laatste zou haar niets verbazen.

Het voordeel van de drukte was dat hij niet merkte dat ze hem volgde. Het nadeel was dat ze hem nog geen tien minuten later alweer kwijt was. Zo zag ze hem nog, en zo was hij weg. Aarzelend keek ze even om zich heen en liep toen langzaam verder, onderweg in iedere winkel kijkend.

Toen ze voor de etalage van een schoenenwinkel stond, werd er ineens op haar schouder getikt.

'Zoek je mij soms?' vroeg Max.

Ze voelde zich betrapt en wees snel op de gok naar een paar schoenen. O, god, het bleken donkerrode sandalen te zijn, versierd met plastic madeliefjes. 'Wat? Nee, natuurlijk niet! Ik stond naar die schoenen te kijken.'

'Oké.' Hij haalde zijn schouders op. 'Sorry, dan heb ik me vergist. Ik had de indruk dat je me volgde.'

En terwijl hij wegliep, riep hij nog over zijn schouder: 'Niet kopen, hoor, die schoenen. Ze zijn afschuwelijk lelijk.'

Het was maar een korte omweg naar de winkel van Tess en Freya in Angel Street. Het kleine zaakje met zijn felblauwe pui en gele interieur was waarschijnlijk de kleurrijkste winkel in Lanrock. Het was in elk geval de meisjesachtigste, met zomerkleren die varieerden van met kristalletjes bezette kaftans tot kimono's van regenboogzijde. Je kon er teenslippers met glitters kopen, hoedjes in alle soorten en maten, zonnebrillen, dunne omslagdoeken en handbeschilderde zijden jasjes in allerlei kleuren. Misschien dat niet iedereen zich aangetrokken voelde tot die stijl, maar er waren genoeg trouwe klanten om de zaak draaiende te houden, van toeristen die ieder jaar terugkeerden tot mensen die niet zelf kwamen, maar enthousiast online bleven bestellen.

Lottie probeerde wat armbanden en kettingen en rook aan de testers van een nieuw merk parfum, terwijl Freya een van de prachtige handgeschilderde jasjes verkocht aan een vrouw uit Sheffield die een zoon had die tandarts was en die in september in Milaan ging trouwen met een vrouw die tv-producer was. Freya en haar moeder stonden erom bekend dat ze binnen de kortste keren alles over hun klanten wisten; als ze nog tien minuten extra hadden gehad met deze vrouw zouden ze ook nog haar paspoortnummer en stamboom kennen.

'Zo, klaar.' Freya had het jasje in paars zijdepapier verpakt en daarna in de alom bekende blauw-zilveren kartonnen draagtas van de winkel gestopt. 'Je zult er fantastisch uitzien! En vergeet niet om ons een foto van jezelf op de bruiloft te sturen, dan hangen we die bij de andere op de muur.'

Toen de vrouw stralend en zwaaiend met haar tas was vertrokken, vroeg Lottie: 'Hoe heeft haar zoon zijn toekomstige vrouw leren kennen?'

'Ze stonden in dezelfde rij voor de parkeerautomaat nadat ze hun kerstinkopen hadden gedaan en toen raakten ze aan de praat en toen vroeg hij of ze zin had om een kop koffie met hem te gaan drinken.' Freya legde een hand op haar hart. 'Pas zes uur later waren ze terug in de parkeergarage. Dat kostte ze allebei nog eens dertig pond extra. Maar anderhalf jaar later zeggen ze allebei dat het de beste dertig pond was die ze ooit hebben uitgegeven.'

'En? Wat voor verlovingsring heeft hij haar gegeven?'

'Dat weet ik niet, dat heb ik niet gevraagd.'

Lottie schudde haar hoofd. 'Wel scherp blijven, hè? Waar is je moeder trouwens?'

'Die is even wat broodjes gaan halen. En ze wilde de optocht zien, denk ik.'

'Ik heb ook even gekeken.' Lottie probeerde nog een armband, gewoon om iets te doen te hebben. 'Ik zag Max ook nog. Je weet wel, die vriend van Cameron. Die ook op de bruiloft was.'

Freya lachte. 'Natuurlijk weet ik wie hij is. Hij heeft gisteravond nog bij ons gegeten.'

'O!' Lottie kon haar verbazing niet verbergen. Freya en Cameron nodigden haar regelmatig uit voor een spontaan etentje. Gisteravond had ze zelf een kant-en-klaarmaaltijd van boeuf stroganoff met rijst gegeten die lichtelijk over de datum was en daarna had ze naar een twee uur durende detective op tv gekeken die niet eens goed was geweest.

'Het was ontzettend gezellig! Hij is echt leuk, hè? Fantastisch gezelschap.' Toen Freya Lotties gezicht zag, voegde ze eraan toe: 'Ik heb nog voorgesteld om je te bellen, om te vragen of je ook zin had om te komen, maar Max zei dat hij zeker wist dat je daar geen zin in zou hebben.'

'O. Oké.' Hallo, karma.

'Hij zei dat hij je ergens voor had uitgenodigd, maar dat je geen belangstelling had.'

'Nou ja, ik had het druk...' Met tegenzin moest ze erkennen dat Max wel een punt had. Toen ze zijn uitnodiging had afgeslagen, had ze het idee gehad dat dat heel verstandig van haar was. Ze kon het hem nu dus niet kwalijk nemen dat hij de hint had begrepen en haar verder met rust liet.

'Wat is er al die jaren geleden eigenlijk tussen jullie gebeurd? Ik heb het Max gevraagd, maar hij wilde het niet zeggen. Wat behoorlijk irritant is als je zo nieuwsgierig bent als ik,' zei Freya.

Vanwege haar ouders had Lottie nooit aan iemand verteld waarom Max zo abrupt uit haar leven was verdwenen. En vanwege zijn eigen ouders had Max het er blijkbaar ook nooit met iemand over gehad.

'Ach, je weet wel, van dat pubergedoe,' zei ze vaag. 'We waren soort van bevriend, hoewel we de hele tijd aan het bekvechten waren en knettergek van elkaar werden. En op een keer leek het bijna iets anders te worden, maar dat gebeurde uiteindelijk niet. En toen verhuisde hij met zijn ouders naar Ierland en daarna hadden we geen contact meer. En wij zijn toen hier komen wonen.' Ze haalde haar schouders op. 'Zo gaat dat soms.'

Freya hing filigraan oorbellen recht op een standaard in de vorm van een boompje. 'En toen je hem in de kerk zag, kwamen toen al die oude gevoelens weer terug? Want ik weet dat er gevoelens moeten zijn geweest.'

'Niet echt. Misschien een beetje,' gaf Lottie toe, want het zou raar zijn om het helemaal te ontkennen.

'Hij is echt heel aantrekkelijk.'

Dat was zo. Ook dat kon ze niet ontkennen.

'En hij is grappig, dat is altijd leuk. Ik snap wel waarom iedereen hem aardig vindt.'

Lottie zei niets. Dat alle vrouwen zich altijd zo gemakkelijk door hem lieten betoveren was juist de reden waarom ze zich tegen hem verzette.

Freya vouwde inmiddels dromerig een zachtgele pashmina sjaal op. 'Hij heeft echt zo'n glimlach waarvan je vanzelf ook gaat glimlachen.'

Oké, dat was genoeg Max-verheerlijking. 'Dat geldt wel voor meer mensen.' Ze keek Freya even aan. 'Je zit er toch niet over te denken om Cameron in te ruilen voor een nieuwer model?'

'Nee.' Blozend streelde Freya de sjaal alsof het een kat was.

'O, trouwens, ik zag gisteravond dat stuk over Cameron in de krant. Ik sponsor hem natuurlijk ook.' Cameron was een enthousiaste fondsenwerver voor goede doelen, maar soms kregen Lotties slechte gedachten de overhand en wilde ze stiekem dat hij even niks deed, want af en toe werd het haar gewoon te veel, omdat ze zich dan voor de zoveelste keer verplicht voelde om iets te geven aan een of ander goed doel. Ze begreep best dat dat geen aardige gedachten waren. Maar het voordeel van die slechte gedachten was dat ze zich daardoor weer verplicht voelde om nog meer te geven.

'Zijn laatste marathon is al een tijdje geleden, dus hij zal flink moeten trainen,' zei Freya troostend. 'Ik denk niet dat het hem gaat lukken.'

Toen Cameron zijn laatste marathon niet had kunnen uitlopen vanwege een verstuikte enkel na vijf kilometer, had hij aangeboden om iedereen die al had betaald, terug te betalen, maar niemand wilde dat natuurlijk. Lottie vroeg zich weleens af of ze de enige was die ineenkromp als Cameron haar begroette met een vrolijk: 'Daar heb je mijn favoriete persoon!' omdat ze precies wist wat er daarna ging komen.

Ze veranderde van onderwerp. 'Hoe was Esthers afscheidsfeestje laatst eigenlijk?'

Esther, die veertig jaar als receptioniste in de praktijk had gewerkt, was met pensioen gegaan. Ze was angstaanjagend maar efficiënt, en had het medisch centrum als een koningin geleid, steevast gekleed in een zelfgebreid vest, en Lottie wist dat Freya nogal had opgezien tegen het feest, dat werd gehouden in het zaaltje van het café naast de praktijk, bang dat het een dodelijk saaie bedoening zou worden.

'O, uiteindelijk werd het nog heel leuk! Cameron had Max meegenomen en hij wist Esther helemaal te ontdooien. Je had haar eens moeten zien, ze giechelde de hele tijd als een schoolmeisje. En aan het eind nam Max iedereen mee naar Bert's Bar, waar hij ons allemaal heeft leren rappen! Echt, het is dat ik erbij was, anders had ik het nooit geloofd. Moet je zien...' Ze pakte haar telefoon en scrolde tot ze een filmpje had gevonden. Ze drukte op Afspelen.

Verbaasd keek Lottie naar de zeventigjarige Esther die met Max op het podium stond en met een microfoon in de hand stond te krijsen: 'Ik ben Esther van de praktijk en ik ben nog geen lijk want ik drink nog bier maar mijn werk stopt hier!' Ze zwaaide met haar vrije hand boven haar hoofd, en god mocht weten wat ze met haar eeuwige vest had gedaan, want ze droeg een mouwloos jurkje waaronder de stevige witte bandjes van haar beha zichtbaar waren. Zo te zien had ze de tijd van haar leven, terwijl Max al beatboxend naast haar stond en de mensen in de bar haar toejuichten alsof ze Missy Elliott op het Coachella-festival was.

'Te gek, hè?' Freya lachte. 'Ze zei dat ze nog nooit zo'n leuk feest had gehad. Echt jammer dat je niet kon.'

Weer dat vervloekte karma. Lottie had best kunnen komen, maar ze had zich ervan afgemaakt met een of andere smoes over een Zoom-gesprek met een potentiële klant; ze was thuisgebleven, in haar sas dat ze het saaiste feest ooit toch maar mooi had weten te vermijden.

'Echt, je had het fantastisch gevonden,' vervolgde Freya terwijl de winkeldeur openging.

'Ha, Freya.' De nieuwe klant begroette haar met open armen. 'Hebben jullie al een nieuwe datum geprikt voor de bruiloft?'

'Nee, nog niet...'

'Dat moet je echt snel doen, hoor! Mijn man kwam Cameron toevallig tegen en die zei dat jullie misschien alleen even naar het gemeentehuis gaan met zijn tweetjes.' De vrouw keek haar met een blik vol gespeelde afschuw aan. 'Maar ik zei nee, het moet echt weer in de kerk, anders voelt het helemaal verkeerd!'

'We zijn er nog niet over uit,' zei Freya luchtig.

'Nou, het is belangrijk, dus je moet snel iets beslissen. Je kunt niet eeuwig ongehuwd blijven toch? O!' De vrouw begon te stralen toen ze een met crèmekleurige rozen en blauwe hortensia's beschilderde parasol met een franjerand zag. 'Die is mooi!'

'Ja, hè?' Zichtbaar opgelucht dat het onderwerp huwelijk was afgehandeld, pakte Freya de parasol. 'Ze zijn gisteren binnengekomen en we hebben er vanochtend al drie verkocht. Dit is de laatste.'

'Nou, in dat geval neem ik hem meteen.' De vrouw greep de parasol beet alsof het een reddingsboei tijdens een overstroming was.

20

In een hoek van de spiegel zat een klein barstje, maar verder was hij in perfecte staat, een grote rechthoek in zo'n barokke, zilver geverfde lijst, met van die krulranden. Het soort spiegel dat rijke mensen thuis hadden hangen. Hoe heette dat ook alweer? Barok? Rococo?

Iris, die verre van rijk was, had de spiegel uit de verte gespot, glinsterend in het late licht. Opgetogen was ze naar de afvalcontainer gelopen. Misschien kon ze de spiegel wel mee naar huis nemen en dan boven de haard in haar appartement hangen. Of verkopen op eBay, nog beter.

Toen ze in de afvalcontainer keek, zag ze dat hij voor driekwart was gevuld met nog veel meer spullen. Goed, sommige dingen waren rijp voor de stort, maar ze zag ook spullen die ze zo op eBay zou kunnen zetten. Er lagen kapotte keukenkastjes en rollen versleten tapijt, maar ook twee goede keukenstoelen, een doos vol serviesgoed, een paar ouderwetse lampenkappen, kussens, wat pannen, samengebonden gordijnen, wat potten verf en een paarse stofzuiger van Dyson.

Een container vol schatten. Vooral die barok-rococo spiegel. En als zij hem niet meenam, deed iemand anders het wel. Iris had net drie uur lang schoongemaakt bij een gepensioneerde wetenschapper die aan de andere kant van Lanrock Bridge woonde en haar er vaak van beschuldigde dat ze zijn bestek expres kwijtmaakte, en daarom voelde het alsof ze dit wel had verdiend. En omdat al dat schoonmaken haar fit en sterk hield, kostte het haar geen enkele moeite om zich aan de rand van de container omhoog te hijsen en er vervolgens in te springen.

Het was ook niet de eerste keer dat ze dat deed.

O, er lag zelfs een magnetron, daar in de hoek... en een waterkoker. Maar de spiegel had ze als eerste gespot en daarom zou ze die meenemen voordat iemand anders ermee vandoor ging. Ze pakte de hoeken van de lijst beet, tilde hem op en...

'Hé, blijf daar vanaf,' schreeuwde een mannenstem uit een raam van een huis iets verderop.

Iris draaide zich om, met de spiegel nog in haar handen. 'Pardon?'

'Je hoorde me wel,' zei de stem. 'Leg neer dat ding.'

'Wie denk je dat ik ben? Je hond?' Haar stem schoot omhoog van ongeloof.

'Mijn god.' De man schudde zijn hoofd. 'Je hebt wel lef, zeg.'

Een paar seconden later ging de voordeur open en kwam hij naar buiten, met een verbeten trek om zijn mond. Iris liet haar blik glijden over zijn stoffige korte broek, het T-shirt van Iron Maiden, het blonde stekeltjeshaar en de blik van pure haat in zijn smalle blauwe ogen.

'Heb je een probleem soms?' vroeg ze.

'Ja, met jou. Omdat je iets wilt meenemen dat niet van jou is.'

'Ik steel hem toch niet? Je kunt iets wat al is weggegooid niet stelen. Heb jij al die spullen in de container gegooid?'

'Ja. En ik ben ook degene die die container heeft gehuurd. En jij blijft van die spiegel af.'

Dit was volslagen belachelijk. Ze rechtte haar rug; het was echt verbazingwekkend hoe stom sommige mensen konden zijn. 'Luister, eigenlijk help ik je als ik die spiegel meeneem. Want dan hou jij meer ruimte voor andere spullen over in je geliefde container.'

'Kan me niet schelen. Je neemt hem niet mee.'

'Weten je buren wel dat ze een psychopaat als buurman hebben?'

De harde blik in zijn ogen was bijna eng. 'Ik woon hier niet.'

Iris keek even naar de huizenrij. 'Nou, dat zal een hele opluchting voor ze zijn.'

Met samengeknepen ogen keek hij haar aan. 'Weet je wie ik ben?'

'Nee, gelukkig niet.' Omdat het duidelijk was dat de man niet zou toegeven, zette ze de spiegel weer neer en veegde haar bezwete handen af aan haar spijkerbroek.

'Slim besluit.' De man zwaaide sarcastisch. 'Dag dag.'

Hij had mooie gespierde armen. Als hij niet zo'n klootzak was geweest met ook nog zo'n onaangenaam karakter had ze hem waarschijnlijk wel aantrekkelijk gevonden.

Maar hij was wie hij was, en daarom vond ze hem niet aantrekkelijk. Totaal niet.

'Jammer dat ze je niet hebben toegelaten op de etiquetteschool,' zei ze.

'Ja, en jammer dat ze jou niet hebben geleerd om je neus niet in andermans zaken te steken,' zei hij. 'En in andermans containers.'

Zeven uur later, om twee uur 's nachts, stapte Iris in het witte bestelbusje van een vriend van haar en reed door de stille straten van Lanrock naar de afvalcontainer. De maan ging schuil achter de wolken en er brandde nergens licht in de huizen in de straat. Ze parkeerde het busje voor de container en opende de achterdeuren, blij dat ze zo slim was om terug te gaan. Want eerst was het haar misschien alleen te doen geweest om de spiegel, maar nu ze wist dat haar vijand hier niet woonde, vond ze het een briljant idee van zichzelf om het busje te lenen en terug te komen. Ze zag zijn gezicht al voor zich als hij morgen tot de ontdekking kwam hoeveel spullen er weg waren en ze hoopte dat hij ook begreep wie ze had meegenomen.

Misschien liet ze wel een bedankbriefje voor hem achter, gewoon voor de lol.

De spiegel was al weg, maar ze nam de magnetron mee, een paar olieverfschilderijen in eenvoudige lijsten – misschien waren die wel van een beroemde schilder of zo, zou kunnen toch? – en een van de keukenstoelen in Shaker-stijl. Toen ze terugging voor de tweede stoel ging ergens een lamp aan en kort daarna hoorde ze voetstappen op de stoep achter zich.

Doelgerichte voetstappen.

Fuck.

'Lekker voorspelbaar,' zei hij. 'Ik wist het wel.'

'Ja, en nu weet ik ook zeker dat je echt een psychopaat bent.' Ze keek hem hoofdschuddend aan. 'Heb je de hele nacht uit dat raam zitten gluren? Ben je wakker gebleven alleen maar om mij te kunnen betrappen? Want dat is pas zielig!'

'Ik ben nog wakker omdat ik heb gewerkt.'

Ze lachte gnuivend. 'Ik geloof er geen snars van.'

'Dat maakt me niks uit. Trouwens, ik weet wie jij bent.'

'Dat weten heel veel mensen. Ik woon hier.' Ineens herinnerde ze zich iets wat hij had gezegd. 'En jij vertelde me dat je hier niet woonde.'

'Ik woon hier ook niet. Ik blijf hier tot het huis is leeggeruimd. En om ervoor te zorgen dat er niets wordt gestolen,' voegde hij eraan toe.

'Zoals ik al zei, het heet geen stelen als de spullen al in een afvalcontainer liggen.'

'Het maakt me niet uit wie er spullen uit de container haalt, zolang jij het maar niet bent.'

'Dus je wilt dat ik al die spullen teruggeef?' Ze gebaarde naar de witte bestelwagen met de openstaande achterdeuren.

'Nee, de magnetron mag je houden. Die is kapot. Net als de waterkoker.' Een klein lachje. 'Die mag je hebben, net als die kunstwerken. Die zijn door kinderen gemaakt, zeg ik maar vast, voor het geval je dacht ermee naar Sotheby's te gaan.'

Shit. Ze had stiekem gehoopt dat het kostbare abstracte schilderijen waren, zoals je weleens zag in *Tussen Kunst en Kitsch*.

'Die heb ik meegenomen omdat ik ze mooi vond,' loog ze. Toch nieuwsgierig geworden vroeg ze: 'Waarom ben ik de enige die niets mag meenemen?'

'Weet je echt niet van wie dit huis is?'

Ze waren in Bell Street, een van de vele smalle zijstraatjes van Wood Lane. Wanneer Iris naar huis liep, nam ze meestal de straat die hier parallel aan liep, omdat daar vrienden van haar woonden; ze was deze straat alleen maar in gelopen omdat ze die afvalcontainer had zien staan. Ze gokte dat zijn afkeer iets te maken had met een ex van haar met wie hij bevriend was of zo. Nou ja, ze was single, ze mocht best exen hebben. En sommigen van hen waren zulke malloten geweest dat ze het hadden verdiend om gedumpt te worden. Misschien kende hij Jed, een complete nietsnut die bijzonder kwaad was geweest toen ze hun korte relatie had beëindigd. Hoewel Jed met zijn broer in Westcup woonde en zich nooit een huis in een straat als deze zou kunnen veroorloven.

'Ik weet het echt niet. Ik zie je vandaag voor het eerst.'

'Ik jou ook. Maar ik durf te wedden dat er hier niet veel vrouwen rondlopen met LOOK UP boven hun borsten getatoeëerd.'

Iris' huid tintelde van ergernis, maar ze was eerder boos op zichzelf dan op hem. Ze had er enorm veel spijt van dat ze die tatoeage vlak na haar achttiende verjaardag had laten zetten; het was een daad van verzet geweest, omdat ze schoon genoeg had van al die mannen die altijd maar naar haar volle borsten loerden. Het had enorm veel pijn gedaan, al het geld wat ze voor haar verjaardag had gekregen, was eraan opgegaan en op dat moment had ze gewoonweg niet bedacht dat die woorden juist commentaar op haar borsten zouden uitlokken.

En om het nog erger te maken waren haar eerst zo pronte borsten na de geboortes van haar kinderen gaan hangen en zag ze zich genoodzaakt beugelbeha's te dragen.

Zo zag je maar, het was ook nooit goed. Als je jong en mooi

was, ergerde je je dood aan mannen die naar je floten, maar als je ouder en minder aantrekkelijk werd, verlangde je bijna terug naar die tijd.

'Ik durf te wedden dat je spijt hebt van die tatoeage. Want die maakt je nogal onvergetelijk.'

Ooit, als ze een paar honderd pond overhad, zou ze die stomme tatoeage laten weghalen, of er op zijn minst een andere overheen laten zetten. Maar tot het zover was, ging ze haar niet verbergen, want daarmee zou ze toegeven dat het een vergissing was geweest, en daar was ze te trots voor.

'Ik ben sowieso onvergetelijk.'

'Nou, dat was je inderdaad toen je laatst in de kerk opdook en die huwelijksplechtigheid verstoorde.'

Aha.

'Was jij daar ook dan?'

'Nee, maar ik heb er alles over gehoord.'

Ze fronste. 'Ben je soms een vriend van Jed?'

'Wie is Jed? Je man?'

Oké, dit werd echt belachelijk; als ze zo doorgingen, stonden ze hier morgenvroeg nog. Ze besloot ter zake te komen. 'Hoe heet je?'

'Drew. Dawson. Maar dat zegt je waarschijnlijk niks.'

'Ik weet nog steeds niet wie je bent.' Ze haalde haar schouders op.

'Misschien dat dit helpt. Mijn zus heet Margaret Crane.'

Jemig.

Ze knipperde met haar ogen. 'Jullie lijken totaal niet op elkaar.'

'Tja, wat zal ik zeggen. Zij is een schooldirecteur die van Debussy houdt, en ik ben een bouwvakker die een heavymetalfreak is.'

Iris rilde even toen er een kil briesje langs haar schouders trok. 'Maar… ze is ergens in de vijftig.'

'Eenenvijftig. En ik ben drieëndertig. Ik was vast niet gepland, maar ja, ik ben er toch gekomen.'

'Even voor de duidelijkheid. Je zus had een relatie met een getrouwde man, een getrouwde dominee nog wel, maar omdat ik degene ben die zijn vrouw heeft verteld wat ze achter haar rug om allemaal uitspookten, ben ik voor jou de slechterik in het verhaal. En daarom mag ik geen spullen meenemen uit de container.' Ze lachte ongelovig. 'Echt, dat is heel bizar.'

'Ik zei toch dat je de magnetron mag hebben?'

'Je spoort echt niet.' Ze beende naar het bestelbusje, pakte de kapotte magnetron en gooide hem weer in de container. Hoewel ze had gemikt op een stuk tapijt, klonk er toch een luide metaalachtige bonk.

'Oeps,' zei Drew een paar seconden later toen er in een huis vlakbij licht aanging en een slaapkamerraam werd opengegooid.

'Hé, oprotten jullie! Anders bel ik de politie! We willen geen illegale stort hier!'

'We hebben ze net weggejaagd,' stelde Drew de boze buurman gerust. 'Wij zijn er ook wakker van geworden. Sorry voor de overlast.'

Wij?

'Waar heb je het over?' vroeg ze toen de man weer was verdwenen. Ze rilde weer en had er spijt van dat ze geen jasje had aangetrokken. God, ze had beter thuis kunnen blijven.

'Die man bemoeit zich overal mee. Margaret heeft een pesthekel aan hem. Luister, ik zie dat je het koud hebt. Als we toch bezig blijven met ruziemaken, wil je dan niet even binnenkomen voor een kop koffie?'

Ze keek hem ongelovig aan en begon toen te lachen om zijn lef.

Hij grijnsde. 'Kom op, doe eens wild! Je kunt me gezelschap houden terwijl ik aan het werk ben.'

Binnen bleek de benedenverdieping van de vierkamerwoning compleet leeggehaald en gestript na het abrupte vertrek van de laatste bewoners.

'Margaret en haar man waren niet bepaald klussers. Ze hebben hier jaren gewoond zonder iets te veranderen,' legde Drew uit.

'Het hele huis zag er oud en afgeleefd uit, maar ze moeten het verkopen nu ze uit elkaar zijn. Zij wil hier niet blijven wonen en haar man is naar Plymouth verhuisd. De makelaars die zijn komen kijken, zeiden dat ze zestigduizend pond meer zou kunnen krijgen als het een beetje werd opgeknapt. En toen heb ik tegen haar gezegd dat ik dat wel voor dertigduizend kon doen. Zodoende dus. Suiker?'

Het galmde in de keuken waar alle kastjes uit waren gehaald, er stond alleen nog een tafel met daarop zo'n duur koffieapparaat voor pods en een paar mokken. Maar in de huiskamer waar hij haar mee naartoe nam, stond nog een zachte grijze bank waar ze op kon zitten, terwijl hij de ladder naast de haard op klom om verder te gaan met het schilderen van de kroonlijsten.

'Ik dacht dat je wist dat dit Margarets huis was,' zei hij. 'Ik zag al voor me hoe je tegen al je vrienden vertelde dat je haar spullen uit de afvalcontainer had gehaald, dat je ze als trofeeën zou showen.'

'Dat zou een beetje gestoord zijn.' Bijna had ze eraan toegevoegd: 'Net zo gestoord als iets beginnen met een getrouwde dominee,' maar ze wist zich te beheersen. Ze nam een slok koffie, die sterk en lekker was, precies zoals ze haar mannen graag had. Nee, zoals ze haar koffie graag had. Haar blik gleed over zijn brede schouders en welgevormde biceps. O, nee, echt niet.

'Ik weet wat je wilde zeggen.' Drew keek haar vanaf de ladder aan. 'Luister, ik weet dat het verkeerd is wat Margaret heeft gedaan. Maar ze is mijn grote zus en ik hou van haar. Nou hoef je niet zo te kijken. Heb jij nooit fouten gemaakt?'

'Honderden,' zei ze. 'Maar er is ook zoiets als zusterschap. Ik ben nog nooit met de man van een andere vrouw naar bed geweest.'

'Margaret had geen gelukkig huwelijk.'

'Dat is geen excuus.'

'Onze ouders zijn overleden toen zij vijfentwintig was en ik zeven. Ze heeft me opgevoed. Zonder haar zou ik hier niet staan.'

'Heel ellendig allemaal, maar nog steeds geen excuus,' zei ze.

'Door mij heeft ze veel gemist. En toen trouwde ze met iemand die heel geschikt leek, maar hij heeft haar het leven zuur gemaakt. Mijn zus is een goed mens.'

'Vast wel, als ze tenminste niet vreemdgaat met een getrouwde man.'

'Als je haar echt kende, zou je het begrijpen.'

Iris dronk haar mok leeg; de koffie was nog zo heet dat ze haar mond verbrandde. Het kostte haar moeite om niet naar Drew Dawsons gebruinde, gespierde lichaam te kijken zonder zich hem naakt voor te stellen, wat betekende dat het tijd was om te gaan.

'Oké.' Ze stond op. 'Nou, sorry dat ik niet meteen lid wil worden van de Margaret Crane-fanclub, maar ik weet bijna zeker dat ze dat ook niet zou willen. Bedankt voor de koffie. Ik ga maar weer eens.'

'O.' Hij draaide zich verbaasd om. 'Zeker weten? Ik dacht...'

'Zeker weten.' En hij had ook mooie lange wimpers. Ze kon zich wel voorstellen wat hij had gedacht, maar ze was niet van plan erin te trappen. 'Succes nog met de renovatie. Ik kom er zelf wel uit. En maak je niet druk, ik zal niet meer in je container rommelen.'

Nadat ze de voordeur achter zich had dichtgetrokken, leunde ze er even tegenaan om weer bij zinnen te komen. Terwijl ze met Margaret Cranes broer had staan bekvechten en hem had gehaat omdat hij haar broer was, had haar lichaam heel anders op hem gereageerd, en dat met een intensiteit die ze niet meer had meegemaakt sinds haar puberteit. Allemachtig, wat had die man toch dat...

De deur ging zo plotseling open dat ze bijna achterover de gang in tuimelde.

'Ik dacht dat je wegging?' vroeg hij vriendelijk.

'Ja ja. Ik stond alleen even...'

Over jou te fantaseren.

'... tegen mijn deur aan te leunen?'

Hij had haar nagekeken vanuit het raam, gewacht tot ze het stenen trapje af zou lopen. Ze keek hem aan. 'Ik moest mijn veter strikken.'

'Aha.' Zijn blik gleed naar haar lichtblauwe teenslippers en toen weer omhoog, recht in haar ogen. Toen haalde hij zijn schouders op. 'Nou ja, het is toch hoog tijd dat ik er voor vandaag mee stop.'

Ze knikte langzaam. Zou hij het kunnen horen dat haar hart tegen haar ribbenkast bonkte?

'Dus... kom je weer binnen?' vroeg hij.

Ze knikte weer. Ze liep achter hem aan naar binnen, en deze keer pakte hij haar hand beet. Hun vingers verstrengelden zich moeiteloos en het lichamelijke contact was elektrificerend.

Samen gingen ze naar boven. De slaapkamer waar hij haar mee naartoe nam was al opgeknapt en in grijs- en wittinten geschilderd. Op het tweepersoonsbed lagen witte lakens en een zilver met grijs dekbed.

'Het is allemaal schoon. Ik heb het vorige week gekocht.' Hij toonde zijn armen die onder de witte verfspetters zaten. 'Ik ga me snel even douchen. Als je tenminste belooft dat je er niet vandoor gaat.'

Alsof ze dat ooit zou doen. Ze haalde haar schouders op. 'Dat is afwachten, hè?'

Hij deed een stap in haar richting en kuste haar op haar mond; het was een warme, zachte en zalige kus. Haar hoofd begon te tollen.

Hij deed weer een stap naar achteren. 'Je bent prachtig.'

'Dat weet ik.'

'Niet weggaan.'

Ze streek met haar wijsvinger langs zijn keel. 'Dan zou ik maar opschieten als ik jou was.'

Nou, dat deed hij.

En vijfenveertig ongelooflijke minuten later, verrukkelijk naakt en naar haar glimlachend, legde Drew zijn hand op haar heup en fluisterde: 'Oeps, ik dacht dat je had gezegd dat je niet met getrouwde mannen naar bed ging.'

21

Het was een winderige, zonnige middag geweest, maar een onverwachte regenbui had veel mensen de Dolphin in gejaagd. Freya was blij dat ze iedereen te snel af was geweest en daardoor haar lievelingstafel in een van de afgescheiden nisjes had kunnen bemachtigen, waar je in een soort nestje zat op de roodfluwelen bank met de hoge rugleuning. Haar moeder liet haar nagels doen in de salon in Wood Lane en zou over twintig minuten hier zijn, en dan zouden ze hun favoriete avondeten bestellen. Het was een drukke dag geweest in de winkel en Freya vond het heerlijk om haar voeten even rust te kunnen gunnen, terwijl ze een glas ijskoude Veuve du Vernay dronk en gedachteloos luisterde naar de gesprekken van de andere klanten. Een gezin uit Birmingham kibbelde goedgemutst over naar welk tuincentrum ze de volgende dag zouden gaan, en een ouder echtpaar besprak welk vakantieappartement ze zouden boeken, dat in Long Street, dat een groter balkon had, of dat in Cliff Road, waar het uitzicht veel mooier was. Toen hun eten op tafel werd gezet, verstomde het gesprek en Freya's aandacht werd getrokken toen iemand aan de tafel achter de hoge rugleuning riep: 'O, mijn god, Janey, je zou hem eens moeten zien. We vonden al dat hij er goed uitzag, maar in het echt is hij nog veel aantrekkelijker! Die ogen! Dat lichaam! Hij is gewoon zo... neukbaar.'

Freya spitste meteen haar oren; dit was stukken leuker dan een gesprek over tuincentra of vakantieappartementen. Blijkbaar zat de vrouw achter haar te bellen, want het duurde even voordat ze haar weer iets hoorde zeggen.

'Ja, maf, hè? Mijn moeder zei al dat het weleens een goed idee zou kunnen zijn om in een ander deel van het land te gaan wonen... Ze zei zelfs dat ik daar misschien wel mijn grote liefde zou ontmoeten, en toen heb ik haar nog uitgelachen. Maar nu denk ik dat ze best eens gelijk zou kunnen hebben. Hij is gewoon volmaakt.' Stilte. 'Oké, nee, echt niet, ik ga geen foto van hem maken, dat zou raar zijn, dat doe ik echt niet.' Een wat langere stilte. 'Nee, hij is niet getrouwd. Ik geloof dat hij wel een vriendin heeft, maar dat zegt niks toch? Misschien maken ze het volgende week wel uit. En trouwens, ik mag toch wel met hem flirten? Hoe moet ik hem anders laten merken dat ik hem leuk vind? Als hij besluit dat hij mij leuker vindt, heet dat geen stelen! Zo werkt dat tegenwoordig gewoon. Als je moet wachten tot de perfecte man de eerste stap zet, ben je inmiddels misschien wel te oud om nog iets leuks met hem te kunnen doen.'

Freya nam een slok witte wijn en wachtte, terwijl Janey iets zei waarvan de vrouw achter het schot in de lach schoot.

'Hou op! Ik ga hem voor me winnen met mijn efficiëntie en hem betoveren met mijn charmes. Ik begin morgenvroeg om acht uur. Mijn eerste werkdag daar. En dan trek ik mijn mooie nieuwe turquoise jurk aan en werp hem een oogverblindende lach toe... Wat? Nee, met mijn tieten wapperen bewaar ik voor later. O, zo te zien regent het niet meer, ik ga maar eens. Nee, geen wijn vanavond, want ik moet er op mijn best uitzien voor dr. Love!'

Freya, die vrolijk had zitten afluisteren, besefte ineens dat zij de vriendin was die er niet toe deed. Ze zat als bevroren op haar bankje, maar terwijl ze alles wat ze had gehoord nog een keer probeerde af te spelen in haar verwarde hersens, merkte ze dat de vrouw opstond en door de pub naar de uitgang liep, afscheid nemend van haar vriendin aan de andere kant van de lijn.

Freya pakte snel een menukaart en bestudeerde de vrouw over de rand ervan. Lang, zijdeachtig blond haar, een roze-wit gestreept topje en een roze spijkerbroek. Heel aantrekkelijk, ergens in de twintig, met een zonnebril op haar hoofd en in haar kielzog een best lekkere bloemachtige geur.

Hoe heette ze ook alweer? Cameron had haar verteld over de vrouw met wie hij via Zoom een sollicitatiegesprek had gevoerd en die hij uit vele sollicitanten had gekozen om Esther te vervangen. Naomi? De vrouw was inmiddels bij de deur. Freya aarzelde een fractie van een seconde; als ze haar riep, zou ze zich dan omdraaien? Ze zag al voor zich dat ze opstond en naar haar toe liep om zich voor te stellen en haar te vertellen dat het niet erg chic was om je zinnen te zetten op de verloofde van een andere vrouw. Ze zag de blik van afschuw en schaamte al voor zich.

Maar ze stond niet op; ze bleef zitten waar ze zat. Ze was niet zo van de confrontaties. En een paar seconden nadat het meisje in een werveling van zijden haar was verdwenen, kwam Tess binnen, met haar vingers voorzichtig gespreid, want ze was altijd bang dat ze de lak zou beschadigen wanneer ze net in de nagelsalon was geweest.

Freya wuifde om haar aandacht te trekken en haar moeder haastte zich naar haar toe en liet zich tevreden tegenover haar op de bank zakken. 'Ik ben uitgehongerd! Ik neem de kaassoufflé met friet.'

'Ik hoorde net iemand met haar vriendin telefoneren. Ze zei dat ze een oogje op Cameron had.'

'De brutaliteit! Wie was het?'

Schouderophalend zei Freya: 'Ik ken haar niet.' En technisch gezien was dat ook zo. Gezien de omstandigheden leek het haar beter om de identiteit van Camerons bewonderaarster geheim te houden. Haar moeder was dol op hem, ze zou woedend worden als ze wist wie het was. En misschien zou ze er zelfs wel iets van zeggen, wat bijzonder gênant zou zijn.

'Tja, het is ook wel logisch dat mensen hem leuk vinden. Hij is ook een echte vangst.' Tess wierp haar dochter een meelevend lachje toe. 'Maar hij heeft voor jou gekozen. Omdat hij een zeer goede smaak heeft. Ben je ervan geschrokken?'

Freya schudde haar hoofd. 'Nee, maar het was gewoon raar om te horen.' Op de een of andere manier was het nog nooit bij haar opgekomen dat andere vrouwen stiekem, of minder stiekem, een oogje op haar verloofde konden hebben. 'Over smaak gesproken, ik neem de risotto met garnalen.'

'We moeten eigenlijk een nieuwe datum prikken voor ons trouwen,' zei Cameron later die avond. Hij had net hardgelopen en keek nu met een half oog naar het nieuws op tv, terwijl hij een hele berg kipsalade naar binnen werkte. 'Ik heb in de praktijkagenda gekeken en ik zou maandag 11 juli kunnen, als we ervoor kiezen om alleen maar in het gemeentehuis te trouwen.'

'Die datum komt me ergens bekend voor,' zei Freya. 'O, wacht, 11 juli? Nee, dan kan ik niet. Ik ben dan een lang weekend in Londen, dat heb ik al zo met Debs afgesproken en dat kan ik niet afzeggen.' Ze schudde verontschuldigend haar hoofd. 'Had ik je dat niet verteld?'

'Nee, maar dat geeft niet. Ik zal nog een keer in de agenda kijken.' Toen hij zag dat ze de waterkoker aanzette en een pak melk uit de koelkast pakte, vroeg hij: 'Ga je theezetten? Is dat mijn pak melk?'

'Sorry, ja.' Zelf had ze liever gewone halfvolle melk, maar haar melk was op en ze was vergeten nieuwe te kopen. 'Is dat erg?'

Na een heel korte pauze zei Cameron: 'Natuurlijk niet. Neem maar.'

Freya bedacht dat hij altijd even aarzelde voordat hij zei dat ze iets wel mocht doen. Ze schonk wat melk in haar mok en bezwoer zichzelf nooit meer te vergeten gewone melk te kopen. Ze nam een slok en trok een vies gezicht. Havermelk vond ze sowieso niet lekker.

'Hoe ging het gesprek met de nieuwe receptioniste vandaag?'

'Prima. Ze is het tegenovergestelde van Esther. Ze lijkt er veel zin in te hebben.'

Er zin in te hebben, pff.

'Is ze mooi?'

Cameron kauwde, slikte een mondvol sla door en keek haar toen ondeugend aan. 'Best wel. Maar wat is dit? Begin je je zorgen te maken?'

'Je kent me.' Ze glimlachte. 'Ik ben niet jaloers aangelegd.'

'O, ik bedenk ineens iets.' Hij schoof zijn bord weg en pakte een van de vellen papier in A3-formaat die op tafel lagen. 'Ik heb er vandaag wat laten afdrukken. Kun jij er eentje in de etalage hangen? We willen dat zoveel mogelijk mensen het weten.'

Het was een poster voor de komende marathon en het goede doel waarvoor hij werd gelopen, met daarop een foto van Cameron in zijn witte doktersjas en met een stethoscoop om zijn nek. Het zag eruit alsof het een spontane foto was, maar Freya wist dat hij ervoor geposeerd had. Kon ze maar met heel haar hart zeggen dat ze het niet erg zou vinden om die grote poster in de relatief kleine etalage van Kaftan Queen op te hangen, maar de waarheid was dat die poster de met zorg ingerichte etalage met zomeroutfits, gekleurde lampjes en glinsterende sieraden bedierf.

Rond een uur of tien zat ze in haar eentje beneden. Cameron was al om halftien naar bed gegaan, want hij had zijn slaap nodig met die lange dagen op de praktijk en zijn trainingsschema voor de marathon.

Ze stuurde een mail naar haar oude studievriendin Debs, die een maand voor de oorspronkelijke trouwdatum een zoontje had gekregen.

Debs, alles goed met jou en de prachtige Alfie? Het is veel te lang geleden dat we elkaar hebben gezien en ik zou graag in het weekend van 9 en 10 juli jullie kant uit komen. Ik snap het als je geen trek hebt in een logee, ik kan wel een kamer boeken bij jullie in de buurt. Maar ik wil zo graag weer eens bijpraten en Alfie knuffelen. Hoop dat je het leuk vindt! xx

Ze had de smoes niet van tevoren gepland. Toen Cameron die nieuwe datum voor hun trouwen had geopperd, was de leugen zo haar mond uit gerold. Nou ja, geen echte leugen, meer een smoes. Een onschuldige smoes. Een minismoes eigenlijk.

Ze hoopte maar dat Debs geen nee zou zeggen.

Een uur later, nog steeds niet moe, zapte ze wat langs de tv-kanalen in de hoop op iets leuks. Toen ze een film tegenkwam met een van haar favoriete actrices erin, pakte ze een blikje cola en een zakje zoutjes en nestelde zich voor de tv. Was het een komedie? Een liefdesfilm? Ze liet zich verrassen.

Het bleek zo'n supersentimentele film te zijn waar je met een brok in je keel naar zat te kijken. Haar favoriete actrice speelde de rol van een gelukkig getrouwde vrouw bij wie een ongeneeslijke ziekte was vastgesteld en die het laatste jaar van haar leven besteedde aan de zoektocht naar een nieuwe echtgenote voor haar man. Ze had hem niet verteld waar ze mee bezig was, ze had alleen een shortlist gemaakt en introduceerde de twee nieuwe vrouwen in hun sociale cirkel, zodat hij zich bij hen op zijn gemak zou voelen als zij er niet meer was. En omdat het natuurlijk een film was die gelukkig moest eindigen, toonde de vrouw die de meeste kans leek te maken maar stiekem een bitch was, op tijd haar ware gedaante en kwam de treurige weduwnaar langzaam tot de conclusie dat de vrouw die tweede keus was geweest, en die misschien minder glamoureus was, honderd keer aardiger was en ook veel beter bij hem paste.

De film sloot af met de huwelijksscène, na twee jaar van rouw. Iedereen was gelukkig. Er werd gelachen en gedanst en er werden bloemen gelegd op het graf van de fantastische vrouw die ervoor had gezorgd dat het gelukkige paar elkaar uiteindelijk had gevonden.

Het was al één uur 's nachts toen Freya naar boven ging. Soms was het gewoon heerlijk wegdromen bij een droevig verhaal met een hartverwarmend einde waar je ook nog eens heerlijk om kon huilen.

Ze werd om zes uur wakker van de wekker die in haar oor tetterde.

Cameron stond meteen op, trok zijn korte broek en hardloophemdje aan en bracht haar nog een kop thee op bed voordat hij aan zijn ochtendrondje zou beginnen. Hij had er zelfs een scheutje van zijn kostbare, maar nog steeds vieze, havermelk in gedaan.

Anderhalf uur later was hij terug. 'Goedemorgen, slaapkop. Tijd om op te staan.' Hij kuste haar op haar voorhoofd, terwijl ze ontwaakte uit een diepe slaap. 'En je hoeft geen melk meer te kopen. Dat heb ik al voor je gedaan.'

'Dank je.' Ze glimlachte naar hem. Zie je nou wel? Hoeveel mannen zouden er nu zo zorgzaam en attent zijn?

Maar nadat hij zich had gedoucht en naar zijn werk was vertrokken, moest ze weer aan de film van de vorige avond denken. En toen ze even later haar mouwloze oranje jurk met gele zonnebloemen stond te strijken, kreeg ze ineens een ingeving.

Misschien kon ze zelf ook voor koppelaarster spelen, Naomi en Cameron subtiel aanmoedigen om elkaar wat beter te leren kennen, zodat Cameron langzaam zou gaan begrijpen dat hij gelukkiger zou zijn met Naomi dan met zijn huidige verloofde.

Dat kon best eens werken. En zo niet, dan moest ze iets anders verzinnen. Maar stel dat het wel werkte... Er was toch niets op tegen als iedereen zich er goed bij voelde? Het was de volmaakte manier om uit deze lastige situatie te ontsnappen zonder zich een leven lang schuldig te hoeven voelen.

O, shit, haar jurk. Met een gilletje haalde Freya het strijkijzer van de stof...

Gelukkig, niets aan de hand, de goden waren haar goedgezind en er was geen schroeiplek.

Dat was een goed teken. Geen schande, geen schaamte en iedereen zou gelukkiger eindigen dan ze nu waren.

Ze voelde zich nu al beter.

22

Het was vrijdag. Max' verblijf van twee weken in Lanrock zat erop.

Lottie had al geprobeerd hem te bellen en te appen, maar hij had nergens op gereageerd. Langzamerhand begon ze het persoonlijk op te vatten. Deed hij expres zo?

Ze besloot naar Jericho Cottage te gaan. Nadat ze met de zware deurklopper had aangeklopt geen reactie. Zou hij zich verschuilen? Ze ritste haar schoudertas open en wilde net een briefje schrijven om in de brievenbus te doen toen de vrouw van het huis ernaast haar raam opende en haar hoofd naar buiten stak.

'Hoi! Zoek je Max soms? Hij is twintig minuten geleden weggegaan, hij zei dat hij nog even ging zwemmen in zee.'

'O. Oké.' Lottie staakte haar zoektocht naar een pen. Zou ze naar het strand gaan of niet? Hoewel ze echt niet aan die ene keer wilde denken dat ze met Max in zee had gezwommen, overspoelden de beelden ervan toch haar hoofd.

'Als je hem tegenkomt, zeg dan tegen hem dat ik vanavond mijn kreeftschotel met kaas maak. Dat is mijn specialiteit en ik hoop dat hij een hapje komt mee-eten.' De ogen van de vrouw straalden. 'Hij zei dat het zijn lievelingsgerecht was. Trouwens, ik ben Karen,' voegde ze er met een opgewekte lach aan toe.

Karen moest op zijn minst vijftien jaar ouder zijn dan Max. Wat was dat met hem dat hij altijd deze uitwerking op vrouwen had? Lottie ritste haar tas weer dicht en zei: 'Als ik hem zie, zal ik het doorgeven.'

Het was maar een paar minuten lopen naar West Beach. Toen ze bovenaan de stenen trap die naar het strand leidde was aangekomen, pakte ze de ijzeren leuning beet en bleef even staan om haar blik over de zee, die lag te glinsteren in de zon, te laten glijden. Ze hield een hand boven haar ogen, maar ze zag Max nergens en haar hart begon sneller te slaan, want stel dat hij onder water was geraakt zonder dat iemand het had gezien?

Toen gleed haar blik naar het strand zelf en na een paar seconden turen kon ze opgelucht ademhalen, want daar had je hem, half verborgen achter de hoge stoel van de reddingsbrigade, waar hij stond te praten met de strandwacht.

Natuurlijk was hem niets overkomen. Zoiets was ondenkbaar.

Terwijl ze keek, zei hij nog wat, liep een stukje weg van de stoel, liet zijn handdoek in het zand vallen en trok zijn T-shirt uit, zodat zijn bruine rug en brede schouders te zien waren. Nadat hij zijn espadrilles had uitgeschopt, rende hij in zijn uitgebleekte groene surfbroek op een drafje naar het water. Daar beende hij door de branding en dook toen de zee in.

Het was zo'n moment waarop je zou willen dat je een goede verrekijker bij je had. Hij zwom langs wat mensen die aan het suppen waren en een stelletje toeristen die een strandbal naar elkaar gooiden, en vervolgens ging hij in de richting van het vlot op zo'n vijftig à zestig meter van de kust.

Omdat ze toch lunchpauze had, liep ze de trap af en begaf zich met haar sandalen in de hand naar een plekje in de buurt van Max' spullen. Bij het vlot aangekomen hees hij zich uit het water en ging liggen. Nog geen minuut later zag Lottie twee meiden in superkleine bikini's zijn kant uit zwemmen en ook op het vlot klauteren.

Kende hij ze al, of was dit hun eerste ontmoeting? Wie zou het zeggen? Lottie zag vanachter haar zonnebril dat ze een geanimeerd gesprek begonnen. Het meisje met het donkere haar stond op een gegeven moment op om Max de tatoeage te laten zien die over haar linkerbeen kronkelde. Oké, dit was geen goed teken; hoelang was hij van plan daar te blijven? Als hij er over vijf minuten nog was, ging ze weg.

Oké, misschien tien minuten.

Maar voordat het zover was, dook Max van het vlot, zwaaide nog een keer vrolijk naar de meiden en zwom toen terug naar het strand. Toen hij uit het water oprees en zijn haren uitschudde, keken er best veel mensen naar hem. Tja, hij zag er misschien ook wel een beetje goddelijk uit.

Toen hij Lottie zag, pakte hij zijn spullen en liet zich daarna in het zand naast haar vallen. 'Hoi. Moet je niet werken vandaag?'

'Ik ben aan het werk.' Ze deed haar best om niet te kijken naar de druppeltjes zeewater die over zijn borst en sixpack liepen. 'Ik heb geprobeerd contact met je op te nemen. Maar je reageerde nergens op.'

'Sorry. Het schermpje van mijn telefoon is eergisteren gebarsten. Ik heb hem gisteren naar zo'n reparateur gebracht, maar ben vergeten hem voor sluitingstijd op te halen.' Hij lachte. 'Eigenlijk heel lekker om geen telefoon te hebben. Dat voelt als vakantie.'

'Behalve dan dat ik je moest spreken.'

'O ja?' Hij legde een hand op zijn hart. 'Plezier of zaken?'

'Zaken.' Het was lastig om zakelijk te blijven kijken wanneer je op het strand naast een halfnaakte man zat. 'Je staat op het punt uit je huis gezet te worden.'

'Ik weet het. Ik moet er morgen om twaalf uur uit zijn. Maar ik vermaak me prima hier, dus heb je nog een ander huis te huur of moet ik een tent kopen?'

Lottie pakte een envelop uit haar tas. Hoe had ze ooit kunnen denken dat hij voor haar naar Lanrock was gekomen? Het liefst zou ze hem nu vragen met wie hij zich hier dan zo vermaakte, want het was niet met haar.

'Er zijn een paar opties.' Omdat hij natte handen had, hield ze de brochures voor hem op. 'Er is een appartement vrij in Cliff Road, op de derde verdieping, of anders een leuke cottage een paar kilometer landinwaarts.'

Hij bestudeerde de foto's. 'Die cottage ziet er wel leuk uit.'

Opnieuw verraste hij haar. Ze had gedacht dat hij het appartement in Cliff Road zou nemen, dat hij in de stad zou willen blijven. 'Nou, ze zijn komende week allebei beschikbaar. Zeg het maar.'

'Mag ik er nog even over nadenken en het je vanavond laten weten?'

'Wil dat zeggen dat je nog een aanbod van iemand anders hebt gehad?'

'Misschien.' Hij nam haar met een scheef hoofd op en vroeg toen: 'Heb je zin om vanavond met me uit eten te gaan?'

En alweer had hij haar op het verkeerde been gezet. Hoe deed hij dat toch? Lotties ene helft dacht: eindelijk! Maar de andere helft wilde nee zeggen omdat hij niet moest denken dat ze zo makkelijk te krijgen was.

'Toe, zeg ja,' drong hij aan. 'Ik heb je deze weken nauwelijks gezien.'

Ja, en wiens schuld is dat?

'Oké dan. Gewoon even snel een hapje eten.' Alsof ze zoveel andere belangrijke dingen te doen had.

'Wat dacht je van dat Spaanse restaurant aan de kade? Om een uur of zeven, komt dat je uit?'

'Prima. O,' voegde ze eraan toe. 'Je buurvrouw vertelde me dat ik je hier kon vinden. Ze zei dat ik je moest zeggen dat ze vanavond kreeft met kaas maakt omdat dat jouw lievelingseten is.' Met opgetrokken wenkbrauwen wachtte ze af wat hij haar zou vertellen over zijn weinig subtiele fan.

'Zei Karen dat? Het is inderdaad mijn lievelingseten.' Hij begon helemaal te stralen. 'Luister, vind je het erg om ons etentje dan naar morgen te verzetten?'

Ze keek hem vol ongeloof aan.

Hij begon te lachen. 'Dat was een grapje. Toe, Lottie, zo deden we vroeger ook altijd tegen elkaar. Je bent het verleerd.'

Hij had gelijk. Vroeger hadden ze elkaar voortdurend geplaagd, dat was hun modus operandi geweest. Lottie slaakte stiekem een zucht en probeerde zich weer te ontspannen. 'Ik ben het inderdaad verleerd. Het is ook best lang geleden.' Ze stond op en sloeg het zand van haar handen en rok. 'Dan zie ik je om zeven uur. En zou je me voor vijf uur kunnen laten weten naar welk huis je wilt verkassen?'

Weer die sprankeling in zijn ogen. 'Nou, het liefst natuurlijk naar jouw huis.'

Het was negen uur 's avonds en er gebeurde iets wat beslist niet zou moeten gebeuren.

Nadat Lottie was thuisgekomen van haar werk, had ze een douche genomen en haar minst fijne spijkerbroek aangetrokken (hij paste niet echt, maar ze had hem op haar verjaardag van haar moeder gekregen en die was vergeten de bon te bewaren) en een simpel roze vestje. Ze had zich niet opgemaakt, zelfs geen mascara, want ze wilde dat Max merkte dat ze totaal niet haar best had gedaan om indruk op hem te maken.

Toen ze bij het Spaanse restaurant was aangekomen, had hij buiten op haar staan wachten, gekleed in een prachtig driedelig pak met een wit overhemd en een donkerpaarse stropdas.

'Waarom heb jij je zo opgedoft?'

'Ik wilde op mijn mooist zijn voor jou.' Hij grinnikte. 'En ook omdat ik al dacht dat je zoiets als dat zou dragen.'

'Dat kon je echt niet weten.'

'O nee?' Hij maakte spiralen met zijn wijsvinger alsof hij terug in de tijd ging. 'Weet je nog die keer dat Dan Mercer je vlak na je zestiende verjaardag wilde meenemen naar KFC?'

Ze knikte. Dan was de aanvoerder van het schoolvoetbalteam geweest en werd beschouwd als een goede vangst, zozeer zelfs dat ze niet alleen door het dolle heen was, maar ook bang dat hij haar alleen maar had gevraagd vanwege een of andere weddenschap.

'Je droeg toen een lelijk geel sweatshirt, een bloemetjesrok en oude gympen. Om Dan te laten zien dat je echt geen indruk op hem wilde maken.'

O, god, dat was echt zo. Dat was iets van haar geweest, een soort privéspelletje om vooral niet zo te zijn als de andere meisjes op school, haar manier om supercool en nonchalant te lijken. En zonder het te beseffen deed ze het nog steeds.

'Dat heb ik je nooit verteld,' zei ze. Ze had het niemand verteld.

'Nee, maar ik wist gewoon dat dat de reden was. Dan had een foto van jullie tweetjes gemaakt en zodra ik die zag, wist ik wat erachter zat.'

'En al die jaren later weet je nog steeds wat ik toen droeg.'

Hij haalde zijn schouders op. 'Tja, ik heb nu eenmaal een ijzersterk geheugen, als het erop aankomt. Maar zullen we dan maar...' Hij gebaarde naar het restaurant.

Eenmaal binnen duurde het niet lang voordat het ondefinieerbare 'iets' begon te gebeuren. Het restaurant was druk en sfeervol, met zijn rood-gouden inrichting, de verzameling foto's en schilderijen aan de muren en opwindende flamencomuziek op de achtergrond. Ze dronken rode wijn en bestelden bordjes tapas, het ene nog lekkerder dan het andere. Het gesprek verliep moeiteloos terwijl ze elkaar vertelden over hun werk, de reizen die ze hadden gemaakt en de avonturen die ze hadden beleefd in de jaren dat ze elkaar niet hadden gezien.

De adrenalineroes was begonnen in Lotties voeten en had zich toen een weg omhoog gebaand naar de rest van haar lichaam. Max was de drug en ze wist maar al te goed hoe gevaarlijk het was om zich aan hem over te geven als hij zo deed en haar zo aankeek... Kortom, weerstand bieden aan de verleiding was gemakkelijker gezegd dan gedaan.

'Wat denk je nu?' vroeg hij.

Met een klein lachje antwoordde ze: 'Ik zat te denken dat de mensen zich wel zullen afvragen waarom ik zo gekleed ben en jij zo.'

Hij schudde zijn hoofd. 'Eerlijk gezegd denk ik niet dat je dat dacht. Opnieuw.'

'Oké. Ik vraag me af waarom je echt hiernaartoe bent gekomen.'

'Dat weet je al. Om jou te zien.'

'Maar je hebt me niet gezien! Niet één keer in die twee weken.'

'Ik wilde dat je me miste.' In zijn jaszak pingde zijn telefoon ten teken dat hij een berichtje had ontvangen. Het was niet de eerste keer dat dat gebeurde tijdens het etentje. Hij negeerde het en zei: 'Het duurde even, maar uiteindelijk ben je toch gekomen.'

Dat kon ze moeilijk ontkennen. Hij speelde het spel perfect. Ze wist dat ze zich op heel glad ijs bevond, maar op de een of andere manier was ze niet meer bang om te vallen. Geen enkele andere man had haar ooit dit gevoel gegeven. Doen alsof ze geen belangstelling voor hem had, was niet iets wat ze nog lang zou kunnen volhouden.

'Krijg jij altijd je zin?'

'Vrij vaak. Niet altijd.'

Het was zijn blik waarvan ze helemaal slap werd, besefte ze.

Ping.

'Je kunt maar beter kijken wie dat is. Misschien is het wel belangrijk.'

'Ik zet hem wel uit.'

Lottie schudde haar hoofd. 'Nee, je moet eerst kijken wat het is.' Na wat er met haar vader was gebeurd, was het haar nooit meer gelukt om een berichtje te negeren, want het kon weleens het verschil tussen leven en dood zijn.

'Als jij daar blij van wordt.' Hij pakte zijn telefoon uit zijn zak, keek op het schermpje en legde het toestel toen omgekeerd op de tafel. 'Zo, nou tevreden? Niks belangrijks.'

Ze trok een wenkbrauw op. 'Een van je vriendinnen?'

Hij schoof de telefoon naar haar toe. 'In de verste verte niet. Lees zelf maar.'

De berichtjes waren allemaal van de buurvrouw, Karen. Ze waren ook overdreven vrolijk.

Hoi! De kreeftschotel met kaas was overheerlijk, ik heb wat voor je bewaard!

Daar ben ik weer! Je hoeft niks te drinken mee te nemen, ik heb zelf zat.

Hé, zal ik anders met het eten en de drank naar jou toe komen als je terug bent? xx

'Ze heeft te veel hormonen,' zei Max. 'In de toekomst kun je de mensen die je dat huisje verhuurt beter even voor haar waarschuwen.'

Lottie spietste een stukje gele courgette aan haar vork en haalde het door de aioli. 'Ach, wat naar nou voor je.'

Vlak voor tienen verlieten ze het restaurant. Op de kade was het nog een komen en gaan van vakantiegangers. Het was vloed en aan de onbewolkte hemel waren de maansikkel en oneindig veel heldere sterren te zien.

'Zag je dat?' Max wees omhoog, en Lottie zag nog net een straal licht langs de hemel flitsen.

'Een vallende ster!' Opgewonden liet ze haar blik over de lucht glijden. 'En daar nog eentje!'

Alleen knipperde deze ster wel erg gelijkmatig en trok hij een gestaag spoor van oost naar west. Ze keek naar Max. 'Het is een vliegtuig. Je zet me gewoon voor gek.'

Zijn mondhoeken gingen iets omhoog. 'Ik wil je gewoon een leuke avond bezorgen. We hebben het toch leuk?'

Haar hart sloeg een keer over. 'Als je een vallende ster ziet, mag je een wens doen.'

'Heb ik al gedaan.'

'En?'

Hij legde zijn wijsvinger op zijn lippen. 'Als je dat vertelt, komt hij niet uit. Nou, ik zou je wel willen uitnodigen om bij mij nog iets te komen drinken, maar dat kan weleens verkeerd uitpakken. Stel dat Karen over de tuinmuur klimt en op de ramen gaat bonzen.'

Daar zat wat in. Ze knikte. 'Ja, je hebt gelijk. Nou ja, het is sowieso tijd om naar huis te gaan.' Ze gaf hem een hand en zei: 'Dank je voor het eten. En welterusten.'

Zijn gezicht!

Ze liet zijn hand los, draaide zich om en liep weg. Na drie passen draaide ze zich weer naar hem om. 'Maar we kunnen ook naar mijn huis gaan, als je wilt.'

23

Toen de voordeur achter hen dichtviel, wist Lottie al hoe de avond zou eindigen. Erger nog, ze wilde dat hij zo zou eindigen. Ze had genoeg van al die spelletjes en die zelfbescherming; ze had lang genoeg gewacht en nu zou ze eindelijk ontdekken hoe het voelde om seks te hebben met Max Farrell.

De lucht in het appartement leek bol te staan van de elektriciteit. In de huiskamer keek Max om zich heen. Hij nam alles in zich op, haar meubels, de kunst aan de muren en het nachtelijke uitzicht op de golven die tegen de rotsen sloegen. Lottie schonk wijn voor hen in en gaf hem zijn glas, maar hij zette het zonder zelfs maar een slok te nemen op de salontafel. Toen draaide hij zich naar haar om, en ze wachtte met ingehouden adem af wat er zou gebeuren.

'Ik wil je kussen,' fluisterde hij. 'Ik wil je zo graag kussen.'

Hoelang had ze hier wel niet op gewacht? Te lang. Veel te lang. Ze glimlachte. 'Nou, toe dan.'

'Alleen als jij het ook wilt.'

'Dat merk je zo vanzelf wel.'

Hij nam haar gezicht tussen zijn handen. Ze hield haar hoofd iets naar achteren en ging op haar tenen staan. Hopelijk leken haar lippen nu niet op een trompet, dacht ze, als bij zo'n stripfiguur.

En toen kusten ze elkaar en het was precies zoals ze zich herinnerde en nog veel meer. Er stroomden hemelse gevoelens door haar heen. Ze had haar ogen dicht en haar hoofd tolde. Zijn warme vingertoppen streelden haar nek. Ze stonden dicht tegen elkaar aan, hun lichamen raakten elkaar...

'Lottie? Lottie! Halloooo, ik ben het!'

Wat? O, god. O, nee, dit mag niet. Niet nu.

'Lottie, ik weet dat je thuis bent, er brandt licht! Laat me erin!' *Bonk bonk bonk* op de voordeur.

'Wie het ook is, de timing is echt perfect,' zei Max.

Gelukkig stonden ze ver weg van het raam en waren ze van buiten niet te zien. Lottie maakte zich los van Max en dacht snel na.

'Kun je haar niet gewoon vragen om weg te gaan?' vroeg Max.

'Dat werkt niet.'

'Nou, als ze een vriendin van je is, zal ze het toch wel begrijpen?'

Hulpeloos schudde ze haar hoofd. 'Het is geen vriendin. En ze accepteert geen nee.'

Met een spijtig lachje zei hij: 'O, oké, in dat geval kan ik maar beter gaan.'

Ze haalde diep adem. 'Het is mijn moeder.'

'Wat? O!'

Aan het gerammel van kettinkjes kon Lottie horen dat haar moeder in haar favoriete Chanel-tas stond te rommelen. Door de deur heen schreeuwde Kay: 'Dit is belachelijk, ik weet gewoon dat ik die sleutel hier ergens moet hebben... Waar is hij nou? Aha, hebbes!'

In paniek pakte Lottie Max' arm beet en duwde hem naar haar slaapkamer. 'Ze wordt gek als ze jou hier ziet. Je moet je verstoppen. Ik zal mijn best doen om haar de deur uit te werken, maar...'

Uit ervaring wist ze dat dat niet gemakkelijk was. En aan het metalige geschraap bij de voordeur kon ze horen dat haar moeder nu de sleutel in het slot probeerde te steken.

'Nou, dit is niet hoe ik me deze avond had voorgesteld,' zei Max, terwijl hij een blik om zich heen wierp in de slaapkamer. 'Leuke kamer trouwens.'

Het was inderdaad een leuke kamer, en ze had opgeruimd voordat ze naar haar afspraakje met hem was gegaan, maar er was nu geen tijd voor bewondering. 'Verroer je niet en geef geen kik,' fluisterde ze.

Nog geen halve seconde nadat ze de slaapkamerdeur weer had gesloten, vloog de voordeur open.

Het was net een Franse klucht, alleen dan vijftig keer stressvoller.

'Waarom heb jij eigenlijk een sleutel van mijn flat?' vroeg ze met opgetrokken wenkbrauwen aan haar moeder, die de kamer in kwam.

'Ach, zo erg is dat toch niet? Ik heb vorig jaar een sleutel laten bijmaken, voor noodgevallen. Ik dacht dat ik hem kwijt was, maar hij lag helemaal onderin.'

Tja, was ze hem maar kwijt geweest. Lottie keek naar de uitgelopen mascara rond haar moeders ogen. 'Wat is er gebeurd?'

'O, het is je vader natuurlijk weer. Hij is gewoon onmogelijk. Ik ben bij hem weg.' Er welden tranen op in haar ogen, en toen liet ze zich zoals altijd theatraal op de bank vallen, met haar linkerhand te kennen gevend dat ze drank nodig had. 'Geef me even een wodka-tonic, schat. Een grote.'

Toen Lottie terugkwam uit de keuken met een groot glas vol tinkelende ijsblokjes zei ze: 'Jullie hebben dus ruzie gehad. Waarover?'

Ze kon het wel raden. Ze kon het altijd raden.

Kay nam een grote slok en veegde toen haar tranen weg. 'Ach, altijd dezelfde streken. We waren uit eten en hij had alleen maar oog voor de serveerster. Logisch. Dat gaat altijd zo als we ergens zijn, maar het is zo... zo respectloos! En die vrouwen... die zijn net zo erg. Ze flirten met hem en hij reageert daar verlekkerd op terwijl ik er gewoon naast zit! Maar nu heb ik er genoeg van...'

'Mam, hoe oud was die serveerster?'

'Ja, dat is nog zoiets. Ze was jong. Niet veel ouder dan jij!'

'Dan denk ik niet dat ze met hem flirtte.' Lottie zei het op strenge toon. 'Ik denk dat ze gewoon aardig deed. Normaal-aardig, want dat is haar werk.'

'Ja, ik had kunnen weten dat je dat zou zeggen.' Kay's toon was afwijzend, bijna verbitterd. 'Maar je was er niet bij.'

Dat was natuurlijk zo, maar Lottie wist dat haar moeder haar man nooit meer had vertrouwd na de traumatische ontdekking van zijn affaire met Imelda Farrell. Sinds die tijd verbeeldde ze zich dat hij zo'n beetje elke vrouw die hij tegenkwam wilde versieren. Hoewel ze er diep ongelukkig van werd, kon ze er niets aan doen, want in haar hoofd was het echt zo, dat had je met ziekelijke jaloezie. Voor zover Lottie kon zien hield het huwelijk tussen haar ouders alleen maar stand omdat haar vader wist dat hij het aan zichzelf te danken had en zich nog altijd schuldig voelde. De regelmatige beschuldigingen over ontrouw die hem om de oren vlogen, was de prijs die hij voor zijn misstap moest betalen.

'Je weet toch wat Hazel heeft gezegd?' Hazel was de therapeute bij wie haar moeder vorig jaar een paar maanden in behandeling was geweest. 'Je moet het verleden laten rusten en dankbaar zijn voor wat je hebt.' Het deed Lottie pijn om zulke woorden te gebruiken, maar soms had je gewoon geen andere opties meer en klonk sowieso alles wat je zei als een platitude.

'Hazel, die zogenaamde therapeute?' Kay haalde haar neus op. 'Wat weet zij er nou van? Haar eigen man heeft haar anderhalve maand geleden verlaten. Er wordt gezegd dat hij gewoon niet meer tegen al die onzin kon die ze uitkraamde. En wie kan hem dat nu kwalijk nemen? Alleen al die zeurstem van haar werkte me op de zenuwen.'

Lottie sloot even haar ogen. 'Maar mama, ze had gelijk toen ze zei dat je het verleden moet laten rusten. Zo kun je niet doorgaan.'

'Dat weet ik ook wel. Daarom ben ik bij hem weggegaan.' Opeens slaakte haar moeder een jammerkreet. 'En het is allemaal de schuld van die vrouw.'

'Je kunt Hazel er niet de schuld van geven, ze probeerde je alleen maar te helpen.'

'Niet Hazel. Ik heb het over die trut van een Imelda Farrell. De vrouw die mijn leven heeft verknald.'

Daar had je hem weer, de uitsmijter van de tirade die Lottie in de loop der jaren maar al te vaak had moeten aanhoren. Een kort moment had ze zich afgevraagd of Max alles kon horen vanuit de slaapkamer, maar natuurlijk was dat zo. Ze kon wel door de grond zakken en ze hoopte maar dat haar moeder geen al te vreselijke dingen meer zou zeggen over Imelda, hoewel de kans groot was dat ze dat wel zou doen. En wat zou er gebeuren als Max de kamer in zou stormen om zijn moeder te verdedigen?

God, daar wilde ze niet eens aan denken. Maar ze wist dat hij ook wel begreep dat hij dan alleen maar olie op het vuur zou gooien.

Dat ze haar man zou verlaten, zei ze natuurlijk iedere keer. Het enige wat Lottie kon doen, was luisteren, knikken en haar moeders glas bijvullen totdat de natuur, in de vorm van een volle blaas, haar te hulp schoot. Wat twintig minuten later dan ook gebeurde. Nadat Kay een telefoontje van haar ontrouwe echtgenoot had beantwoord en hem had verteld dat ze natuurlijk niet naar huis kwam vanavond, dat hun huwelijk voorbij was, stond ze op en verklaarde ze dat ze naar de wc ging.

Zodra de badkamerdeur dicht was, kwam Lottie in actie. Gelukkig was Max niet in slaap gevallen op haar bed. Met een vinger voor haar lippen, trok ze hem aan zijn arm de slaapkamer uit en vervolgens langs de badkamer naar de voordeur.

'Sorry,' fluisterde ze.

Hij grinnikte. 'Het geeft niet. Ik heb je dagboek zitten lezen. Nu ken ik al je geheimen.'

Gelukkig had ze geen dagboek. Ze opende de voordeur en gaf hem een duwtje. 'Wegwezen.'

Maar Max was daar nog niet aan toe. Hij kuste haar, een hete, harde kus, maakte zich toen weer van haar los en fluisterde: 'Morgen bij mij thuis. Ik kan haast niet wachten.'

En toen was hij weg, als een spook verdwenen in de nacht, en bleef zij buiten adem en met een verloren gevoel achter.

'Wat doe je daar?' Haar moeder kwam de badkamer uit.

'Ik hoorde iets op de binnenplaats. Waarschijnlijk gewoon een vos.' Lottie deed de voordeur dicht.

'Ik heb niks bij me. Je zult me een nachthemd van jou moeten lenen.'

'Waarom bel je papa niet even? Dan kan hij je komen ophalen.'

'Ha, hij zit waarschijnlijk weer in dat restaurant met die serveerster te slijmen. Ik zei toch dat het voorbij is.' Haar moeder liep de kamer weer in en wierp een blik op haar lege glas. 'Ach, en zou je zo lief willen zijn om me nog een wodka-tonic in te schenken?'

Het was halftwaalf toen Lottie haar moeder eindelijk zover kreeg om in de logeerkamer te gaan slapen. Omdat haar eigen plannen voor de nacht toch doorkruist waren, bleef ze nog een tijd liggen denken aan hoe het morgenochtend verder zou gaan. Ze wist het al precies. Kay zou wakker worden, zich uitputtend verontschuldigen en een paar sterke espresso's drinken. Ze zou vervolgens zeggen dat haar gedrag de schuld was van Lotties vader, om daarna tot de conclusie te komen dat hij misschien toch niet had zitten flirten met de jonge serveerster. En dan zou ze hem bellen en hem zeggen dat hij haar kon komen ophalen, maar alleen als hij dat wilde. En daarna zou ze Lotties make-up lenen en zich opmaken zodat ze er presentabel uitzag wanneer haar echtgenoot kwam voorrijden.

Lottie gaapte. Nou ja, ze had tenminste morgenavond om naar uit te kijken. Tenzij de avond dat Max zijn intrek nam in zijn nieuwe tijdelijke huis ook de avond was dat zíjn ouders onverwachts zouden opduiken.

24

Voor hun tweede poging-tot-seks-avond had Lottie zich opgemaakt, haar favoriete lila jurk aangetrokken en een glinsterende diadeem in haar haar gedaan. Toen ze aankwam bij Max' nieuwe appartement in Cliff Road – hij had er uiteindelijk toch de voorkeur aan gegeven om in de stad te blijven – deed hij de deur voor haar open en liet zijn blik over haar heen glijden.

'En ik had me nog wel zo verheugd op die afgrijselijke spijkerbroek van je.'

Het was altijd net alsof hij zijn lachen probeerde in te houden en dan kwamen zijn jukbeenderen zo mooi uit, en Lottie begreep ineens dat ze daarom steeds vlinders in haar buik kreeg wanneer ze hem zag. Maar natuurlijk ook door de ondeugende glans in zijn lichtbruine ogen. Schouderophalend zei ze: 'Sorry dat ik je heb teleurgesteld.'

'Nergens voor nodig. Je ziet er prachtig uit. Kom verder.'

'Bevalt dit huis je een beetje?'

'Enorm. Vooral omdat ik weet dat je moeder hier niet onverwacht op de stoep zal staan. Tenzij ze de sleutels van al je vakantiehuizen heeft.'

'Nee, we hebben van haar niets te vrezen. Ze is met mijn vader naar een tuinfeest van vrienden in Plymouth.'

'Dus ze is toch niet bij hem weg?'

'Mijn vader heeft haar vanochtend opgehaald. Ze gaat echt nooit bij hem weg.'

Max nam ieder detail van haar gezicht in zich op, net zoals zij de details van zijn gezicht in zich opnam. Het liefst zou ze hem nu kussen en ze voelde dat hij dat ook wilde, maar dat ze zich allebei inhielden, er een beetje omheen draaiden, omdat voorpret zo'n verrukkelijk gevoel was, net zoiets als een mooi ingepakt verjaardagscadeau waarvan je al wist dat het het mooiste geschenk ooit zou zijn.

Ze kon bijna niet wachten tot ze het geschenk dat nu voor haar stond had uitgepakt.

Fluisterend zei hij: 'Ik weet overigens waar je mee bezig bent.'

'Ja, ik weet het ook van jou. Grappig, hè?' Ze keek als betoverd naar de goudspikkeltjes in zijn ogen, naar zijn donkere wimpers, en snoof de geur van zijn huid op.

'We kunnen er wel een wedstrijdje van maken als je wilt. Kijken wie het het langst volhoudt.'

Lottie hapte even naar adem. Was dit verstandig of zou ze eindigen met een gebroken hart?

Misschien wel.

Waarschijnlijk wel.

Ach, maar hoe kon ze weerstand bieden aan wat weleens de mooiste paar uur van haar leven konden worden?

'Sorry dat ik nu misschien overkom als een seksmaniak, maar ik geloof niet dat ik nog langer wil wachten,' zei ze.

Hij glimlachte en sloeg toen zijn armen om haar heen. 'Gelukkig. We hebben al dertien jaar moeten wachten, dat is lang genoeg, lijkt me.'

En toen kusten ze elkaar weer en het voelde precies als de eerste keer, overrompelend, duizelingwekkend, als de grande finale van een vuurwerkshow met oud en nieuw.

Alleen was dit niet de grande finale, het was pas het begin.

Aan elkaar gekluisterd liepen ze door de smalle gang naar de slaapkamer, die blauw en wit en klein was; alleen aan de Samsonite-koffer in de hoek kon je zien dat er iemand in het appartement woonde.

Max trok de luxaflex dicht en draaide zich meteen weer naar haar om. Terwijl zijn lippen een spoor van kusjes over de gevoelige huid van haar hals trokken, knoopte zij zijn witte linnen overhemd los. Ze voelde zijn hart bonken onder haar vingers. En nu duwde hij haar naar het smetteloze kingsize bed dat niet lang meer smetteloos zou blijven...

De adrenaline had nog nooit zo snel door haar lichaam gestroomd. Ze keken elkaar glimlachend aan toen hij haar zacht op het bed legde. Wat er ook gebeurde, ze wist dat ze hier nooit spijt van zou krijgen.

Max Farrell en ik.

Het gaat gebeuren.

Eindelijk.

'Nou,' zei Max een tijdje later. 'Dat was behoorlijk verbazingwekkend.'

'Dat kun je wel zeggen.' Ze ging met haar gezicht naar hem toe liggen, genietend van zijn hand die zacht over haar rug gleed. Het was echt de spectaculairste ervaring van haar leven geweest, ze kreeg de grijns gewoon niet van haar gezicht. Ze wriemelde met haar tenen tegen zijn linkerbeen en gleed toen met haar voet langs zijn scheenbeen. En hij rook nu nog lekkerder. Ze snoof genietend de geur van warme huid vermengd met die van de schone, pas gewassen lakens op.

'Ik bedacht net ineens iets.' Hij streek een lok vochtig haar van haar slaap. 'Ik hoop maar dat dit niet de manier is waarop je de bedden in al je vakantiehuizen test.'

Zou ze ooit nog kunnen stoppen met glimlachen? Ze trok een wenkbrauw op. 'Tja, wat zal ik zeggen. We moeten wel grondig te werk gaan.'

'Even voor de goede orde. Ik vond het verdomd moeilijk om afstand te houden, de afgelopen paar weken.'

'Ik vond het ook nogal irritant. Ik begreep niet wat er aan de hand was.'

Hij keek haar stralend aan. 'Maar het heeft wel gewerkt. Dus was het het waard.'

'Dus...' Ze streelde zijn gebruinde schouder. 'Hoe gaat het nu verder?'

Hij begon te lachen. 'Rustig aan. Laat me even een paar minuten bijkomen.'

'Ik bedoel, dit is gewoon eenmalig toch? We wilden afmaken wat we jaren geleden bijna waren begonnen.'

'Denk je dat echt?'

'Ik weet het niet. Daarom vraag ik het.'

Ineens serieus zei hij: 'Wil je soms dat het eenmalig is?'

Ze keek hem aan. Ze kon geen woord uitbrengen.

'Want dat is niet wat ik wil.'

Er waren twee redenen waarom ze dit niet wilde horen.

'Ik meen het.' Hij pakte haar linkerhand en kneep erin.

'Ja, natuurlijk zeg je dat nu. Mannen zoals jij zeggen dat soort dingen altijd.'

'Mannen zoals ik?'

'Van die verleiderstypes. Aantrekkelijk, charmant, iedere week een andere vrouw, nooit serieus, niet van plan te settelen. Kortom, de standaard hartenbreker.'

Met een klein lachje zei hij: 'Noemde je me nu net standaard? Niet te geloven.'

'Je weet hoe je een vrouw moet versieren. Maar je neemt het niet serieus.'

'Ik heb al gezegd dat ik het deze keer wel serieus neem.'

Ze ploeterde verder. 'Cameron heeft ons verteld hoe je was in je studententijd. En je hebt zelf gezegd dat je je snel verveelt.'

'Dat is zo. Maar nu... Oké, ik weet dat je me niet gelooft, maar dit is anders. En geloof me, dat is voor mij net zo verbazingwekkend als voor jou. Ik had nooit gedacht dat dit zou gebeuren, echt nooit.'

'Oké. Ik geloof je nog steeds niet, maar dat maakt op dit moment niets uit. Het is allemaal irrelevant.' Ze haalde haar schouders op. 'Want we weten allebei dat dit toch niks kan worden.

En dan kunnen we er maar beter van genieten zolang het duurt.' Echt weer iets voor haar om voor iemand te vallen die haar hart voorgoed zou breken.

'Het probleem is dat ik echt wil dat je me gelooft. Ik heb dit nog nooit gevoeld.' Hij zweeg even. 'Oké, ik heb het al één keer eerder gevoeld.'

'Ja, natuurlijk.'

'Het voelde als liefde. Ik dacht dat het liefde was.' Hij keek haar met een schuin hoofd aan.

'En wat is er toen gebeurd?' Belachelijk genoeg voelde ze een scheut van... afgunst? Jaloezie?

'Nou, ik was zeventien. Dus je begrijpt vast wel wat ik bedoel.' Hij kneep nog een keer in haar hand. 'Dat was met jou, Lottie. Maar kun je echt zo van iemand houden op je zeventiende? Of telt dat niet mee, is dat te jong? Ik wist wat ik voelde die avond op het feest bij Anders Nilsson. Maar was het echt? En hoe weet je zoiets? Het enige wat ik weet is dat het echt voelde. Gewoon helemaal echt. En toen, de volgende dag, stortte de hele wereld in, veranderde alles, en wij konden daar niets aan veranderen.'

Hij had zich precies zo gevoeld als zij. De herinnering aan die tijd was nog net zo levendig als ooit. 'Je hebt nooit geprobeerd om contact met me op te nemen.'

'Jij ook niet met mij.'

Ze schudde bijna onzichtbaar haar hoofd; dat had toen geen zin gehad.

'Misschien had ik dat wel kunnen doen,' vervolgde hij. 'Later, toen ik studeerde. Maar je weet hoe het gaat. De jaren verstrijken en ik wist niet of je nog hetzelfde zou voelen. Het was gemakkelijker voor me om een volmaakte herinnering te bewaren dan contact op te nemen en de kans te lopen dat je nee zei.'

Alsof ze ooit nee zou hebben gezegd.

'Heeft er ooit iemand nee tegen je gezegd?' vroeg ze.

'Niet echt.' Zijn mondhoeken krulden iets omhoog. 'Behalve jij dan toen je na onze zwempartij uit het hotel wegliep.'

'Och arme. Dat moet vreselijk voor je zijn geweest.'

'Ja, dat was het echt!' Hij trok haar tegen zich aan. 'Maar het was ook het moment waarop ik besefte dat mijn gevoelens voor jou helemaal niet waren veranderd. Dat ze nog net zo sterk waren als toen. En dat gevoel heb ik nog nooit met iemand anders gehad.' Hij kuste haar op haar lippen, en nog een keer. 'Natuurlijk moest ik hier terugkomen. Ik wil dit niet voor iemand anders voelen.' Nog een kus. 'Voor niemand. Alleen voor jou.' Nog een kus. 'En zeg nou niet dat ik het niet meen, want ik meen het wel.'

Ze sloot haar ogen, trillend van verlangen terwijl de afstand tussen hun lichamen verdween. Het enige wat ze kon doen was erin meegaan, ervan profiteren zolang het duurde. Ze kon geen nee zeggen. Ze kon helemaal niets zeggen. Zelfs als Max het meende, wat zeer onwaarschijnlijk was, dan was een gezamenlijke toekomst, een happy end, voor hen uitgesloten.

Misschien dacht hij dat ze hun ouders wel zover konden krijgen om het verleden te laten rusten, zij wist echter dat dat onmogelijk was.

Dat zou gewoon nooit gebeuren.

Het enige wat ze kon doen was in het moment leven en zich schrap zetten voor het ondraaglijke verdriet na het onvermijdelijke eind van deze relatie.

Beneden op straat hoorde ze mensen lachen en grapjes maken terwijl ze op weg waren naar Beach Street. Toen het metaalachtige geluid van een gevallen blikje opklonk, steeg er luid gejuich op.

'Altijd fijn om waardering te krijgen,' fluisterde Max in haar oor. 'Maar ik hoop dat ze voor de toegift weggaan.'

'Je mag niet weg. Dat sta ik niet toe,' protesteerde Max de volgende ochtend. 'Het is zondag.'

'Ook op zondag moeten sommige mensen werken.'

'Hebben we eigenlijk wel geslapen?'

'Niet echt.' Ze hadden geen tijd verspild afgelopen nacht. Lottie had al een douche genomen, maar ze moest nog wel even langs huis voor schone kleren. Hoewel ze een beetje spierpijn had, werkten haar hersens al op volle toeren; ze zou deze dag op kantoor puur op adrenaline overleven. En na kantoor...

'Kom hier.' Max klopte uitnodigend op het bed.

'Nee, dat gaat echt niet. Dan kom ik te laat.' Toch kon ze het niet laten om hem nog een kus te geven. 'Wat ga jij vandaag doen?'

'Ik ga de slaap inhalen die me zo wreed is onthouden door jou.' Hij sloeg zijn armen om haar heen en sabbelde aan haar oorlelletje, zodat ze kronkelde van genot. 'Het is jouw schuld. Ik wilde slapen, maar mocht dat van jou? Nee, dat mocht niet. Je was onverzadigbaar.'

'Ik ben om vier uur klaar op mijn werk.' Ze miste hem nu al, ze wist dat ze de uren zou tellen tot ze hem weer zag. Dit was belachelijk; het was de gekte van de lust die haar lichaam overnam, die haar veranderde in een of andere sloerie die...

'Ik kan niks met je afspreken voor vanavond,' onderbrak hij haar overpeinzingen. 'Ik wilde dat het anders was, maar het gaat echt niet. Mijn moeder is jarig, ze is zestig geworden en mijn vader heeft een surpriseparty voor haar georganiseerd in een hotel net buiten Bath. Het feest begint om zeven uur en we moeten er allemaal zijn voordat zij arriveren.'

'O. Oké. Ja, daar moet je naartoe.' Ze slikte haar teleurstelling weg; ze zou de avond ook wel zonder hem overleven. Het was per slot van rekening maar één avond.

Op spijtige toon zei hij: 'Als je iemand anders was geweest, had ik je gevraagd om mee te gaan. Maar gezien de omstandigheden...'

'Precies. Niet het soort verrassing dat je vader in gedachten heeft.' Lottie zag het rampzalige tafereel dat zich zou afspelen al helemaal voor zich. Ze zou nooit vergeten hoe William Farrell tekeer was gegaan tegen haar vader; alleen de gedachte aan zijn woede maakte haar al aan het rillen. Ze keek Max aan. 'Is hij nog steeds zo... kwaad?'

Max knikte. 'Hij is een trotse man. Ik bedoel, echt heel trots. En het zit allemaal nog in hem, de woede en het verdriet. Hij heeft het mijn moeder vergeven omdat hij zo ontzettend veel van haar houdt, maar het is niet iets wat je ooit helemaal kunt vergeten. Af en toe komt het er ineens weer uit. Niet zo vaak als bij jouw ouders, geloof ik. Maar het zal nooit helemaal overgaan.'

En dat was dus precies de reden dat Max en zij nooit een langdurige relatie zouden kunnen hebben. Ze keken elkaar aan, in de wetenschap dat ze allebei hetzelfde dachten.

'Nou,' zei Lottie toen, 'het enige wat ik kan doen is hopen dat ik snel op je uitgekeken ben.'

'Of,' zei hij, 'we wachten gewoon geduldig af. Als ze allemaal rond hun vijfennegentigste doodgaan, kunnen we trouwen tegen de tijd dat we zeventig worden. Dat is toch iets om naar uit te kijken, vind je ook niet?'

Ze gaf hem een stevige knuffel, stond op van het bed en probeerde de kreukels uit haar lila jurk te strijken. 'Ik moet nu echt gaan. Veel plezier vanavond.' Maar ook weer niet al te veel. Zie je nou wel, daar had je de eerste scheutjes van jaloezie al.

'Geen afscheidskus?' Hij keek haar onschuldig aan.

Als ze hem nog een kus gaf, zou hij haar weer op bed trekken en kwam ze misschien zelfs wel in de verleiding om te blijven. Ze liep iets bij het bed vandaan. 'Ik weet best waar je mee bezig bent. Ik zie je morgen. En ik hoop dat je moeder een fantastisch feest heeft.'

Met een klein lachje zei hij: 'Ik zal het doorgeven.'

'Maar dat gaat dus niet. Want als zij het weet, dan moet ze het geheimhouden voor je vader. En dat zou oneerlijk zijn tegenover hen allebei.'

'Ik weet het.' Hij knikte en zei toen: 'Haat je haar omdat ze iets met je vader had?'

Ze hadden het nog niet echt over hun eigen gevoelens daarover gehad. Na een korte stilte schudde ze haar hoofd. 'Nee. Natuurlijk had ik liever gehad dat het niet was gebeurd. Maar als ik haar haatte, zou ik mijn vader ook moeten haten, en dat doe ik niet.'

'Voor mij geldt precies hetzelfde,' zei hij. 'En nee, ik zal het vanavond met niemand over je hebben. Ik wil niet de aanstichter van de Derde Wereldoorlog zijn.'

Ze blies hem een kusje toe vanuit de deuropening. 'Nee, beter van niet.'

25

De surpriseparty werd gehouden in Colworth Manor, een imposant Georgian landhuis in de buurt van Bath, dat vermaard was vanwege zijn gastvrijheid. Hector McClean was de eigenaar van het hotel, maar het werd gerund door zijn dochter Daisy, en Max wist dat het restaurant het lievelingsrestaurant van zijn ouders was. Imelda dacht dan ook dat William haar voor haar verjaardag trakteerde op een etentje daar. Maar in plaats daarvan zou ze worden opgewacht door een stuk of zeventig vrienden.

Max kreeg zelf ook een verrassing. Nadat hij zijn auto had geparkeerd op de parkeerplaats naast de pittoreske dorpskerk, wandelde hij langs het kerkhof de bochtige oprijlaan op en bereikte om tien voor zeven het hotel.

In de grote zaal stond Lois op hem te wachten, in de jurk die ze laatst in die boetiek in King's Road had gekocht. Ze keek hem stralend aan. 'Wat een kleine wereld, hè?' Haar ogen schitterden. 'Dat ik jou hier tegen moet komen!'

Alleen was dat niet omdat de wereld zo klein zou zijn. Natuurlijk niet. Tijdens zijn tweede date met Lois hadden zijn ouders hun huwelijksjubileum gevierd met een weekendje Londen en theaterbezoek. Toen zijn moeder hem had gebeld en had gevraagd waar hij was, had ze geroepen: 'O, maar wij zijn vlak in de buurt. Weet je, we nemen een taxi en dan kunnen samen even wat drinken.'

Wat het lastig had gemaakt om nee te zeggen, en Lois had het fantastisch gevonden om de rest van de avond met Imelda en William door te brengen. En toen Imelda naar de wc was gegaan, had William hem verteld over de verrassing die hij in petto had voor de verjaardag van zijn vrouw.

'O, wat zal ze dat leuk vinden!' Lois had haar hand op haar borst gelegd. 'Ik ben dol op surpriseparty's!'

Waarop William beleefd had gezegd: 'Nou, dan ben je bij dezen uitgenodigd.'

Als vriendin van, had hij bedoeld. Niet in haar eentje. Lois had uitgeroepen dat ze dat enig vond, maar Max had er verder niet bij stilgestaan, want wie deed zoiets nou?

Tja, Lois dus.

Hij knipperde met zijn ogen. 'Lois. Wat doe jij hier?'

'Hetzelfde als jij. O, en ik heb zulke mooie oorbellen voor je moeder gekocht! Ze zal ze prachtig vinden.'

'Je kent haar nauwelijks, je hebt haar hooguit een uurtje meegemaakt.'

'Maar ik was meteen dol op haar. En we konden het ook hartstikke goed met elkaar vinden. Ik verheug me er zo op om haar weer te zien.'

'Luister, wij hebben niets meer met elkaar.'

'Ja, en wiens onnozele idee was dat?' Ze keek hem smekend aan en pakte zijn hand. 'O, Max, ik heb je zo gemist, je moest eens weten. Het is zo fijn om je weer te zien.'

Max kromp ineen; hij haatte het als dit gebeurde. 'Lois, we hebben het geprobeerd, maar het werkte gewoon niet. Het is niemands schuld, soms gaan die dingen zo.'

'Maar heb jij afgelopen week nog naar *Made in Chelsea* gekeken? Oké,' vervolgde ze snel, 'ik weet dat je daar niet naar kijkt, maar er was een meisje dat drie dates had met dezelfde jongen, en toen maakte hij het uit... maar een paar weken later liepen ze elkaar toevallig tegen het lijf en toen besefte hij dat hij zich vreselijk had vergist en nu zijn ze weer samen, zo gelukkig als wat!'

'Maar...'

'Nee, niet zeggen! Laten we gewoon een leuke avond hebben samen en van het feest genieten. Je weet nooit wat er kan gebeuren.'

Max wist wel wat er niet kon gebeuren. Hij zei: 'Het punt is dat ik iemand anders heb leren kennen in Cornwall. Het is serieus.'

'Ach, kom op, dat zijn gewoon smoesjes. Hier, neem een drankje en relax.' Lois wenkte een ober die langsliep met een zilveren dienblad vol glazen champagne. 'Ik heb het met vriendinnen over je gehad en het blijkt dat veel van hen weten wie je bent. Ze zeggen allemaal dat je niet aan serieuze relaties doet.'

In de kuil gevallen die hij zelf gegraven had. Best ironisch eigenlijk. Hij wilde net zeggen dat het deze keer anders was toen iemand riep: 'Daar zijn ze! Ze komen net aanrijden! Allemaal klappen!'

Iedereen klapte en juichte toen William zijn vrouw mee de zaal in nam en ze ineens snapte wat hij achter haar rug om had georganiseerd. Er werden glazen geheven, er werd geproost en Imelda kreeg tranen van geluk in haar ogen.

'Schat!' Ze omhelsde Max stevig. 'Ik had geen flauw idee! Als ik het had geweten, had ik waterproof mascara opgedaan.'

'Je ziet er fantastisch uit,' riep Lois, terwijl ze haar armen om Imelda heen sloeg nadat die Max had losgelaten. 'Gefeliciteerd! Het is zo fijn om je weer te zien... en ik heb iets voor je waarvan ik hoop dat je het mooi zult vinden!'

'Wat aardig. Dank je wel.' Imelda pakte het cadeautje van haar aan. 'En ik vind het ook leuk om jou weer te zien... Laura... was het toch?'

'Lois. Net als Lois Lane. En Max is mijn Superman!'

'O, ja, Lois. Natuurlijk. Maar ik dacht eigenlijk dat jullie niet meer... Maar goed, daar ben je dan! En wat een mooie jurk heb je aan.'

'Max was erbij toen ik hem kocht. Prachtig, hè?'

'Maar we zijn niet meer samen,' bracht Max haar in herinnering, voor het geval dat ze dat was vergeten.

'We zijn hier om je moeders verjaardag te vieren!' zei Lois vrolijk. 'Ongelooflijk dat je al zestig bent, Imelda, je ziet er fantastisch uit. Maar maak gauw je cadeautje open. Ik hoop dat je ze mooi vindt. Ik heb ze speciaal voor je laten maken...'

'Toch zijn we niet meer samen,' herhaalde Max, nadat de oorbellen waren bewonderd en Imelda en William verder waren gelopen om hun andere gasten te begroeten.

'Dat weet ik wel, maar we kunnen het toch wel leuk hebben samen?' Ze tikte haar glas tegen het zijne. 'Relax!'

Ze sloeg de champagne in één teug achterover. Max vroeg: 'Waar slaap je vannacht eigenlijk?' Want Colworth was maar een klein dorp en hij wist dat het hotel vol zat.

'Een vriendin van me woont in Bath. Ik neem straks een taxi.' Ze schudde haar haar naar achteren. 'Zou je me niet eens voorstellen aan de rest van je familie?'

'Waarom?' Ach, het had ook geen zin om tegen haar in te gaan. Ze was vastbesloten om zich als lijm aan hem vast te plakken. 'Goed dan,' zei hij. 'Maar dit gaat niet eindigen zoals *Made in Chelsea*, oké? Ik heb je al verteld dat ik iemand heb leren kennen.'

'Ja, voor zover ik weet doe je dat je hele leven al, iemand leren kennen.' Ze maakte wiebelige aanhalingstekens in de lucht bij de laatste woorden.

'Deze keer is het anders.'

'Ach, kom op, zeg! Hoelang geleden heb je haar leren kennen, Maxi? Hooguit een paar weken geleden, schat ik. Nog twee weken en dan verveelt ze je weer. Zo gaat dat blijkbaar bij jou.'

'Wat doe je hier dan als je zo goed weet hoe ik ben?'

Liefdevol zei ze: 'Omdat je me de laatste keer niet echt een kans hebt gegeven. Ik weet dat ik perfect voor je ben. En als je het echt meende met dat nieuwe meisje, dan had je haar vanavond wel meegenomen.'

Max richtte zijn aandacht op de andere kant van de balzaal, waar enkele leden van de Ierse kant van zijn familie stonden. Misschien was het een idee om Lois voor te stellen aan zijn maffe tante Maeve, die in feeën geloofde, en aan de oorverdovende oom Eoghan, die dezelfde drie grappen vertelde aan iedereen die hij in de afgelopen veertig jaar had leren kennen. Dat zou een passende straf voor haar zijn, had ze maar niet moeten komen.

God, wat miste hij Lottie. Was zij maar hier.

Lois stootte hem aan. 'Luister je eigenlijk wel naar me?'

Alsof hij keus had.

'Natuurlijk wel. Kom, dan zal ik je voorstellen aan mijn oom en tante.'

Het was een fantastische avond geweest. Tegen middernacht stroomde de zaal pas leeg. Degenen die niet gedronken hadden, brachten degenen die wel gedronken hadden naar huis en vooraf geboekte taxi's reden weg bij de hoofdingang. De gasten die ervoor hadden gekozen om een kamer in het hotel te nemen dronken samen nog een afzakkertje.

'Je vriendin vraagt je vast af waar je blijft,' zei Max tegen Lois.

'Ach, aan haar heb ik helemaal niks. Ze appte me dat ze dit weekend weg is en dat ik toch niet bij haar kan logeren.'

Lois was een minder goede leugenaar dan ze zelf dacht. Max schudde zijn hoofd. 'Hoe heet ze?'

Ze aarzelde een fractie van een seconde. 'Bella.'

'Wat egoïstisch van haar. Mag ik het berichtje zien dat ze je heeft gestuurd?' Hij wachtte af hoe ze zou reageren. 'Of is dat op mysterieuze wijze verdwenen?'

Ze tuitte haar lippen en wierp hem een verontschuldigend lachje toe. 'Ik wist dat jij hier een kamer had geboekt. Dat heb ik bij de receptie gevraagd toen ik hier aankwam.'

'En wat als ik iemand bij me had gehad?'

'Dan zou ik natuurlijk gewoon zijn weggegaan. Ik ben niet een of andere gestoorde stalker of zo! Maar je bent alleen en het is nu te laat om nog ergens een kamer te vinden.' Ze stak haar kin naar voren. 'Oké dan, prima! Maak je over mij maar geen zorgen. Ga maar naar bed.'

'En wat ga jij doen?'

'O, ik ga wel buiten in het gras slapen. Of ik loop naar het kerkhof, daar staan vast wel bankjes waar ik op kan slapen. Ik hoop alleen dat het niet gaat regenen.'

Max vroeg zich af of dit ook weer iets was wat ze in *Made in Chelsea* had gezien. Omdat hij pas vlak voor zevenen was gearriveerd, had hij zich nog niet ingecheckt en zijn bagage lag nog in de kofferbak van zijn auto. Hij wees door de openstaande deuren van de zaal naar de receptie. 'Je mag mijn kamer wel hebben.'

'En waar ga jij dan naartoe?'

'Ik slaap wel in mijn auto.'

'Maar ik wil niet in mijn eentje in jouw kamer slapen.' Ze schudde verwoed haar hoofd. 'Ik wil er met jou slapen.'

'Welterusten, schat!' Zijn ouders gingen naar boven, naar hun suite op de bovenste verdieping. Imelda omhelsde hen allebei een beetje aangeschoten. 'Wat een fantastische avond was het, hè? Zien we jullie nog bij het ontbijt?'

Lois, die blijkbaar nog steeds dacht dat ze Max wel kon overhalen, wierp haar een brede lach toe. 'Zeker weten. Ik verheug me er nu al op!'

26

Het viel eigenlijk wel mee. Je kon de rugleuning van de voorstoel achterover doen, niet helemaal horizontaal, maar toch. Het leek een beetje op een langeafstandsvlucht, maar dan stil in plaats van omringd door het gebulder van de motoren, en ook geen cabinepersoneel dat langskwam met versnaperingen.

Ergens in de bomen klonk de roep van een uil in de duisternis. Grijze wolken dreven voor de maan langs. Max deed zijn ogen dicht. Hij was tevreden over zichzelf. Zie je nou wel? Hij was nu al veranderd. Hij deed het juiste, hij sliep in zijn auto terwijl Lois in zijn luxueuze hotelkamer zat. En hij had niet eens zoveel gedronken, dus om een uur of zes zou hij wel in staat zijn om terug te rijden naar Lanrock. Naar Lottie. Zijn hart sloeg over bij de gedachte aan haar. Hij kon niet wachten tot hij haar weer zag.

Een paar uur later drong tot hem door dat hij gezelschap had gekregen.

'Maxi, Maxi,' fluisterde een stem. Er werd een hand op zijn knie gelegd. 'Dit is belachelijk, je kunt hier toch niet blijven? Kom mee naar de kamer.'

Haar zachte stem leek uit de verte te komen, maar de hand zocht zich nu een weg naar zijn borstkas. Warme vingers gleden onder zijn openstaande overhemd. Hij ademde de zware geur van Lois' parfum in.

Zijn ogen half openend, mompelde hij: 'Ik blijf hier. Ga naar je kamer.'

'Echt ongelooflijk hoe gemeen je bent.' Lois' stak haar onderlip naar voren. 'Ik had veel meer van deze avond verwacht.'

Het leek het gemakkelijkst om gewoon zijn ogen weer te sluiten en te doen alsof hij in slaap viel. Hij ging expres trager ademen en na een paar minuten hoorde hij haar uit de auto stappen. Ze sloeg het portier met een klap dicht en daarna hoorde hij haar knerpend over het grind naar het hotel strompelen.

Hij glimlachte bij zichzelf. Dat had hij toch maar weer mooi afgehandeld, als een aardige en betrouwbare vriend. Als je eenmaal de ware had gevonden, bleek het heel makkelijk te zijn om het eerzame te doen.

En nu werd er op het zijraampje getikt. Hij deed zijn ogen open en ontdekte dat het al licht was. Maar toen hij zag wat zich aan de andere kant van het glas bevond, dacht hij even dat hij gestorven was en naar de hemel gegaan.

Een aantrekkelijke vrouw met lang donker haar had iets bij zich wat in een wit linnen servet was gewikkeld. Het leek verdomd veel op een baguette. In haar andere hand had ze een witte porseleinen mok.

Hij deed het raampje naar beneden en snoof de geuren van gerookte bacon, gegrilde kaas en verse koffie op. Hier buiten, in het vroege ochtendlicht, rook dat idioot lekker.

'Hoi, ik ben Daisy.' Ze knikte naar de zwart met gouden badge op haar blouse, waarop stond dat ze ook de manager van het hotel was. 'Mijn receptioniste zei dat je Max Farrell bent, de zoon van William en Imelda. Nou, hoe heb je geslapen?'

Hij mocht haar meteen. 'Beter dan verwacht.'

'Mijn receptioniste heeft me ook verteld dat je je kamer aan je vriendin hebt afgestaan. Blijkbaar heeft ze haar alles over jullie tweeën verteld.' Ze verbeterde zichzelf. 'Nou ja, ik begrijp dat ze inmiddels een ex van je is.'

'Dat is al bijna een te groot woord. We hebben drie dates gehad. Ik had geen idee dat ze hier zou zijn.'

'Oké, nou, ik wilde je toch even laten weten dat ze nu samen met je ouders zit te ontbijten. En ik vroeg me af of je wel zin had om haar weer te zien...'

'Liever niet,' zei Max.

'Dat dacht ik al. En daarom ben ik je ontbijt komen brengen, dat leek ons een beter idee.'

Zijn maag rammelde toen hij de verrukkelijk geurende baguette van haar aanpakte. 'Je bent een engel. Heel erg bedankt.'

'En als je dat pad neemt, om het zwembad heen, dan kom je bij het badhuis en daar liggen allemaal toiletspulletjes en schone handdoeken.'

'Je bent nog beter dan een engel.'

Daisy grinnikte. 'Ik vond het te gek dat je ervoor koos om in je auto te gaan slapen. Dat heeft nog nooit iemand gedaan hier. De stellen die ruziemaken lopen altijd in hun kamer te schreeuwen en slapen daarna gewoon samen in bed.'

Max slikte een hap baguette weg en nam toen een slok koffie. Hoewel hij de vrouw niet kende, voelde hij de behoefte om haar het grote nieuws te vertellen. 'Ik heb de vrouw ontmoet met wie ik de rest van mijn leven wil doorbrengen. En dat is niet de vrouw die daar nu zit te ontbijten.' Hij wees naar het hotel.

'O, echt? Nou, gefeliciteerd. Wanneer heb je haar leren kennen?'

'Bijna zes weken geleden. Nou ja, eigenlijk al meer dan twintig jaar geleden. Als kind haatten we elkaar, en daarna haatten we elkaar niet meer en toen gebeurden er allerlei andere dingen.' Hij had Daisy het liefst het hele verhaal verteld, maar dat zou raar zijn, dat snapte hij ook wel. 'En toen zijn we elkaar uit het oog verloren, maar in die tijd hebben we geen van beiden de ware gevonden, en nadat we elkaar toevallig weer tegen waren gekomen, kon ik haar niet meer uit mijn hoofd krijgen. En toen besloot ik een paar weken geleden om op vakantie te gaan naar Lanrock, waar ze woont. En twee avonden geleden zijn we eindelijk echt een stel geworden. Voor altijd.'

Klonk dat niet raar? Twee avonden geleden klonk toch wel heel raar nu hij het hardop had gezegd. Hij zou het Daisy niet kwalijk kunnen nemen als ze begon te lachen.

Maar ze nam hem alleen maar aandachtig op. 'Je zou je eigen gezicht eens moeten kunnen zien. Je meent het echt.'

De opluchting was overweldigend. Hij slaakte een diepe zucht. 'Ja. Ik hou van haar. En dat heb ik nog nooit tegen iemand gezegd.'

'Als je het weet, dan weet je het.' Daisy's telefoon pingde. Er was een berichtje voor haar. 'Hè verdorie, ik moet terug. Ik had er nog veel meer over willen weten, maar hopelijk is dit niet de laatste keer dat we elkaar zien. Misschien kun je de volgende keer je grote liefde meenemen,' eindigde ze vrolijk.

Max dacht expres niet aan zijn ouders. 'Dat zal ik doen.'

'En dan zal ik jou vertellen hoe mijn man en ik uiteindelijk bij elkaar zijn gekomen. Dat was ook nogal een hobbelweg.' Haar ogen schitterden. 'Als mensen horen hoe het is gegaan, zeggen ze altijd dat het het soort verhaal is waar je alleen maar over leest in boeken.'

Het was rustig op de weg en de rit terug naar Cornwall verliep voorspoedig. Max merkte dat hij uitbundig meebrulde met de radio, iets wat hij anders nooit deed, maar als hij aan Lottie dacht, barstte zijn hart bijna uit zijn borstkas en dan moest hij gewoon zingen.

Toen hij om halfelf Lanrock binnenreed, voelde hij opeens de overweldigende behoefte om bloemen voor haar te kopen en hij stopte bij de dure bloemist in Angel Street, waar hij bijna nog op de bon werd geslingerd door een chagrijnige parkeerwacht. Een kwartier later was hij bij Lotties kantoor en toen hij haar door het raam zag zitten, maakte zijn hart een sprongetje. Ze droeg een turquoise mouwloos topje en een witte kokerrok en stopte brochures in plastic hoezen. Haar haar zat in een losse knot en er vielen verdwaalde lokken langs haar gezicht en hals. En die benen van haar, zo slank en bruin… serieus, alleen die benen waren al genoeg. Hij vroeg zich af hoe hij de komende zeven uur moest doorkomen, want pas dan zat haar werk erop en kon hij haar mee naar bed nemen.

Lottie keek op en zag hem in de deuropening staan. 'O, o!'

'Pardon?'

Ze wees naar de bloemen. 'Zijn die voor mij?'

Was ze soms niet blij om hem te zien? Hij liep het kantoor in. 'Natuurlijk zijn ze voor jou.'

'Waarom? Wat heb je gedaan?'

'Ik heb niks gedaan. Helemaal niks! Ik heb ze gekocht omdat ik dacht dat je ze wel mooi zou vinden.'

Ze begon te lachen. 'Echt? Nou, in dat geval, dank je. Ze zijn prachtig. Dat had je niet moeten doen.'

'Nee, dat had ik inderdaad beter niet kunnen doen als je nu denkt dat ik iets heb uitgespookt.' Hij legde de spectaculaire bos bloemen op haar bureau, nam haar in zijn armen en kuste haar op de manier waarover hij de hele rit naar Lanrock had gefantaseerd.

'Wauw.' Lottie was buiten adem toen hij haar eindelijk weer losliet. Ze merkte ineens dat Marcus de ruimte achter het kantoor uit was gekomen en het gebeuren vrolijk had staan bekijken. 'Je zegt niks!'

Marcus, die pas twintig was, deed alsof hij zijn mond dichtritste en zei toen grijnzend: 'Ik zou niet durven. Ik wist niet eens dat dit soort dingen werd toegestaan op kantoor. Maar het is fijn om te weten dat dat dus mag.' Hij wees naar de bloemen. 'Zal ik die voor je in een vaas zetten?'

'Dat is een goed idee,' zei Max, die Lottie opnieuw wilde kussen.

'Hoe was het gisteravond?' vroeg Lottie, precies op het moment dat zijn telefoon overging.

'Het was… leuk.' Het was zijn moeder die belde, en het ontging Lottie niet dat hij even een gezicht trok.

'Je kunt maar beter opnemen.'

Dacht ze soms dat hij iets te verbergen had? Omdat hij wist dat dat niet zo was, zette hij zijn toestel op speaker. 'Ha mam, hoe gaat het? Het feest was fantastisch.'

'Max, ongelooflijk dat je zonder gedag te zeggen bent vertrokken!'

Aan Lotties gezicht kon hij niet zien wat ze dacht; het zou wel raar voor haar zijn om zijn moeders stem na al die jaren weer te horen. Hardop zei hij kalm: 'Ik probeerde Lois te ontlopen. Ze wist dat ze niet was uitgenodigd en toch is ze gekomen.'

'Tja. Ze heeft het ons allemaal verteld tijdens het ontbijt,' zei zijn moeder. 'Tranen met tuiten boven haar eggs benedict. Ik moet zeggen dat ze toch wel erg van slag was.'

Max bleef Lottie aankijken terwijl hij zei: 'Ik heb haar twee weken geleden gezegd dat het niks kon worden... Ze heeft er moeite mee dat te accepteren. En bovendien waren het maar tweeënhalve dates.'

'Nou, ze deed er behoorlijk dramatisch over. We hebben haar verteld dat het bij jou altijd zo gaat. Maar toen zei ze dat je niet bij haar op de kamer wilde slapen omdat je iemand hebt ontmoet op wie je stapelverliefd bent, en dat in nog geen drie weken tijd. Ik bedoel, we hebben het spelletje meegespeeld, maar het klinkt me nogal onwaarschijnlijk in de oren.' Ze lachte. 'Hoewel ik toch wel een beetje nieuwsgierig ben geworden. Is het echt zo, lieverd?'

Lottie keek hem geschrokken aan.

Op rustige toon zei hij: 'Ja, dat is echt zo.'

'O, lieverd, echt? Maar dat is fantastisch! Daar hopen we al jaren op, maar we dachten nooit dat het echt zou gebeuren! Heb je dat gehoord, William? Onze jongen heeft eindelijk de ware gevonden. O, waarom heb je haar niet meegenomen naar het feest? Vertel ons eens wat over haar... Dit is zulk goed nieuws! Echt voor het eerst dat je ons zoiets vertelt!'

Lottie stond haar hoofd naar hem te schudden. Toen sloot ze

haar ogen en zei zacht: 'Niet zeggen.'

'Het is nog vroeg dag, mam. Je hoort het nog wel. Ze is volmaakt en meer hoeven jullie op dit moment niet te weten...'

'Lottie!' schreeuwde Marcus vanuit de ruimte achter in de zaak. 'Waar ligt de schaar om de stelen mee af te knippen?'

'Waar ben je?' wilde zijn moeder weten. 'Wie is dat?'

Na weer even waarschuwend haar hoofd naar hem te hebben geschud, liep Lottie naar Marcus.

'Wie is Lottie?' herhaalde Imelda.

Alleen de naam al van de dochter van haar ex-minnaar riep allerlei herinneringen bij haar op; Max hoorde het aan de verandering in haar stem. Voor zover zijn ouders wisten waren Lottie en hij nooit meer geweest dan kibbelende vrienden. Hij zei: 'Geen idee. Ik sta in een bloemenwinkel.'

'O, bestel je soms iets voor mij?' Ze lachte opgetogen. 'Je weet welke bloemen ik mooi vind, lieverd, lila rozen...'

Nadat hij het gesprek had beëindigd kwam Lottie weer het kantoor in. 'Nu zul je haar bloemen moeten sturen,' zei ze.

'Ach, als ze daar blij van wordt. En anders dan sommige andere mensen gaat ze er dan niet meteen vanuit dat ik iets slechts heb gedaan.'

'Heb je Lois je kamer gegeven?'

Hij knikte tevreden. 'Ik heb in mijn auto geslapen. De hele nacht. Als je me niet gelooft, kun je het hotel bellen. De manager kwam me vanochtend koffie en een baguette met bacon brengen en ik heb haar alles over je verteld.'

'Hé, ik geloof je heus wel. Ik vroeg het niet omdat ik jaloers ben.' Geamuseerd liet ze erop volgen: 'Jaloezie is zonde van de tijd. En het helpt ook nooit.'

'Echt?' Maar ze had natuurlijk gelijk. Het was geen aantrekkelijke eigenschap, jaloezie.

'Als je bij me wilt zijn, dan doe je dat, en zo niet, dan niet. Het is jouw keuze.' Ze haalde haar schouders op. 'Waarom zou ik je aan je kop moeten zeuren om bij me te blijven als je daar toch geen zin in hebt?'

'Nou wil ik nog liever bij je blijven.' God, wat hield hij veel van haar. Omdat hij niet wilde dat Marcus hem zou horen, ging hij vlak voor haar staan en vervolgde met zijn mond vlak bij de hare: 'Je moest eens weten hoezeer ik naar je verlang. Ik zeg het je maar vast, we gaan meteen na je werk naar bed en blijven daar de hele avond.'

'En ik zeg jou maar vast dat ik al met Freya en Cameron heb afgesproken in Bert's Bar, het is karaokeavond.'

'Verdomme. Hoe laat verwachten ze ons daar?'

'Om acht uur.'

'Nou, dan hebben we na je werk nog twee uur.' Hij gleed met zijn vinger over haar sleutelbeen en voelde haar trillen onder zijn aanraking. 'Twee lange uren. Nou ja, we verzinnen wel iets om te doen.'

27

Toen Freya Lottie de bar in zag komen, haastte ze zich naar haar toe. 'Leuk dat je kon komen.' Ze omhelsde haar. 'Wat zie je er fantastisch uit, je ogen stralen helemaal!' Dat was echt zo, eigenlijk straalde haar hele gezicht.

Ze wendde zich tot Max, die samen met Lottie was binnengekomen. 'En jij ziet er ook goed uit. Ik ben zo blij dat jullie weer vrienden zijn.'

'We zijn nooit vijanden geweest,' zei Max grinnikend. 'Niet meer na ons twaalfde tenminste.'

'Tot die leeftijd haatten we elkaar,' beaamde Lottie. 'Maar daar zijn we nu overheen.'

'Maar jullie zouden echt zo'n fantastisch stel zijn,' zei Freya tegen Lottie toen Max naar de bar was om drankjes te halen. 'Weet je zeker dat je niet op hem valt? Zelfs niet een heel klein beetje? Hij is echt een stuk.'

Lottie schudde haar hoofd. 'We zijn gewoon vrienden. Maar wie is de nieuwe receptioniste? Is zij dat, daar?'

Freya was trots op haar briljante idee en opgewonden omdat het nu zover was. Ze wilde dat ze het aan Lottie kon vertellen, maar dat zou niet eerlijk zijn. Net als iedereen in Lanrock was Lottie dol op Cameron, en ze zou diep geschokt zijn als ze het wist van haar plan. Bovendien was Lottie degene die Freya en Cameron aan elkaar had voorgesteld en ze ging er prat op dat ze voor haar vriendin de volmaakte man had gevonden.

Nee, dit geheim kon Freya zeker niet met Lottie delen.

'Nee, die niet.' Ze wees naar links. 'Dat is Naomi, die daar met Cameron staat te kletsen. Ik ben in mijn lunchpauze even naar de praktijk geweest en toen heb ik kennis met haar gemaakt. Ze kent hier bijna niemand en daarom leek het me wel leuk om haar uit te nodigen voor vanavond, dan kan ze wat mensen leren kennen.'

'Wauw.' Lottie keek met grote ogen naar Naomi, die zich werkelijk helemaal te buiten was gegaan. Ze droeg een zo goed als doorzichtige crèmekleurige kanten blouse over een paarse beha, met daaronder een extreem korte roze korte broek en puntige crèmekleurige enkellaarsjes.

'Zeg dat wel. Ze is mooi, hè? En ook heel aardig!' zei Freya enthousiast. 'Ik denk dat ze het hier wel snel naar haar zin zal hebben.'

Lottie trok haar wenkbrauwen op. 'Zo te zien heeft ze het al erg naar haar zin.'

Ze zagen dat Naomi moest lachen om iets wat Cameron had gezegd en dat ze daarbij zijn arm aanraakte, iets wat je volgens mensen die verstand hebben van daten moet doen als je wilt dat iemand je aardig gaat vinden.

'Dat doet ze gewoon uit aardigheid.' Freya kon nauwelijks geloven hoe goed haar plan uitpakte; het was echt geniaal van haar. 'En ze is ook stukken vrolijker dan Esther, dat is mooi meegenomen. Kom,' liet ze erop volgen toen Max terugkwam met hun drankjes, 'dan zal ik jullie even aan haar voorstellen.'

Twee uur later zat de kroeg stampvol vaste klanten en toeristen, was de karaoke in volle gang en begon Lottie zich af te vragen of het wel zo slim van Cameron was geweest om een receptioniste in dienst te nemen die overduidelijk een oogje op hem had.

Maar Freya leek er niets van te merken en Lottie wist niet of ze het haar wel moest zeggen. Misschien zou dat de situatie alleen maar ingewikkelder maken. Maar waarom voelde ze zich hier eigenlijk zo verscheurd over?

Ze vluchtte naar de wc om alles even op een rijtje te zetten. Het laatste wat ze wilde was haar vriendin overstuur maken of haar kwetsen. Zij was degene die Freya had voorgesteld aan Cameron en daarbij had ze gezegd dat hij echt de aardigste, liefste man was die ze kende. Maar in werkelijkheid had ze hem toen helemaal nog niet zo goed gekend; het was zoiets als iemand een restaurant aanbevelen als je er zelf maar één keer geweest was en dan later tot de ontdekking komen dat het eten en de bediening er over het algemeen toch niet zo denderend waren.

Nee, dat was niet eerlijk. Cameron was een goede huisarts en hij was ook oprecht aardig. Het was alleen dat hij soms té aardig was, heiliger dan heilig. En overdreven bescheiden, terwijl hij tegelijkertijd geen gelegenheid voorbij liet gaan om te laten merken hoe aardig hij wel niet was.

Ze waste haar handen en bestudeerde haar gezicht in de spiegel boven de wasbak om te zien of ze schuldbewust keek. Nee, je kon haar gedachten niet aan haar aflezen. Maar de waarheid was dat ze er heel af en toe spijt van had dat ze Cameron en Freya aan elkaar had voorgesteld. Dat zou ze natuurlijk nooit hardop zeggen, want hij was hier heel populair, een plaatselijke held, iedereen in Lanrock was dol op hem.

Vooral Freya.

Maar goed, ze kon dat wel aan. Het was ook weer niet zo dat hij vreselijk was of zo. En heel veel mensen hadden vrienden met een partner op wie ze niet per se dol waren, toch? Je moest dan gewoon je best blijven doen, de kleine ergernissen negeren en doen alsof je het goed met elkaar kon vinden.

De deur ging open en er kwamen twee vrouwen van middelbare leeftijd binnen. 'Nou, ik kan het haar niet kwalijk nemen,' zei een van hen. 'Als ik twintig jaar jonger was geweest, zou ik ook met hem op dat podium willen staan.'

Lottie ging terug naar de bar, waar Cameron en Naomi nu 'Islands in the Stream' zongen. Cameron had een goede stem en vond het heerlijk om op te treden – vooral bij zijn eigen liefdadigheidsevenementen, dacht ze een beetje kattig – en Naomi, die zo te horen niet over enige zangkwaliteiten beschikte, maakte dat goed door als een Pussycat Doll om hem heen te kronkelen. En daar zag ze Freya ook, helemaal vooraan bij het podium. Ze stond hen toe te juichen alsof ze hun grootste fan was.

Max sloeg discreet een arm om Lotties middel en fluisterde in haar oor: 'Mogen we al naar huis? We zijn hier nu al twee uur en elf minuten.'

'Ze is zo... Het is zo doorzichtig. Ik bedoel, die arme Cameron,' zei Lottie, omdat Max en Cameron al jaren bevriend waren.

'Ach, hij kan dat soort vrouwen wel aan. Hoort bij het vak.' In hun donkere hoekje van de bar streelde hij haar heup, wat hemels was maar ook gevaarlijk.

'Hou op,' protesteerde ze zwakjes. 'Misschien is hier wel iemand die mijn ouders kent.'

'Des te meer reden om te maken dat we hier wegkomen voordat ze ons zien.' Hij glimlachte; dat hoorde ze aan zijn stem terwijl zijn vingers over haar onderrug gleden. 'Je weet best dat dat het verstandigst is.'

'*You're the one that I want*,' zong Cameron op het podium.

'*You're the one that I want*.' Naomi zwaaide onder het zingen uitbundig met haar kont. 'Ooh, ooh, ooh!'

Freya stond voor het podium te dansen, ze deinde heen en weer en hield haar armen in de lucht. De avond verliep nog veel beter dan ze had gehoopt. Het was elf uur, de laatste ronde was al geweest en dit was het laatste karaoke-optreden van de avond. En het mooiste was nog dat een aantal mensen, onder wie Lottie, haar al hadden gewaarschuwd voor Naomi omdat die zichtbaar aan het flirten was met haar nieuwe baas. Freya had daarop steeds haar hoofd geschud en gezegd: 'O, nee, zo zit het niet, ze heeft gewoon lol.'

Goh, maar wie had kunnen denken dat deze avond zo'n succes zou zijn?

Toen ze twintig minuten later samen naar huis liepen, zei Freya: 'Ik vind Naomi echt leuk.'

Cameron sloeg een arm om haar middel. 'O ja? Ik was bang dat je haar een beetje te opdringerig zou vinden.'

'Ach, ze had het gewoon naar haar zin.'

'Ik moest drie keer met haar zingen van haar.'

'Nou ja, ze kende verder ook niemand, toch?'

'Dus je vond het niet erg?' Hij klonk opgelucht.

'Natuurlijk niet! Het was karaoke en zij deed met je mee. Dat wil je toch altijd zo graag? Beter dan dat ze zich in een hoekje had verscholen. Ze is gewoon leuk. En ook mooi.'

Lachend kneep hij haar even. 'Nou, ik ben blij dat je haar mag. En opgelucht omdat je er niet mee zit dat… nou ja, dat ze zo doet.'

'Ach, de praktijk zal ervan opfleuren. Ik denk dat alle patiënten haar leuk gaan vinden. En voor jou is het ook zoveel fijner om met iemand te werken die vrolijk is.'

Cameron bleef staan en trok haar tegen zich aan. 'En daarom ben jij nu de ware voor mij.' Hij kuste haar. '*You're the one that I want!* Ik hou van je.' Nog een kus. 'Wanneer gaan we trouwen, mevrouw Bijna-Bancroft?'

'Ik hou ook van jou.' Was dat zo? Soort van. Hoe kon ze nu niet houden van de man die haar moeder zijn linkernier had geschonken? Ze kuste hem terug. 'We prikken een datum zodra die marathon voor het goede doel is geweest.'

28

Toen Ruby op dinsdagmiddag na een wandeling van twee uur langs de kliffen en over het strand terugkwam, zag ze twee onverwachte dingen bij haar voordeur staan.

Het eerste was een doos met vierentwintig fruitdrankjes, want haar zucht naar Orangina had zich uitgebreid naar frambozen-, ananas- en passiefruitsapjes, en deze waren eerder bezorgd dan verwacht door een klein familiebedrijf in Kent.

En over familie gesproken…

Het tweede ding op haar stoep was haar bijna ex-man.

Bij de gedachte aan het openen van een van die flesjes overheerlijk frambozensap, liep haar het water haar in de mond.

Ze keek naar Peter, die een spijkerbroek droeg en een nieuw zalmkleurig overhemd dat hem niet bijster goed stond. 'Goh. Wat een verrassing,' zei ze.

Hij zag er beslist angstig uit. 'Mag ik binnenkomen? We moeten praten.'

Ze pakte haar mobiel uit haar zak en hield die voor hem op. 'Ik heb een telefoon.'

'Het is niet iets wat je door de telefoon kunt bespreken. Alsjeblieft, Ruby.'

'Hoelang sta je hier al te wachten?' Zijn lichte huid was al een beetje aan het verbranden.

'Anderhalf uur.'

'Je had beter eerst een berichtje kunnen sturen.' Gewoon voor de lol vervolgde ze: 'Je weet toch wel hoe dat moet, Peter? Een berichtje sturen? Volgens mij heb je dat vaak genoeg moeten doen voor je stiekeme afspraakjes met Margaret.'

'Alsjeblieft...'

'Goed dan.' Ze stak haar sleutel in het slot. 'En neem die doos even voor me mee naar binnen, alsjeblieft. Hij ziet er nogal zwaar uit.'

Eenmaal binnen bood ze hem een glas kraanwater aan. Hij slurpte het gulzig op, terwijl Ruby de volle doos opensneed en er een flesje uitpakte dat uitnodigend naar haar knipoogde. God, wat was dat lekker, van die kleine koolzuurbubbeltjes die op haar tong dansten, nog beter dan champagne.

Ze vroeg niet of Peter ook een flesje wilde. Stel dat hij ja zei.

'Oké.' Ze keek hem zo onverschillig mogelijk aan. 'Wat wilde je met me bespreken?' O, maar zou het niet ontzettend grappig zijn als hij haar kwam vertellen dat Margaret zwanger was?

'Ruby, ik ben hier om je te vertellen dat het me heel erg spijt. En ik zou het je niet kwalijk nemen als je denkt dat ik mijn verdiende loon heb gekregen. Want dat is waarschijnlijk ook zo.' Hij beet op zijn lip en schudde spijtig zijn hoofd. 'Maar je moet begrijpen dat ik altijd van je ben blijven houden. Altijd.'

'Meen je dat nou?' Ze schoot bijna in de lach. Was hij soms gek geworden?

'Het is voorbij. Ik heb het uitgemaakt met Margaret. Het was gewoon een moment van gekte.'

'Een behoorlijk lang moment. Hoeveel maanden precies voordat jullie werden betrapt?'

Hij schudde zijn hoofd. Hij had tranen in zijn ogen en zag eruit alsof hij elk moment kon gaan huilen. 'Ik zat verkeerd. Ik heb iets slechts gedaan en het spijt me zo. Maar... hoe vaak heb ik niet gepreekt over de kracht van vergiffenis?'

Ruby luisterde niet vaak naar zijn preken en aangezien hij uit zijn functie was ontheven zou hij voorlopig ook geen preken meer hoeven geven.

Ze zei: 'Ik heb geen flauw idee. Meestal zat ik dan aan andere dingen te denken.'

Hij wreef over zijn ogen. 'Ik heb haar gezegd dat het voorbij is. Ik wil het goedmaken. Als je het me kunt vergeven, dan beloof ik je met heel mijn hart dat je daar geen spijt van zult krijgen. Ik zal doen wat je wilt, wat dan ook.'

Dat was nieuw; in al hun jaren samen had ze die kruiperige, wanhopige kant van hem nooit gezien.

'Nou, wat ik wil...' Ze kon het niet laten. '*What I really want...*'

Dat ze de Spice Girls citeerde ging volkomen langs Peter heen. Gretig zei hij: 'Nou? Zeg het maar.'

'Wat ik echt wil, is een kind.'

Zijn mond viel open. Ze zag de radertjes in zijn hersens draaien terwijl hij nadacht over wat hij moest zeggen. Na een tijdje zei hij: 'Prima, als je dat wilt, als dat ervoor nodig is, dan proberen we het nog een keer. Omdat ik van je hou. En ik weet dat ik je veel verdriet heb gedaan, maar ik vertrouw op God dat we hier samen uit zullen komen en het verleden achter ons kunnen laten.'

'O ja?'

Hij knikte bedachtzaam. 'Ja. We kunnen weer samen zijn, sterker dan ooit.'

'Dus dat betekent dat je hier wilt komen wonen, in dit appartement? Bij mij?' En dan waarschijnlijk leven van het geld dat ik met mijn boeken verdien?

'Nou ja, voorlopig wel.' Hij keek goedkeurend om zich heen. 'Het is best een leuke flat. Maar als je liever ergens anders gaat wonen, dan kan dat ook. Waar je maar wilt. Je zei toch altijd dat je de Cotswolds zo mooi vond? Hoe heette dat dorp ook alweer waar je graag eens naartoe zou gaan... Was het Foxwell? We zouden daar kunnen gaan kijken of...'

'Ik denk niet dat dat gaat gebeuren.' Nu was het Ruby's beurt om berouwvol haar hoofd te schudden. 'Peter, ik wil je niet terug, in de verste verte niet. Waarom zou ik, na wat je me hebt aangedaan?'

'Maar... maar je zei dat je een kind wilde. Ik zal alles doen wat in mijn macht ligt om dat te laten gebeuren. Goed, ik weet dat ik er eerst niet zo happig op was, maar deze keer kunnen we het echt proberen, alle mogelijkheden onderzoeken.'

'Wauw,' zei ze verwonderd. 'Ben je bereid echt alles te zeggen om je zin te krijgen?'

'Ik meen het. Ik hou van je.' Er liep een zweetdruppeltje over zijn voorhoofd. Bijzonder aantrekkelijk.

'Hou je van mij of van het geld dat ik verdien met mijn boeken en tv-series? Bovendien wil ik je hier niet in mijn appartement hebben.'

'Maar waar moet ik dan naartoe?'

'Weet ik veel. En het kan me ook niet schelen. Je mag vast wel een paar dagen op de bank bij je broer in Manchester slapen.'

'En hoe moet dat dan als je een kind wilt?'

'Peter, ik wil niet alleen een kind, ik krijg een kind!' Precies op dat moment was er weer die hunkering naar een slok frambozensap. En omdat haar glas leeg was, nam ze een slok uit de halfvolle fles. God, wat zalig.

Bovendien wist ze dat Peter zich er mateloos aan ergerde dat ze zo uit de fles dronk.

Maar hij keek haar alleen maar fronsend aan, in verwarring gebracht. 'Waar heb je het over?'

'Over dit hier.' Ze wees op haar buik, nog steeds plat, maar dat zou niet lang meer duren. Ze kon haar lievelingsbroek al bijna niet meer dicht krijgen. 'Hierin, warm en veilig.'

'Is dat een grap?' Hij staarde haar ongelovig aan. 'Ben je echt zwanger? Maar... dat kan helemaal niet.'

'Nou, toch is het zo.'

'Hoe... hoe... hoe zwanger?'

'Zeven weken en vier dagen.' Ze gaf een geruststellend klopje op haar buik. 'Zegt dat je wat?'

'Maar we hebben al...'

'... een tijdje geen seks gehad? Dat klopt. En gelukkig maar.

Want zo weet ik tenminste zeker dat het niet van jou is.'

'Ben je met iemand anders naar bed geweest?' stamelde hij met een rood hoofd. 'Wil je soms beweren dat je seks met een andere man hebt gehad? En dan durf jij je zo superieur te gedragen?'

'Zeven weken en vier dagen,' herhaalde Ruby, met haar handen omhoog alsof ze het aftelde op haar vingers. 'Op de dag van de bruiloft die niet doorging. Die dag heb ik iemand ontmoet met wie ik naar bed ben geweest. Dat heb ik je toch verteld? In het ziekenhuis? Maar je geloofde me niet.' Ze klopte weer op haar buik. 'Nou, toch was het zo.'

Hij kreeg rimpels op zijn voorhoofd van afkeer. 'Dat is gewoon walgelijk. Je zou je moeten schamen. Wat zullen de mensen wel niet denken? Wat zullen ze zeggen?'

'Nou, als ze al denken dat ík walgelijk ben, wat moeten ze dan wel niet van jóú denken?'

'Margaret en ik hadden een relatie,' zei hij op ijzige toon. 'Dat van jou was een onenightstand.'

'Eerlijk gezegd hebben veel mensen me gezegd dat ze het fantastisch vinden dat ik bij je weg ben.' Ruby begon het steeds leuker te vinden; ze voelde zich licht, als een feniks die zijn vleugels spreidde en opvloog uit de as. Naar waarheid voegde ze eraan toe: 'En weet je wat? Ik ben nog nooit zo gelukkig geweest.'

29

Het was een warme, zonnige donderdagmiddag, de laatste dag van juni en de dag waarop Ruby's nieuwe boek uitkwam, het boek dat ze al in januari had ingeleverd, voordat haar schrijfkunst was verdwenen, waarschijnlijk voorgoed.

Toch zat ze er niet echt mee, haar hoofd was vol van de baby. Veel belangrijker. Bovendien genoot ze nog steeds na van het feit dat ze Peter precies had gezegd wat ze vond van hem en zijn o zo aardige aanbod om bij haar terug te komen.

Ze had niet echt zin gehad in de lange treinreis naar Londen, maar Morwenna had erop gestaan. Een belangrijk interview en een signeersessie in een boekhandel in het centrum zouden gefilmd worden en op haar website geplaatst, en de publiciteit zou de verkoopcijfers van het boek, *Bommel de Hommel en Zelda's fantastische vuurwerkavontuur*, omhoogstuwen.

Ruby had moeten erkennen dat het een redelijke gedachte was. Per slot van rekening was ze alleen maar zwanger, niet ziek. Van rare geuren kon ze nog steeds misselijk worden, maar ze had niet echt meer hoeven overgeven.

In de trein probeerde ze haar medepassagiers te gebruiken als inspiratie voor haar volgende boek, maar haar hersens bleven gewoon koppig een ideeënvrij gebied en haar aandacht ging als vanzelf naar de gedownloade app waarop je alle stadia van de groei van je baby kon zien.

Het was echt fascinerend, de beelden op het scherm waren ongelooflijk gedetailleerd; de kleinste bewegingen waren vastgelegd zodat je alles te weten kwam over de baby, van de grootte van zijn kleine kloppende hartje tot de ontwikkeling van zijn vingertjes en teentjes.

Wie ben je?

Ben je een meisje? Ik heb het gevoel dat je een meisje bent.

Maar wie je ook bent, ik hou sowieso van je.

Er kwam een man door het gangpad aan met een bekertje koffie in zijn hand en Ruby werd tegelijk misselijk en jaloers, want hoewel ze de geur weerzinwekkend vond, kon ze tegelijkertijd nog steeds verlangen naar een kop koffie.

Iets voor vijven stapte ze voor de boekwinkel uit de taxi. Morwenna stond buiten al op haar te wachten.

'Ruby, wat enig om je te zien.' Morwenna sloeg haar armen om haar heen, en o, god, ze had een of ander nieuw parfum op. Ruby was gewend aan een lichte, heerlijke zomerse geur bij Morwenna, maar deze was gekruid en peperachtig met ondertonen van lelie en patchoeli. Ze probeerde door haar mond te ademen, maar dat hielp niet, want haar neus wist nog steeds dat die geur er was.

Hoewel ze zich had voorgenomen om Morwenna pas na de twaalfde week over haar zwangerschap te vertellen, rukte ze zich van haar los en flapte er uit: 'Ik ben zwanger!' Allemachtig, dat klonk echt belachelijk. Snel voegde ze eraan toe: 'Sorry, maar ik word een beetje misselijk van je parfum.'

'Och arme.' Morwenna klonk ontzet. 'Wat een klootzak! Is hij nog steeds met die vrouw?'

'Eh nee... het is uit.'

'Typisch! En nu? Is hij weer bij je terug?'

'Eh... ik bedoel, hij is een paar dagen geleden bij me geweest...' De vragen overvielen Ruby een beetje, hoewel het haar eigen schuld was. De timing had echter niet slechter kunnen zijn. Gelukkig pingde Morwenna's telefoon en greep ze er onmiddellijk naar om het berichtje te lezen, terwijl ze bijna omver werden gelopen door de voetgangers op het overvolle trottoir en er ook nog eens twee vrouwen de winkel uit kwamen en op hen toe liepen.

'Hé hallo, we zagen je door het etalageraam,' riep de wat oudere vrouw uit. Ze had lichte ogen en droeg een badge waarop stond dat ze de manager was. 'Wat leuk om je te leren kennen! Dit is Jody, onze assistent-manager, en ik ben Emily. Kom binnen. En nogmaals bedankt dat je wilde komen, we verwachten een hoge opkomst... Je hebt heel veel fans die je graag willen ontmoeten en je nieuwe boek willen kopen!'

Het personeel, enthousiast en gastvrij, voorzag Ruby en Morwenna in de twintig minuten daarna van hors-d'oeuvres en drankjes en praatte ondertussen met hen over het boekenvak in het algemeen en kinderboeken in het bijzonder, terwijl ze buiten de kamer waarin ze zaten mensen hoorden plaatsnemen in de veel grotere interviewruimte.

En toen was het tijd voor Ruby om plaats te nemen op het podium van een zaaltje met een hoog plafond, waar ze werd begroet door het publiek. Er volgde een gloedvolle introductie van Emily, begeleid door het rumoer van de opgewonden kinderen en daarna een applaus van de volwassenen. Ruby liet haar blik over de gezichten voor haar glijden en...

O, god. Van schrik keek ze nog een keer goed, en ja, inderdaad, daar had je Richard met Sasha.

Dit had ze totaal niet verwacht. Wat een rare dag was dit, dacht ze, terwijl haar hart haar in de keel klopte en haar lichaam alweer niet wist wat het moest doen. Want dat was wel de vader van haar ongeboren kind en het was zo fijn om hem te zien, hoewel hij geen flauw idee had wat er aan de hand was en ook nog eens op het punt stond om zijn ex te bevruchten.

Als dat al niet was gebeurd.

Morwenna ging als laatste snel nog op de voorste rij zitten met een kijk-mij-eens-zwiep van haar rode zijden sjaal en een ongewenste vlaag van dat sterke, kruidige parfum. En toen ging de videocamera aan en waren alle ogen op Ruby gericht. Ze slikte een nieuwe golf van misselijkheid weg en richtte haar aandacht op de interviewer. Ze moest er niet aan denken dat ze bekend zou komen te staan als de kinderboekenschrijver die had overgegeven op het podium... Sommige vormen van publiciteit kon je missen als kiespijn.

Het interview verliep soepel. Het kostte haar geen enkele moeite om enthousiast te vertellen, in dit geval te liegen, over hoe leuk ze het vond om haar boeken te schrijven en hoe ze ervan genoot om iedere ochtend aan haar werktafel te gaan zitten, vol ideeën over de avonturen die Bommel en Zelda nog konden gaan beleven.

De kinderen in het publiek vonden het fantastisch om te horen. En ze vonden het nog fantastischer toen Ruby hun vroeg of ze zelf nog ideeën hadden voor de toekomstige avonturen van Bommel en Zelda. Er gingen overal handen de lucht in en Ruby knikte glimlachend naar een klein jongetje op de derde rij, stiekem hopend dat hij met een idee op de proppen kwam dat ze kon gebruiken.

Ja, zo wanhopig was ze inderdaad.

'Ze gaan de ruimte in met een raket die gebouwd is van vissticks.' Het jongetje was opgetogen dat de keus op hem was gevallen.

'Heel leuk! En dan?'

'Dan eten ze de vissticks op en stort de raket neer en gaat iedereen dood.'

Nee, dat kon echt niet. Maar dat mocht je niet hardop zeggen en daarom klapte ze in haar handen en riep: 'Prachtig!'

De ideeën bleven komen. Ze waren stuk voor stuk rampzalig. Ruby deed echter alsof ze allemaal even mooi waren en kreeg ondertussen steeds kleine vlagen van Morwenna's parfum te verduren, hoewel ze echt haar best deed om door haar oren te ademen.

'Ja?' Ze wees naar Sasha, die al minstens tien minuten haar arm in de lucht had. Heel kort fantaseerde ze dat Sasha opstond en verkondigde: 'Papa houdt van je!' zoals een kind in een sentimentele familiefilm. Maar Sasha, dolblij dat ze eindelijk iets mocht zeggen, zei: 'Mijn zusje Flo heeft haar haar afgeknipt en mijn moeder moest huilen omdat ze er nu heel stom uitziet.'

'Nou, daar kan ik wel iets mee,' zei Ruby vriendelijk. Dat had ook best gekund, als een van haar schrijversvrienden niet net een boek had uitgebracht met hetzelfde onderwerp.

Eindelijk zaten het interview en het vragenuurtje erop. Toen het applaus was weggestorven werd Ruby meegenomen naar de signeertafel, waar haar boeken hoog opgestapeld lagen. Er vormde zich een lange rij kinderen en ouders en haar hart maakte even een sprongetje toen ze zag dat Sasha en haar vader helemaal achter in de rij stonden. Hadden ze dat expres gedaan om nog even met haar te kunnen praten? Dat hoopte ze echt. Maar voordat het zover was, moest ze nog een stuk of vijftig enthousiaste lezertjes bedienen door korte gesprekjes te voeren en boeken te signeren.

Veel kinderen hadden zelfgemaakte tekeningen van Bommel de Hommel en Zelda bij zich die ze haar cadeau gaven en daarbij uitgebreid vertelden wat er op de tekeningen te zien was. Carys, Morwenna's assistente die naast Ruby zat, legde de meesterwerken geduldig op een stapel en bood Ruby een glas wijn aan dat ze beleefd afwees. Morwenna, die zich heel bewust verre hield van de rij drukke kinderen, belde met iemand over een afspraak die ze de week daarop in New York had met een of andere beroemdheid uit haar stal.

Na vijftig minuten stonden dan eindelijk Richard en Sasha voor haar.

Als ze nu maar geen hartaanval kreeg...

'Hoi! Dank je voor je prachtige idee.' Het lukte Ruby niet om Richard aan te kijken en daarom richtte ze al haar aandacht op Sasha.

'Graag gedaan. Wil je mijn boek signeren? Schrijf maar: "Voor Sasha, die ik leuker vind dan Flo".'

'Dat is niet zo aardig, vind je wel?'

'Maakt mij niet uit. Ze heeft mijn boterham in de wc gegooid.'

Oké, ze kon niet blijven doen alsof Richard onzichtbaar was. Nadat ze het boek had gesigneerd, keek ze hem aan en meteen maakte haar hart weer een sprongetje. 'Hoi! Ongelooflijk dat jullie helemaal naar Londen zijn gekomen om mij te zien.'

'Dat wilde ik graag, niet papa.' Sasha wilde dat de waardering wel de juiste persoon ten deel viel.

Richard deed alsof hij ineenkromp. 'Nou, we wilden het allebei graag. Je ziet er trouwens erg goed uit.'

'Dank je.'

Er groeit een kleine baby in me. Zal hij of zij op jou lijken? Zal hij of zij jouw ogen, jouw neus, jouw glimlach hebben?

'Het is fijn om je weer te zien,' zei hij.

'Insgelijks.' O, god, wat een suffe reactie. Ze ving weer een vlaag van die misselijkmakende geur op toen Morwenna op hen af kwam lopen.

'We zijn met de trein,' vertelde Sasha. 'En daarna met de metro. Die zat vol mensen die niks zeiden!'

'Ja, dat heb je zo in metro's.' Ruby glimlachte naar haar.

'Eh...' Richard schraapte zijn keel. 'Ik vroeg me af of je soms zin had om een hapje met ons te gaan eten; of anders alleen iets drinken misschien of...'

'Heel aardig, maar dat gaat helaas niet.' Morwenna stond nu ook bij de tafel en zwaaide met haar telefoon. 'We hebben een erg druk schema. Ruby, de fotograaf wacht op je op de tweede verdieping, en meteen daarna is dat radio-interview. En daarna gaan we in het Dorchester eten met die lui van de tv-productiemaatschappij.'

Sasha trok aan haar vaders mouw. 'Papa, dat is die mevrouw die zo gemeen tegen ons deed toen we op vakantie waren.'

'Ik denk dat je je vergist. Ik heb je nooit eerder gezien.' Morwenna wierp haar een angstaanjagende lach toe. 'Maar zijn we hier nu klaar? Carys, heb je alles?' Ze wendde zich tot Emily, de winkelmanager, die stoelen stond te stapelen. 'Kun jij Ruby even naar de fotograaf brengen?' Meteen daarna richtte ze haar aandacht weer op Sasha. 'Jouw boek is toch al gesigneerd? En je hebt je tekening van... wat is het... een woestijnrat... al aan Ruby gegeven?'

Sasha stak haar onderlip naar voren. 'Dat is Zelda.'

'Ach ja, natuurlijk. Fantastisch. Goed, dan kunnen jullie nu gaan. En Ruby, we zien elkaar straks weer hier beneden zodra de fotograaf klaar met je is.' Ze maakte weinig subtiele wegwuifbewegingen naar Richard en Sasha.

Terwijl Ruby werd meegenomen door Emily, wierp ze Richard nog een verontschuldigende blik toe. 'Dag...'

30

Terwijl Ruby verdween met de manager, werden Richard en Sasha min of meer het zaaltje uit gebonjourd. In de gang bleef hij even staan, zich afvragend wat hij moest doen. Verdomme, dit verliep helemaal niet volgens plan.

'Het is wél Zelda.' Zijn dochter keek strijdlustig en hij probeerde haar tot rust te manen terwijl hij zijn mogelijkheden overwoog. Hij had de aankondiging van de signeersessie op Ruby's website gezien en zijn laptop expres open laten staan en toen Sasha hem later had gevraagd of ze ernaartoe konden, had hij niets van zijn enthousiasme proberen te laten merken. In zijn fantasie was het allemaal anders gegaan en was Ruby dolblij geweest om hen te zien; ze was op hen afgestormd om hen te begroeten, waardoor alle anderen zagen dat ze een speciale band hadden en veelbetekenende lachjes en knikjes uitwisselden met de mensen om hen heen…

Alleen was het niet zo gegaan. Ze leek vooral te zijn geschrokken van zijn aanwezigheid. Om haar mond was een flauw lachje verschenen, alsof ze zelfs liever had gehad dat hij niet was gekomen. Het was nu wel duidelijk: terwijl hij de afgelopen weken voortdurend aan Ruby had gedacht, was dat andersom niet het geval geweest.

In het zaaltje hoorde hij glazen tegen elkaar aanstoten, gevolgd door de stem van die bazige vrouw, Morwenna, van wie hij inmiddels wist dat het Ruby's redacteur was. 'Bah, die wijn is lauw.'

'Misschien heeft Ruby er daarom niets van gedronken.' Dat was de stem van de jongere vrouw die haar assistente was. 'Ze heeft zelfs die snacks die ze ons aanboden niet aangeraakt.'

'Heb je het over de brie en de cranberrypasteitjes? Dat noem je hors-d'oeuvres, geen snacks. O, wacht eens even, mogen zwangere vrouwen eigenlijk wel brie eten?'

'Nee, zachte kazen kunnen gevaarlijk zijn voor de baby. O, mijn god,' zei de assistente. 'Ben je soms zwanger?'

Morwenna barstte in lachen uit. 'Ik? Ben je wel goed bij je hoofd? Natuurlijk niet, maar Ruby wel en daarom heeft ze natuurlijk niks gegeten. Noteer dat trouwens maar even. Dat we de organisatoren van andere evenementen waarschuwen dat ze geen zachte kazen moeten serveren. En geen wijn. Alleen fris voor Ruby, bedoel ik. Voor ons gewoon wijn.'

'Ik wist niet dat ze zwanger was. Wauw, je had toch gezegd dat haar man een affaire had?'

'Ach, die bleek van korte duur. Het gewone midlifecrisisgezeik. Maar hij is met hangende pootjes teruggekomen,' zei Morwenna op smalende toon. 'En Ruby wilde altijd al kinderen, dus nu is het eindelijk zover. Het lijkt mij helemaal niks, maar als zij er gelukkig mee is...'

'Arme Ruby.' De jongere vrouw klonk geschokt. 'Ze verdient beter dan een man die haar bedriegt.'

'Alle vrouwen verdienen beter dan dat. Het probleem is dat de meeste vrouwen dat zelf niet geloven. Een levenslesje voor je, schat. Mannen zijn klootzakken en vrouwen zijn beter af zonder hen.'

Richard slaakte een zucht. Daar had je het, de wrede waarheid. Hij pakte Sasha's hand en draaide zich om. Dit uitstapje naar Londen had nu toch wel echt zijn dieptepunt bereikt. Het klamme zweet brak hem uit en hij voelde zich beroerd. En dan te bedenken dat Ruby zeker had geweten dat haar huwelijk met de ontrouwe dominee voorbij was. Maar toen had ze waarschijnlijk nog niet geweten dat ze zwanger was. Toen haar man de tuttige schooljuf klaarblijkelijk had verlaten en weer naar Ruby was teruggekeerd, was ze, genoodzaakt door de omstandigheden, van gedachten veranderd. Zoals Morwenna net had gezegd: heel veel vrouwen misten het zelfvertrouwen om het zonder man te rooien. Ze dachten dat iedere partner beter was dan geen partner. En het alleenstaande ouderschap was ook zwaar.

Tegelijkertijd echter knaagde er iets aan hem. Hij was met Ruby naar bed geweest. Zou de baby van hem kunnen zijn? En als dat zo was, waarom had ze hem dat niet verteld? Wilde ze niet dat hij de vader zou zijn? Wilde ze zelfs niet dat hij als zodanig erkend werd?

Aan het eind van de gang aangekomen liepen ze door de klapdeuren de boekhandel weer in. Ruby had het druk, ze had geen tijd om met hem te praten en waarschijnlijk ook geen zin. Hij kon hier natuurlijk nog even blijven rondhangen, voor het geval ze nog zou komen, maar had dat überhaupt zin? En Sasha werd ook steeds ongeduriger; nu haar boek was gesigneerd wilde ze alleen nog maar weg.

Alsof het zo was afgesproken, trok ze precies op dat moment aan zijn hand. 'Papa, kunnen we nu een burger gaan eten? Ik heb honger.'

Hij liep naar de balie, pakte een visitekaartje uit zijn portefeuille en leende een pen van de jongen achter de kassa. Op de achterkant van het kaartje schreef hij: *Je kunt me altijd bellen als je zin hebt. Of mailen of een berichtje sturen.*

Hij aarzelde en vroeg zich net af aan wie hij het kaartje zou geven toen de klapdeuren opengingen en Morwenna en haar assistente de zaak in kwamen. Eindelijk ging er ook eens iets goed. Nou ja, in elk geval niet rampzalig verkeerd.

'Hallo weer.' Hij glimlachte naar hen beiden en hield het kaartje op voor de assistente. 'Zoals jullie weten, hoopte ik Ruby mee uit eten te kunnen nemen, maar daar blijkt ze geen tijd voor te hebben. En daarom vroeg ik me af of je haar dit zou kunnen geven.'

Het meisje zei opgewekt: 'Natuurlijk! Ik ga nu weg, maar ik zal het haar morgen sturen.'

'Dank je.'

'Geen probleem, ik geef het haar wel.' Morwenna pakte het

kaartje aan en zei luchtig: 'Leuk dat jullie er waren. Ik zal zorgen dat Ruby het krijgt. En een goede reis nog.'

Morwenna vond niets zo fijn als dineren in het Dorchester, daar de uitgebreide wijnkaart bestuderen en dan een fles van haar lievelingswijn bestellen, de Saint-Émilion Grand Cru. En wat ook fijn was, was dat die lui van de tv haar hadden laten weten dat ze een kwartiertje later zouden komen.

Maar het allerfijnste was dat Ruby een oranje, non-alcoholisch bubbeldrankje had besteld, wat betekende dat ze die heerlijke wijn helemaal voor zichzelf had.

'Nou, proost dan maar!' Morwenna hief haar glas; ze mocht persoonlijk dan niet zo dol zijn op krijsende kinderen, ze wist heus wel wat je in dit soort gevallen moest zeggen. 'Op jou, en op de baby, en op het feit dat jij en Peter weer samen zijn... Op het gezinsleven!' Ze probeerde met haar glas tegen dat van Ruby aan te tikken, maar ontmoette slechts lucht.

Ruby keek haar met open mond aan. 'Wat?'

'Nou gewoon, het gezinsleven. Jullie worden nu een gezinnetje.'

'Maar Peter en ik zijn niet weer samen.'

Morwenna liet zich tegenover haar auteurs altijd van haar vriendelijkste kant zien en was het ook altijd met hen eens, zelfs als ze er totaal naast zaten. Bovendien, was het niet zo dat zwangerschap het denkvermogen van vrouwen aantastte? 'Maar toen we het erover hadden, zei je dat hij terug was.'

Weer een blik vol ongeloof, en toen begon Ruby te schateren. 'O ja. We werden toen net onderbroken door die vrouwen van de boekwinkel. Wat ik wilde zeggen, was dat Peter terug was gekomen naar Lanrock om me te vertellen dat hij een fout had gemaakt en dat hij me smeekte om het hem te vergeven. Hij wilde dat ik hem terugnam.' Nu tikte ze wel met de rand van haar glas tegen dat van Morwenna. 'Maar omdat ik niet helemaal achterlijk ben, heb ik nee gezegd.'

Oef.

'Nou, dat is een grote opluchting! Goed gedaan!' verklaarde Morwenna met nadruk. 'Ik moet zeggen dat ik schrok toen ik dacht dat je hem terugnam. Eens een overspelige klootzak, altijd een overspelige klootzak. En weet hij dat je...' Ze wees naar Ruby's buik.

'Ja, dat weet hij. Het was nogal een verrassing voor hem,' zei Ruby droog. 'Ik heb gezegd dat ik ernaar uitkijk om het kind in mijn eentje op te voeden.'

'Natuurlijk! En je kunt dat vast heel goed. Als jij iets echt wilt, dan kun je het.' Aangezien baby's niet haar favoriete onderwerp waren, bracht ze het gesprek snel ergens anders op. 'Nou, alles gaat dus goed en het interview was een enorm succes. Iedereen vond het te gek!'

'Ja, zo te merken wel.' Ruby knikte glimlachend. 'Ik was nogal verbaasd toen ik zag wie er aan het eind van de rij stonden.'

Morwenna had al veel overdreven enthousiaste fans meegemaakt en wist dan ook precies hoe ze die moest aanpakken. Tegen degenen die een beetje al te graag wilden, moest je vriendelijk maar strikt optreden.

'O, die man met zijn dochter? Ik vroeg me al af waar hij je van kende.'

'Hij was in Lanrock op vakantie, in dat appartement tegenover mij. Met zijn ex-vrouw en hun twee dochtertjes. Jij hebt die kinderen nog een standje gegeven, weet je nog? Hoe dan ook, ik heb een keertje bij ze gegeten en dat was erg gezellig.'

En nu maakte hij ineens, samen met zijn dochtertje, zijn opwachting bij een signeersessie. Blijkbaar had hij een oogje op Ruby en fantaseerde hij erover haar beter te leren kennen. Morwenna, die nog een slok van de heerlijke wijn wegslikte, voelde zich even een beetje schuldig toen ze eraan dacht dat ze zijn visitekaartje in de prullenbak van de boekwinkel had gegooid terwijl ze wachtte tot Ruby klaar was met haar radio-interview. Want op dat moment had het haar onnodig en onbelangrijk geleken, maar nu vroeg ze zich toch kort af of ze niet beter kon opbiechten wat ze, met de beste bedoelingen, had gedaan.

Maar nee, natuurlijk niet. Het maakte weinig uit wie die man was. Echtgenoot of geen echtgenoot, Ruby had al genoeg aan haar hoofd op dit moment. En deze man had duidelijk een oogje op haar, wilde beslist meer dan een platonische vriendschap, maar Ruby kon dit soort complicaties missen als kiespijn.

Nee, stelde Morwenna zichzelf gerust, ze had er goed aan gedaan. Want wat voor man ging er in vredesnaam op vakantie met zijn ex-vrouw? Dat was op zich al bizar, en bovendien zat hij al opgezadeld met twee dochtertjes. Vreselijk.

En trouwens, de boekhandel was inmiddels dicht en de prullenbak zou wel geleegd zijn. Als die vent echt zo graag contact met Ruby wilde opnemen, kon hij haar altijd een berichtje via haar website sturen.

Nee, aan schuldgevoel had niemand iets.

'Ah!' Ze wuifde naar de twee tv-producers die achter de gerant naar hun tafel kwamen lopen. 'Daar zijn ze. De linker heet Nick, hij is een tennisfanaat, en die ander, George, is bezeten van zijn konijnen. Wat je ook doet, vraag niet of je foto's mag zien, want dan is het hek van de dam.'

31

Toen Iris op dinsdagmiddag aankwam bij het huis in Bell Street, zat Drew te telefoneren. Het was vier weken na hun eerste ontmoeting, de afvalcontainer was allang weg en het huis zag er stukken beter uit. Over een maand zou het af zijn en dan zou er een TE KOOP-bord worden neergezet.

'Nee, nee, maak je niet druk, ik regel dat wel. Als het helpt, wil ik nu wel meteen komen. Zet maar vast water op, ik ben er over twintig minuten. Nee, geeft niet, geen probleem. Tot zo.'

Nadat hij het gesprek had beëindigd kuste hij Iris. 'Hallo, mooie.'

Ze kuste hem terug. 'Hallo, jij-mag-er-ook-zijn. Wie was dat?'

'Susie.'

Zijn vrouw.

Drew had haar geplaagd toen hij had gezegd dat hij getrouwd was, hoewel hij dat technisch gezien inderdaad was. Susie en hij waren drie jaar samen geweest; ze waren langzaam uit elkaar gegroeid en vier jaar geleden met wederzijds goedvinden uit elkaar gegaan, maar wel bevriend gebleven. Drew had Iris vorige week voorgesteld aan Susie en haar nieuwe vriend, en de avond was prima verlopen. Op de een of andere manier was het nog niet van een officiële scheiding gekomen, maar daar zat niemand mee. Ondertussen hielpen ze elkaar waar nodig. En nu was blijkbaar zo'n moment.

'De kinderen van de buren hebben per ongeluk de schutting tussen Susies achtertuin en die van hen kapotgemaakt. En zij hebben verder geen hek om hun tuin, dus Susie kan de honden niet buiten laten, anders gaan ze ervandoor.' Drew pakte zijn autosleutel van het nieuwe witmarmeren aanrechtblad. 'Ik rij even langs de doe-het-zelfzaak voor een nieuwe schutting, dan kan ik de boel meteen repareren. Sorry dat ik je nu alleen moet laten.' Hij keek haar met een schuin hoofd aan. 'Maar ik ben over een paar uur terug. Is dat oké?'

Iris hoefde zich niet eens af te vragen of het wel of niet goed was. Ze vertrouwde hem volkomen. Drew Dawson was een eerlijke en oprecht goede man.

En niet slecht in bed ook.

'Natuurlijk is dat oké. Dan ga ik verder met behangen in de wc beneden.'

Hij grijnsde. 'En dan te bedenken dat ik geen idee had dat je zo'n fantastische behanger was toen ik je die eerste keer in mijn afvalcontainer zag wroeten.'

Ze kon inderdaad goed behangen, en ze vond het ook leuk om te doen. 'Ik ben goed in heel veel dingen.'

'Dat heb ik gemerkt. Goed, dan ga ik nu. Ik kom zo snel mogelijk terug.'

Ze kneep ondeugend in zijn linkertepel door de stof van zijn zeegroene T-shirt heen. 'Ik mis je nu al.'

Een uur later hoorde ze een sleutel in het slot draaien, gevolgd door het geluid van de voordeur die openging. Zelf zat ze nog op haar knieën in de hoek van de wc met een stanleymesje voorzichtig de onderkant van een baan groen-goud behang af te snijden en ze riep: 'Ik weet dat ik zei dat ik je miste, maar je had je niet zo hoeven haasten, hoor. Of verlangde je gewoon naar een kneepje in je andere tepel?'

Achter haar zei een koele stem: 'Pardon?'

Het was niet de stem van Drew.

En wat nog erger was, ze wist van wie hij wel was.

Fuck.

Ze rechtte haar rug en draaide zich om, nog steeds op haar knieen, en keek Drews zus aan.

Margaret Cranes mond viel open van schrik toen ze haar herkende. 'Jij! Wat is dit? Wat moet je in mijn huis?'

Oké, niet echt een goede start. Tegenwoordig zagen ze elkaar bijna nooit meer, maar toen Iris' kinderen nog op school hadden gezeten, waren ze elkaar vaak genoeg tegengekomen om te weten dat ze elkaars tegenpolen waren.

Iris, met een stanleymes in haar ene hand en een dun reepje behang in haar andere, zei: 'Nou, ik voer geen hersenoperatie uit.'

'Waar is Drew?'

'Hij had een noodgeval. Hij zal zo wel terugkomen.'

Margaret probeerde haar gedachten op een rijtje te krijgen. Ze keek naar de pas behangen muur en toen weer naar Iris. 'Dit is mijn huis. Wist je dat?'

'Ja.' Iris knikte.

'En Drew is mijn broer.'

'Ja. Ik bedoel, eerst wist ik dat niet, maar hij heeft het me verteld.'

'Ik snap het nog steeds niet. Ben je schilder-behanger van beroep?'

'Nee, maar ik kan het wel heel goed. In mijn vrije tijd help ik Drew, omdat...' Ze haalde haar schouders op. 'We zijn vrienden. Ik mag hem graag.'

'Zo graag dat je... in zijn tepels knijpt?'

De woorden pasten zo helemaal niet bij Margaret Crane dat Iris er niets aan kon doen; ze keek de oudere vrouw even aan en schoot toen in de lach.

Een paar seconden reageerde Margaret niet. Toen begon ze te glimlachen en toen te lachen en toen... o, god, het lachen veranderde ineens in huilen, en al snel stond ze te snikken en naar adem te happen en maakte ze geluiden die klonken alsof er aan het stuur van een roestige tractor werd gedraaid.

Geschrokken stopte Iris meteen met lachen. 'Luister, ik weet dat je mij hier niet had verwacht, maar ik kan echt wel goed behangen, hoor.'

'Geef me een p-paar m-minuutjes. Ik ga even n-naar de k-keuken.' Margaret veegde langs haar ogen, draaide zich om en verdween uit beeld, Iris in complete verwarring achterlatend.

In de keuken hoorde ze dat de kraan opengedraaid werd, gevolgd door het geluid van een sleutel in de voordeur en toen Drews voetstappen die ineens stopten in de deuropening van de keuken.

'Jezus, Margaret! Wat is er gebeurd?'

Dacht hij soms dat zij zijn zus had aangevallen?

Iris stond gauw op en stoof de wc uit. 'Ik heb niks gedaan, ik weet niet eens waarom ze moet huilen!'

'Het is oké, het is al over.' Margaret, die haar gezicht droogde met een vel keukenpapier, schudde haar hoofd naar haar broer. 'Ze heeft gelijk, het heeft niets met haar te maken. Kan ik misschien een glas merlot krijgen?' Ze wees naar de fles rode wijn die op het marmeren aanrecht in een reepje zonlicht stond.

'Nou, vertel me dan maar eens wat er aan de hand is.' Drew ontkurkte de fles, schonk wijn in de enige twee glazen in huis en schonk toen voor zichzelf wat in een lege koffiemok. Hij klopte op een van de krukken aan het nieuwe keukeneiland. 'Vertel.'

'Ik kan anders wel gaan, als jullie dat liever hebben.' Natuurlijk wilde Iris niet echt weggaan. Maar het was wel zo beleefd om dat te zeggen.

Margaret nam een grote slok merlot, slikte een keer, rilde even en schudde haar hoofd. 'Nee, hoor, blijf maar. Je zult het wel heerlijk vinden om te horen. Zodra ze het hier te weten komen, word ik de risee van Lanrock.' Weer een grote slok wijn. 'Maar goed dat ik hier niet meer woon.'

'Wat is er gebeurd?' Drew legde een hand op de pols van zijn zus.

'Het is uit met Peter. Ik heb het uitgemaakt, ik heb hem de cottage uitgezet.'

Iris knikte. Drew had haar al verteld dat Margaret een cottage had gehuurd in Launceston. Ze liet het aan hem over om de volgende voor de hand liggende vraag te stellen.

'Waarom?' vroeg hij vriendelijk.

'Toen we net iets hadden, zei hij dat ik de enige voor hem was, dat hij nog nooit zoiets had gedaan. En weet je, ik geloofde hem, omdat hij een dominee is.' Margaret rilde weer. 'Alleen was dat gelogen.'

Nadat ze hun het hele verhaal had verteld, floot Iris zacht. 'Goh, als Ruby dit hoort.'

'Blijkbaar is ze zwanger,' zei Margaret.

'Dat weet ik. Maar hoe weet jij dat? Het moest geheim blijven.' Iris voelde zich verslagen; ze was er zo trots op geweest dat ze voor het eerst in haar leven een geheim had weten te bewaren.

'Ze heeft het Peter verteld en die heeft het mij verteld. Ik wist niet dat het geheim moest blijven.'

'Tja, ze moest het hem uiteindelijk natuurlijk toch een keer vertellen.' Iris haalde haar schouders op. 'Hoe reageerde hij?'

'Hij noemde haar een sloerie.'

'Wat? Weet hij dan niet dat het zijn kind is?'

'Maar dat is het juist, het is niet zijn kind. Ze hebben al een halfjaar geen seks gehad.'

'Fuck,' zei Iris verwonderd. Hoewel... Dat was misschien maar beter ook, toch?

Drew schonk zijn zus nog eens bij. 'Ik heb het gevoel dat ik in een aflevering van *Sex and the City* zit.'

Iris was zo aardig om hem er niet op te wijzen dat de vrouwen in die serie veel glamoureuzer waren dan zijn oudere zus.

'Volgens Peter is ze op de dag van die bruiloft die niet doorging met iemand anders naar bed geweest. Jullie weten wel, die bewuste dag.'

Alsof iemand die ooit zou kunnen vergeten.

'Ik geloof dat we hier meer over te weten moeten zien te komen.' Iris pakte haar telefoon; dit was ontzettend opwindend allemaal.

Tijd om Ruby een berichtje te sturen.

32

Een nieuwe week, een nieuwe verslaving. Ruby stond in de rij van de snoepwinkel in Long Street toen het eerste berichtje van Iris kwam. Vijf minuten later liep ze de winkel uit met een megagrote zak drop in allerlei soorten en maten: dikke veterdrop, dunne veterdrop en dubbelzoute dropjes omdat Nigella Lawson daar ooit zo lyrisch over was geweest. Daarna stak ze de brug over voor haar ontmoeting met Iris en, ongelooflijk maar waar, Margaret Crane.

Ze zaten al op het terras van de Dolphin, met uitzicht op West Beach, aan een tafeltje iets verwijderd van de andere, zodat ze niet afgeluisterd konden worden.

De laatste keer dat ze iets met Margaret Crane te maken had gehad, was ze in shock geweest en had Margaret een schooljufachtige lichtblauwe blouse gedragen, met daaroverheen een vest, en dat alles boven een grijze rok die tot over haar knieën kwam. Maar nu ze schooljuf af was, droeg ze een gebloemd topje, een spijkerbroek die eruitzag alsof ze hem had gestreken en roze gympen.

Nadat Ruby Iris had omhelsd, stond Margaret op om haar een hand te geven. 'Gefeliciteerd met de baby.'

'Dank je.' Ja, natuurlijk had Peter haar dat verteld. Het enige wat Iris in haar berichtjes had geschreven was dat Margaret haar iets moest vertellen, maar dat ze zich geen zorgen hoefde te maken, want ze zou het vast leuk vinden.

'En je weet zeker dat het niet van Peter is?'

'Honderd procent zeker.'

'In dat geval nogmaals gefeliciteerd,' zei Margaret met een wrang lachje. 'Heeft hij je verteld dat hij het heeft uitgemaakt? Want dat is niet zo. Ik heb hem er uitgezet.'

Ruby knikte. Ze had het kunnen weten. 'Waarom?'

'Laatst, toen hij sliep, heb ik zijn vingerafdruk gebruikt om zijn telefoon te openen. Ik heb zijn berichtjes gelezen. Heb jij dat ooit gedaan?'

'Nee.'

'Hij stuurt heel veel berichtjes. En krijgt er ook bijzonder veel. Ben je daar nooit nieuwsgierig naar geweest?'

Was het stom van haar dat ze dat nooit was geweest? Het was werkelijk nooit bij Ruby opgekomen dat er iets zou kunnen zijn.

'Hij zei tegen mij dat hij veel persoonlijke zaken te bespreken had met zijn parochieleden en dat hij hun privacy moest respecteren.'

'Ja, dat zei hij ook tegen mij.' Margaret trok een wenkbrauw op. 'En in het begin geloofde ik hem ook. Tot ik het gevoel kreeg dat er iets niet klopte en ze maar eens ben gaan lezen. Ik snap nu ook waarom hij laatst zo in paniek raakte toen hij dacht dat hij zijn mobiel kwijt was.'

Een van de serveersters kwam aanlopen met hun drankjes. Het was duidelijk dat ze de onlangs gescheiden vrouw van de dominee en zijn vermeende minnares, het onlangs onttroonde hoofd van de Lanrock Primary School, herkende, en om de roddels nog wat aan te wakkeren, tikte Ruby met haar glas appelsap tegen Margarets wijnglas en zei: 'Nou, proost dan maar!'

Toen ze weer alleen waren, vervolgde Margaret: 'En hij heeft ze allemaal bewaard ook nog. Honderden berichtjes die jaren teruggaan. Wil je dat ik verderga?'

'O, ja. Je mag nu niet meer stoppen.'

'Oké, ik heb foto's van een aantal berichtjes gemaakt. Zes jaar geleden had hij iets met ene Paula, die gescheiden was en in Killigarth woonde. Daarna was het een Denise uit Talland. Toen kwam Stephanie, die hij leerde kennen toen zij hier op vakantie was, maar ze woonde in Nottingham, dus het heeft niet lang geduurd. En er zijn er nog meer. Zeven in totaal. De meest recente is een accountant die Julie heet en een man heeft die haar niet begrijpt. Ze woont in Bodwin en schrijft in haar berichtjes aan Peter steeds dat ze zou willen dat ze samen konden weglopen en dan voor altijd samen konden zijn.'

'Ik had geen flauw idee,' zei Ruby stomverbaasd. 'Hij had het altijd druk, dan moest hij weer hiernaartoe of daarnaartoe om leden van de parochie te helpen.'

'En al die tijd was hij zo'n beetje alle vrouwen van Cornwall aan het neuken,' zei Iris met de voor haar zo kenmerkende botheid.

Hoe meer Ruby erover nadacht, hoe logischer het leek. 'Hij is dominee. Dat is de perfecte dekmantel. Met zijn witte boordje om de hele streek doorreizen om de behoeften van zijn dankbare kudde te bevredigen. Nou ja, van het vrouwelijke deel ervan dan.' Ze keek Margaret aan. 'Tenzij jij iets weet wat ik nog niet weet.'

'Nee, alleen vrouwen.' Margaret glimlachte even. 'En ja, dat was de perfecte dekmantel. En daarom is hij er ook zo lang mee weggekomen. Ik denk ook niet dat het ooit ophoudt. Voor hem is het een soort hobby.'

Ruby knikte. 'Nou, in dat geval wens ik de vrouwen van Manchester veel geluk, mocht hij daar eindigen. En fijn dat je me het hebt verteld. Blijkbaar zijn we mooi de dans ontsprongen.'

'Goed, maar nu even over jou.' Iris stond blijkbaar te popelen om een ander onderwerp aan te snijden. 'Ik heb het je niet eerder gevraagd, omdat ik dacht dat de baby van Peter was, maar wie is de vader? Is het iemand die we kennen?' Ineens ging haar een licht op en ze flapte eruit: 'O, is het soms dat stuk, die Max, die hier voor de bruiloft was en nog met Lottie in zee heeft gezwommen? O, nee, toen was je er al niet meer.' Ze wapperde wat met haar hand. 'Hoe dan ook, hij is weer in Lanrock. Ik weet niet of ze iets hebben, maar ze waren laatst wel samen op de karaokeavond bij Bert's. Of is hij het wel?'

Ruby, die tegenover Lottie aan dezelfde binnenplaats woonde, wist dat Lottie en Max veel meer samen deden dan karaoke zingen. Maar ze had ook al bedacht dat er vast een reden was waarom ze deden alsof ze alleen maar goede vrienden waren, en omdat ze Lottie graag mocht en haar privacy respecteerde, was ze er nooit tegen haar over begonnen. Maar zo zag je maar weer dat ook andere mensen zo hun conclusies trokken.

'Ik weet alleen dat Max een oude vriend van Lottie is. Ik heb hem een paar keer gezien en ja, hij is aantrekkelijk, maar ik heb nooit iets met hem gehad. Geloof me, hij is duizend procent zeker niet de vader van mijn baby.'

Iris barstte bijna uit elkaar van nieuwsgierigheid. 'Maar ga je ons nou nog vertellen wie het dan wel is?'

Ruby aarzelde. Nadat de schok over het weerzien met Richard in Londen was weggeëbd, had ze heel stom even de hoop gekoesterd dat hij misschien meer voor haar voelde dan hij liet merken. Ze had er zelfs over gefantaseerd dat hij contact met haar zou opnemen, maar dat was niet gebeurd. Toen ze die avond na het interview weer de winkel in was gekomen, had ze stiekem gehoopt dat hij een berichtje of zo voor haar had achtergelaten. Maar helemaal niets, nada. Het was wel duidelijk dat hij alleen voor Sasha naar de signeersessie was gekomen.

Op haar website stond een contactformulier; als hij wilde kon hij heel makkelijk contact opnemen. Maar ook via die weg had hij niets van zich laten horen, en waarom zou hij ook? Voor hem was ze gewoon een weliswaar aangename, maar korte ontmoeting geweest, en hij had al genoeg aan zijn hoofd met die ingewikkelde familierelaties van hem. Misschien was zijn ex-vrouw zelfs al wel zwanger van hem.

Nog meer reden om niets te ondernemen. Het zou zijn leven alleen maar nog gecompliceerder maken.

Iris en Margaret zaten nog steeds op een antwoord te wachten. Ruby streek haar haar uit haar gezicht. 'Het was een ongeplande onenightstand met een man die... niet vrij is. Ik denk niet dat ik hem ooit nog zal zien en het is beter dat hij dit allemaal niet weet.'

Ze gebaarde vaag naar haar buik. 'En ik vind het prima zo. Mijn vader heeft mijn moeder in de steek gelaten toen ik vijf was, en zij heeft het ook gered. We hebben het allebei gered. Ze was een fantastische alleenstaande moeder en ik hoop dat ik dat ook word.'

'Zo is dat, verdomme. Op ons! Op alle fantastische alleenstaande moeders!' Iris hief enthousiast haar glas. 'Mannen zijn allemaal klootzakken en we kunnen ze missen als kiespijn.'

'De mééste mannen zijn klootzakken,' verbeterde Margaret haar. 'Maar mijn broer niet. Hij is een goed mens. Ik hoop dat je hem niet zult kwetsen.'

'O, ben je daar soms bang voor? Maak je niet druk, we hebben het gewoon leuk met elkaar, maar het is niet iets serieus,' stelde Iris haar gerust. 'Niet van die emotionele onzin en zo, en geen gebroken harten. Gewoon heel erg veel fantastische seks.'

'O, in dat geval, proost!' zei Ruby, omdat het gewoon fijn was om te weten dat er in elk geval een paar mensen fantastische seks hadden.

33

'Wat ben je aan het doen?'

De stem kwam zo onverwacht dat Freya haar verrekijker bijna in haar bord friet liet vallen. 'God, ik schrok me dood. Ik zat gewoon naar... mensen te kijken.'

Het was de laatste week van juli. De schoolvakanties waren begonnen, het zomerseizoen was in volle gang en het was druk op de stranden. Er waren genoeg mensen om naar te kijken vanaf het ruime terras van het Rupert Hotel.

'Iemand in het bijzonder?' Lottie pakte de verrekijker van haar af en scande het strand van links naar rechts.

'Nee, hoor.'

'Weet je dat wel zeker? Want ik zie je verloofde trainen voor zijn marathon, en hij doet dat niet in zijn eentje.'

Freya voelde dat ze bloosde, want Lottie keek haar heel meelevend aan, en dat maakte dat ze zich extra schuldig voelde.

'Dat weet ik,' zei ze snel. 'Het was mijn idee. Cameron houdt van hardlopen en Naomi ook, dus dan is het toch logisch om samen voor de marathon te trainen?' Het was de volgende meesterzet in haar campagne geweest, en Naomi was door het dolle heen geraakt toen Freya het had voorgesteld. En nu liepen ze bijna iedere avond na het werk samen vijf mijl en hielden hun tijden bij.

'Ja, maar vind je het echt niet erg? Misschien vond je het eerst een goed idee, maar heb je er inmiddels spijt van.' Lottie ging naast haar zitten aan de tafel met het mooiste uitzicht over West Beach. 'Want je volgt ze natuurlijk niet voor niks door een verrekijker. Dan denk ik toch dat je je een beetje zorgen maakt.'

'Ik maak me geen zorgen.'

'Sommige andere mensen wel, mensen die zien wat er gebeurt. En die maken zich zorgen om jou.' Wat zachter vervolgde Lottie: 'Ik maak me zorgen om jou.'

Freya voelde zich vreselijk. Ze had Cameron en Naomi alleen maar in de gaten gehouden omdat ze zeker wilde weten dat ze het goed met elkaar konden vinden, dat ze onder het rennen praatten en lachten. Ze wilde zelfs dat er wat meer gepraat en gelachen zou worden in plaats van al dat geren.

'Hé, relax. Je weet dat ik aan jouw kant sta.' Lottie pakte haar hand. 'En als je wilt dat ik het er even met Cameron over heb, dan doe ik dat. Misschien beseft hij niet eens hoe het op anderen overkomt.'

Het werd steeds erger. En Lottie was haar vriendin; ze kenden elkaar al jaren. Freya voelde zich steeds schuldiger. Ze had niemand iets verteld, en het was zo'n beetje voor het eerst van haar leven dat ze geheimen had.

Met een blik op het strand vervolgde Lottie: 'Het punt met Cameron is dat hij altijd zo verdomd zijn best doet om goed te zijn, om de beste fundraiser aller tijden te zijn, maar hij heeft geen idee hoe anderen hem zien.' Haar stem had een beetje een scherpe klank gekregen.

Wauw, dit was nieuw voor Freya. Ze had Lottie nooit ook maar vaag horen zeggen dat Cameron misschien wel niet zo perfect was. Ze voelde zich meteen een stuk vrolijker en ze lachte naar Lottie, want het was inderdaad irritant hoe Cameron altijd de weldoener probeerde uit te hangen.

Lottie lachte ook, en Freya wist dat het moment was aangebroken om haar geheim met haar te delen. De aandrang om zich van die last te bevrijden was gewoon te groot. Ze moest het iemand vertellen en aan wie kon ze dat beter doen dan aan Lottie?

'Frietje?' Ze schoof het bord naar haar toe.

'Ja, lekker. Alleen weet je dat ik nooit genoeg heb aan één frietje, het moeten er op zijn minst drie zijn.'

'Neem maar zoveel je wilt. Maar... ik was dus van plan om Naomi vrijdag te eten te vragen.'

Lottie fronste. 'O, ja?'

'Ik ga iets heel lekkers maken, de tafel mooi dekken en dan zeg ik op het laatste moment dat ik onverwacht ergens naartoe moet, maar dat ze rustig samen kunnen eten.'

Ze zag dat Lottie haar blik weer even over het strand liet glijden. Cameron en Naomi hadden inmiddels het einde ervan bereikt, keerden om en renden naast elkaar door de branding terug. Naomi droeg een glanzend lila behatopje en een bijpassend lycra broekje waarin haar gespierde lichaam goed uitkwam, en haar haren had ze in een paardenstaart gebonden.

'Waarom? Waarom zou je dat doen?' Lottie draaide zich langzaam weer om en keek haar aan. 'Tenzij je wilt dat ze hem van je overneemt.'

Daar had je het. Freya knikte. 'Ja, dat is precies wat ik wil. En ik weet dat het laf van me is, maar we hebben het wel over Cameron, de aardigste man van de wereld. En hij heeft mijn moeder een van zijn nieren geschonken.'

'Wauw,' zei Lottie. 'Ik bedoel, wauw.'

'Ik weet het. In het begin hield ik echt van hem, dat moet je geloven. Maar na een tijdje kreeg ik het gevoel alsof ik in de val zat en toen hij me ten huwelijk vroeg, kon ik gewoon geen nee zeggen. Ik ben hem zoveel verschuldigd. Hij heeft mijn moeders leven gered, dan kan ik hem toch niet zomaar laten stikken? Dat zou wreed zijn, en niemand zou het snappen. En daarom heb ik het allemaal op zijn beloop gelaten, in de hoop dat ik vanzelf weer van hem zou gaan houden. Maar dat zal nooit gebeuren, dat weet ik inmiddels wel. En dit is voor mij dé manier om uit die puinhoop te komen, dat hij haar na een tijd veel leuker en mooier en aardiger dan mij gaat vinden en het dan met me uitmaakt. Nou, dan is het geregeld en hoeven we elkaar niks te verwijten.'

'O, mijn god, dit is maf.' Lottie was met stomheid geslagen.

'Maar hoe komt het dat je hem ineens niet meer moet?'

Freya had het gevoel dat ze na lange tijd weer kon ademhalen; de opluchting dat ze het eindelijk aan iemand had verteld was overweldigend. 'Beloof je dat je me niet zult haten als ik het je vertel?'

Lottie trok een vies gezicht. 'Heeft het iets met seks te maken?'

'Nee!' Freya schoot in de lach. 'Oké, ik zal het je vertellen, al betekent het dat ik dan officieel een slecht mens ben. Het komt door dat geld inzamelen voor goede doelen.'

'Aha.' Lottie knikte bemoedigend.

'Hij is dat altijd aan het promoten, wat waarschijnlijk te waarderen valt, alleen krijg ik steeds meer het gevoel dat hij eigenlijk zichzelf aan het promoten is.' Haar beenspieren ontspanden zich nu het hoge woord eruit was. 'Hij lijkt er gewoon enorm van te genieten dat iedereen hem zo te gek vindt. En soms wordt hij zelfs een beetje bozig als er op tv iemand een prijs krijgt uitgereikt voor zijn inspanningen voor een of ander goed doel. Het is dan bijna alsof hij vindt dat híj daar op het podium had moeten staan. Volgens mij zou hij dolgraag een lintje willen krijgen van koning Charles. Sorry, is het erg dat ik dat zeg? Ik vind het vreselijk dat ik dat denk. Ik ben een slecht mens.'

Na een lange stilte, waarin een meeuw krijsend overvloog, pakte Lottie nog een frietje en zei: 'Nou, als jij een slecht mens bent, dan ben ik dat ook.'

'O ja?'

'O ja!'

'Ik ben niet de enige die dat denkt?'

'Beslist niet.'

'Ik voelde me steeds zo schuldig.' Freya leunde iets naar achteren, bijna duizelig van opluchting.

'Ik ook. Hoewel... als je de mensen in Lanrock een waarheidsserum geeft, zullen ze denk ik allemaal hetzelfde zeggen. Cameron is een goed mens, maar soms... nou ja, best vaak eigenlijk... gaat het allemaal wel een beetje ver.'

'Als het kon, zou hij het liefst rondlopen met een aureool om zijn hoofd, denk ik.'

'Misschien kun je hem er eentje geven voor zijn verjaardag.' Lottie draaide met haar wijsvinger een rondje om haar hoofd.

'Maar mijn moeder houdt echt van hem. In haar ogen kan hij geen verkeerd doen.'

'Ze houdt nog meer van jou. Als je haar vertelt hoe je je voelt, snapt ze het wel.'

'Vast wel. Maar ze zal er kapot van zijn. Hoe dan ook, nu ken je mijn beschamende geheim. Dank je dat je niet van schrik bent weggerend. Wat?' eindigde ze, toen ze zag dat Lottie begon te grijnzen. 'Wat is daar zo grappig aan?'

'Niet grappig. Eerder ironisch. Ik besef ineens iets. Jij vindt het moeilijk om het uit te maken met Cameron omdat je moeder zoveel van hem houdt. Maar ik kan mijn moeder niet eens vertellen dat ik iets heb met iemand die ik echt heel leuk vind, omdat ze woedend zou worden als ze het wist.' De grijns veranderde in een grimas. 'En woedend is nog zacht uitgedrukt. Als het echt iets wordt en ze ontdekt wie het is, dan zal ze spontaan ontploffen.'

'Wacht eens even, heb je het soms over Max?' Het was Freya's beurt om verbaasd te zijn.

Lottie knikte. 'Jij hebt mij je grote geheim verteld en nu weet jij het mijne. Het is één grote puinhoop. Hij zegt dat hij me leuk vindt. En ik weet dat ik hem leuk vind.'

'Je bedoelt écht leuk.'

Weer een knikje, gevolgd door een zucht. 'Maar het is net als op de snelweg een vrachtwagen op je af zien komen en weten dat het niet goed zal eindigen.'

'Maar... waarom dan?'

'Ik kan je niet de hele reden vertellen; dat is niet aan mij. Maar het is een soort Romeo en Julia-situatie. Onze ouders mogen elkaar niet, en ook dat is zeer zacht uitgedrukt.'

'O, Lottie, dat wist ik helemaal niet.'

'Niemand weet het. Maar daarom lopen we er dus niet mee te koop. Gelukkig komen mijn ouders niet meer zo vaak naar Lanrock, maar als ze het ontdekken... nou ja, dat wordt een bloedbad.'

Freya schudde haar hoofd. 'Wat erg voor je. Voor jullie allebei.'

'Nou ja, gelukkig verliest Max meestal snel zijn belangstelling, dus met een beetje geluk duurt het niet al te lang voordat ik hem verveel en hij me dumpt.'

Freya kon zich niet voorstellen dat Lottie iemand zou gaan vervelen; ze was betoverend, hardwerkend, grappig en fantastisch gezelschap, kortom, alles erop en eraan. 'God, wat is het leven oneerlijk.'

'Ach, het zijn luxeproblemen, zoals sommige bijzonder irritante mensen zouden zeggen. En dat weet ik ook wel. Maar het is gewoon zuur... na al die foute mannen vind je eindelijk de ware, maar dan mag je er nog niet van genieten, omdat je al bij voorbaat weet dat het niks kan worden.'

'Het is echt vreselijk,' beaamde Freya. 'Hij is te gek. En hij is dol op je, dat heb ik allang gezien.'

'Het leven loopt nooit echt op rolletjes, hè? En over lopen gesproken...' Lottie maakte haar zin niet af toen ze zag dat Cameron en Naomi de trap naar het terras op liepen. 'Daar heb je ze. Ik moet zeggen dat het inderdaad niet eerlijk is dat ze zelfs geen rode kop heeft.'

'We zagen jullie zitten vanaf het strand!' Naomi keek hen beiden stralend aan. 'Oef, wat heb ik het warm. Maar echt heerlijk gerend.' Ze tikte op haar horloge. 'En we worden steeds sneller.'

'Jullie doen het hartstikke goed,' zei Freya.

'Ik ben niet zo in vorm als Cameron. Hij is een harde leermeester. Soms heb ik moeite hem bij te houden.'

'Ik ben streng maar rechtvaardig. Echt.' Cameron stond te stretchen omdat hij zijn kuitspieren op de juiste manier wilde laten ontspannen. Freya wist dat dat noodzakelijk was, maar de manier waarop hij dat altijd zo publiekelijk deed begon haar steeds meer op de zenuwen te werken.

'Dat is echt zo.' Naomi lachte. 'O, nu hebben we allebei "echt" gezegd! Net als vanochtend, toen je zei dat je wel een moord kon plegen voor een kop koffie, en vijf minuten later zei ik precies hetzelfde!'

'Twee zielen, één gedachte,' merkte Lottie vrolijk op.

'Ik wilde je nog wat vragen,' zei Freya ineens. 'Je moet nodig een keer bij ons komen eten. Zou je vrijdag kunnen? Lijkt je dat leuk?'

Naomi begon te stralen. 'O, echt? Dat zou ik hartstikke leuk vinden! Dank je wel!'

'Gewoon een simpel etentje, hoor, niks speciaals, een glas wijn, lekker eten.'

'Heel aardig van je. En vrijdag komt me ook goed uit.' Ze stootte Cameron even speels aan. 'Nou, zo te merken hebben we een date.'

Met een vriendelijke lach zei hij: 'Prachtig. Hoewel ik je moet waarschuwen dat het er waarschijnlijk mee eindigt dat we Triviant gaan spelen. En ik ben een slechte verliezer.'

'Ik ook, en Triviant is mijn lievelingsspelletje. Ik ben er dol op! O, daar heb je Max,' vervolgde ze terwijl ze langs hen heen keek. Ze wendde zich tot Lottie. 'Komen jullie vrijdag ook?'

'Freya heeft het wel gevraagd, maar we kunnen dan niet,' zei Lottie op terloopse toon.

Freya slaakte stiekem een zucht van verlichting. Het zou allemaal een stuk eenvoudiger worden nu Lottie haar geheim kende.

'Goed, dan zijn we dus gewoon met ons drietjes,' zei Cameron tegen Naomi. 'Ik hoop dat dat niet te saai voor je is.'

'Jij zult nooit saai zijn.' Met glinsterende ogen voegde Naomi er snel aan toe: 'Jullie allebei niet!'

34

Op vrijdag racete Freya in haar lunchpauze naar huis om ervoor te zorgen dat het huis er op zijn allerbest uitzag. Ze dekte de eettafel met het enige tafelkleed dat ze hadden en met hun mooiste bestek, opgepoetste wijnglazen en zes kaarsen, want er was natuurlijk niets zo romantisch als kaarslicht. Ze zette ook verse rode en gele rozen in een vaas. De boeuf bourguignon in de slowcooker verspreidde nu al een heerlijke geur, de aardappelgratin zouden ze alleen maar hoeven opwarmen en de frambozentaart stond geduldig te wachten in de koelkast.

Om halfzes, toen ze voor de tweede keer die dag de winkel verliet, belde ze de praktijk.

'O, sorry, maar hij is naar een patiënt,' zei Naomi. 'Zal ik hem vragen of hij je terugbelt? Of kan ik een boodschap doorgeven?'

'Misschien is dat handiger. Luister, sorry, maar ik kan er vanavond niet bij zijn. Mijn vriendin Jess zit in de problemen. Ze vroeg me of ik kon komen en ik kan haar echt niet alleen laten nu.' Het verwonderde Freya zelf hoe gemakkelijk en overtuigend al die leugens over haar lippen kwamen. Echt, als het voor een goede zaak was, kon ze verschrikkelijk goed liegen.

'Ach, wat jammer.' Naomi klonk teleurgesteld. 'Maar ja, als het om je vriendin gaat dan snap ik het wel. We spreken gewoon een andere datum af.'

'Nee, dat is nu net het punt,' zei Freya snel. 'We hoeven het etentje niet af te zeggen alleen maar omdat ik er niet ben! Het eten is al klaar, het zou zonde zijn om dat te laten bederven. Jij kunt toch gewoon met Cameron eten? Met een lekker wijntje erbij en dan na afloop een spelletje Triviant?' Ze liet een korte pauze vallen. 'Tenzij je daar geen zin in hebt natuurlijk.'

'O, nee, dat zou ik heel leuk vinden! Weet je het zeker?'

Zouden Naomi's ogen nu schitteren van vreugde? Zo klonk het wel. Ze was zelf minstens zo blij, want het was fantastisch als je plannetje slaagde. Hardop zei ze: 'Natuurlijk weet ik het zeker! Veel plezier, eet smakelijk en versla Cam met Triviant, daar zou je me een groot plezier mee doen, want hij wint altijd van mij!'

Naomi was zo te horen door het dolle heen. 'Ik zal mijn best doen!'

Weer thuis pakte Freya een weekendtas in en stuurde Cameron daarna een berichtje:

> Jess wil graag dat ik naar haar toe kom, ze heeft ruzie met Martin en haar baas is een ramp, en je weet hoe ze is als ze op instorten staat. Het spijt me, maar ik moet echt naar haar toe. Ik ben morgenvroeg weer terug. De boeuf ruikt verrukkelijk, bewaar wat voor me. En vergeet niet om de kaarsen aan te steken, het eten smaakt altijd beter bij kaarslicht! xx

Zo, geregeld. Laatst had ze Cameron een smoesje verteld over dat ze haar bezoekje aan haar oude schoolvriendin Debs in Londen moest afzeggen omdat Debs' schoonouders zouden komen logeren, maar deze keer had ze alleen maar hoeven bellen om een afspraak te regelen met een andere vriendin van haar. Jess had opgetogen uitgeroepen: 'Vrijdag, te gek! Dan gaan we Fowey op stelten zetten!'

Freya had dan ook een kleine kater toen ze de volgende ochtend weer thuiskwam. Het was een fantastische avond geweest. Ze hadden de stad echt op stelten gezet. Maar nu was het acht uur 's ochtends, Cameron was al gaan hardlopen en het huis was leeg.

De Triviant-doos lag op de salontafel in de huiskamer. De keuken was netjes, alles was afgewassen en opgeruimd. De crèmekleurige kaarsen waren een paar centimeter opgebrand, zag ze tot haar tevredenheid. Heel goed. Zou Cameron de romantische muziek hebben opgezet die ze had klaargelegd? Of zou hij dat vergeten zijn? Hadden Naomi en hij elkaar diep in de ogen gekeken over de tafel heen, met het flakkerende kaarslicht weerkaatsend in hun ogen, en waren ze toen tot het besef gekomen dat de aantrekkingskracht tussen hen niet alleen wederzijds maar ook onweerstaanbaar was?

Hadden ze het eten het eten gelaten en zich toen op elkaar gestort en elkaar gekust tot ze geen gevoel meer in hun lippen hadden gehad? En waren ze daarna naar boven gegaan, waar ze de hele nacht woeste seks hadden gehad en hadden ze later verstrengeld gelegen en had Cameron toen gezegd: 'Ik heb dit nog nooit voor iemand gevoeld. Ik weet dat het verkeerd is, maar ik kan er niets aan doen. Ik moet Freya zeggen dat het uit is tussen ons, en dan kunnen wij samen zijn'?

En had Naomi toen ademloos gezegd: 'O, die arme Freya, ik voel me wel schuldig, maar vanaf de eerste keer dat ik je zag, wist ik gewoon dat dit het was'?

Freya knipperde met haar ogen. Zou het verkeerd zijn om naar boven te gaan en naar aanwijzingen te zoeken: een slordig weggegooid condoom onder het bed misschien, of lippenstift op een van de pas gewassen kussenslopen? Maar toen hoorde ze Camerons sleutel in het slot en daar had je hem al, in zijn hardloopkleren, met heldere ogen en roze wangen van zijn inspanningen, een en al gezondheid uitstralend.

'Je bent er weer! Hoe gaat het met haar?'

Een fractie van een seconde dacht Freya dat hij het over Naomi had. Nee, natuurlijk niet, dat sloeg nergens op. Hij was bezorgd en informeerde naar de diepongelukkige Jess.

'O, het komt wel weer goed met haar. Ze raakt nu eenmaal altijd compleet in paniek als er iets misgaat. Maar nadat we erover hadden gepraat, werd ze al kalmer.' Freya raakte haar slaap aan. 'We hebben wel erg veel wijn gedronken. Ik denk dat ik maar een aspirientje neem.'

'Nou ja, het was voor een goed doel.' Hij gaf haar een kus op haar voorhoofd. 'Ik pak de aspirine wel even. Je bent een held. Heb je zin in thee?'

Deed hij extra aardig omdat hij zich schuldig voelde? Nee, ze moest toegeven dat hij altijd zo aardig was.

Nadat hij de waterkoker had aangezet, drukte hij twee aspirientjes uit een strip en deed een boterham in het broodrooster, want hij wist dat ze 's ochtends graag toast met honing at. Freya was ondertussen aan het kookeiland gaan zitten. Hoeveel mannen zouden nu zo attent zijn? Maakte ze geen gigantische vergissing? Zou ze hem niet vreselijk missen als het uit was en zou ze dan de rest van haar leven spijt hebben?

Nee, ze wist dat dat niet zou gebeuren. Net zoals je halsoverkop verliefd kon worden, kon je ook plotseling tot het besef komen dat je dat niet meer was. En zodra de gevoelens eenmaal waren verflauwd, was er geen weg terug meer. Ze glimlachte en bedankte hem nadat hij haar had voorzien van thee, toast en tabletten. Toen vroeg ze: 'Hoe was het gisteravond?'

'Met Naomi? Prima. Het eten was verrukkelijk. Ik heb eraan gedacht om de kaarsen aan te steken. En ik heb haar verslagen met Triviant. Dus al met al een topavond.'

'Waar hebben jullie het over gehad?'

'Och, over van alles en nog wat. Proteïnesupplementen. Manieren om aandacht te genereren voor de fundraising. Over gezond eten.'

'Leuk.' Maar niet heus. 'En je hebt de afwas gedaan, zelfs de pannen. Ik ben diep onder de indruk.' Pannen afwassen was niet zijn ding; hij liet ze meestal staan weken in de gootsteen.

'We hebben het samen gedaan. Dat wilde Naomi per se.'

'Ik wist wel dat ze aardig was.' Freya nam een slok thee en

spoelde de aspirientjes ermee weg. 'En nu vind ik haar nog aardiger. Hoe laat is ze weggegaan?'

'O, rond een uur of tien. Niet laat. Ik ben met haar naar haar huis gelopen en toen terug en meteen naar bed.' Hij keek op zijn horloge. 'Ik ga gauw even douchen, anders kom ik te laat op de praktijk.'

Het jaar daarvoor had Cameron voor kerst zo'n videodeurbel gevraagd. En nu hij boven was, checkte Freya de app op haar telefoon. Inderdaad, daar verlieten ze het huis om zes over tien. En daar was Cameron veertien minuten later alweer terug. Dus Naomi had hem niet binnengevraagd voor een vluggertje, en zelfs niet voor een drankje. Of misschien had ze dat wel gedaan, maar waren er mensen in de buurt geweest die hem kenden en nieuwsgierig waren naar wat hij uitspookte.

Hoe dan ook, het was duidelijk dat ze het goed met elkaar konden vinden en dat was het belangrijkste. Ze sloot de app en nam nog een hap toast. Haar briljante plan was nog steeds werk in uitvoering.

Cameron, die klaar was met douchen, riep naar beneden: 'Zullen we vanavond curry eten? Er liggen nog kipfilets in de vriezer.'

'Ja, lekker, laten we dat doen.' Hij wilde altijd erg graag authentiek Indiaas koken en had een hele kast vol kruiden en specerijen.

'Dan probeer ik je nog een keer te leren hoe je basmatirijst moet koken.' Hij hield er ook van om haar ermee te plagen dat ze een keer zo dom was geweest om het deksel van de pan te halen om in de rijst te roeren.

Freya, die in een goede bui was, riep terug: 'We kunnen toch gewoon die rijstbuiltjes gebruiken?'

Hij lachte. 'Ha, echt niet. Trouwens, ik kwam gisteren die nieuwe dominee tegen. Hij zei dat we volgende week zaterdag wel bij hem langs kunnen komen om een nieuwe datum voor ons trouwen te prikken.'

'Het is hoogseizoen,' protesteerde Freya. 'Het is hartstikke druk in de winkel. Beter later, als de rust wat is weergekeerd.'

Bovenaan de trap knikte Cameron. 'Oké, maar we moeten er ook weer niet al te lang mee wachten.'

Nou, wat mij betreft kan het niet lang genoeg zijn, dacht ze bij zichzelf.

35

Lottie, die zich liet wiegen door de kabbelende golven, deed haar ogen weer open. Het enige wat ze hier – op zo'n zestig meter van het strand verwijderd – kon horen, waren de golfjes die tegen het vlot aan sloegen. Boven haar zag ze een hemelsblauwe lucht met slechts één enkele wolk recht boven hen, smal en langgerekt, en met iets van een oog erin, een krakkemikkig oor en een donzige staart.

'Het is een konijn,' fluisterde Max naast haar.

Ze hief haar hoofd. 'Hoe wist je wat ik ging zeggen? Dat is heel eng.'

Hij glimlachte. 'Valt wel mee. Want er is verder weinig te zien. We hebben de keus uit de blauwe lucht of een wolk die op een konijn lijkt.'

'Of een hond. Of een babylama. Of een schaap.'

'Ja, ik snap dat je er een babylama in ziet.'

Hij verstrengelde zijn vingers met de hare, en Lottie vroeg zich af of dat altijd zo betoverend zou blijven aanvoelen. Hier, op dit moment, kon ze zich niet voorstellen ooit nog eens zo gelukkig te zijn. Het was een lang, traag, volmaakt moment dat wat haar betrof eeuwig mocht duren. Bij Max zijn was het enige dat telde. Terwijl de weken waren verstreken was hun band steeds dieper geworden. Of was het meer dan alleen een band? Was het liefde met een hoofdletter L? Zo voelde het wel, maar ze was bang dat toe te geven, zelfs aan zichzelf.

'Ik hou van je.'

Hij kneep even liefdevol in haar vingers, en weer was het alsof hij haar gedachten kon lezen. Alleen was het nu niet meer een verbazingwekkend toeval, maar gewoon de waarheid, een eerlijke verwoording van wat hij voelde. Voor een man die beweerde dat hij dat nog nooit tegen een vriendin had gezegd, zei hij het erg vaak, wel een paar keer per dag.

'O, nu verandert hij in een hamster,' zei ze, want doen alsof ze hem niet had gehoord was de enige manier waarop ze met deze nieuwe situatie kon omgaan.

'En weer negeert ze me,' zei hij vriendelijk. 'Maar ik zal het niet opgeven tot je het terugzegt. En op een goede dag zal dat gebeuren, dat weet ik gewoon. Ik hou van je.'

'Wat zeg je?'

Hij gaf haar been een speels duwtje. 'Maar goed dat ik het fijn vind om het te zeggen.'

Er vlogen een paar meeuwen over in een soort luie acht-vorm. Lottie dacht aan de enige vriend tegen wie zij het ooit had gezegd, Keiron natuurlijk, die charmeur die zijn vriendin en baby had verzuimd te vermelden. Hij had het tegen haar gezegd en zij had het teruggezegd, voornamelijk omdat dat wel zo beleefd leek, al kenden ze elkaar pas twee weken. Pas maanden nadat Keiron uit hun leven was verdwenen, had een van de andere studenten in haar studentenhuis haar verteld dat Keirons vrienden een weddenschap hadden lopen over hoe snel ze een meisje dat konden laten zeggen.

En blijkbaar had Keiron die avond de pot gewonnen, met een totaalbedrag van veertienenhalve pond.

Dat soort vernederende informatie kreeg je maar moeilijk uit je hoofd.

'Wat gebeurt er allemaal?' Naast haar hief Max zijn hoofd een beetje. In de verte was ineens geschreeuw te horen. Terwijl hij naar het strand tuurde, vroeg hij: 'Kun jij verstaan wat ze roepen?'

Lottie kwam iets overeind en voelde een zweetdruppel van haar hals tussen haar borsten glijden. 'Misschien zijn ze opgewonden omdat de ijscokar eindelijk is gearriveerd.'

Hij hield zijn hand boven zijn ogen tegen de zon. 'Zo te zien wijzen ze naar ons.'

'Hè? Waarom zouden ze dat doen?'

Meteen daarop schreeuwden twee jongens op het strand, met hun handen als een toeter om hun mond: 'Een haai!'

Lottie schoot overeind en keek achter haar. Het hart klopte haar in de keel. O, god, daar had je hem al, een donkere vin die door het zilveren water schoot, recht op hen af. Ze slaakte een gil van angst toen er ook nog een tweede vin aan de oppervlakte verscheen. De stemmen op het strand klonken steeds dringender en streden om de voorrang met de onheilspellende tune van *Jaws* die ze in haar hoofd hoorde.

'Geloof toch niet alles wat mensen zeggen.' Max keek haar lachend aan. 'Het zijn gewoon dolfijnen.'

Dolfijnen. Ach ja, natuurlijk waren het dolfijnen. Natuurlijk waren het geen mensenetende haaien die op haar afkwamen, vastbesloten zich op het vlot te werpen en haar benen eraf te bijten.

'Dat wist ik heus wel,' zei ze.

Nog steeds lachend schudde hij zijn hoofd naar haar. 'Ja, natuurlijk. Je bent ook helemaal niet getraumatiseerd door die film.'

'Hou je mond.' Maar zelf moest ze nu ook glimlachen. Een paar weken na haar zestiende verjaardag hadden ze die film samen bij Max thuis bekeken. Ze had erg haar best gedaan om zich niet bang te laten maken en de enge gedeeltes voor lief te nemen, maar uiteindelijk had ze toch zo hard gegild dat zijn moeder was komen aanrennen uit de keuken, ervan overtuigd dat er iets ergs was gebeurd. En Max had haar er natuurlijk nog maanden mee geplaagd; in de bus, in winkels of als hij haar tegenkwam op school kon hij ineens zijn armen spreiden en een kreet van afschuw slaken: 'Neeeee!'

Nu ze weer rustig kon ademhalen, wees Lottie naar de dolfijnen en zei: 'Ach, moet je zien wat schattig.' Want de twee dolfijnen maakten nu speelse sprongen om het vlot heen en er dook opeens ook een derde op die meedeed aan de vertoning.

De jongens die 'Een haai!' hadden geschreeuwd, stonden nu te juichen van plezier, samen met alle andere mensen op het strand, terwijl de dolfijnen hun vrolijke show voortzetten en uit het water opdoken als glimmende synchroonzwemmers bij de Olympische Spelen, om vervolgens op hun zij door de lucht te vliegen en dan weer het water in te duiken.

'Is dit echt?' Het was zo betoverend dat Lottie er bijna tranen van in haar ogen kreeg. 'Het is net alsof we in een Disney-film zitten.'

'Ik heb gewoon zin om het water in te gaan en mee te doen, maar ik wil ze niet bang maken. Laten we maar gewoon blijven kijken.' Hij sloeg zijn arm om haar middel en trok haar tegen zich aan. Lottie legde haar hoofd tegen zijn schouder en streelde zijn nek. Ze vond het heerlijk zoals zijn spieren altijd reageerden op haar aanrakingen.

Hij gaf haar een kus op haar slaap. 'Dit vergeten we nooit meer, denk ik. Dit zal ons eeuwig bijblijven.'

Eeuwig. Het woord vervulde haar met verlangen en wanhoop tegelijk, want hoelang zou hun relatie nu echt kunnen standhouden? Ze keek naar de uitgelaten dolfijnen, die zo woest speelden dat ze waterspetters op haar door de zon opgewarmde lijf voelde en...

'Wat is dat voor geluid?' vroeg Max, toen er ineens vaag gezoem klonk.

Toen ze omhoogkeken, zagen ze een drone boven hen vliegen.

'Die kwam niet van het strand.' Lottie keek achterom en zag dat er net een kleine zeilboot om de kaap heen was komen varen en de baai binnenging.

'Ze filmen de dolfijnen. Zou ik ook doen als ik hen was.' Met zijn hoofd in zijn nek zwaaide Max naar de drone.

'Niet zwaaien. Dat is gênant.'

Grinnikend gaf hij haar een kus. 'Het zou nog veel gênanter zijn als we naakt waren.'

36

De volgende dag rond lunchtijd zat Lottie op kantoor achter haar laptop te werken toen de deur ineens open werd gesmeten en een maar al te bekende stem vroeg: 'Waar ben jij in godsnaam mee bezig?'

Haar vingers bevroren op het toetsenbord en haar maag kneep samen; ze wist meteen waar haar moeder het over had. Misschien wist ze niet hoe het was gebeurd, maar dat het was gebeurd, was maar al te duidelijk. En ze hadden allebei ook geweten dat het vroeg of laat zou gebeuren.

Dat nam niet weg dat ze er toch een beetje misselijk van werd. Dit was pure, oprechte woede.

Béng deed de krant, opgevouwen voor een groter effect, toen hij het bureau raakte.

'Kijk me aan,' beval haar moeder. 'En zeg me wat dit is, want ik kan mijn ogen gewoon niet geloven!'

Gelukkig was Marcus weg met een klant en waren ze alleen op kantoor. Lottie vouwde de krant open en zag de foto nu met eigen ogen. Daar had je haar, in haar gele bikini, op het vlot met Max, zij tegen hem aangevlijd en hij met zijn arm om haar middel, terwijl hij met zijn andere hand naar de camera boven hen zwaaide. Ze zaten allebei te lachen, met verstrengelde benen, terwijl de dolfijnen om hen heen spetterden. Omdat het vrij ongewoon was dat dolfijnen zo dicht bij de kust kwamen, had de foto de voorpagina gehaald, en de kwaliteit van de camera zorgde ervoor dat alle details haarscherp waren, zodat het voor iedereen duidelijk was wie die twee mensen op het vlot waren.

De plaatselijke krant haalde altijd groots uit bij dit soort gelegenheden in de hoop nog meer toeristen aan te trekken, en de kop luidde: EEN FANTASTISCHE SHOW IN LANROCK BAY!

Lottie las snel de tekst onder de foto, maar die ging over de dolfijnen, en Max en zij werden niet genoemd. Niet dat dat in dit geval nodig was, hun geheim was sowieso onthuld en dat was al erg genoeg.

'Dat is Max Farrell en doe maar niet alsof dat niet zo is,' zei haar moeder op ijzige toon, terwijl ze met haar vinger naar de krant priemde.

'Ja, dat weet ik.'

'Hoe kún je! Weet je wel wat je me hiermee aandoet?'

'We kwamen elkaar toevallig tegen op Freya's bruiloft. Ik mag hem echt heel graag en hij mij ook. Dat was altijd al zo, maar toen gebeurden al die andere dingen en zijn zij verhuisd. Maar ik ben hem nooit vergeten.'

'Je was toen pas zeventien!'

'Ja, en nu ben ik dertig en vinden we elkaar nog leuker.' Was dit haar kans om eindelijk tot haar moeder door te dringen? Plotseling met hoop vervuld vervolgde ze: 'Ik heb dit nog nooit voor iemand gevoeld, het is...'

'Nee!' schreeuwde Kay. 'Nee, nee en nog eens nee!'

'Je kunt hém toch niet de schuld geven van wat er toen is gebeurd! Daar kon hij toch niks aan doen. Ik hou van hem, mam.' Misschien kon ze het niet tegen Max zeggen, maar hier kon ze dat wel. 'Ik hou echt van hem.'

'Nou, dan stop je daar maar weer mee. Nu! Want dit kan echt niet. Dit mag niet gebeuren!'

Dit was precies waar ze bang voor was geweest. Hoewel ze misselijk was, probeerde ze het toch weer. 'Maar waarom zouden wij moeten lijden onder iets waar we niks aan kunnen doen? Dat is niet eerlijk!'

'Ik weet dat het niet eerlijk is. Het leven is niet eerlijk. Maar stel dat je dit doorzet, wat dan? Je verpest dan niet alleen mijn leven maar ook het jouwe. Denk je echt dat je zo gelukkig kunt worden?'

'Ja, en dat wil ik ook!'

'Nou, dan kun je beter iemand anders zoeken om gelukkig mee te worden, want ik kan je één ding zeggen: onze twee families zullen nooit samen in dezelfde ruimte kunnen zijn.' Kay schudde haar hoofd, ze stond helemaal te beven. 'Stel je je verlovingsfeest eens voor. Als jullie ons uitnodigen, komt Max' familie niet. En de bruiloft? Misschien komen zij dan en blijven wij thuis, en hoe zul je je dan voelen?' Ze telde de toekomstige gebeurtenissen af op haar vingers en vervolgde geëmotioneerd: 'Willen jullie kinderen? Die zullen hun grootouders nooit samen zien op hun verjaardagen of bij andere belangrijke gelegenheden, en als ze jullie dan vragen waarom dat zo is, wat zeg je dan? Nou?'

'Mam. Hou op. Alsjeblieft.'

'O, misschien vind je het wel leuker als alleen zijn ouders deel uitmaken van jullie leven, dan kunnen jullie samen leuke dingen doen zonder je zorgen te hoeven maken om ons.' Kay griste een zakdoek uit haar handtas en veegde langs haar betraande ogen. 'Ik vermoed zelfs dat jullie het allemaal al op die manier hebben gepland. Nou, ik wens je een fijn leven met je nieuwe familie, liefje, want banden doorbreken lijkt me de enige oplossing. Zolang je met hem bent, zul je ons niet meer zien. Nooit meer!' Ze draaide zich om op haar hoge hakken en beende het kantoor uit. De deur werd met een klap dichtgeslagen.

Lottie ademde diep uit en leunde naar achteren in haar bureaustoel. Typisch haar moeder, altijd even theatraal.

En helaas hield ze ook altijd voet bij stuk, dat hadden de afgelopen jaren wel uitgewezen.

Het was hartverscheurend, maar het hoorde bij het leven.

Haar telefoon ging over. Lottie nam op.

'Ik kocht zojuist een pak melk bij die winkel op de hoek,' zei Max, 'en toen liet de vrouw achter de kassa me de voorpagina van de plaatselijke krant zien.'

'Het kan erger. Mijn moeder was hier net om me de foto te laten zien.'

'O.' Na een korte stilte vroeg hij: 'En?'

'Laten we zeggen dat ze er niet blij mee is. Zolang ik iets met jou heb, wil ze niets meer met mij te maken hebben.'

'Shit. Sorry.'

'Ik wist wel dat ze zo zou reageren. Nou ja.' Ze perste er een glimlach uit toen twee klanten het kantoor in kwamen lopen. 'Wees maar blij dat ze die krant niet in Bath verkopen, dan zien jouw ouders die foto in elk geval niet.'

Lottie had gelijk; ze hadden hem niet in de krant gezien. De prachtige luchtopnames hadden echter de aandacht getrokken van een van de landelijke kranten, die ze online had gezet in de avondeditie. Veel mensen hadden ze gezien, en vriendinnen van Imelda die haar zoon hadden herkend, hadden haar natuurlijk meteen gebeld.

Max beantwoordde het FaceTime-gesprek met zijn moeder de volgende ochtend, vlak nadat ze de beelden online had gezien. In elk geval was ze, anders dan Lotties moeder, niet buiten zichzelf van woede. Maar ja, zij was ook degene geweest die de affaire met Terry Palmer had gehad. Bovendien durfde hij te wedden dat zijn vader de video-opnames nog niet had gezien.

'Schat, je bent beroemd!' riep ze uit.

Daar gaan we.

'Het was niet gepland.' Max, die onderweg was naar een koffiezaak, ging op een bank zitten.

'Die vriendin van je zal het niet zo leuk vinden… Louise… Heette ze niet zo?'

'Lois. En ze is niet mijn vriendin. Dat heb ik je al verteld.'

'Zelf lijkt ze te denken van wel.' Imelda zweeg even. 'Maar die vrouw op de foto… is dat wie ik denk dat het is?'

'Ligt aan wie je denkt dat het is.'

Ze trok een wenkbrauw op. 'Nou, ik heb haar dertien jaar niet gezien, maar ik denk dat het Lottie Palmer is.'

'Ja, het is Lottie.' Max knikte.

'Verbazingwekkend. En hoe is dat zo gekomen?'

'Ik was in mei in Lanrock voor de trouwerij van Cameron. En Lottie was ook een gast. Ze woont hier.'

'En haar ouders?'

'Die wonen in Bodmin, zo'n dertig kilometer hier vandaan. Ze zijn nog steeds samen,' beantwoordde hij de onuitgesproken vraag alvast.

'Nou, dat zal dan wel goed zijn. Zijn ze gelukkig?'

'Op dit moment? Niet echt.'

'O jee. Maar ach, voor je het weet is het weer uit.' Zijn moeder lachte alsof het idee van een langdurige relatie gewoon bespottelijk was. 'Maar hoe gaat het met haar? Met Lottie, bedoel ik, niet met Kay. Ik mocht haar altijd graag.'

'Ze is ook te gek. En je zult haar nog steeds graag mogen. Ik doe dat in elk geval wel,' zei hij. 'Ik mag haar zelfs heel erg graag.'

'Dat verbaast me niets, schat. Ik moet zeggen dat ze er beeldschoon uitziet. Dat figuur!'

Gezien zijn datinggeschiedenis kon hij niet echt van haar verwachten dat ze het begreep. Toch wilde hij het haar graag uitleggen. 'Mam, luister, deze keer is het anders. Zij is degene over wie ik je heb verteld, die ochtend na jullie feest, weet je nog wel? Ik hou van haar. En deze keer is het voor altijd.'

Twee tienermeisjes die net achter de bank langsliepen stootten elkaar aan en begonnen te giechelen.

Imelda begon ook weer te lachen, want ze geloofde er helemaal niets van. 'Ja, natuurlijk. Wat ben je ook een grapjas, schat! Maar ik ben blij dat je het daar leuk hebt. En als Kay lastig doet, gewoon niet op letten... Zeg maar tegen haar dat het hooguit een maandje duurt en dat je dan weer weg bent, dus dat ze zich voor niks zo opwindt.'

'Alleen gaat dit langer duren dan een maandje. Ik heb dit nog nooit voor iemand gevoeld. Wat Lottie en ik samen hebben is heel wat anders.' Hij keek zijn moeder strak aan, want hij wilde gewoon dat ze begreep dat het hem ernst was. 'Ik heb altijd alleen maar haar gewild. En nu ik haar terug heb gevonden, laat ik haar niet meer gaan.'

Het was echter duidelijk dat zijn moeder hem totaal niet serieus nam. Stralend zei ze: 'Nou ja, maar wat je ook doet, zeg niets tegen je vader. Kun je je voorstellen wat er gebeurt als hij denkt dat jij en Lottie samen iets hebben? Dat wordt een bloedbad, echt. Luister,' vervolgde ze, 'als iemand hem die foto laat zien, zeg ik wel dat het gewoon een flirt was en dat ze je alweer verveelt. En als hij het jou vraagt, moet je hetzelfde zeggen. Maar het beste kunnen we erover zwijgen. Want het verleden oprakelen... daar komen alleen maar problemen van.'

Max slikte zijn frustratie weg; het had geen zin haar tegen te spreken als ze zo deed.

'Oké.' Hij haalde zijn schouders op. 'Het klopt niet, maar zeg maar wat je niet laten kunt. Misschien dat je me over tien jaar gelooft.'

'Je kunt toch gewoon een tijdje lol met haar hebben? Schat, ik geloof onmiddellijk dat ze fantastisch is en dat je nu denkt dat je van haar houdt. Maar als we even stilstaan bij de gevolgen... Het gaat toch nooit werken? Jij en Lottie...' Ze maakte een hulpeloos gebaar met haar vrije hand. 'Dat is gewoon heel onpraktisch!'

'Nou, dit is een ramp,' zei Lottie toen ze het er die avond na het werk over hadden. 'Ik bedoel, we wisten al dat het zo zou gaan, maar nu het echt gebeurt, ben ik... ben ik er gewoon misselijk van.'

'Ach, we vinden wel een oplossing.' Max trok haar tegen zich aan en kuste haar.

'Hoe dan?'

'We vinden wel een manier.'

Ze zuchtte. 'Dat is geen echt antwoord. Het is iets wat politici zeggen als ze weten dat er geen oplossing is.' Op dat moment pingde haar telefoon met weer een berichtje van haar moeder, die zei dat ze de relatie moest verbreken omdat de situatie gewoon onhoudbaar was. Bij Kay waren alle oude onzekerheden weer losgewoeld als slib in een modderpoel, en ze was nu in alle staten. En dat reageerde ze af op haar man, want ze had zichzelf er inmiddels ook van overtuigd dat hij weer iets met Max' moeder zou beginnen.

'Misschien is het echt makkelijker als we elkaar niet meer zien,' flapte Lottie er ineens uit. Maar toen hield ze haar adem in, want stel dat Max ja zei?

'Dat nooit.' Weer een kus op haar mond. 'Bovendien meen je niet wat je zegt.'

'Dat weet ik ook wel.'

'Ik hou van je.'

'Dat weet ik.'

'En jij houdt van je ouders. Als dat niet zo was, zou dit geen probleem zijn.' Hij maakte zich van haar los en staarde voor zich uit.

'Wat?' vroeg Lottie.

'Niks. Ik probeer gewoon een oplossing te verzinnen. Wacht, even denken.' Hij ging rechtop zitten, pakte een pen en vervolgens zijn telefoon en begon met één hand te scrollen, terwijl hij met de snelheid van het licht aantekeningen maakte op een notitieblok, precies zoals hij dat deed als hij bezig was een nieuwe game te ontwikkelen.

Lottie gaf hem een paar minuten en boog zich toen naar hem toe om te zien wat hij had opgeschreven. Haar ogen werden als schoteltjes zo groot toen ze zag wat het was. 'Dat is nogal drastisch, hè?'

Hij haalde zijn schouders op. 'Ik geloof dat drastisch op dit moment is wat we nodig hebben. In feite is het het enige wat we hebben.'

37

'Wát gaan jullie doen?'

Alle kleur trok weg uit Kay's gezicht, dat zag je zelfs onder de make-up. Ze sloeg haar hand voor haar borst en keek eerst naar Lottie en toen naar haar man. 'Nee. Nee nee. Dat... mag niet.'

'Mam.' Lottie bleef kalm. 'We gaan echt. Het is het enige wat erop zit.'

'Maar... O, Terry, zeg jij eens iets! Ik bedoel, Nieuw-Zeeland? Dat is helemaal aan de andere kant van de wereld!'

'Dat weet ik.' Het was halfzeven, woensdagavond, vier dagen nadat ze hun grootse besluit hadden genomen, en Lottie was rechtstreeks van kantoor naar Bodmin gereden. 'Maar het is echt een fantastische kans. En iedereen zegt dat het daar heel fijn wonen is.'

Kay schudde verbijsterd haar hoofd. 'Maar ze laten niet iedereen toe, hoor. Je moet aan allerlei eisen voldoen, genoeg geld hebben, al een báán! De zoon van Margot en John heeft een paar jaar geleden ook een aanvraag ingediend, maar ze wilden hem geen werkvergunning geven. Terry, geef me alsjeblieft iets te drinken. O, dit is echt verschrikkelijk...'

'Max is er in april geweest,' legde Lottie uit. 'Hij heeft daar met de baas van het bedrijf in Christchurch gesproken en die bood hem die baan aan. Hij heeft die toen afgeslagen, maar onlangs hebben ze weer contact met hem opgenomen en het lijkt ons een goeie oplossing. Zij regelen de visums. Het bedrijf kan ervoor zorgen dat het allemaal heel snel geregeld wordt en ze hebben ook een huis voor ons waar we kunnen wonen tot we zelf iets hebben gekocht. De overheid haalt mensen als Max juist heel graag binnen. Mensen als wij,' verbeterde ze zichzelf. 'En de levensstandaard is er heel hoog. Het is echt een fantastische kans. We zouden gek zijn als we het niet zouden doen.'

'En wij dan?' vroeg haar moeder met een bleek gezicht. 'Je kunt ons toch niet zomaar in de steek laten? Hoe moet dat nou met ons, als jij aan de andere kant van de wereld zit? Nee, ik kan dat echt niet.' Haar stem beefde van emotie. 'Dit is een ramp. Dan zien we je nooit meer!'

'Mam, wind je nou niet zo op,' zei Lottie troostend. 'Het komt wel goed. Er emigreren zoveel mensen. Je went er wel aan. Het is niet zoals vroeger, toen je alleen brieven kon schrijven die er dan weken over deden voordat ze er waren. We kunnen elkaar online spreken wanneer we maar willen.'

'Maar dat is niet hetzelfde!' Kay drukte haar handen tegen haar borst. 'Ik wil je niet op een klein schermpje zien... Ik kan je toch niet aanraken door glas?'

'Ik beloof je dat ik om de twee jaar op bezoek kom.'

'Om de twee jaar? O, mijn god...'

'En jullie kunnen ook naar ons toe komen.' Lottie voelde zich een beetje schuldig toen ze het zei, want haar moeder leed haar hele leven al aan vliegangst; zelfs hypnose en een dure therapie om de angst te overwinnen hadden niet geholpen.

Kay slaakte een beverige kreet. 'Je weet dat ik dat niet kan! Dat gaat gewoon niet!'

Lottie keek even naar haar vader, die nog geen woord had gezegd. Toen legde ze haar hand op haar moeders arm en zei vriendelijk: 'Nou, ik weet zeker dat je wel zult wennen aan videobellen. Het is beter dan niets.'

'Ik kan dit echt niet, ik kan dit niet.' De tranen stroomden Kay over haar wangen. 'Dit is de ergste dag van mijn leven.'

'Luister, we zijn hier nog een paar weken. We vinden wel iemand om de zaak te runnen en ik zal zorgen dat hij of zij goed ingewerkt is voordat ik vertrek. En mam, nogmaals, er emigreren ieder jaar heel veel mensen. Hun ouders snappen dat ze dat om goede redenen doen en leren er ook mee te leven. Het is echt niet het einde van de wereld.'

'Voor mij wel. En wat vinden zijn ouders er eigenlijk van? Nou?' Kay veegde langs haar ogen. 'Of kan het ze niks schelen?'

'Nou, eerlijk gezegd vinden ze het net zo erg als jij. Maar op dit moment lijkt het ons de enige oplossing voor een probleem dat niet zomaar verdwijnt.'

'Dat is de schuld van je vader,' zei Kay verbitterd. 'En van de moeder van die jongen.'

'Maar niet de onze dus,' zei Lottie. 'Wij hebben niks verkeerds gedaan. Toen Max zeventien was vond je hem aardig. En je zou hem nu nog steeds aardig vinden.'

Dat was echter een brug te ver. Kay schudde wanhopig haar hoofd. 'Maar wat als het daar misgaat tussen jullie?'

Lottie haalde haar schouders op. 'Dat zien we dan wel weer.'

Haar moeder nam nog een slok van de gekoelde wijn. 'Maar wat als het wel goed blijft gaan?' Ze slikte, kneep haar lippen even op elkaar en flapte er toen uit: 'Wat als je daar een kind met hem krijgt? Dan zullen we ons kleinkind... of kleinkinderen... nooit zien... O, waarom moest je nou uitgerekend hem weer tegen het lijf lopen? Het is zo oneerlijk.'

'Kay...' Terry probeerde de hand van zijn vrouw beet te pakken, maar ze trok hem gauw weg.

Tijd om te gaan. Lottie stond op. Kalm zei ze: 'Mam, sorry dat ik je van streek heb gemaakt, maar dat ik Max weer heb ontmoet is het mooiste wat me is overkomen. Dat is echt een groot geluk.'

Drie dagen later, op zaterdagmiddag, zat Terry Palmer te wachten aan een tafeltje in een donkere hoek van een caféterras in Cullompton, Devon, twintig minuten te vroeg voor zijn afspraak.

Zij arriveerde precies op tijd, gekleed in een lichtgroen broekpak met een witte blouse en bijpassende schoenen en handtas. Ze liep naar hem toe, en hij stond op en gaf haar een kus op beide wangen, alsof ze slechts vage bekenden waren.

Wat in feite natuurlijk ook zo was.

Zoals altijd was ze perfect opgemaakt. Haar parfum was anders. Hij voelde niets, helemaal niets.

Godzijdank.

'Imelda, wat fijn je weer te zien.'

Met een kort lachje zei ze: 'Insgelijks.'

En op dat moment wist hij dat ze net zo op hem had gereageerd als hij op haar. Ze mocht dan moeite hebben gedaan voor haar verschijning, maar dat was alleen omdat ze dat altijd deed; degene die ze vandaag ontmoette had een willekeurige ander kunnen zijn.

'Je ziet er goed uit,' zei hij.

'Dank je. Jij ook.'

'Nou ja, ik ben wel een dagje ouder. En ik heb minder haar. En wat meer pondjes rond mijn middel.' Droog liet hij erop volgen: 'En ik zeg behoorlijk vaak *oef* als ik opsta.'

Ze knikte. 'We zijn allebei een dagje ouder geworden.'

'Fijn dat je wilde komen. Ik vroeg me af hoe het zou zijn om je weer te zien. Maar... het is oké.'

Ze knikte, zichtbaar opgelucht. 'Dat geldt voor mij ook. Het is... alsof het helemaal niets voorstelt. Raar eigenlijk. Waar zijn al die gevoelens gebleven? Want ze zijn zomaar verdwenen.'

Ze keken elkaar een paar seconden aan, verwonderd over hoe eigenaardig de situatie was. En toen kwam er een serveerster aanlopen en Terry bestelde een pot thee voor zichzelf en een thee met citroen voor Imelda. Dertien jaar geleden waren ze, meegesleept door een wervelwind van lust en adrenaline, een verhouding begonnen die hun hele leven had beheerst. Ieder moment dat hij niet in haar gezelschap doorbracht, had aangevoeld als tijdsverspilling. Ze hadden er alles aan gedaan om niet betrapt te worden en drie maanden lang was hen dat ook gelukt; niemand had het ontdekt en niemand leed eronder. Het had eigenlijk bij geen van hen beiden gepast, maar de aantrekkingskracht was zo sterk geweest dat ze er geen weerstand aan hadden kunnen bieden.

Tot dat noodlottige weekend in Bristol, toen ze bijna gestorven waren in dat appartement en de wereld voor hun gezinnen compleet op de kop was komen te staan.

Daarna was er geen contact meer tussen hen geweest, tot woensdagavond, toen Lottie naar Bodmin was gekomen om haar bom te laten vallen, op dezelfde avond dat Max het nieuws aan Imelda en William had verteld. Terry, die niet zo van de sociale media was, had er toch naar Imelda gezocht en had haar gevonden op Instagram. Hij had haar een privébericht gestuurd. Binnen een uur had ze al geantwoord.

En nu zaten ze hier in Cullompton, ongeveer halverwege Bodmin en Bath, om te bekijken of ze nog iets aan deze rampzalige ontwikkeling konden doen.

'Wie had dat ooit kunnen denken?' zei Imelda. 'Dat jouw dochter en mijn zoon elkaar weer tegen zouden komen. Hij zegt dat zij de ware is, dat ze de vrouw is op wie hij al zijn hele leven heeft gewacht. Eerst geloofde ik hem niet, maar hij lijkt behoorlijk zeker van zijn zaak.'

'Hetzelfde geldt voor Lottie. Ze deed haar werk altijd met plezier, hield van het leven in Lanrock, maar kwam nooit de ware tegen. Tot nu, zegt ze. En ineens willen ze alle schepen achter zich verbranden om samen een nieuw leven te beginnen in Nieuw-Zeeland. Vanwege ons.'

Terry voelde zich opnieuw schuldig; Kay was al sinds woensdag ontroostbaar.

'Nou, niet vanwege ons tweeën. Wij zitten hier nu om samen naar een oplossing te zoeken. Het komt door mijn man en jouw vrouw dat ze weg willen. Maar het komt natuurlijk uiteindelijk wel door ons dat we nu allemaal lijden.' Er gleed een traan over Imelda's gebruinde wang en ze veegde hem weg. Met een stem die brak van emotie vervolgde ze: 'Is dit karma? Vast wel. Het is onze schuld.'

'Ja, als wij dat toen niet hadden gedaan, zou dit nu niet gebeuren.' Terry knikte instemmend. 'Kay is er kapot van. Het idee dat Lottie naar de andere kant van de wereld verhuist, kan ze gewoon niet aan.'

'Denk je soms dat ik er niet kapot van ben? Geen enkele ouder wil dit. Mijn enige kind gaat aan de andere kant van de wereld wonen om wat wij hebben gedaan. We hebben jaren geleden iets stoms gedaan en het voelt nu alsof we daar opnieuw voor worden gestraft.'

Ongeveer dezelfde gedachte was Terry de afgelopen dagen ook steeds door het hoofd geschoten.

'Er moet toch iets zijn wat we kunnen doen.' Hij maakte een hulpeloos gebaar. Aan de andere kant van het terras zat een grote familie het een of ander te vieren, een stuk of vijfentwintig mensen die praatten en lachten en het samen leuk hadden. Wanneer Lottie naar Nieuw-Zeeland vertrok, zouden Kay en hij alleen achterblijven, eenzaam en diepongelukkig. Geen gezellige familiefeestjes voor hen, o, nee, alleen maar bitterheid en beschuldigingen over en weer.

'Oeps, sorry!' riep een van de jonge moeders in het gezelschap toen een van de kinderen een plastic vliegtuigje over het gazon smeet. Het landde bij Terry's voeten. Terwijl hij zich bukte om het op te rapen, vroeg hij zich af of hij ooit met een eigen kleinkind zou spelen, of dat dat de volgende straf was die op hem lag te wachten. Hij was zesenzestig en zijn bloeddruk was onbetrouwbaar; misschien ging hij wel dood voordat hij zijn kleinkinderen kon zien.

Nadat hij het vliegtuigje had teruggegeven aan het jongetje, keek hij Imelda met tranen in zijn ogen aan. Wist die familie daar wel hoeveel geluk ze hadden?

'Wat?' vroeg Imelda.

'Wat als ik nou eens probeer om met William te praten? Als jij gewoon even weggaat en dat ik dan onverwacht op de stoep sta.'

'Je maakt geen schijn van kans. Hij traint nog steeds vier keer per week op de boksschool. Je bent toch niet vergeten hoe hij was toen hij al die jaren geleden naar je toe kwam?' Imelda rilde bij de herinnering; ze was er weliswaar zelf niet bij geweest, maar haar woedende man had haar er natuurlijk alles over verteld. 'Voordat je ook maar een woord kunt zeggen, heeft hij je al tegen de vlakte geslagen.'

Het was zondagochtend, de dag van de marathon. Cameron was al vanaf zes uur op en maakte zoveel kabaal in huis dat Freya vermoedde dat hij niet zo blij was met haar besluit om uit te slapen in plaats van hem aan te moedigen.

'Ik ga aan de finish staan,' had ze hem de avond ervoor verteld. 'Dat is toch het belangrijkst? Ik bedoel, iedereen kan aan de wedstrijd beginnen, maar er zijn er niet veel die hem helemaal uitlopen.'

'Ik wel.' Cameron bestudeerde zichzelf in de spiegel op de kledingkast om te kijken of zijn deelnemersnummer niet het zicht belemmerde op de foto van zichzelf die hij op de voorkant van zijn T-shirt had laten drukken. 'Ik ga vandaag mijn eigen record verbreken.'

'Maar wat als Naomi je niet kan bijhouden?'

'Dat is niet mijn probleem.' Zijn tijden waren belangrijk voor hem.

'Maar dat is niet eerlijk! Je kunt haar niet achterlaten, jullie hebben wekenlang samen getraind!'

'Dat telt niet als je de marathon loopt. Dan is het ieder voor zich. En ze is geen kind meer. Ik wil vandaag per se onder de vier uur lopen, al wordt het mijn dood.'

'Nou, dat lijkt me niet zo'n goed idee,' zei Freya, 'want dat is niet het soort publiciteit dat je wilt.'

'Dat is waar.' Hij gaf haar zijn telefoon. 'Kun je een paar foto's van me maken?'

'U vraagt en wij draaien.'

Hij streek zijn haar glad en nam een andere houding aan. 'En nu nog een paar.'

De wedstrijd was om negen uur 's ochtends begonnen. Na nog een uurtje in bed te hebben liggen soezen, nam Freya een lange douche. Ze ontbeet terwijl ze naar een herhaling keek van een realityshow die Cameron ten zeerste afkeurde. Vervolgens kleedde ze zich aan en verliet het huis om om halféén aan de finishlijn te kunnen staan. Toen ze door Long Street liep, bewonderde ze stiekem haar spiegelbeeld in de etalage van de dure wijn- en kaaswinkel – haar haar zat goed en ze droeg een roze met gele kimonotop boven een strakke broek van iets lichter geel – en vroeg zich terloops af welke smoezen ze nog meer kon bedenken mocht Cameron weer over een datum voor hun trouwen beginnen. Als hij er al over begon; in haar fantasieën eerder die ochtend was hij samen met Naomi de finish over gekomen, wat had geleid tot een uitbarsting van emoties en een stevige omhelzing, waarna hij vervolgens tot het besef was gekomen dat zij de ware voor hem was. God, zou het niet fantastisch zijn als het zo ging, als iets uit een film, met honderden mensen die er getuige van waren?

Toen ging in haar beha haar telefoon over en ze wipte hem er discreet uit. Tot haar verbijstering was het Cameron. Zou hij nu al zijn gefinisht? Dat kon toch niet? Shit, als hij zoveel sneller was geweest dan zijn beste tijd tot nu toe, zou hij het haar heel erg kwalijk nemen dat ze zijn finish had gemist.

Zichzelf schrap zettend drukte ze op Opnemen en riep: 'O, mijn god, heb je net het wereldrecord verbroken? Dit is belachelijk gewoon!'

Maar in plaats van Camerons triomfantelijke stem hoorde ze de huilerige, paniekerige stem van iemand die tussen het snikken door zei: 'Nee, ik ben het... N-Naomi. Cameron is net met een ambulance naar het ziekenhuis gebracht. Hij zakte onderweg in elkaar en ik d-dacht dat hij d-doodging. Waarschijnlijk heeft hij een hartaanval gehad.'

38

Terry Palmer voelde zich volkomen onvoorbereid op deze ontmoeting. Maar hij was ook volkomen overtuigd van wat hij ging doen. Kay dacht dat hij zoals gebruikelijk op zondagochtend naar de golfclub was.

Ze zou waarschijnlijk geschokt zijn wanneer hij weer thuiskwam. Als hij dit al overleefde.

'U hebt uw bestemming bereikt,' vertelde het navigatiesysteem hem, en in Terry's ogen klonk de stem sarcastisch, alsof hij hem wilde laten weten dat de uitvoering van dit plan een grote vergissing was.

Het navigatiesysteem had vast gelijk, maar hij deed het toch.

Hij zette zijn auto om de hoek van het huis aan Lansdown Road en nam even de tijd om zichzelf onder controle te krijgen. De huizen hier waren hoog, Georgian en duur, met kleine voortuinen, wat betekende dat er geen privacy was. Dat kon weleens in zijn voordeel werken. Aan de andere kant, misschien ook niet; het hing van William af, misschien zat hij er helemaal wel niet mee dat zijn buren hun ontmoeting konden zien.

Verdomme, hij had bij het laatste benzinestation even moeten stoppen om zijn blaas te legen.

Oké. Geen gedraal meer. Gewoon doen.

Hij stapte uit en sloot zijn auto af. Hij was zo stom geweest om veel te veel aftershave op te doen vanochtend, nog zo'n vergissing. En waarom had hij überhaupt aftershave opgedaan?

Hij ging de hoek om en bleef staan voor nummer zestien, met een portiek met een smaragdgroene voordeur en aan weerszijden een laurierboompje in een pot.

Een keer diep ademhalen. Hij belde aan en hoorde het gerinkel binnen in het huis. Imelda was, zoals afgesproken, naar een vriendin van haar in Bradford-on-Avon. Ze had hem verteld dat William op zondagochtend altijd een uurtje naar de sportschool ging en meestal rond een uur of elf weer thuis was, waarna hij nog wat in de tuin werkte.

Terry wachtte en luisterde of hij voetstappen hoorde. Nee, niets. Hij belde nog een keer aan.

Nog steeds geen reactie.

Godallemachtig, dit was niet de bedoeling.

Nog een keer lang aanbellen en toen hoorde hij het geluid van een deur die van binnenuit werd opengemaakt. Maar het was niet de deur waar hij voor stond.

'Goedemorgen, wilde je naar William en Imelda?'

De vrouw in de deuropening van het buurhuis was echt bijzonder klein, en ze had wit haar en kraaloogjes. Ze moest ergens in de tachtig zijn en droeg felgele tuinhandschoenen en had een microvezeldoekje en een kleine snoeischaar in haar handen.

'Eh... ja.'

'Nou, Imelda is er vandaag niet en ik zag William twintig minuten geleden weggaan. Hij zei tegen me dat hij nog even naar de winkel moest, dus hopelijk is hij snel weer terug.'

'Oké.' Dat hoopte Terry ook.

'Anders bel je hem toch?' stelde de vrouw behulpzaam voor. 'Heb je zijn nummer?'

'Eh... niet bij me.'

Ze pakte een telefoon uit de zak van haar tuinschort. 'Zal ik hem anders even bellen om te zeggen dat hij bezoek heeft?'

'Nee, dat hoeft niet,' protesteerde Terry, maar het was al te laat, het kleine dametje had al gebeld.

'Will, hallo! Ben je onderweg naar huis? Ja? O, fijn, want je hebt bezoek.' Ze zweeg even, keek Terry aan en vroeg: 'Hoe heet je?'

Fuck. Hij wist even niet wat hij moest zeggen. Toen viel zijn blik op de plantenbak vol kruiden in de vensterbank. 'Eh... Basil.'

'Hij heet Basil,' zei ze in de telefoon. 'Ik zal hem zeggen dat je er zo aan komt.'

Er volgenden tien ongemakkelijke minuten waarin ze het beleefd over varens, slakken en bestrijdingsmiddelen hadden, Terry deed alsof hij iets belangrijks las op zijn telefoon, en de vrouw, die hem inmiddels had verteld dat ze Rose heette, haar snoeischaar zette in verschillende planten en struiken in de kleine maar keurige voortuin. Met de minuut voelde hij de spanning in zich toenemen, alsof hij in een duimschroef stond die werd aangedraaid door een reus.

Na een tijd zei ze ineens: 'Ah, daar heb je hem al.'

Terry draaide zich om.

William kwam in de verte aanlopen, gekleed in een grijs poloshirt en een spijkerbroek. Rose zwaaide naar hem en William stak even zijn hand op. Vlak daarna drong blijkbaar tot William door wie er bij haar stond, want hij kreeg een ijzige uitdrukking op zijn gezicht en hij verplaatste de boodschappentas van zijn rechter- naar zijn linkerhand.

Wat behoorlijk onheilspellend was.

'Hallooo! Basil en ik hebben zo leuk over tuinieren gepraat. Het is altijd fijn om een medeliefhebber te leren kennen.' Rose keek William stralend aan toen hij vlak voor hen bleef stilstaan.

Een angstwekkend ogenblik lang dacht Terry dat William hem voor de ogen van dit lieve oude dametje tegen de vlakte zou slaan. Hij hield zijn adem in, knikte naar William en zei: 'Hallo.'

Er verstreek een seconde in stilte, een stilte die alleen doorbroken werd door het geknip van Rose' snoeischaar waarmee ze de wingerd om haar voorraam te lijf ging. Toen zei William langzaam: 'Hallo... Basil.'

'O, wacht, ik zal even wat dille voor je afknippen.' Rose draaide zich om naar haar plantenbak. 'Imelda zei dat ze vanavond zalm wilde klaarmaken. Hier, alsjeblieft!' Over het muurtje heen gaf ze

William een handvol van de veerachtige blaadjes. Toen wendde ze zich tot Terry. 'Wil jij soms ook wat, Basil?'

Terry begreep niet dat ze niets merkte van de spanning tussen hem en haar buurman. Hij knikte en zei: 'Eh... oké. Graag.'

Rose knipte nog een bosje dille af en gaf het aan hem. 'Alsjeblieft. Zalm en dille, echt een verrukkelijke combinatie. We hebben het op ons diamanten huwelijk gegeten, twee jaar geleden, omdat Tom daar zo van hield. Herinner je je dat feest nog, Will? Het was echt een volmaakte dag. Ik ben mijn man anderhalf jaar geleden verloren,' legde ze uit aan Terry. 'Zo'n schat van een man.' Met een blik op William vervolgde ze: 'Net als jij.'

William pakte zijn sleutel uit zijn broekzak en zei kortaf: 'Nou, we kunnen maar beter naar binnen gaan. En nog bedankt.' Hij knikte naar het bosje in zijn rechterhand.

'Ja, bedankt,' zei Terry ook.

'O, Basil, daar hoef je me echt niet voor te bedanken. Graag gedaan!'

Hij liep achter William aan het huis in en sloot de deur achter hem.

In de ruime blauw met witte keuken bleven ze staan en keken elkaar aan.

'Nou, Básil, wat moet je hier?'

William deed weliswaar nors en onvriendelijk, maar hij was minder explosief dan Terry had verwacht. Het drong tot hem door dat de aanwezigheid van Rose hem er waarschijnlijk van had weerhouden om meteen in woede uit te barsten. Vanwege haar waren ze gedwongen geweest om zich beleefd te gedragen en was de woede – nou ja, een deel ervan in elk geval – al wat weggeëbd.

Maar hij was hier met een reden. Hij moest nu doorzetten. Zichzelf geestelijk en lichamelijk schrap zettend, zei hij: 'Ik wil dat je me slaat.'

'Pardon?'

'Je hoorde me wel. Zo hard als je maar wilt. Ik wil dat je me neerslaat, me mept, me echt pijn doet. Wat je ook maar wilt, doe het gewoon.'

William knipperde met zijn ogen. 'Waarom?'

'Omdat het de enige manier is waarop ik je kan laten zien hoe erg het me spijt en dan kunnen we het verleden misschien laten rusten... Nee, ik weet best dat dat niet echt kan, maar misschien kunnen we tot een overeenstemming komen. Want we waren alle vier dan wel vastbesloten om elkaar nooit meer te zien, maar de omstandigheden zijn veranderd en we gaan er allemaal aan kapot. Mijn vrouw is ontroostbaar. En ik ook. Vanwege wat er toen is gebeurd, vertrekt mijn dochter met jouw zoon naar Nieuw-Zeeland, en alleen al de gedachte dat ze niet meer hier zal zijn, is onverdraaglijk. En ik weet zeker dat jullie hetzelfde voelen.' Hij stopte en zocht steun bij de keukentafel. 'Ze willen helemaal niet weg. Ze doen het alleen om deze hele situatie te ontlopen.'

'Een situatie die jij hebt gecreëerd.' William keek hem met strakke kaken aan, hij had zijn vuisten gebald.

'Ja. Maar de laatste keer dat we elkaar zagen was ik nog te ziek, en daarom heb je nooit echt de kans gehad om me te straffen. En daarom wil ik dat je dat nu doet.'

'Weet je dat wel zeker? Je wilt echt dat ik je een klap geef?' Er verscheen een glinstering in Williams ogen.

'Ja, ik weet het zeker. Doe nou maar.' Terry spande al zijn spieren aan. Aangezien het te zenuwslopend was om William aan te kijken en omdat hij bang was dat hij op het laatste moment zou wegduiken, klemde hij zijn kaken op elkaar en sloot zijn ogen.

En wachtte...

En hoopte dat hij niet als een watje zou gaan gillen wanneer het gebeurde...

Kom op, dan hebben we het maar gehad, dacht hij.

'Aaaaaaaah!' klonk een schrille gil, maar niet uit zijn mond. De gil ging vergezeld door het gekras van metalen stoelpoten over de stenen vloer. Bang dat zijn vijand de stoel had gepakt om hem mee te meppen, deinsde Terry naar achteren en deed zijn ogen open, nog net op tijd om te kunnen zien dat William op de stoel klauterde. Meteen daarna zag hij een muis over de grond rennen en vervolgens verdwijnen achter de buffetkast.

'Fuck!' schreeuwde William. 'Haal hem hier weg! Ik haat ratten!' Alle kleur was uit zijn gezicht verdwenen en hij stond te trillen op zijn benen.

'Het is geen rat. Het is maar een muis.'

'Ik haat muizen ook. Fuck, dit kan ik echt niet aan.' William stapte van de stoel op de tafel en gebaarde paniekerig. 'Ik meen het, o, jezus, doe iets!'

Terry pakte een bezem uit de bijkeuken, stak hem onder de buffetkast en wriemelde er wat mee tot het kleine muisje er weer onder vandaan schoot. En daarna werd het een soort filmpje op fastforward, met de muis die als een ninja door de keuken zigzagde met Terry erachteraan en een doodsbange William die schreeuwde dat hij verdorie wat moest doen. Terry trok de achterdeur open die op de tuin uit kwam, maar de muis, ongetwijfeld net zo getraumatiseerd als William, bleef zigzaggen en weigerde botweg om in de buurt van de deur te komen.

Uiteindelijk lukte het Terry om het doodsbange beestje klem te zetten tussen de afvalbak en een kast, en hij gooide er snel een theedoek over en pakte het op.

'Naar buiten! Weg ermee... ver weg,' riep William paniekerig. Hij beefde helemaal van afschuw.

Terry bracht de muis naar de verste hoek van de tuin en liet hem los door een gat in het hek naar de moestuin van de buren.

'Weg,' verklaarde hij toen hij de keuken weer in kwam.

'Heb je hem doodgemaakt?'

'Nee!'

William rilde. 'Ik kan niet tegen muizen. Het is een fobie.'

'Goh, echt?' Terry keek naar William, die soepel weer op de vloer sprong. 'Goed, waar waren we gebleven?'

'Wil je nog steeds dat ik je sla?' vroeg William.

'Daarvoor ben ik gekomen.'

'Nou, het gaat niet gebeuren. Ik was het sowieso niet van plan.' William schudde gelaten zijn hoofd. 'Dat wilde ik je net zeggen toen... nou ja, toen we werden onderbroken.'

'Maar je bent bokser.'

'Precies. Ik vecht niet met mensen die niet eens proberen terug te vechten. Ik ben geen monster.' Hij gebaarde naar de tuin. 'Nog bedankt dat je dat ding eruit hebt gekregen.'

'Zal ik je een geheimpje vertellen?' vroeg Terry. 'Ik moet ook niks van muizen hebben.'

'Maar je hebt hem wel verjaagd.'

'Iemand moest dat toch doen?'

'Nou, nogmaals bedankt. Ik haat ze echt. Ik ben er doodsbang voor.'

Met een klein lachje zei Terry: 'Dat had ik nou nooit gedacht.'

Een halfuur later stapte hij weer in zijn auto, klaar om aan de lange rit naar huis te beginnen. Toen hij langs het huis reed, stond William in de deuropening naar hem te zwaaien. Terry zwaaide terug.

De eerste hindernis was genomen. Op naar nummer twee.

En ongelooflijk genoeg reed hij weg zonder dat hem ook maar een haartje was gekrenkt.

Dank je wel, muisje.

39

'Ze willen me niets vertellen. Ik mag niet eens bij hem.' Naomi, met een bleek en betraand gezicht, stond op van haar oranje plastic stoel in de wachtkamer toen ze Freya door de schuifdeuren binnen zag komen. 'Een van de organisatoren van de marathon heeft me gebracht en ik heb ze hier verteld dat ik een heel goede vriendin van hem ben, maar toch mocht ik niet bij hem. Het is echt onverdraaglijk, hij ligt daar helemaal alleen in dat hokje en stel dat hij daar doodgaat? Wat bezielt die lui hier?' Ze wierp een smekende blik op een verpleegster van middelbare leeftijd die geduldig zei: 'Hij is niet alleen, schat. Hij wordt onderzocht. Zodra we weten wat er precies aan de hand is, mag er familie bij.'

Freya zei: 'Ik ben zijn verloofde.'

De verpleegster keek Naomi met opgetrokken wenkbrauwen aan. 'O, sorry, maar ik dacht dat jij zei dat je zijn verloofde was?'

Naomi bloosde. 'Dat zei ik alleen maar omdat ze me anders niets zouden vertellen.'

'Komt het goed met hem?' Freya had een droge mond en haar hart bonkte in haar keel. Wat als het niet goed kwam? O, god, ze had dan wel allerlei lelijke dingen over hem gedacht en gehoopt dat het uitging, maar niet zo.

'Hallo.' Er kwam een vermoeid uitziende arts in blauwe operatiekleding naar hen toe lopen. 'Zijn jullie hier voor Cameron Bancroft?'

Naomi sloeg een hand voor haar mond. 'O, nee, nee, nee! Hij is toch niet dood...'

'Hij is niet dood.' De arts schudde zijn hoofd. 'Het gaat goed met hem. We hebben wat testen gedaan en hij mankeert niets.

Hij mag naar huis. Het lijkt een geval van te veel inspanning in combinatie met uitdroging en oververhitting, wat heeft geleid tot een paniekaanval. Met zijn hart is helemaal niks mis. Hij is een gezonde vent die het niet gewend is om zich beroerd te voelen en daarom is hij in paniek geraakt.'

'O, godzijdank!' Naomi begon meteen luidruchtig te snikken.

'Rustig maar, het komt allemaal goed,' zei de arts. 'Jij bent vast zijn verloofde?'

'Nee, *ík* ben de verloofde,' zei Freya.

'Sorry, natuurlijk. Ik breng je nu naar hem toe.'

'Mag ik ook mee?' vroeg Naomi smekend.

De arts keek even naar Freya, die haar schouders ophaalde en zei: 'Maakt mij niet uit.'

Hij nam hen mee door een gang naar een door gordijnen afgeschermd hokje helemaal achterin. Terwijl hij het gordijn als een goochelaar zwierig opzijschoof, verkondigde hij: 'Nou, je hebt deze dames behoorlijk de stuipen op het lijf gejaagd, maar ik heb ze al verteld dat er niets aan de hand is.'

'Godzijdank, godzijdank.' Naomi droogde haar ogen.

Freya, die zich net de invaller in een toneelstuk voelde die haar tekst nog niet had geleerd, zei onhandig: 'Eh, ja, godzijdank.'

'Ik dacht echt dat dit het was,' vertelde Cameron. 'Ik dacht dat dit het einde was, dat ik dood zou gaan terwijl ik geld probeerde in te zamelen waarmee we anderen het leven zouden kunnen redden.' Toen de dokter naar zijn volgende patiënt was vertrokken, voegde hij eraan toe: 'Kunnen jullie een foto van me nemen? En zorg ervoor dat het infuus er ook op komt.' Hij trok de infuusstandaard wat dichter bij het bed en ging in de kussens liggen, met een vermoeide maar heldhaftige uitdrukking op zijn gezicht.

'Ik doe het wel,' zei Freya.

Nadat Naomi haar Camerons telefoon had gegeven en Freya braaf een paar foto's van haar verloofde in zijn ziekenhuisbed had gemaakt, zei Cameron tegen Naomi: 'Maak jij er ook nog maar wat. En zorg ervoor dat ze goed genoeg zijn voor de krant.'

Op dat moment ging de deur aan het eind van de gang open en weer dicht, en een vrouw in een korte spijkerbroek en een T-shirt liep langs het hokje. Haar aandacht werd waarschijnlijk getrokken door het flitslicht van de telefoon, want in het voorbijgaan wierp ze even een blik op hen en bleef toen plotseling staan. Ze deed een paar passen achteruit en riep: 'Cameron? Niet te geloven! Ben jij het echt?'

Cameron, die net zijn mooiste zielige maar ongelooflijk moedige blik op zijn gezicht had getoverd, schoot overeind en keek haar verbaasd aan. 'Tan? Wat doe jij hier?'

'Ik werk hier! Op de afdeling spoedeisende hulp!' Ze begon te lachen. 'Ik was mijn telefoon vergeten toen ik vanochtend aan mijn shift begon en kom net terug van huis waar ik hem snel even heb opgehaald.' Ze klopte op haar roze raffiatas. 'Maar wat doe jij hier?'

'Niks aan de hand.' Het moedige gezicht werd weer tevoorschijn gehaald terwijl hij wees op het nummer dat op zijn T-shirt was gespeld. 'Ik ben ingestort tijdens de marathon van Lanrock en die lui van de ambulance dachten dat ik een hartaanval had gehad. Maar het was niets. Ik mag weer naar huis. Een kleine hitteberoerte, meer niet. Ik wilde te graag mijn persoonlijke record verbreken.' Hij kon zijn ogen niet van haar losmaken. 'Ik werk als huisarts in Lanrock.'

'En ik zit hier in Plymouth. Ik heb net een flatje gekocht in Rochester Road. O, sorry.' Ze wendde zich ineens tot Freya en Naomi. 'Ik kom hier binnen denderen en heb me nog niet eens voorgesteld! Tanya Barton. Cam en ik hebben allebei stage gelopen in het St Thomas' in Londen. We waren… goed bevriend.'

'Je mag het best zeggen, hoor.' Cameron zat te stralen. 'Het is jaren geleden. En we waren meer dan dat. Tan en ik hebben meer dan een jaar een relatie gehad, we hebben het alleen maar uitgemaakt na ons afstuderen omdat zij een baan had aangenomen in Zuid-Afrika. Daar hebben we nog een enorme ruzie over gehad en sindsdien hebben we geen contact meer gehad.'

'Daar ben ik altijd spijt van blijven houden,' vulde Tanya vrolijk aan. 'Het was helemaal mijn schuld. Wat een stomkop was ik.'

'Hoe was het in Kaapstad?'

'Heel bijzonder, maar ik kon er niet echt van genieten. Ik vond het er verschrikkelijk omdat ik wist dat ik het had verknald. Een jaar later ben ik alweer teruggekomen naar Engeland, bereid om me voor je voeten te werpen, maar Maddy Pearce vertelde me dat je inmiddels iets met haar vriendin Gemma had en zei dat ik jullie met rust moest laten.'

'Gemma Mason? Die kleptomane? Ze was een ramp,' zei Cameron. 'Ik heb haar na twee weken alweer gedumpt.'

Tanya sloeg theatraal een hand tegen haar borst. 'Had ik dat maar geweten.'

'Had ík het maar geweten,' zei Cameron geëmotioneerd.

'En nu zien we elkaar weer en ben je nog steeds niet vrij. Jij bent vast Camerons vriendin,' vervolgde Tanya tegen Naomi.

Wat? Nou ja, het had er waarschijnlijk mee te maken dat Cameron en Naomi allebei hardloopkleren droegen met opeenvolgende nummers erop gespeld. Geduldig zei Freya: 'Ik ben de vriendin.'

'Nou, leuk om je te leren kennen. Maar wat is het fijn om je weer te zien,' zei Tanya tegen Cameron.

'Vind ik ook, Tan.'

Tan en Cam, bedacht Freya.

'Nou, dan ga ik maar. Pas goed op jezelf. We willen je hier niet weer zien.' Tanya hees haar roze tas op haar schouder en zwaaide met haar vingers naar hem. 'Dag, Cam.'

'Dag,' zei Cameron. 'Misschien lopen we elkaar nog een keertje tegen het lijf.'

Het viel Freya op dat Naomi dit allemaal niet erg leuk leek te vinden. Terwijl Cameron ineens veel vrolijker keek.

'Oké,' zei hij, toen Tanya weg was. Hij pakte zijn mobiel. 'Ik zal je het nummer van de plaatselijke tv-zender geven. Als je ze vertelt dat ik hier lig, kunnen ze me misschien nog even komen interviewen voordat ik naar huis moet.'

'Waarom?' Freya wist al waarom.

'Het gaat allemaal om publiciteit voor het goede doel. Misschien halen we zo nog meer geld op.'

'O.' Naomi haalde haar hand door haar haar en leefde helemaal op. 'Mag ik ook meedoen?'

'Ik ben degene die wel dood had kunnen zijn,' zei Cameron tegen haar. 'Het is waarschijnlijk beter als ze zich op mij concentreren.'

40

Het was het moeilijkste wat ze ooit zou moeten doen, maar Iris wist dat het moest. Het werd tijd. Hoe langer ze ermee wachtte, hoe pijnlijker de situatie zou worden.

Terwijl ze naar het huis wandelde, speelde, tot haar grote ergernis, steeds hetzelfde nummer door haar hoofd. *'If you love somebody, set them free,'* zong Sting voor zo ongeveer de duizendste keer en ze mompelde: 'O, hou je bek, man.'

Toen ze aan het eind van Wood Lane was gekomen en Bell Street in liep, zag ze hem al staan; gebruind en met blote borstkas. In een met verf bespikkelde spijkerbroek en op Timberlands stond hij de iets hellende voortuin van Margarets huis op te ruimen, zodat die er net zo keurig uit zou zien als het huis zelf. Er welden tranen op in haar ogen en ze bleef even staan om zichzelf weer onder controle te krijgen, want huilen was uit den boze. Ze moest kalm en rationeel lijken, anders zou hij haar nooit geloven.

Adem in en adem uit. Ze stond op het punt om iets te gaan doen wat onvoorstelbaar moeilijk was, maar tegelijkertijd ook eerlijk. Ze was als een blok voor Drew Dawson gevallen en ze hadden een zomerse liefde beleefd, maar het was nooit haar bedoeling geweest dat het serieus zou worden. Maar nu moest het stoppen. Naarmate ze Drew beter had leren kennen en ook zijn vrienden had ontmoet, was steeds meer tot haar doorgedrongen dat hij echt een familieman in wording was, een man van drieëndertig in de bloei van zijn leven, die ontzettend goed met kinderen was en altijd had gedacht ze zelf ook te krijgen. En kinderen voelden zich tot hem aangetrokken, omdat... Nou ja, omdat dat logisch was. Hij was grappig, had oneindig veel geduld met hen, was altijd in voor een spelletje op het strand en werd nooit boos als er borden sneuvelden of als er met drankjes werd gemorst. Er ontstond altijd meteen een band tussen hem en kinderen van alle leeftijden; zelfs kleine baby's keken hem gefascineerd aan. Volgens zijn vrienden was hij eraan toe om zich te settelen.

Iris wist dat ze er te lang mee door was gegaan. Ze had hem weliswaar niet echt voorgelogen, maar ze had wel iets voor hem verzwegen. Toen hij in hun eerste week samen had gedacht dat het vage zilverachtige litteken het resultaat was van een keizersnede, had ze hem niet uit de waan geholpen, want jaren daarvoor had een vriendje een vies gezicht getrokken toen hij had gehoord dat haar baarmoeder was verwijderd. Terwijl ze naast elkaar in bed lagen, had hij gezegd: 'O, god, ik dacht dat dat alleen bij oude mensen voorkwam. Bij mijn oma is dat ook gebeurd toen ze zesenzeventig was.'

Ze had hem natuurlijk meteen gedumpt, omdat hij een domme oen was. Maar de angst om als oud te worden gezien, als een vrouw die haar beste tijd had gehad, was blijkbaar nooit weggegaan. Ze was als de dood geweest dat het haar nog een keer zou overkomen.

Vooral met Drew.

Drew ging rechtop staan en draaide zich om. Toen hij haar zag, verscheen er een brede grijns op zijn gezicht en hij zwaaide. Iris zwaaide terug en liep snel naar hem toe. Ze rook de schone, zoutige geur van zijn door de zon opgewarmde huid toen hij haar een lange kus gaf.

'Neem een hotelkamer,' mopperde een oude man die langsliep met een jack russell die er nogal bijtgraag uitzag.

Drew fluisterde in haar oor: 'Ik doe het liever buiten.'

'Laten we naar binnen gaan.' De kus had haar van haar stuk gebracht; dit was geen goed begin voor wat ze wilde zeggen. Ze maakte zich van hem los. 'Ik moet met je praten.'

'Dat klinkt onheilspellend.' Hij gaf haar een speels tikje op haar kont, wat ook niet hielp.

In de keuken schonk ze een glas koud water uit de ijskast voor zichzelf in en ging daarna op een van de krukken aan het marmeren kookeiland zitten.

'Waar gaat het over? Heeft het met Margarets verjaardag te maken?'

'Nee.' Ze schudde haar hoofd. 'Het gaat over ons. Dit huis is klaar. Alles wat er moest gebeuren is gebeurd. En we hebben goed samengewerkt. En het ook leuk gehad samen. Maar het is tijd om realistisch te worden. Jij en ik, dat is niet iets voor de lange termijn.'

De vragende glimlach verdween van zijn gezicht. 'O, nee?'

'Ach toe, geef nou maar gewoon toe dat het niet serieus was. Maar het was te gek, daar niet van. Je bent echt fantastisch in bed. Maar dat is niet genoeg. Ik ben veertig. Jij bent drieëndertig. Ik heb al kinderen. Jij nog niet. Het is tijd dat je een jongere vrouw ontmoet en je gaat settelen. Ik ben niet het soort vrouw om mee te settelen. Dus lijkt het me beter om er een punt achter te zetten.' Ze stopte. Hoewel ze overtuigend klonk, al zei ze het zelf, brak haar hart in tweeën.

Drew schudde zijn hoofd. 'Ik geloof je niet.'

'Nou, je kunt me maar beter wel geloven. Bij alle relaties die ik heb gehad, was ik altijd degene die het uitmaakte.' Ze haalde nonchalant haar schouders op. 'En nu is het tijd om het met jou uit te maken. Het was te gek, dat heb ik al gezegd, maar dit is het moment om er een einde aan te breien.'

'Waarom?'

'Omdat het altijd beter is dat te doen voordat het je allebei begint te vervelen.'

Er vertrok een spiertje in zijn kaak. 'Jij begint me helemaal niet te vervelen. In de verste verte niet.'

Ze keek hem aan. Haar mond was kurkdroog. 'Nee. Maar jij mij wel. Sorry, maar zo gaat dat gewoon bij mij. Ik heb nogal een lage vervelingsdrempel. Daarom richt ik mijn flat ook ieder jaar anders in.' O, god, dit was echt verschrikkelijk. 'We willen andere dingen. Jij wilt kinderen. Ik kan je die niet geven.'

'Je bent veertig, geen tachtig. Ik ken vrouwen die...'

'Mijn baarmoeder is verwijderd,' flapte ze er uit. 'Zeven jaar geleden. Ik was heel onregelmatig ongesteld. En toen bleek ik een vleesboom te hebben en omdat ik toch geen kinderen meer wilde, hebben ze alles eruit gehaald.' Niet huilen, niet huilen. 'Het beste wat ik ooit heb gedaan.'

'Oké.'

'Misschien had ik je dat beter meteen kunnen vertellen. Maar het leek me niet relevant. We hadden het gewoon leuk samen, maar het zou toch nooit serieus worden, dus waarom zou ik het erover moeten hebben?'

'Jij dacht dat het nooit serieus zou worden?' Er verscheen een frons op zijn voorhoofd. 'Ik wel.'

'Nou, zo zie je maar weer, je kent me slechter dan je denkt.' Ze had een brok in haar keel gekregen. 'Luister, het is niet zo dat ik het leuk vind om dit te doen.'

'Nou, doe het dan niet.'

'Maar het moet. Want ik weet hoe ik ben en zo gaat het altijd.' Ze trommelde ongeduldig met haar vingers op het marmeren blad. 'Het was leuk, maar nu is het voorbij, tijd om er een punt achter te zetten.' Zo, het was gezegd. Ze pakte haar glas water om hem te kennen te geven dat het gesprek erop zat.

'Iris...'

'Alsjeblieft.' Ze stak haar andere hand op om hem het zwijgen op te leggen. 'Wat je ook zegt, ik verander toch niet van gedachten. En ga alsjeblieft niet smeken, want dat is iets voor watjes. En ik val niet op watjes.'

Het was het gemeenste wat ze kon bedenken en ze zag dat haar woorden hard aankwamen. Drew verstijfde alsof ze hem een klap had gegeven.

'Oké. Maak je geen zorgen, ik ga niet smeken. Daar ben ik het type niet voor.' Hij deed een paar passen naar achteren. 'Nou ja, fijn dat je het me hebt verteld. En ik neem aan dat je dit weekend ook niet met me meegaat naar het feest van Stevie.'

'Dat heeft weinig zin. Maar feliciteer hem maar van me.'

'Heb je soms iemand anders? Is dat het?'

Ze reageerde niet meteen, maar nam eerst een slok water. 'Ik heb niemand anders. Maar dat zal vanzelf weer gebeuren. En dat geldt niet alleen voor mij, maar ook voor jou. We zullen allebei andere mensen leren kennen, nieuwe relaties beginnen. Die van mij zullen nooit voor de eeuwigheid zijn, maar die van jou hopelijk wel,' eindigde ze droog.

Hij schudde alleen maar zijn hoofd.

'Nou, dan ga ik maar eens.' Ze keek op haar telefoon hoe laat het was. 'Druk druk druk.' Ze liet zich van de kruk zakken en gaf hem een korte, expres onhandige kus op zijn wang. 'Bedankt voor alles. Het was te gek.'

'En niet in vreemde afvalcontainers duiken,' zei hij, en het feit dat hij een grapje probeerde te maken, was alweer hartverscheurend.

'Nou, als ik het doe, zorg ik er wel voor dat ik niet meer gesnapt word,' zei ze met een klein lachje.

Toen ze het huis uit liep, kwamen de tranen alsnog. Stond hij haar na te kijken uit het raam? Ze draaide zich niet om om het te controleren. Drew kon zich nu wel ellendig voelen, maar één ding wist ze zeker, hij kon zich niet ellendiger voelen dan zij.

Geen wonder dat ze dit nooit eerder had gedaan. Altruïstisch zijn en je eigen ego opzijzetten was gewoon shit.

'En dan verwelkomen we nu een van de geliefdste kinderboekenschrijvers van ons land, en een persoonlijke favoriet bij ons thuis, Ruby Vale!'

Richard botste bijna tegen de bestelbus voor hem aan; hij was een paar minuten geleden het parkeerterrein af gereden en had de radio net aangezet, niet wetend dat Ruby in het programma zat. Gelukkig was het druk op de weg in Henley-on-Thames en kon het verkeer zich slechts stapvoets door de hoofdstraat verplaatsen.

'Hallo, Danny, het is zo leuk om hier te zijn!'

Zou ze echt in de studio zitten? Of voerden ze een Zoom-gesprek, twee lachende gezichten honderden kilometers van elkaar verwijderd? Ze had hem verteld dat het vaak zo ging. O, maar wat was het fijn om haar stem weer te horen. Het was niet iets wat hij hardop zou zeggen, maar hij was dol op haar stem, laag en melodieus, als die van een actrice die op tv reclame maakte voor chocola.

'En je ziet er werkelijk prachtig uit vandaag. Je staat in volle bloei, als ik dat zo mag zeggen tegen onze luisteraars?'

'Ja, hoor!' Ruby lachte. 'Ja, ik ben zwanger. En ik eet dus voor twee, wat heel leuk is. Vooral als er custarddonuts in de buurt zijn!'

De kans was dus groot dat ze daar echt was, en niet thuis in Cornwall. Het licht sprong op groen en de file schoof weer een paar meter op. Ondertussen vroeg hij zich af of die overspelige echtgenoot van haar nu in hun appartement in Lanrock zat te luisteren, terwijl zijn vrouw werd geïnterviewd over haar leven en werk. Als dat zo was, dan hoopte hij dat de man die haar zo slecht had behandeld, begreep hoeveel geluk hij had dat ze hem een tweede kans had gegeven.

'Mmm, custarddonuts,' riep de presentator uit. 'Ik snap je helemaal! Nou, gefeliciteerd ermee, en ook je man natuurlijk, namens ons allemaal hier in...'

'O, maar we zijn uit elkaar,' onderbrak Ruby hem. 'Maar dat geeft niet, het gaat prima met me. Ik woon in een leuk stadje aan de kust, een hechte gemeenschap, en ik heb fantastische vrienden om me heen. En ik verheug me er natuurlijk ook ontzettend op om moeder te worden!'

'Nou, dat is heel fijn om te horen. Het zal dus niet lang meer duren voordat je de verhalen over Bommel de Hommel en Zelda aan je eigen...'

Toe-oe-oet deed de auto achter Richard, en hij besefte ineens dat hij de rij ophield. Het licht was weer op rood gesprongen en een man schreeuwde 'Klootzak!' en toeterde nog maar eens.

We zijn uit elkaar.

Op de radio klonk het alsof Ruby glimlachte. 'Ja, leuk, hè? Daar kijk ik echt naar uit.'

41

Het bezoekje aan William had weliswaar beter uitgepakt dan verwacht, maar dat was het makkelijkste deel geweest.

Nu kwam het moeilijkste. En Terry wist dat hij het nu moest doen, want het juiste moment kon nog wel weken of maanden op zich laten wachten, en dan zou het te laat zijn. Op vrijdagavond, toen Kay een lang, geurig bad had genomen en zich in haar pauwblauwe zijden ochtendjas op de bank had geïnstalleerd met een schaaltje cashewnoten en een glas gin, verkondigde hij: 'We moeten ze tegenhouden.'

'Lottie?'

'En Max. Zo heet hij. Je gaat er echt niet aan dood als je zijn naam uitspreekt.'

Er vertrok een spiertje in Kay's slaap. 'Maar we kunnen er niks aan doen. Ze heeft haar besluit genomen.'

'We kunnen wel iets doen. En dat moeten we ook.'

Haar borst ging op en neer terwijl ze diep ademhaalde. 'Dat kan ik niet.'

'Dat kun je wel. Het is de enige manier.'

'Die vrouw heeft mijn leven verpest. Hoe kan ik nu weten of jullie niet weer iets met elkaar beginnen als je haar ziet?'

'Ik kan je verzekeren dat dat niet gebeurt.'

'Dat weet je niet.'

'Jawel. Ik heb haar al gezien.' Hij liet de bom zo kalm mogelijk vallen en zette zich schrap voor de explosie.

Kay keek hem aan. 'Wát heb je gedaan?'

'We hebben met elkaar afgesproken. En er zijn geen gevoelens meer, voor geen van beiden van ons. Die zijn weg,' vervolgde hij.

'Het was gewoon een stomme, ondoordachte korte affaire. We hebben er allebei spijt van. En we weten allebei ook heel zeker dat het nooit meer zal gebeuren.'

Als haar glas een wijnglas was geweest, had het het inmiddels begeven onder de druk van haar vingers. Hij zag haar knokkels wit worden. 'Maar toen heb je me ook voorgelogen, dus waarom zou ik je nu geloven?'

Zo ging het nu al dertien jaar, steeds hetzelfde argument waar ze mee schermde.

'Je zou het Imelda kunnen vragen.'

'Pff.' Haar verontwaardigde zucht zou een draak niet hebben misstaan.

'Of William.' Terry zweeg even. 'Ik heb hem ook weer gezien.'

'Meen je dat nou?' Haar stem ging omhoog.

Hij haalde zijn schouders op. 'Nou en of.'

'Wanneer?'

'Afgelopen zondag.'

'Afgelopen zondag was je golfen.'

'Nee dus. Ik ben naar Bath gereden.'

'Nog meer leugens dus.'

'Om een goede reden. We staan allemaal aan dezelfde kant. We willen geen van allen dat onze kinderen aan de andere kant van de wereld gaan wonen vanwege ons.'

'Was je niet bang dat hij je zou slaan?'

'Niet bang, ik ging ervan uit dat dat zou gebeuren. Maar dat gebeurde niet.' Hij hoefde het niet over de muis te hebben, de rest van het verhaal was veel belangrijker. 'We zijn vriendschappelijk uit elkaar gegaan. Hij is een aardige kerel.'

Kay staarde hem een paar seconden aan. Toen zei ze: 'Zo zo. Je hebt het druk gehad. Ik vraag me af wat je nog meer hebt uitgespookt achter mijn rug om?'

'Imelda wil je graag ontmoeten.' Hij zag dat ze de dunne blauwe zijde van haar ochtendjas tussen haar vinger en duim oprolde. 'Ze zei dat ze morgen hiernaartoe kan komen. Dan zouden jullie kunnen lunchen en alles uitpraten.'

'Denk je nu echt dat ik dat doe?' Ze schudde verwonderd haar hoofd. 'Mijn god, jij hebt echt je verstand verloren.'

Het Tregarron Hotel, net buiten Liskeard, was elegant en niet al te groot, gelegen in een prachtig park, en het had een clientèle met smaak en een ambitieuze chef-kok die er alles aan deed om sterren in de wacht te slepen. Imelda had het gegoogeld en vermoedde dat Terry het had uitgekozen omdat hij verwachtte dat zelfs Kay hier geen stennis zou schoppen.

Nou ja, hij dacht maar. Ze zouden hier met zijn tweeën lunchen. Het voorstel om het met zijn vieren te doen was meteen van tafel geveegd door Kay. Imelda verheugde zich niet erg op de ontmoeting, maar het was iets wat moest gebeuren mocht hun uiteindelijke doel ook maar enige kans van slagen hebben.

William had haar afgezet bij de ingang van het park en ze wandelde over de oprijlaan van grind naar het hotel. Zou Kay er al zijn? Of zou ze expres te laat komen om zo een grootse entree te kunnen maken en daarmee de overhand te hebben?

Maar nee, ze zat er al aan een tafel voor twee, gekleed in een fris wit hemdjurkje met een bruin sjaaltje om haar nek en haar haar in een strak knotje.

Geen machinegeweer te zien.

De keurig geklede gerant bracht Imelda naar de tafel, waar ze door Kay werd begroet met een stijf knikje. Imelda ging zitten en streek de voorkant van haar lichtgrijze linnen jurk glad; ze had expres iets degelijks aangetrokken om vooral maar niet te lijken op de schaamteloze sloerie die ze volgens Kay blijkbaar was.

Nou ja, was geweest. Ooit.

'Dank je dat je me wilde ontmoeten,' zei ze nadat de gerant hun de menukaarten had overhandigd en weer was weggelopen.

Kay perste haar lippen op elkaar. 'Ik ben hier alleen maar omdat ik van mijn dochter hou.'

'Dat weet ik. En ik ben hier omdat ik van mijn zoon hou.' Imelda zag dat Kay haar handen stijf verstrengeld hield en vervolgde: 'Ik wil je zeggen dat het me enorm spijt. Alles. Het was vreselijk wat we je hebben aangedaan en ik ben me er altijd voor blijven schamen.'

Kay's nekspieren stonden strak terwijl ze haar blik door de drukke zachtgele eetzaal liet glijden, die inmiddels bijna vol zat. Toen keek ze Imelda weer aan en zei, goddank zonder stemverheffing: 'Mooi.'

Op dat moment verscheen de sommelier aan hun tafel en Kay zei: 'Een fles Cloude Bay, graag,' zonder Imelda te vragen of zij het ermee eens was.

Prima.

'We hoeven geen vrienden te worden...' begon Imelda.

'Gelukkig niet.'

'Maar we willen allebei dat Lottie en Max in Engeland blijven. En daarom moeten we proberen op zijn minst beleefd met elkaar om te gaan.'

'Ik weet zeker dat je het enig vond om beleefd met mijn man om te gaan.' Kay schonk haar een kil lachje. 'Meer dan beleefd. Misschien hebben jullie zelfs wel seks gehad toen jullie elkaar laatst ontmoetten. Hoe moet ik dat weten?'

'Dat kun je niet weten. Maar we hebben geen seks gehad.'

'Ja, natuurlijk zeg je dat.'

'We hebben het gehad over hoe we ons voelden. En ik weet zeker dat Terry je al heeft verteld dat er nul komma nul aantrekkingskracht was. Ik val niet meer op hem. Totaal niet. En hij ook niet op mij.'

'Waarom niet?'

'Hij wordt kaal. Hij krijgt een buikje. Ik bedoel, ik ook.' Ze wees naar haar buik. 'Het is wederzijds.'

En daar kwam de sommelier al aan met hun wijn, gevolgd door een aantrekkelijke serveerster die hun bestelling wilde opnemen. Aan een andere tafel werd 'Happy Birthday' gezongen en een taart vol aangestoken kaarsjes werd de keuken uit gedragen. Andere gasten begonnen mee te zingen en te klappen, maar Kay leek zich nauwelijks bewust van haar omgeving; ze hield haar wijnglas stijf vast en keek, alweer, naar de andere kant van de zaal.

Zou er zo misschien een granaat door het raam naar binnen worden geworpen?

Imelda deed een nieuwe poging toen het gezang en applaus waren weggestorven. 'Ik hou van mijn man. Misschien geloof je me niet, maar het is echt zo. Ik ben iedere dag weer dankbaar dat we nog bij elkaar zijn.'

Kay keek haar afwezig aan en nam toen nog een grote slok wijn.

'En Terry is blij dat hij nog steeds met jou is getrouwd,' ploeterde Imelda voort.

'Na hoe ik al die jaren tegen hem heb gedaan? Dat betwijfel ik. Hij tolereert me omdat hij zich nog steeds schuldig voelt. Hij denkt dat ik dat niet weet.' Ze schudde kort haar hoofd. 'Maar dat weet ik heus wel.'

'Maar hij houdt nog van je. En jij houdt ook nog van hem.'

'Is dat zo?' Kay pakte de fles uit de koeler en schonk haar nog halfvolle glas bij.

'Natuurlijk hou je van hem.'

Langzaam zei Kay: 'En wat als ik jou vertelde dat ik niet meer van hem hou? Dat je hem mag hebben van mij?' Ze keek Imelda kalm aan. 'Zou je hem dan willen?'

Wilde ze haar in de val laten lopen of zo? Was het een test? In verwarring gebracht zei Imelda: 'Nee, natuurlijk niet!'

'Zeker weten?'

'Honderd procent zeker.'

'Oké.' Kay's blik dwaalde weer af. Toen keek ze Imelda aan en zei: 'Nou, jammer dan.'

'Hè?'

'Want het zou me echt helemaal niet uitmaken als je hem nog wilde.'

Weer een test? 'Waarom niet?'

'Omdat het tijd is. Ons huwelijk is voorbij. Het moet gebeuren. Ik had het al jaren geleden moeten doen.'

Het drong tot Imelda door dat Kay alweer naar links keek en knikte terwijl ze het zei. Toen Kay zich omdraaide zag ze een man in zijn eentje aan een tafel de krant zitten lezen.

'Waarom ben je niet bij hem weggegaan dan?'

'Wat denk je? Ik had geen zelfvertrouwen. Ik was bang. Ik vertrouwde het mezelf niet toe om de juiste beslissing te nemen. Ik vertrouwde niemand meer na wat er tussen jou en Terry was gebeurd. Mijn vriendinnen niet. Mijn man niet.'

Imelda slikte. Het was allemaal haar schuld. Haar daden waren de oorzaak van dit alles. 'Het spijt me.'

'En we hadden een tienerdochter,' vervolgde Kay. 'Ik zat er dan wel helemaal doorheen, maar ik wilde doen wat voor haar het beste was. Dus bleef ik bij Terry, je weet wat je hebt en dat soort dingen. Alleen realiseerde ik me na een tijdje dat ik het mis had. Je kunt wel weten wat je hebt, maar dat maakt het nog niet goed. Het bleef verschrikkelijk.' Ze keek weer naar links en Imelda volgde haar blik. De man had zijn krant weggelegd en zat nu op zijn mobiel te tikken.

Vlak daarna pingde Kay's telefoon in haar bruine leren tas. Ze pakte hem eruit.

'Wie is die man?' vroeg Imelda. 'Wat gebeurt hier allemaal?'

O, god, als hij maar geen huurmoordenaar was.

Kay hield haar mobiel voor Imelda op, zodat ze het berichtje kon lezen.

Er stond: Vertel het haar.

'Hij heet Alexander.' Kay haalde een keer diep adem en rechtte haar schouders. 'En ik hou van hem.'

42

Dit was volkomen surrealistisch. Imelda keek om en zag dat de man, lang en hoekig, opstond en naar hen toe kwam lopen. Blijkbaar had hij gezien wat Kay had gezegd, want hij zei alleen maar: 'En ik hou van haar.'

Hun ober was er als de kippen bij om een stoel aan te schuiven voor Alexander. Hun eten werd gebracht, maar ze raakten het nauwelijks aan. Kay's lichaam ontspande zich zichtbaar en ze zag er ineens tien jaar jonger uit.

'Wanneer is dit begonnen?' Imelda kon het nog steeds nauwelijks geloven.

'Onze relatie? Zes jaar geleden.' Kay's ogen schitterden.

'Zes jaar en vier maanden.' Alexander verstrengelde zijn vingers met de hare op het witte tafelkleed.

Kay schatte hem op achter in de vijftig. Hij droeg een prachtig donkergrijs maatpak. Zijn ogen waren ook grijs, van die ogen met dikke oogleden die in de hoeken iets hingen, en hij had hoge jukbeenderen, een klein kuiltje in zijn kin en een warme glimlach.

'We hebben elkaar ontmoet in een tijdschriftenzaak in Polperro,' vertelde Kay. 'Ik wilde daar een zakje fruitpastilles kopen, maar toen ik bij de kassa was, merkte ik dat ik mijn portemonnee in de auto had laten liggen. Dus toen heb ik de snoepjes teruggelegd en ben de zaak uit gelopen. Op weg naar het parkeerterrein werd ik ingehaald door de man die in de winkel achter me in de rij had gestaan en hij gaf me de zak snoepjes. Hij had ze voor me gekocht,' voegde ze eraan toe. 'Niet gestolen.'

'Ze stond erop dat ik meeliep naar haar auto, zodat ze me terug kon betalen,' zei Alexander. 'Maar dat mocht ze niet van mij.'

'Nou, en toen heb ik hem in plaats daarvan een snoepje aangeboden. Een zwarte,' zei Kay. 'Die zijn het lekkerst.'

Hij knikte. 'Het was een warme dag. Ik had dorst.'

'Of je deed alsof.'

'En toen zei je dat jij ook wel een drankje kon gebruiken. En zo zijn we in die kleine wijnbar in Fore Street beland. Al kende je me dan helemaal niet.'

'Maar je had fruitpastilles voor me gekocht. En ik had de avond daarvoor ruzie gehad met Terry. De zoveelste. Ik geloof dat ik zin had om tegen hem te kunnen zeggen dat ik iets had gedronken met een aantrekkelijke man. Eens kijken of hij dat zo leuk vond.'

'En heb je het hem verteld?' Imelda stond versteld van de verandering die Kay had ondergaan. Alle stijfheid en dwarsheid waren verdwenen. Zelfs haar stem klonk anders, luchtiger, zorgelozer.

'Nee. Want nadat we een tijdje hadden zitten kletsen, wist ik dat ik Alexander terug wilde zien. En zo werd het ons geheim. En ik voelde me niet eens schuldig; het leek wel gerechtvaardigd, want het was wat Terry mij ook had aangedaan.'

'Al die jaren,' zei Imelda verwonderd.

'Ja, hè? Ik heb me vaak afgevraagd hoelang jij en Terry elkaar waren blijven zien als dat ongeluk niet was gebeurd.'

'Geen zes jaar.' Misschien niet eens één jaar. Maar ja, dat zouden ze nooit weten. 'Maar je bleef al die tijd wel vervelend tegen Terry doen, door te zeggen dat je hem niet vertrouwde en door hem er continu van te beschuldigen dat hij naar andere vrouwen keek.'

'Ik was nog steeds jaloers. En ik vertrouwde hem ook niet,' zei Kay schouderophalend. 'Ik vertrouwde Alexander ook niet. Iedere dag weer was ik bang dat hij bij me weg zou gaan, omdat hij een man was en mannen dat soort dingen doen. Ik verwachtte iedere dag weer dat hij mijn hart zou breken.'

'Dat is zo,' beaamde Alexander. 'Ik heb haar denk ik wel een miljoen keer verteld dat ik haar dat nooit zou aandoen. Maar ze wilde me gewoon niet geloven. Dat kon ze niet.'

'Ik heb niemand iets over hem verteld, nooit,' zei Kay. 'Jij bent de eerste.'

'Nou... wauw.' Imelda leunde tegen de rugleuning. Ze had nooit kunnen bedenken dat de lunch zo zou verlopen.

'Maar je zult niet de laatste zijn.' Kay keek Alexander aan. 'Als je nog steeds zeker weet dat je me wilt?'

Hij kneep in haar vingers en zei: 'Ik weet dat al zes jaar en vier maanden.'

'Nou, oké dan.' Kay knikte. 'Dan doen we het. Ik ga het Terry vanavond vertellen.'

'Het zal een schok voor hem zijn,' zei Imelda.

'Hij zal opgelucht zijn. Blij dat het eindelijk voorbij is. En ik denk dat dat ook voor Lottie geldt.'

Nieuwsgierig vroeg Imelda: 'Beschuldig je Alexander er ook van dat hij met andere vrouwen flirt?'

'Nee, want dat doet hij niet.'

'En... heb je misschien je jaloezie overdreven, die als een soort dekmantel gebruikt, zodat niemand je er ooit van zou verdenken dat je stiekem een relatie had, achter Terry's rug om?'

Er gleed een lachje over Kay's gezicht. 'Zou kunnen.'

'Voor zover ik weet zeker wel,' zei Alexander.

'Terry heeft nooit iets vermoed.' Kay haalde haar schouders op. 'Het is echt de beste dekmantel.'

'Dat kun je wel zeggen.' Imelda schudde haar hoofd. Ze moest het haar nageven. 'Simpel maar briljant.'

Kay hief haar glas. 'Je snapt het helemaal, Sherlock.'

Het eten op hun borden kon dan wel koud zijn, het zag er nog steeds overheerlijk uit. Imelda merkte ineens dat ze trek kreeg en ze hief ook haar glas en zei: 'Proost.'

Max en Lottie verlieten die avond om zeven uur het strand. Na hun werk waren ze gaan zwemmen en daarna hadden ze nog een tijdje op het strand gezeten om zich, onder het genot van een ijsje, te laten opdrogen in de zon. Onderweg naar Lotties appartement wees Max ineens en vroeg: 'Is dat Cameron niet?'

Een flesgroene Honda reed het parkeerterreintje achter het medisch centrum af. Heel even verblindde de zon de voorruit, maar toen de auto linksaf ging, zagen ze aan de passagierskant iemand ineengedoken zitten, met een zonnebril op.

Lottie voelde zich verscheurd. Was het slecht om geheimen te hebben voor iemand van wie je hield? Maar het was niet haar geheim en dus niet aan haar om het te vertellen. 'Volgens mij is het hem niet.'

'Welles. Hij is het echt. Hé, Cameron!' Max zwaaide om zijn aandacht te trekken. 'Waar gaat hij naartoe? Wat gaat hij doen? Moet je zien, hij negeert me gewoon. Wie is dat naast hem? Want Freya is het niet, dat weet ik zeker.'

Lottie wist wie er naast hem zat, want Freya had haar van alles op de hoogte gehouden. Sinds de dag van de marathon hadden Cameron en Tanya min of meer continu contact. Freya was dolblij, maar deed tegenover Cameron alsof ze niets merkte. Het probleem met Cameron echter was dat hij altijd nogal te koop liep met zijn gevoelens. Ze hadden hem in de gaten gehouden om te kijken of zich iets tussen hem en Naomi zou ontwikkelen, maar helemaal niets. En nu was Tanya terug in zijn leven en hij riep het nog net niet van de daken.

'Misschien een van de assistentes die hem naar huis brengt of zo.'

'Nee, ik ken hem. Hij probeert iets te verbergen. En dat betekent niet veel goeds.' Max was verontwaardigd. Hij keek de auto boos na tot hij uit zicht verdween. 'Mijn god, waar is hij mee bezig?'

'Het is misschien een onschuldige flirt.'

'Nou, ook dat zou hij niet moeten doen. Wat een zak. Waar heeft Freya dit in vredesnaam aan verdiend? Je moet haar waarschuwen. En ik zal zeker een hartig woordje met hem spreken.'

'Trek nou niet meteen een conclusie. Misschien is het niets. Wacht nou maar even met er iets van te zeggen.' De blondine achter het stuur was Tanya; dit was goed nieuws, maar ze wilde niet dat Max Cameron de huid vol zou schelden en daarmee de prille relatie misschien de das om zou doen.

'Maar het is verkeerd!'

Lottie grinnikte en trok hem tegen zich aan. 'Zelf ben je natuurlijk helemaal niet zo.'

'Niet meer.' Hij kuste haar. 'Niet nu ik jou heb.'

Toen er een uur later werd aangebeld dacht Lottie dat het een van de vakantiegangers was uit het appartement tegenover haar, met de vervanging van de fles barolo die ze gisteravond laat hadden geleend omdat de drankwinkel al was gesloten.

Het laatste wat ze verwachtte, was oog in oog komen te staan met haar moeder.

'Mam!'

O, god, niet weer.

'Hoi schat. Je hoeft niet zo verbaasd te kijken.'

'Heb je weer ruzie met papa?'

'Helemaal niet. Integendeel zelfs. Hij is de auto aan het parkeren, maar heeft me hier eerst even afgezet vanwege mijn schoenen.' Kay toonde trots haar hoge stiletto's. 'Heel mooi, maar ik ga dood van de pijn. Vraag je me nog binnen of niet?'

Deze keer kreeg ze niet de kans hem te verbergen. 'Max is er,' flapte ze er uit.

'Dat weet ik. Daarom zijn we ook gekomen.' Haar moeder keek over Lotties schouder en zei: 'Hallo, Max.'

Lottie draaide zich naar hem om.

Max zei schouderophalend: 'Hallo, mevrouw Palmer.'

'Zeg maar gewoon Kay. O, daar heb je Terry al. We zijn hier omdat we iets met jullie te bespreken hebben.'

Nog meer emotionele chantage? Lottie deed een stap opzij om haar ouders binnen te laten. Terry en Max begroetten elkaar beleefd. Kay liet er geen gras over groeien en vroeg: 'Wat moet er gebeuren zodat jullie niet naar Nieuw-Zeeland vertrekken?' Er zat een glinstering in haar ogen die nieuw voor Lottie was.

'Het enige wat we willen is dat jullie tweetjes en de ouders van Max normaal tegen elkaar doen als jullie je in dezelfde ruimte bevinden.'

Kay keek haar lang aan. Toen draaide ze zich om, liep naar de voordeur en trok hem open. Ze stopte haar vingers in haar mond en floot oorverdovend hard.

Buiten blafte een hond.

'Wat doe je in godsnaam?' Lottie had haar moeder dat jaren niet zien doen.

Kay wenkte haar en wees naar buiten. Een paar seconden later kwamen er twee mensen de binnenplaats op lopen die Lottie meteen herkende, hoewel ze haar ogen nauwelijks kon geloven.

Achter haar zei Max: 'Wat is dit, verdomme? Ben ik high of zo?'

'Beter van niet.' Kay zei het streng, maar ze lachte er bijna, echt bijna, bij.

Lotties mond was opengevallen. Ze keek haar moeder aan. 'Hoe kan dit? Heb jij dit georganiseerd?'

'Nee, ik,' zei Terry vanuit de kamer.

'Jij bent ermee begonnen,' verbeterde Kay hem. 'Maar zonder mij zou dit hier nu niet gebeuren.'

O, god.

Lotties hart sloeg over. 'Is dit de eerste keer dat jullie elkaar zien sinds...' Want één verkeerd woord en dan kon dit weleens apocalyptische proporties aannemen.

'Schat, je hoeft niet zo bang te kijken,' zei Kay. 'We zijn de hele middag al samen.'

Lottie keek haar stomverbaasd aan. 'Maar... maar hoe dan? Ik bedoel, hoe dan?'

'Zet jezelf maar schrap,' riep Terry vanuit de kamer. 'Je kent de rest van het verhaal nog niet.'

Twintig minuten later waren Max en Lottie helemaal op de hoogte van wat er achter hun rug om allemaal was gebeurd: de eerste ontmoeting van Terry en Imelda, en daarna de riskante ontmoeting van Terry en William.

'Rose, onze buurvrouw, hield stiekem een oogje voor me in het zeil,' vertelde Imelda trots. 'Ze is tweeënnegentig en heeft in de Koude Oorlog als spion voor MI5 gewerkt. Ze is een goede schutter, moeten jullie weten.'

'Ik ben blij dat ik het niet wist,' zei Terry.

'Hoe dan ook, William heeft me vanochtend naar het hotel gebracht met de auto en Terry heeft Kay erheen gereden, zodat we konden praten. En dat hebben we gedaan.'

'We hebben alles besproken,' beaamde Kay.

Vanaf de bank zei Terry droog: 'Echt alles.'

'We dachten, we gaan naar jullie toe zodat jullie het met eigen ogen kunnen zien, anders hadden jullie ons misschien niet geloofd,' vervolgde Imelda.

'Nou, ik zie het, maar ik geloof het nog steeds niet,' zei Max hoofdschuddend.

'We weten dat we jullie niet kunnen tegenhouden, maar we willen echt heel graag dat jullie blijven. En nu we hebben gedaan wat jullie wilden, vragen we jullie hetzelfde voor ons te doen.' Kay slikte moeizaam.

Lottie aarzelde. Ze keek naar Max. Hij keek naar haar. Voor het eerst viel er een stilte in de kamer.

'Alsjeblieft,' smeekte Kay. Ze had tranen in haar ogen. Blijkbaar was het heel traumatisch voor haar geweest om vrede te moeten sluiten met Imelda, maar ze had het gedaan in een poging om te voorkomen dat Lottie aan de andere kant van de wereld ging wonen.

Schuldbewust, maar ook weer niet té, pakte Lottie Max' hand. 'Zullen we hier blijven?'

'Dat is wel zo eerlijk, lijkt me.' Max gaf haar een geruststellend kneepje in haar hand.

'O, gelukkig!' Kay snikte het uit van opluchting en sloeg haar armen om Lottie heen, terwijl Imelda zich op Max stortte en hem omhelsde alsof ze hem nooit meer los zou laten.

Lottie zei zacht: 'Dank je wel, mam. Ik snap dat het moeilijk voor je moet zijn geweest.'

'Och liefje. Ik had het al jaren eerder moeten doen.'

Wat nogal een rare opmerking was, maar Lottie stond er niet al te lang bij stil, want haar moeder ging nu voor Max staan, nam zijn gezicht tussen haar handen en zei: 'Moet je jou eens zien! Ik heb van je moeder gehoord dat je het erg goed doet, ze is zo trots op je!'

Na allemaal omhelzingen over en weer werd er een fles wijn opengetrokken en werden er toastjes gemaakt. Lottie keek Max even aan en stilzwijgend kwamen ze overeen dat ze het hun ouders ooit misschien zouden opbiechten dat hun vertrek naar Nieuw-Zeeland slechts een truc was geweest. Maar niet nu. Nog niet. Ze moesten nog even genieten van hun overwinning, van het wonderbaarlijke succes van hun eigen beslissing om het verleden voorgoed te laten rusten.

Want iedereen maakt weleens fouten. Waar het om ging, was dat je het goed probeerde te maken en om vergeving vroeg.

'Mam,' zei Lottie wat later tegen Kay. 'Je ziet er zo gelukkig uit.'

'O liefje, dat ben ik ook. Gelukkiger dan je kunt weten.'

'Ik denk dat dit heel goed is geweest voor jou en papa.'

'Dat denk ik ook.' Stralend keek Kay haar man aan. 'Terry? Het is tijd om haar de rest van... nou ja, je weet wel te vertellen.'

Haar vader leek trouwens ook een stuk jonger ineens, viel haar nu pas op, alsof er een zware last van zijn schouders was gevallen. Nieuwsgierig vroeg ze: 'Wat is de rest van... je weet wel? O, gaan jullie je huwelijksgelofte vernieuwen?'

'Nou,' zei Terry. 'Niet precies.'

'We gaan scheiden,' zei Kay. 'Maar maak je niet druk, het is oké, het is iets wat we allebei willen!'

Terry zei vrolijk: 'Het is het beste wat er had kunnen gebeuren. En het zal ons allebei gelukkig maken.'

Lottie staarde hen aan. Ze lachten allebei om hoe ze keek.

'Ik kan dit allemaal niet zo snel verwerken,' zei Lottie. Ze had natuurlijk geweten dat hun huwelijk zich moeizaam had voortgesleept, en had in de loop der jaren vaak gedacht dat ze beter konden scheiden, maar ze had nooit verwacht dat het zover zou komen, gezien de dynamiek tussen hen.

'Oké. Ik zal je dit zeggen. Een van ons houdt van iemand anders.' Het luchtte Terry zichtbaar op dat het gezegd was.

'Pap!'

O, nee, niet weer.

'En deze keer is hij het niet,' zei haar moeder met nauwelijks verholen vreugde. 'Ik ben het.'

43

Freya was in de etalage in gevecht met een paspop die ze een bikini probeerde aan te trekken, toen er iemand op het raam klopte. Ze keek op. Het was Naomi, ze wees naar de deur.

Freya's moeder, die net uit de opslagruimte kwam waar ze dozen met nieuwe spullen had uitgepakt, vroeg: 'Wie is dat? O, ik zie het al, het is Naomi van de praktijk. Zal ik haar maar even binnenlaten dan?' Ze deed de deur van het slot. 'Hallo, schat! We zijn gesloten, maar voor jou maken we een uitzondering. Zocht je iets speciaals? O, er zijn net nieuwe zijden topjes binnengekomen, blauw met geel, echt iets voor jou.'

'Eh, ik ben hier niet om iets te kopen. Ik wilde Freya even spreken.' Ze viel even stil en voegde er toen aan toe: 'Als dat mag?'

'Natuurlijk! Ga je gang, ik heb nog genoeg te doen...' Tess wapperde verontschuldigend met haar handen en verdween weer, en algauw hoorden ze uit de opslagruimte het geluid van kartonnen dozen die in stukken werden gescheurd zodat ze in de papierbak pasten.

'Sorry, maar ik moet je iets vertellen,' zei Naomi tegen Freya.

Freya kon wel raden wat het was, maar ze zette een onschuldig gezicht op en knikte haar bemoedigend toe. 'O? Vertel.'

'Het gaat over Cameron. Waar denk je dat hij vanavond is?'

'Nou, dat is simpel, hij is naar een van zijn rugbyvrienden in verband met een inzamelingsactie voor...'

'Nee, dat is dus niet zo,' flapte Naomi er uit. 'Hij is bij háár. Die Tanya, uit Plymouth, ze belt hem continu voor afspraakjes. Sorry, maar ik vond dat je moest weten wat hij uitspookt.'

Die arme Naomi, ze was niet blij. Ze had haar uiterste best

gedaan om Cameron voor zich te winnen, maar dat was vergeefs geweest, en nu was er ineens een andere vrouw in zijn leven opgedoken. Bovendien was Cameron geen door de wol geverfde vreemdganger, en daarom was Freya al redelijk goed op de hoogte van wat hij uitspookte, ook al omdat Lanrock een klein stadje was waar bijna iedereen elkaar kende.

Maar wat een goed nieuws! Dit was precies wat ze wilde. Thuis was Cameron zelfs in de logeerkamer getrokken, met als smoes dat hij door zijn onregelmatige werktijden moeilijk in slaap kon vallen en haar daarmee wakker hield.

'Nou, het is aardig dat je me dat wilde komen zeggen,' zei Freya, 'maar ik weet zeker dat het volkomen onschuldig is. Tanya is gewoon een oude vriendin van hem.'

'Niet zomaar een vriendin, ze hebben iets gehad! Ik heb de indruk dat ze zich echt op hem stort. Ik heb een paar keer meegeluisterd wanneer ze de praktijk belde. Nou, en dat waren geen onschuldige gesprekken, dat kan ik je wel vertellen.'

De deur van de opslagruimte vloog open en Tess kwam verontrust en met een rood hoofd de winkel in lopen. 'O, mijn god, ik geloof mijn oren niet! Hoe kan hij je dit aandoen?'

'Ja, erg, hè?' viel Naomi haar bij.

'Ik heb het niet over jou, ik heb het over mijn schat van een dochter! O liefje, wat vreselijk, je zult er wel kapot van zijn.'

'Je had ons niet mogen afluisteren,' zei Naomi. 'Dit is een privégesprek.'

'Nou, jij hebt anders Camerons telefoontjes ook afgeluisterd!' beet Tess haar toe.

'Nou ja, hoe dan ook, ik wilde je gewoon even laten weten wat er aan de hand is.' Naomi liep naar de deur waar ze zich nog even omdraaide naar Freya. 'Ik dacht dat je wel zou willen weten waar je verloofde mee bezig is.'

Het was al na middernacht toen Freya Camerons sleutel in het slot hoorde. Ze zette het geluid van de tv zachter, ging weer op de bank zitten en zei: 'Hoi, wat ben je laat.'

'Sorry.' Mocht het hem al verbazen dat ze nog op was, dan liet hij dat niet merken.

'Je hoeft je niet te verontschuldigen. Je bent eigen baas.'

'Nee, ik bedoel sorry voor alles.' Hij kwam voor haar staan en wreef over zijn achterhoofd, zodat al zijn haren recht overeind gingen staan. 'Frey, het is nooit mijn bedoeling geweest om je verdriet te doen, maar ik moet me echt bij je verontschuldigen, want ik weet dat ik je zo meteen zal kwetsen. En ik weet ook dat Naomi na het werk bij je is geweest, want ze heeft me een berichtje gestuurd.'

'Ze mag je graag.' Freya knikte. 'Ze is jaloers.'

Zijn wenkbrauwen schoten omhoog. 'O, echt? Weet je dat wel zeker?'

Ze glimlachte om zijn reactie. 'Voor een opmerkzame man ontgaan je soms de meest voor de hand liggende dingen. Ze heeft al vanaf dag één een oogje op je.'

'God, dat wist ik helemaal niet.'

'Dat weet ik.'

'Ik dacht dat ze gewoon... aardig was. En dat ze van hardlopen hield.'

'Ze wilde voornamelijk hardlopen met jou en door jou aardig gevonden worden.'

'Wauw. Ik had echt geen flauw idee.'

'Dat zou weleens ongemakkelijk kunnen worden op de praktijk.'

Hij schudde zijn hoofd. 'Ze heeft me nog een berichtje gestuurd waarin ze zegt dat ze op zoek gaat naar een andere baan. Ik heb me wel afgevraagd waar dat ineens vandaan kwam, maar dit verklaart alles.' Hij dacht even na en haalde toen beide handen door zijn haar. 'En wat de rest betreft... God, Frey, het spijt me zo. De dingen die ze je over Tan heeft verteld... Dat is allemaal waar. En ik voel me er verschrikkelijk over.'

Hij zag er zo droevig en schuldbewust uit dat Freya gewoon medelijden met hem kreeg. 'Dat weet ik. Maar het is oké.'

'Dat kun je niet zeggen. Het is niet oké. Je hebt niks verkeerd gedaan, je verdient dit niet, en ik heb nooit het soort man willen zijn die dit een ander aandoet. Maar dit soort dingen komen als een donderslag bij heldere hemel, en dat is precies wat er gebeurde toen ik Tanya terugzag. Het was van... *bam*!' Hij sloeg zijn vuist tegen zijn borst.

'Ik weet het,' zei Freya. 'Ik was erbij. Ik zag het gebeuren.'

'En bij haar ging het net zo. De volgende dag belde ze de praktijk en liet haar nummer achter, met de vraag of ik haar zo spoedig mogelijk wilde terugbellen in verband met een patiënt. Alleen was ík de patiënt. En wilde ze mij zo spoedig mogelijk zien.' Cameron kon er niets aan doen; zijn ogen glansden bij de herinnering eraan. 'Ik wist dat het verkeerd was omdat ik wist wat er zou gebeuren, maar ik kon het niet helpen. We bellen en appen elkaar continu. En we zien elkaar ook bijna elke dag. En ik vind het echt heel erg voor je, maar Tan is degene bij wie ik wil zijn. Dat moet gewoon. En zij wil bij mij zijn.'

'Het geeft niet,' zei Freya, want zijn hele lichaam straalde spanning en verdriet uit.

'Ja, dat zeg je steeds, maar je moet er kapot van zijn. Ongelooflijk dat je het zo goed opneemt. Je huilt niet eens!'

Kon ze op commando huilen? Nee, dat ging niet, dat zou niet gebeuren. 'Ik heb er al om gehuild,' loog ze. 'Tranen met tuiten. Maar nu is het uit mijn systeem.'

Hij leek opgelucht. 'Nou, dat is mooi. Ik bedoel, het is logisch dat je van streek bent, maar het is waarschijnlijk het beste als we het een gezamenlijke beslissing noemen. Want we willen niet dat mijn liefdadigheidswerk hieronder te lijden heeft, toch?'

'Beslist niet.' Ze verbeet een lachje; de hemel verhoedde dat zijn heilige reputatie hieronder te lijden had.

'En ik zou je dankbaar zijn als je het ook op die manier aan je moeder vertelt. Ik heb begrepen dat ze nogal van slag raakte toen ze hoorde wat Naomi te zeggen had.'

'Ja, dat is zo.'

'Het zou fijn zijn als ze er discreet mee omging.' Hij schraapte zijn keel. 'Per slot van rekening zou je kunnen zeggen dat ze me wel iets verschuldigd is.'

Hij bedoelde: ik heb haar een van mijn nieren geschonken, dus ga me niet zwartmaken. En oké, daar zat iets in.

'Ik zal het haar zeggen. Ze was inderdaad nogal van slag, maar ik zal ervoor zorgen dat ze het begrijpt.' De hele avond had Freya zich afgevraagd of ze Cameron zou opbiechten dat haar gevoelens voor hem al maanden geleden waren bekoeld, maar ineens wist ze dat ze dat niet zou doen. Het had geen zin. Hij zou zich alleen maar beledigd voelen.

'Nou, dank je. Weet je zeker dat je het aankunt?'

Ik ben in de wolken.

Ze zei het niet, ze dacht het alleen maar en schonk hem een klein lachje waar hopelijk liefdesverdriet doorheen schemerde. 'Ja, hoor, ik red me wel. Het is maar goed dat we uiteindelijk toch niet getrouwd zijn, hè?'

'Dat zci Tan ook nog vanavond.' Hij kromp ineen toen tot hem doordrong dat dat niet zo'n diplomatieke opmerking was. 'Maar waar ga je nu naartoe? Je hoeft hier niet meteen weg, hoor. Maar... Nou ja, je weet wel...'

'Ik pak morgen mijn spullen. Mijn moeder zal het heerlijk vinden om mij weer een paar weken om zich heen te hebben. En als het vakantieseizoen voorbij is, huur ik wel iets.'

'Je bent echt een fantastische vrouw. Zoals ze zeggen: een heel goede vangst. Je hebt in no time een ander.'

'Ik wil niemand anders.' O, nee, dat klonk fout. 'Ik wil even helemaal niemand. Bovendien,' vervolgde ze, 'weet ik al dat ik fantastisch ben en ook een goede vangst. Maar ik ga er gewoon een tijdje van genieten dat ik weer single ben. Tot ik zelf besluit dat ik wel weer eens aan de haak wil worden geslagen.'

Hij keek haar aan met een mengeling van bewondering, affectie en opluchting.

'Nou, wie dat ook is, hij mag zijn handjes dichtknijpen. En ik hoop dat we altijd vrienden zullen blijven.'

'Natuurlijk. Waarom niet? We wonen allebei in Lanrock, dus we zullen elkaar regelmatig tegen het lijf lopen.'

'Je bent echt fantastisch. Kom eens hier, jij.' Hij spreidde zijn armen en Freya stond op van de bank zodat ze elkaar een het-is-uit-knuffel konden geven. Hij hoefde niet te weten dat het wat haar betrof al maanden uit was tussen hen.

Hij hield haar ineens wat steviger vast en fluisterde in haar oor: 'Als je wilt kunnen we nog wel één nachtje samen doorbrengen. Je weet wel, zodat je het echt kunt afsluiten.'

Ze kon maar met moeite haar lachen inhouden. Het gore lef van de man van wie ze ooit had gehouden. Maar dat was nu typisch Cameron, hij wilde de situatie weer helemaal naar eigen hand zetten, zodat hij eruit zou komen als de onzelfzuchtige held die haar een pleziertje deed.

'Dank je, maar nee. Ik heb het al afgesloten.'

'Zeker weten?' Aan de manier waarop zijn ene mondhoek iets omlaag ging zag ze dat hij teleurgesteld was, dat hij zich erop had verheugd om na een redelijk lange periode van droogte met een laatste hoera afscheid te nemen.

'Heel zeker.'

'Nou, oké dan, prima.' Hij dacht even na en zei toen: 'Maar weet je wat we wel zouden kunnen doen? Eens even praten met de hoofdredacteur van de plaatselijke krant, hem aanbieden een interview te geven over hoe je een relatie succesvol kunt beëindigen. Ik zou ook contact op kunnen nemen met het radiostation. Wie weet, misschien pikken andere kranten het dan wel op. Je weet hoe het met Max en Lottie is gegaan toen dat filmpje met die dolfijnen opdook. En zij waren niet eens op zoek naar publiciteit. Ik denk dat mensen graag van ons zouden weten hoe het ons is gelukt om tot een vriendschappelijke scheiding te komen. En het zou ook fantastische publiciteit zijn voor mijn volgende goede doel. Per slot van rekening heb ik je moeder wel een nier geschonken... Ik denk dat mensen daar graag meer over zouden willen weten, denk je ook niet?'

'Nou, volgens mij heb je het daar al vaker over gehad,' zei Freya zo onschuldig mogelijk. 'Ik denk dat iedereen in Cornwall dat verhaal nu wel kent.'

44

Nu iedereen het wist, kwam Ruby tot de ontdekking dat zwanger zijn net zoiets was als beroemd zijn. Overal hielden mensen haar staande om haar te feliciteren, haar inmiddels zichtbare buikje te bewonderen en haar te vertellen wat het volgens hen zou worden, een jongen of een meisje, en om een beetje met haar te kletsen over hoe het voelde om zwanger te zijn.

En dat was nog lang niet alles; daarna kreeg ze in geuren en kleuren te horen wat hun eigen ervaringen waren, en die varieerden van een hunkering naar honing en broccolisoep tot een overweldigende ochtendmisselijkheid. En dat alles werd gevolgd door akelige details over de bevalling zelf en de ellende van baby's die nooit sliepen, baby's die vijftig keer per dag overgaven en baby's die continu krijsten. Al die verhalen, met enthousiasme verteld, eindigden er altijd mee dat de vrouw in kwestie zei: 'Maar ik had ze niet willen missen,' om zo de nachtmerrieachtige scenario's die ze haar met veel plezier hadden voorgeschoteld enigszins te verzachten.

Maar het grote voordeel van zwanger zijn, was dat ze zich door al die hormonen die door haar lichaam gierden totaal niet meer drukte maakte om haar writer's block. Ideeën verzinnen en een nieuw boek schrijven leken ineens veel onbelangrijker dan het feit dat er een mensje in haar groeide. Het was de laatste week van augustus, het was warm, ze kon doen en laten wat ze wilde, en op dit ogenblik was dat onder een parasol zitten op haar lievelingsplekje van East Beach, met een koelbox vol ijslolly's met frambozensmaak en flesjes vruchtensap naast haar. Zonnebril op, mooi boek op haar schoot, genoeg zonnebrandcrème bij de hand en de vrijheid om een dutje te doen wanneer ze maar wilde... Wat kon een mens zich nu nog meer wensen?

Haar zalige soezerige stemming werd echter onderbroken door een groepje tienermeisjes die overdreven begonnen te gillen toen een golden retriever het strand op kwam rennen en zich bij hen uitschudde, hen besproeiend met zeewater. De hond keek hen even ondeugend aan en stormde toen weer de golven in.

Glimlachend ging Ruby iets meer rechtop zitten toen de hond weer kwam aanrennen, zich uitschudde en vervolgens de hoek van een blauwe badhanddoek tussen zijn tanden nam en hem probeerde mee te sleuren hoewel er een klein kind op zat. Het kind riep lachend: 'Nee, Bommel, niet doen!'

Kwispelend trok Bommel net zo lang aan de handdoek tot het kind eraf viel. De hond blafte triomfantelijk.

Het kwam door de naam dat Ruby bleef kijken. In de loop der jaren hadden vele jonge lezertjes hun huisdieren Bommel genoemd. Zelfs een keer een ringslang, die was meegenomen naar een van haar signeersessies in Birmingham. De slang had zich daar ontworsteld aan de greep van zijn eigenaar en er was meteen paniek uitgebroken onder de ouders in de rij; de kinderen hadden alleen maar verrukt gelachen.

Ineens hoorde ze een vrouwenstem op het strand roepen: 'Nee, Bommel, los!' en Ruby's huid begon te tintelen omdat ze de stem onmiddellijk herkende. Ze schoot overeind op haar strandbed, liet haar boek in het zand vallen en tuurde met haar hand boven haar ogen tegen de zon naar de vrouw die Bommel tot de orde probeerde te roepen.

Zonder succes, dat moest gezegd worden.

Maar ja, ze was het inderdaad, Richards ex, Mel, in een zwart-wit gestreepte bikini en met een wit honkbalpetje op. En pas nu drong tot Ruby door dat het kleine kind op de blauwe handdoek Flo was. Ruby keek of ze Sasha ook ergens zag, ja daar, een paar meter verderop, druk bezig een zandkasteel te bouwen. Maar dat was alles. Geen Dara. En ook geen Richard.

De hoop die even was opgeflakkerd, stierf weer weg en veranderde in teleurstelling. Maar aan de andere kant, dat ze niet allemaal op het strand zaten, wilde nog niet zeggen dat ze niet in Lanrock waren. Of maakten haar hormonen haar nu van de wijs en hoopte ze daarom dat ze Richard misschien terug zou zien? Want in feite was er niets veranderd. Ze had haar beslissing al weken geleden genomen en daar moest ze zich aan vasthouden. Richards situatie was al ingewikkeld genoeg, die hoefde ze niet nog erger te maken dan die al was.

Toch kon ze het niet laten om hen een tijdje in de gaten te houden, tot ze door de warmte en door haar zwangerschapsvermoeidheid weer in slaap sukkelde.

Ze droomde dat er in zee een reusachtige waterslang naast haar zwom die haar met een hoog stemmetje vertelde dat het leven een stuk gemakkelijker zou zijn als iedereen een badge droeg met daarop zijn naam, leeftijd en persoonlijke omstandigheden. 'Dan zouden we meteen weten met wie we te maken hadden,' zei de stem, 'en dan waren er geen geheimen meer.'

Ruby, die aan het watertrappelen was terwijl de slang om haar heen glibberde, zei: 'Maar dat is een vreselijk idee. Wat als je niet wilt dat mensen alles van je weten?'

'Nou, wat jij wilt, het was maar een idee.' Hoewel de slang geen schouders had, leek hij die toch op te halen. En daarna, duidelijk beledigd door haar gebrek aan enthousiasme, zwom hij weg.

'Ruby?'

Dat was niet in de droom. Iemand sprak haar aan. Ruby opende geschrokken haar ogen en zag dat het Mel was die een schaduw over het strandbed wierp.

'O, hoi! Wauw, jullie zijn terug!'

'Ja. We hadden er zo'n zin in.' Mel grinnikte. 'Over welk vreselijk idee had je het?'

'Sorry, praatte ik hardop in mijn slaap? Ik kan het me niet eens herinneren.' De droom was alweer weg, onbereikbaar geworden. Ruby ging rechtop zitten en zag dat Mel naar haar gebruinde ronde buik keek.

'Nou ja, maakt niet uit, in elk geval gefeliciteerd met de baby! Richard had het al gehoord tijdens een interview dat je op de radio had. Echt leuk.'

'Dank je.' Automatisch legde Ruby een hand op haar buik. 'Ik verheug me er erg op.'

'We zijn daarnet al bij je appartement langs geweest, om te kijken of je thuis was. Maar niet dus. We zijn een paar uur geleden aangekomen, waarschijnlijk was je toen al op het strand.'

'Waar zitten jullie?'

'Het was een lastminute-idee om terug te gaan naar Lanrock, dus we hadden niet veel keus. Lottie had gelukkig nog een huisje voor ons, bovenaan Wood Lane. We hadden gewoon geen zin om naar een andere plaats in Cornwall te gaan. Dit is onze nieuwe favoriete vakantieplaats.'

'En... waar zijn de anderen?' Goh, wat was het lastig om geen blik op de meisjes, de hond en het blauwe strandlaken te werpen. Het was nog een heel gedoe om te doen alsof je iedereen niet allang had gezien.

'We zitten daar.' Mel wees, en Ruby keek zogenaamd verbaasd naar Sasha en Flo. 'We kwamen een gezin tegen dat we nog van de vorige keer hier kenden en zij passen even op de meisjes.'

Ruby knikte vrolijk. Ze kon niet naar Richard vragen. 'Is Dara ook meegekomen?'

Boven hun hoofden was het een gekrakeel van meeuwen. Mel keek even omhoog en zei toen: 'Nee, Dara is niet mee. Het is uit.'

'Wat?' Deze keer was haar verbazing oprecht. 'Maar jullie leken zo gelukkig samen. God, wat erg voor je.'

'Nee, hoor. Het was mijn beslissing. Mag ik?' Mel knikte naar het strandbed en Ruby trok haar benen opzij zodat Mel ook kon gaan zitten.

'Wat is er gebeurd?'

'Ach, het kwam door dat gedoe om nog een kind. Dat was eigenlijk puur Dara's idee. Ze wilde graag een kind dat van ons beiden was, maar was niet bereid om het kind zelf te dragen. En Richard zag het eigenlijk ook niet zo zitten, hoewel ze steeds op hem in probeerde te praten. En hoe meer druk ze uitoefende, hoe meer ik me begon af te vragen of we er wel goed aan deden.' Mel trok een gezicht. 'In vele opzichten is Dara een schat van een vrouw, maar ze kan nogal... bazig zijn. Ze wil graag de touwtjes in handen hebben. Het drong tot me door dat ik op het punt stond iets te doen alleen maar omdat zij dat wilde, iets wat op een grote vergissing kon uitlopen. We hebben er eindeloos over gepraat. En toen hebben we het uitgemaakt.'

'Wauw. En hoe zijn de meisjes eronder?'

Mel glimlachte. Haar ogen straalden. 'Goed. Meer dan goed. Zij hadden natuurlijk ook al gemerkt dat Dara nogal bazig kon zijn. Ik bedoel, het was niet zo dat ze stiekem een hekel aan haar hadden of zo, maar ze hebben mij, en ze hebben hun vader. En dat is genoeg voor hen.'

Boem-boem-boem deed Ruby's hart. En niet op een positieve manier. 'Zijn... Richard en jij dan weer bij elkaar?'

Mel begon te lachen. 'Neeee! Ik ben nog steeds lesbisch, dus dat gaat ook niet gebeuren. Maar we zullen altijd co-ouders blijven en zijn ook nog steeds vrienden. Sasha en Flo hadden het vast wel leuk gevonden om een broertje of zusje te krijgen, maar eigenlijk wilde ik dat zelf helemaal niet meer. En het zou ook raar zijn geweest voor Richard, als de zaaddonor.' Ze schudde haar haar naar achteren en zei toen opgewekt: 'En daarom hebben we iets anders genomen, iets wat Dara beslist niet wilde.'

'O?' God, acteren was toch echt een vak. Ruby wist niet goed hoe ze haar wenkbrauwen moest houden.

'Ons jongste gezinslid is...' Mel deed alsof ze op een trommel roffelde, 'een golden retriever!'

'Echt? Wat ontzettend leuk!'

'Het is een asielhond, hij zat daar omdat zijn vorige baasje was overleden. En hij heette Colin, maar dat vonden de kinderen een stomme naam, en daarom hebben we hem veranderd in Bommel. We zijn allemaal dol op hem. Wil je even kennis met hem maken? Hij is daar, bij de kinderen. Ik roep ze even.'

'Ik ben dol op honden. Dat hoef je mij geen twee keer te vragen.'

Mels dochtertjes waren heel blij om haar te zien, wat natuurlijk vleiend was, maar het kon ook zijn dat ze alleen maar blij waren omdat ze konden pronken met het nieuwste lid van de familie. Bommel, een vriendelijke hond die blij met iedereen was, blafte, zette zijn voorpoten op Ruby's knieën en probeerde vervolgens op haar schoot te springen.

'Geen ruimte, helaas.' Ze kriebelde de zijdeachtige oren van de hond en bewonderde zijn gevoelvolle bruine ogen. 'Je bent een schoonheid. En wat een prachtige naam.'

'Hij is vernoemd naar Bommel de Hommel uit je boek,' zei Sasha trots.

'Wat een mooi compliment is dat,' zei Ruby tegen haar. 'Ik voel me vereerd.'

'Waarom ben je zo dik?' wilde Flo weten.

'Ruby is niet dik. Ze krijgt een baby,' riep Mel uit. 'Dat hebben we je toch verteld? Papa had het op de radio gehoord. Spannend, hè?'

'Hoe komen baby's er dan uit?' Flo fronste.

Mel lachte en keek even naar Ruby. 'Moeizaam.'

Bommel likte Ruby's hand en ze streelde over zijn kop. 'Dus jullie zijn allemaal blij met hem?'

De meisjes knikten verwoed. 'Dara woont niet meer bij ons. En in plaats daarvan hebben we nu Bommel,' legde Sasha uit. 'Hij houdt van knuffelen. En we gaan iedere dag met hem naar het park.'

'Vindt papa hem ook leuk?'

Sasha lachte. 'Ja! Zelfs nog nadat hij zijn schoen had opgegeten.'

Mel was bij de vrienden gaan staan die een oogje in het zeil hadden gehouden en Ruby vroeg zacht aan de kinderen: 'Is papa hier ook?'

'Nee.' Sasha schudde haar hoofd. 'Hij is thuis. Bij Christina. Die heeft ook een hond, een zwarte, Mabel. Ze is leuk.'

'O.' Dit was niet wat Ruby wilde horen. 'Maar is het nu Christina die leuk is, of Mabel?' Zo diep was ze gezonken; ze onderwierp nu zelfs al kleine kinderen aan een kruisverhoor.

'Ze zijn allebei leuk!'

'En wie is Christina? Is dat papa's... vriendin?'

Sasha knikte. 'Ze is de buurvrouw. En ze geeft ons stiekem chocola als we van papa niet meer mogen.'

Omkopen. Dat was het. Ruby zag de buurvrouw al voor zich, blond en levenslustig, als het weermeisje in een ochtendprogramma op tv, met een eeuwige glimlach om haar lippen, een opgewekte manier van doen en knoopjes op haar jurk die de gewoonte hadden per ongeluk open te springen.

'Weet je al wanneer de baby komt?' Flo trok aan Ruby's arm, ze wilde er nu het fijne van weten. 'Is het net zoiets als overgeven? Komt hij uit je mond?'

'O, god, ik ben helemaal de tijd vergeten!' Mel kwam gehaast naar hen toe lopen. 'We moeten terug naar het huisje. Ik had boodschappen besteld en als ze die buiten laten staan, bederven de koude dingen. Ruby, het was ontzettend leuk je weer te zien. We moeten beslist een keer afspreken, je hoort nog van me. Sasha, pak jij het strandlaken even? Flo, waar zijn je schoenen? En waar is Bommels riem? Echt, twee meisjes en een hond,' riep ze uit, 'je zou toch denken dat dat simpel was? Dit staat jou allemaal nog te wachten!'

45

Ruby had gehoopt dat ze Mel en de meisjes zou terugzien, en ze zouden elkaar ongetwijfeld op het strand ook tegen het lijf zijn gelopen als het weer de dag erna, en ook de dag daarna, niet was omgeslagen. Grijze wolken kwamen over zee aanzetten, en steeds wanneer de dapperste strandgangers zich naar buiten waagden, wakkerde de wind aan en begon het pijpenstelen te regenen, alsof de zee iedereen eraan wilde herinneren wie de baas was.

Ruby, die twee dagen opgesloten had gezeten in haar appartement, fantaserend over wat Richard en zijn rondborstige buurvrouw allemaal uitspookten in Henley-on-Thames, had zich uiteindelijk genoodzaakt gezien om online te gaan shoppen en allemaal stomme dingen te bestellen die ze niet nodig had, alleen maar om zichzelf een beetje op te vrolijken. Tot dusverre waren er vandaag al drie dingen bezorgd: een soort ketting met daaraan een stuk glas-in-lood van rood met goud, bedoeld om voor het raam te hangen, donkerpaarse mascara en een nieuwe set aquarelkwasten van sabelhaar om zichzelf te dwingen weer echt te gaan schilderen in plaats van doelloos met een potlood over het papier te krassen.

Tik-tik-tik, weer een regenvlaag die tegen het raam kletterde. Het leek wel een granaatinslag. Buiten gingen de lichtgrijze zee en de hemel zo in elkaar over dat de horizon niet eens te zien was. Er was niemand buiten, op iemand met een zuidwester, rubberlaarzen en een hengel na. Ze vroeg zich af wanneer haar flesjes vruchtensap zouden worden bezorgd, want het was inmiddels vier uur 's middags en de verwachte bezorgtijd lag tussen kwart voor drie en kwart over vier. Ze begon te watertanden bij het vooruitzicht van een flesje bruisend zwartebessensap dat op dit moment haar favoriet was.

Er verscheen een berichtje op haar laptop, en haar hart sloeg even over, want ondanks alles hoopte ze iedere keer dat het Richard was.

Maar natuurlijk was hij het niet. Het was een geautomatiseerd bericht van de bezorger om haar te laten weten dat de verwachte bezorgtijd nu tussen zeven uur en halfnegen lag.

Ruby kreeg tranen van frustratie in haar ogen. En ja, ze had er genoeg over gelezen om te weten dat het hormonale tranen waren. En ze wist ook dat het niet echt een nijpend probleem was. Maar verdomme, zo voelde het wel. Haar lichaam snakte naar vruchtensap, ze had haar laatste flesje vanochtend opgedronken en buiten was het donker en regende het. Die stomme zak van een bezorger had waarschijnlijk expres de bezorgtijd veranderd, puur om haar te pesten. Ze redde het echt niet tot halfnegen, het was allemaal heel oneerlijk!

Nou, ze konden allemaal de pot op, maar ze zou die zak van een bezorger niet laten winnen en ze zou ook niet gaan huilen. Ze hield haar hoofd achterover en staarde naar het plafond tot de tranen weer terug haar oogkassen in waren gegleden, en daarna pakte ze haar regenjas en trok haar oranje laarzen aan. Regen of geen regen, ze zou zelf wel haar flesjes vruchtensap gaan halen bij die kruidenier in Angel Street, hoewel die bijna nooit haar lievelingssmaak op voorraad had.

Ach, en wie weet, misschien zou ze wel opvrolijken van een wandelingetje door de stad.

Ha, zeiden haar hormonen, had je gedacht!

En haar hormonen hadden gelijk. Veertig minuten later liep Ruby terug naar huis tijdens de zwaarste zomerstorm tot nu toe. De capuchon van die stomme jas van haar waaide steeds van haar hoofd. Bovendien bleek de stof niet waterdicht, zodat zelfs haar katoenen jurk nat was en nu klam aan haar lichaam plakte. Maar dat was nog niet het enige, o, nee. De oranje laarzen die ze vorige week had gekocht wreven pijnlijk over haar tenen en de bovenkant van haar voeten, en haar haar was verwaaid en zat ook nog eens in de knoop. Bovendien hadden ze haar lievelingssmaak niet op voorraad gehad, zodat ze genoodzaakt was geweest om vier flesjes citroen met gember te kopen, echt haar minst favoriete drankje, dat je bovendien niet eens echt een vruchtensapje kon noemen.

En toen ze hinkend de bocht om kwam, terwijl de regen bijna horizontaal haar gezicht geselde, zag ze voor de ingang van haar gebouw de bezorger een doos uit zijn auto laden.

Ze bleef stokstijf staan. Als dit een romcom was en ze niet toevallig zwanger was, bedacht ze, zou haar woede-uitbarsting van zo dadelijk het begin van iets romantisch kunnen zijn. Maar dat zou alleen geloofwaardig zijn als hij wat meer van haar leeftijd was geweest in plaats van twintig jaar jonger en met benen als pijpenragers.

Het was allemaal zo oneerlijk dat ze sowieso tegen hem zou gaan schreeuwen, dat wist ze nu al.

Toen de jongen haar zag, zei hij: 'Perfecte timing, ik heb net...'

'Nee,' beet ze hem toe, 'dit is géén perfecte timing, want je stuurde me een berichtje waarin stond dat je vanavond zou komen en als ik had geweten dat je er nu al zou zijn, dan had ik niet in dit kloteweer naar de winkel gehoeven en was ik niet zeiknat geworden.'

Hij keek haar geschrokken aan terwijl ze voor hem ging staan.

'S-Sorry, ik dacht dat u het wel fijn zou vinden dat ik wat eerder was.'

'Maar dat heb je me niet verteld!'

'Omdat ik geen signaal had en...'

'En nu heb ik die met citroensmaak gekocht en die lust ik niet eens!' Ze wist dat ze onredelijk was, maar hij snapte gewoon niet hoe ze zich voelde. Hopeloos was nog te zwak uitgedrukt. Een nieuwe windvlaag blies haar haar voor haar gezicht, en dat was echt de laatste druppel, en die vent snapte ook niet hoe akelig dat voelde, want zelf had hij een kale kop.

Ondertussen stond hij haar verbijsterd aan te kijken. 'Luister, het spijt me...'

God, die arme jongen. Ze had hem de stuipen op het lijf gejaagd. Wat moest hij wel niet van haar denken? Haar ogen brandden van schaamte terwijl ze jammerend zei: 'Maak me nou niet aan het huilen. Het spijt mij oo-oo-ook!'

Hij leek nog angstiger te worden. 'Gaat het wel goed met u?'

Ze haalde haar handen over haar gezicht en brulde: 'Neeeeee!'

'Hé, wat is hier aan de hand?' klonk een stem achter haar. 'Wat gebeurt er allemaal?'

'Dat weet ik niet.' De jongen, zichtbaar in paniek, hield de doos stevig vast. 'Ik heb echt niks gedaan, hoor. Ik wilde alleen maar helpen.'

'Vertel me eens waarom je zo van streek bent.' Er werd een hand op Ruby's schouders gelegd, en even vroeg ze zich af of ze werd gearresteerd. Hoeveel huisvrede moest je breken voordat dat gebeurde?

Toen ze zich omdraaide en oog in oog bleek te staan met Richard slaakte ze een hikkerig kreetje van schaamte.

'Vertel,' zei Richard.

'Hij zei niks, hij deed niks verkeerd. Het komt door mij... Ik kon niet meer wachten tot mijn sapjes er waren en toen heb ik de verkeerde gekocht omdat ze de lekkere niet hadden. Het is allemaal mijn schuld!'

'Echt, ik weet niet wat ze heeft,' zei de jongen. 'Meestal is ze normaal.'

'Maar ik wilde gewoon heel graag die zwartebessensmaak.' Tussen het snikken door hapte ze naar adem.

'En ik weet ook niet waarom haar gezicht zo is,' ging de jongen angstig verder. 'Ik heb haar niet aangeraakt.'

'Hij h-heeft me niet aangeraakt... hij wilde alleen maar aardig doen.' Bang dat Richard haar niet zou geloven, flapte ze er uit: 'Hij is een schat van een jongen. Ik geef hem altijd vijf s-sterren.'

'Oké, ik weet al wat het is, denk ik. Het komt omdat ze zwanger is,' zei Richard.

Geschrokken deed de jongen een stap naar achteren. 'Nee nee, dat heeft echt niks met mij te maken!'

'Ik bedoel dat het de hormonen zijn. Niks om je druk om te maken. Geef mij maar.' Richard nam de doos van hem over. 'Ik blijf bij haar tot ze weer is gekalmeerd.'

Aan het gezicht van de jongen was af te lezen dat hij dacht: jij liever dan ik.

Binnen liep Richard met de rinkelende doos naar de keuken waar hij een flesje openmaakte en aan haar gaf. Dorstig van haar wandeling dronk ze de helft van het heerlijke, zomerse, zoetzure drankje op.

Het was alsof ze de allerbeste drug ter wereld nam.

En toen, de dorst gelest en de tranen weggeëbd, keek ze met het flesje tegen haar borst geklemd naar Richard, die tegen de ijskast leunde en haar opnam met een voor haar raadselachtige blik.

'Sorry.' Hij dacht waarschijnlijk dat ze gek was geworden, en wie kon hem dat kwalijk nemen?

Een heel klein lachje om zijn mond. 'Je hoeft je niet te verontschuldigen.'

'Ik ben niet echt zo'n vreselijk mens.'

'Dat weet ik.'

'Normaal gesproken schreeuw ik niet tegen mensen. Ik weet niet wat me bezielde.'

'Zoals ik tegen die jongen zei, je bent zwanger. Het hoort erbij.'

Nu ze wat was gekalmeerd, begreep ze dat hij gelijk had. Ze nam nog een slokje. 'Maar hoe weet jij dat allemaal?'

Nu glimlachte hij echt. 'Ik heb twee kinderen, ik heb het allemaal al meegemaakt. Toen Mel zwanger was van Sasha kon ze echt elk moment ontploffen of in huilen uitbarsten. Als ze niet bij haar veters kon, begon ze al te janken. Of als er te veel cornflakes in haar kom zaten. Op een keer had de krantenbezorger een krant bezorgd waarvan de voorpagina was gescheurd, en toen is ze helemaal naar het distributiepunt gelopen om hem terug brengen. Snikkend, de hele weg.'

'Echt?' Dat was erg troostend om te horen.

Hij knikte. 'En je had haar eens moeten zien toen ze per ongeluk op een slak trapte.'

'Ik voel me meteen beter.' Zelf had ze pas geleden nog gehuild toen een paniekerige wesp in de keuken niet meteen de weg naar buiten had gevonden, ondanks al haar pogingen om hem te helpen. Zelfs nu voelde ze de tranen alweer achter haar ogen branden als ze eraan terugdacht. God, wat waren hormonen rare dingen.

Richard scheurde een vel keukenpapier af en gaf het haar. 'Huil maar zoveel je wilt. Mij maakt het echt niet uit.'

'Ja, je kent het natuurlijk. Weet je nog die keer in dat café in St Ives? Dat was de eerste keer dat je me te hulp schoot.' Ze perste er een lachje uit.

'Hoe zou ik dat kunnen vergeten?' Hij knikte naar haar bolle buik. 'Nog gefeliciteerd trouwens.'

Ruby vroeg zich af hoe hij zou reageren als ze er nu de waarheid uitflapte. Maar nee, dat kon ze echt niet maken. Blozend zei ze: 'Dank je. Hoe gaat het met de meisjes? Goed?'

'Ja, hoor. Je hebt ze een paar dagen geleden toch nog gezien?' bracht hij haar in herinnering. Alsof ze dat ooit zou vergeten.

'Ja ja. Maar ik vroeg me gewoon af wat jij hier ineens doet. Sasha zei dat je niet mee was, dat je thuis in Henley was met... nou ja, met iemand.'

'Ja, ik was thuis,' beaamde hij. 'Ik had een afspraak waar ik niet onderuit kon. Maar ik ben hier vanochtend naartoe gereden en ik blijf de rest van de week.'

Ruby's hoofd stroomde over; zoveel mogelijkheden, allemaal

vergezocht, maar toch kon ze haar gedachten niet stoppen. 'O. Nou, dat is fijn. Voor de meisjes, bedoel ik.'

'Puur uit belangstelling,' zei Richard, 'wie is die iemand met wie ik volgens Sasha thuis was?'

'Eh... je buurvrouw? Christina of zo?' Nu zou je het krijgen, het verpletterende moment waarop hij vertelde dat er een fantastische jonge vrouw naast hem was komen wonen, een oogverblindende schoonheid die met haar persoonlijkheid weer liefde en betekenis aan zijn leven had gegeven.

Hij knikte. 'O ja. Ja, zij is echt heel bijzonder.'

'Sasha vertelde dat je veel lol met haar had, dat ze je vriendin is.'

'Ja, we hebben veel lol en ja, ze is een vriendin.' Na een korte stilte liet hij erop volgen: 'En verder is ze achtenzeventig en dement. Haar man zorgt voor haar, maar de tuin kunnen ze geen van beiden meer aan en daarom help ik ze waar ik kan. Christina geeft me standjes als ze vindt dat ik een struik verkeerd heb gesnoeid. En omdat ze operazangeres is geweest, laat ik haar altijd *La Traviata* en *Rigoletto* zingen... Wil je nog een sapje?' Hij veranderde van onderwerp toen hij zag dat ze weer tranen in haar ogen kreeg.

'Nee, dank je. Zo te horen is ze inderdaad erg leuk.' Ze bedacht ineens iets. 'Kwam je toevallig voorbij toen je me tegen de bezorger zag staan schreeuwen?'

Hij schudde zijn hoofd. 'Nee, ik was op weg naar jou. Om twee redenen.'

'O?'

'Mel heeft me gestuurd. Ik moest je van haar vragen of je zin had om vanavond bij ons te komen eten.'

Ja ja ja ja!

'Dat klinkt goed. Heel graag.'

'Mooi zo.'

'En de andere reden?'

'Nou, ik wilde je laten weten...' Een korte aarzeling. Hij haalde zijn hand door zijn haar en zei toen op verontschuldigende toon: 'Ik heb haar over ons verteld.'

Ze knipperde met haar ogen. 'Wat heb je haar over ons verteld?'

'Over jou en mij. Over die avond en nacht samen.'

Het was net alsof er allemaal kleine kikkertjes in haar ribbenkast rondsprongen. Ze haalde bevend adem. 'Waarom?'

'Het was niet de bedoeling. Ik zei alleen maar dat we elkaar al een keer eerder hadden ontmoet, ik heb haar de Disney-versie gegeven.' Hij stak zijn handen diep in de zakken van zijn jasje. 'En daarna vertelde ik haar dat ik voortdurend aan je moet denken.'

'O.'

'Ik zei dat ik gevoelens voor je had. Serieuze gevoelens. Maar dat jij en je man een kind kregen en dat jullie weer bij elkaar waren.'

Serieuze gevoelens? Serieuze gevoelens...

'We zijn nog steeds uit elkaar.'

'Ik hoorde je redacteur dat zeggen tegen die assistente.'

Ze schudde haar hoofd. 'In Londen? Dan heeft Morwenna iets niet begrepen. Peter en ik... Nee, dat gaat nooit meer gebeuren. God, geen sprake van zelfs.'

'Ja, dat weet ik nu ook, maar toen wist ik dat niet. En toen ik mijn visitekaartje voor je achterliet, hoopte ik eigenlijk dat je contact zou opnemen. Maar dat gebeurde niet.'

'Ik heb je visitekaartje nooit gekregen,' zei ze, en ze zag dat hij zijn wenkbrauwen optrok. Kwam dat ook door Morwenna? Waarschijnlijk had ze gedacht dat ze haar er een plezier mee deed, dat ze haar in bescherming nam tegen een fan die misschien wel stalkerneigingen had.

'Hoe dan ook,' ging Richard verder, 'toen ik vorige week zei dat we er misschien nog een weekje tussenuit konden, weer naar Lanrock, was Mel meteen enthousiast. En vandaag bij de lunch heb ik haar verteld wat ik voor je voel.'

Ruby had een droge mond gekregen. 'En?'

'Ik zei dat ik dacht dat ik van je hield. Maar als je liever wilt dat ik nu stop, zeg het dan. Als ik het mis heb, zeg het me dan.'

Haar hele lichaam bruiste, een beetje als haar lievelingssapje.

'Ga vooral verder.'

'En Mel zei dat je nooit moet zeggen dat je van iemand houdt als je nog niet met diegene naar bed bent geweest, voor het geval de seks verschrikkelijk blijkt te zijn, een complete domper, iets wat je echt nooit meer wilt meemaken.'

'Daar zit wat in.' Ruby stond bijna te hyperventileren.

'Dus toen heb ik haar verteld dat we al seks hadden gehad, en dat dat niet verschrikkelijk was.' Hij keek haar liefdevol aan. 'Integendeel zelfs.'

Wat vleiend was om te horen. 'En wat zei Mel toen?'

'Ze slaakte een kreet. Mijn trommelvliezen hebben het maar net overleefd. En toen zei ze: "Holy shit," wat grappig was, want ik heb haar dat nog nooit horen zeggen. Moet je weer huilen?'

'Nou ja,' zei ze, 'het is altijd fijn om een complimentje te krijgen.'

'Oké, dit was een omslachtige manier om je te vertellen wat ik hier kom doen.' Hij maakte zich los van de ijskast, haalde zijn handen uit zijn zakken en pakte de hare vast. 'Misschien ben ik de enige hier die het zo voelt, maar ik durf het risico wel te nemen om te zeggen dat ik je leuk vind. Erg leuk. Ik ben er zelfs behoorlijk zeker van dat ik van je hou. Sinds die nacht moet ik voortdurend aan je denken. En ik weet dat de afgelopen maanden voor jou moeilijk moeten zijn geweest, maar ik wilde je zeggen dat het mij niet uitmaakt dat je zwanger bent.' Hij stopte even om adem te halen. 'Ik wil vaker bij je zijn. Veel vaker. En als het gaat zoals ik hoop dat het gaat, maakt het me helemaal niet uit dat deze baby biologisch gezien niet van mij is. Ik zal ervan houden alsof het wel zo is.' Hij legde een hand op haar wang en keek haar diep in de ogen. 'En ik kan je beloven dat ik een goede vader ben. Behalve dan als ik probeer om mijn dochters zover te krijgen dat ze hun speelgoed opruimen. Dan ben ik volgens hen heel erg gemeen en oneerlijk.'

Er gleed een traan over Ruby's wang en hij veegde hem weg met zijn duim. Toen kuste ze hem en haar hart zwol op van vreugde toen hij haar terug kuste, zijn armen om haar heen sloeg en zijn platte buik haar bolle buik raakte. De laatste keer dat ze elkaar zo hadden gekust had ze wraak willen nemen op haar overspelige man.

Deze keer kuste ze hem omdat dit de man was met wie ze haar leven wilde delen.

Na een tijdje maakten ze zich van elkaar los. Toen ze naar hem keek, raakte ze ineens in verwarring, want één wang en één kaak van hem zagen er ineens uit alsof hij tien ronden had gebokst met Tyson. 'O, mijn god, wat is er met je gezicht gebeurd?'

Hopelijk was hij niet allergisch voor haar.

'Het is niks.' Hij grijnsde. 'Ik had het je waarschijnlijk eerder moeten zeggen, maar ik wilde de flow niet onderbreken.'

In de badkamer, voor de spiegel, ontdekte Ruby hoe ze eruitzag. Haar hele gezicht was één vlekkerige paarse bedoening door de mascara die ze vanochtend had uitgeprobeerd, mascara die zogenaamd waterproof zou zijn maar dat duidelijk niet was.

Terwijl ze haar gezicht stond te boenen met reinigingsmelk en een washandje, kwam Richard achter haar staan en sloeg zijn armen om haar middel.

'Ik vind het echt ongelooflijk dat je al die lieve dingen tegen me zei terwijl ik er zo uitzag,' zei ze. Geen wonder dat de bezorger zo was geschrokken van haar aanblik.

'Ik wilde niet dat je je ongemakkelijk zou gaan voelen. Ik moest je gewoon vertellen wat ik voor je voelde.' Hij kneep even in haar heupen. 'Er is meer voor nodig dan een beetje paarse make-up om je niet meer leuk te vinden.'

Toen ze klaar was met haar gezicht, draaide ze zich om en pakte een schoon washandje om ook bij hem de paarse vlekken te verwijderen. Hij kuste haar opnieuw. 'Mel vindt dit trouwens top. Ze mag je graag en hoopt echt dat het wat wordt.'

Ze deed haar hoofd iets naar achteren om hem aan te kijken.

'Weet je nog dat je zei dat je van mijn kind zou houden alsof het het jouwe was?'

Hij knikte. 'Ja, dat weet ik nog. En ik meen het.'

'Je bent echt fantastisch.' Vreemd genoeg kreeg ze nu geen tranen in haar ogen. Waar had ze hem in vredesnaam aan verdiend?

Op speelse toon zei hij: 'Je mag er zelf ook zijn.'

'Zal ik je eens iets vertellen? Die avond waarop we elkaar leerden kennen, was ik al in geen maanden meer met Peter naar bed geweest.'

Terwijl hij probeerde te verwerken wat ze hem vertelde, ademde ze de heerlijke buitengeur van zijn huid in.

Langzaam drong het tot hem door. 'Bedoel je...'

'Deze baby heeft niets met hem te maken.' Ze pakte zijn hand en legde hem op haar buik. 'Dit is jouw kind, dat weet ik honderd procent zeker.'

46

Oudjaarsdag

'Je kunt nog van gedachten veranderen, hoor. Mocht je je bedenken, dan kunnen we stiekem wegsluipen via de achterdeur.'

Max grijnsde naar Paolo, zijn getuige en oudste vriend, die uit Londen was overgekomen voor de bruiloft. In de loop der jaren hadden ze samen vaak de boel op stelten gezet en vele harten gebroken. Paolo, de lichtgetinte aantrekkelijke zoon van een Italiaanse voetballegende en een wereldberoemde Braziliaanse actrice, had zijn eigen grote liefde nog niet gevonden. 'Ik verander niet van gedachten,' zei Max vriendelijk. 'Dit is het.'

Paolo's inktzwarte ogen glansden ondeugend. 'Zal ik de helikopter toch maar stand-by houden, voor het geval dat?'

'Ik ga met Lottie trouwen,' zei Max. 'En niets kan me daarvan weerhouden.

Ze bevonden zich op de bovenverdieping van het Rupert Hotel, met uitzicht op West Beach. In mei was hij op het allerlaatste moment in hetzelfde hotel gearriveerd, zonder te weten dat Lottie een paar uur later zijn leven weer in zou komen denderen. Later die avond, na de veelbewogen bruiloft-die-niet-doorging, hadden ze samen in zee gezwommen en had hij het gevoel gekregen dat dat het begin van iets groots was dat zijn hele leven zou veranderen.

En hij had het bij het rechte eind gehad, al was het niet zonder horten en stoten gegaan. Ten eerste was Lottie weggelopen uit zijn hotelkamer en had zo meteen een streep gezet onder zijn aanname dat ze de nacht samen zouden doorbrengen.

Dat was natuurlijk zijn verdiende loon geweest en hij had daarvan geleerd dat hij haar nooit voor lief moest nemen.

'Man, wat ben jij een bofkont.' Paolo keek hem enigszins jaloers aan. 'Je hebt haar teruggevonden. Stel je eens voor dat dat niet was gebeurd.'

'Ik weet het.' Max knikte; hij had zijn vriend vaak verveeld met zijn verhalen over de vrouw die hem door de vingers was geglipt. Als hij maar een paar dagen langer in Nieuw-Zeeland was gebleven, zou het niet zijn gebeurd. Hij moest er niet aan denken.

'Als je me niet als getuige had gevraagd,' zei Paolo, 'dan was ik nu met Dex en de jongens in Edinburgh geweest. Stel je voor dat mijn toekomstige vrouw daar is, dat ze daar vanavond uitgaat en dat ik haar daar eigenlijk tegen het lijf zou moeten lopen? Maar ik ben hier, dus dat gaat niet gebeuren. Verdomme, het is jouw schuld, je hebt mijn leven verpest.'

'Hallo? Het is oudjaarsdag,' bracht Max hem in herinnering. 'Als je met Dex en de jongens naar Edinburgh was gegaan, had je je daar een stuk in de kraag gezopen en zou je morgenochtend niet eens meer weten wie je 's nachts allemaal was tegengekomen. Maar ga gerust, als je wilt. Je helikopter staat te wachten.'

Paolo lachte. 'Man, ik zou dit echt niet willen missen. Max die echt van een vrouw houdt en met haar gaat trouwen. Hallo....' Zijn stem stierf weg terwijl hij langs Max heen naar buiten keek waar zijn aandacht was getrokken door iemand die zich over het met rijp bedekte terras haastte.

'Wie zie je?' Max draaide zich om, maar er was al niemand meer op het terras.

'Een prachtige vrouw.' Paolo sloeg hem op de rug en pakte de fles Perrier-Jouët uit de ijsemmer. 'Maar ze is alweer weg...'

'O, god, moet je jou nou zien.' Kay sloeg haar handen voor haar borst en hapte naar adem toen ze de suite op de tweede verdieping in kwam en Lottie voor het eerst zag, in vol ornaat en klaar om naar de kerk te gaan.

'Kan ik er zo mee door?' Lottie maakte een rondje en de zoom van haar schuin gesneden fluwelen jurk zwierde om haar heen. Ze droeg haar haar in losse golven, en een paar verdwaalde lokken vlogen om haar gezicht en hals heen terwijl ze ronddraaide.

'Je ziet er prachtig uit. Je zult veel indruk maken.'

Lottie knuffelde haar moeder, die sinds augustus een compleet andere vrouw was. Geen ruzies, geen beschuldigingen en geen woede-uitbarstingen meer. Ironisch genoeg was de relatie tussen haar en Terry ook enorm verbeterd sinds ze uit elkaar waren. Kay was gelukkig omdat Alexander in alle opzichten perfect bij haar paste, en Terry was gewoon blij dat hij eindelijk zonder schuldgevoel verder kon met zijn leven. Hoewel hij zijn vrijgezellenbestaan had omarmd en zelfs had geleerd om redelijk goed te koken, zou hij waarschijnlijk niet lang alleen blijven, want hij was erg populair onder de vrouwelijke leden van zijn golfclub.

'En die ketting is ook perfect,' zei Kay terwijl ze hem recht hing. De kleine diamantjes aan de smalle platina ketting glinsterden in het licht van de kroonluchter. Kay had hem van haar eigen moeder gekregen, en ze had hem op haar beurt doorgegeven aan Lottie. 'Je bent een heel mooie vrouw. En Max mag in zijn handen knijpen. Hij boft met je.'

Lottie kuste haar moeder liefdevol op haar wang. 'En ik met hem.'

'En wij boffen met jullie allebei, omdat jullie hier wonen en niet helemaal aan de andere kant van de wereld.'

Ze hadden hun ouders nog steeds niet verteld hoe het werkelijk zat.

Lottie snoof de geur van L' Air du Temps op, het parfum dat haar moeder de laatste tijd ophad. 'Het is geen straf om in Cornwall te blijven. Waar is Alexander?'

'Beneden, hij heeft het met Terry over auto's... of golf... of misschien wel astronomie.'

Ze keken elkaar glimlachend aan; de zich ontwikkelende

vriendschap tussen beide mannen had iedereen verrast, net als de relatie tussen Kay en Imelda, die zelfs samen naar Bath waren geweest om daar hun outfits voor de bruiloft te kopen – hoewel Kay na afloop met iets van leedvermaak had verteld dat haar eigen jurk veel chiquer en eleganter was dan de jurk die Imelda had uitgezocht. 'Natuurlijk heb ik dat niet gezegd, maar in die jurk van haar lijkt ze een beetje een... een klein propje.'

Lotties mobiel pingde. Het was een berichtje van Freya.

We gaan over vijf minuten naar de kerk. Laat ons niet al te lang wachten, we willen nu weleens een bruiloft zonder drama!

Een stel dat er voor kiest om op oudjaarsdag te trouwen, kan niet verwachten dat het fantastisch weer zal zijn, maar Max en Lottie hadden de weergoden aan hun kant. Iris, die de heuvel naar de kerk op was gewandeld, bleef even bij het begin van de oprijlaan staan en keek naar de kale takken van de bomen waarop een laagje rijp lag. Alles was wit en glanzend in het winterse zonlicht, de lucht was hemelsblauw en de enige felle kleuren waren die van de bloemen op de graven op het kerkhof.

Goed, het mocht dan heel mooi zijn, het was te koud om lang buiten te blijven. Ze liep over het knerpende grind en de knisperende droge en bevroren bladeren naar de kerk en duwde de oude houten deur open, die alleen maar gesloten was om de kou buiten te houden.

En ja, het was warm binnen. Gelukkig. Maar dat was niet de reden dat ze ineens aarzelde. Het was haar gelukt om Drew een paar maanden uit de weg te gaan, maar ze wist dat hij bezig was met de renovatie van het grote oude huis dat Max en Lottie hadden gekocht, helemaal aan het einde van Cliff Road. Ze wist ook dat hij was uitgenodigd voor de bruiloft, en ze had er de hele week al aan moeten denken dat ze hem vandaag zou zien. Want hoewel haar gevoelens voor hem allang bekoeld hadden moeten zijn, was dat niet gebeurd, in de verste verte niet zelfs, en stel dat hij dat aan haar gezicht zou kunnen aflezen? Of stel dat hij met iemand anders was, een jongere en mooiere vrouw, die haar vol medelijden of zelfs minachtend aankeek? En stel dat ze dan in tranen uitbarstte en zichzelf compleet voor schut zette? Iedereen in Lanrock dacht dat ze een taaie was, iemand die geen blad voor de mond nam en voor niemand bang was, maar wat ze niet wisten was dat ze echt afgrijselijke maanden achter de rug had.

En ja, hoor, daar had je hem al, aan de linkerkant van de kerk. O, god, wat zag hij er prachtig uit in zijn donkergrijze pak en lichte overhemd. Ze wist meteen dat ze helemaal aan de andere kant van de kerk zou gaan zitten, zo ver mogelijk bij hem vandaan. En ze zou ook niet even een blik op hem werpen of zo, gewoon helemaal niet.

Vooruit, je kunt dit. Jemig mens, doe normaal!

Iemand gaf haar de liturgie en ze nam snel plaats op een lege bank, rechts in de kerk, helemaal achteraan. Ze friemelde wat aan het zilveren sjaaltje dat ze om haar hals had geknoopt, boven haar donkerblauwe hooggesloten jurk, en deed alsof ze zich verdiepte in de liturgie.

Uit een van haar ooghoeken zag ze iets bewegen. Een paar seconden later kwam Drew naast haar zitten.

Haar hart sloeg over. Hij gebruikte nog dezelfde aftershave, droeg nog hetzelfde horloge en dezelfde zegelring.

'Hoi,' zei hij zacht. 'Probeer je me te ontlopen?'

Alleen door zijn stem al werd ze overspoeld door herinneringen. Ze schudde haar hoofd. 'Nee, hoor.'

'Volgens mij wel. Maar maakt niet uit, ik ben er nu toch.' Hij sprak expres zachtjes, om te voorkomen dat anderen het konden horen. 'Ik heb je gemist. Ontzettend zelfs. Je moest eens weten.'

Ze sloot haar ogen. Dit kon ze niet. Daar was ze niet sterk genoeg voor. 'Hou op.'

'Ik moet het zeggen. Ik hou nog steeds van je.'

'Je hebt tijd genoeg gehad om iemand anders te vinden.'

'Nou, ik wil niemand anders, ik wil alleen jou.'

'Ik wil dit niet.'

'Ik geloof je niet.'

Ze haalde haar schouders op. 'Dat is dan jouw probleem.'

Hij pakte haar linkerhand en legde zijn vingers op de binnenkant van haar pols. 'Je hart gaat als een gek tekeer.'

'Ik denk dat ik maar wegga.' Iris was zo van slag door het lichamelijke contact dat het haar niet eens lukte om haar arm weg te trekken. Dit werkte totaal niet.

'Ik heb je gemist. Elke dag weer.'

'Hou alsjeblieft op.'

'Dat kan ik niet,' fluisterde hij. 'Ik weet dat je het hebt uitgemaakt omdat je denkt dat ik kinderen wil, maar je vergist je. Ik heb liever jou en jouw kinderen dan kinderen van mezelf. Jouw kinderen zijn te gek en ik kon het toch ook fantastisch met hen vinden? Ik zou een heel leuke stiefvader zijn, dat weet je best.'

Dat was iets wat Iris niet kon ontkennen. Ze had hem aan haar kinderen voorgesteld als 'gewoon een goede vriend', maar er was meteen een klik geweest en de kinderen vroegen nog vaak naar hem.

'Ik mis de kinderen ook,' vervolgde hij. 'En dat ik jou niet meer zie, voelt als een straf, de ergst mogelijke straf. Ik wil gewoon bij je zijn, bij jullie, samen een gezin vormen, voor de rest van ons leven. En dan krijgen we misschien ooit samen kleinkinderen...'

De kerk begon vol te stromen. In het middenpad bleven Ruby en Richard even staan om met Lachlan McCarthy en zijn vrouw Amber te praten. Ruby, inmiddels acht maanden zwanger en compleet over haar slopende writer's block heen sinds ze Richard had, droeg een roze jurk van laagjes zijde waarin ze net een roos in volle bloei leek. Ze lachte en had het zo te zien erg naar haar zin, terwijl ze de McCarthy's begroette met omhelzingen en kussen. Ze was ook de enige die wist hoe verdrietig Iris was geweest nadat ze het had uitgemaakt met Drew.

Iris schudde haar hoofd; heel slim van haar dat ze haar hart had uitgestort bij een zwangere vrouw. Ruby had beloofd niemand iets te vertellen, maar haar hormonen hadden blijkbaar anders besloten.

Ze slaakte een diepe zucht. 'Ruby heeft het je verteld.'

Hij knikte. 'Ja, vorige week. Ze vond dat ik het moest weten.'

'Hm.'

Ruby had zich omgedraaid en toen ze hen zag zitten, begon ze helemaal te stralen.

'En ik ben het toevallig met haar eens,' ging Drew verder. 'Ik heb echt al die tijd gedacht dat je gewoon genoeg van me had.'

'Maar het is niet eerlijk tegenover jou. Jij wilt kinderen, een gezin.'

'Ik ken genoeg kinderen. Zo'n beetje iedereen die ik ken, heeft kinderen.' Hij haalde zijn schouders op. 'En ja, ik ben dol op kinderen. Maar het hoeven niet per se mijn eigen kinderen te zijn. Zolang ik jou heb, en jouw kinderen, ben ik gelukkig.'

Ze schudde wanhopig haar hoofd. 'Dat zeg je nu.'

'Ik zal het altijd blijven zeggen. Ik hou van je.'

'O, god.'

'Je mag ook best zeggen dat je van mij houdt, als je dat wilt.'

'Dat kan ik niet. Niet hier. Niet nu.' Al haar goede voornemens smolten weg als sneeuw voor de zon. Tja, ze was natuurlijk ook maar een mens.

Drew schoof iets naar haar toe en fluisterde met zijn mond bij haar oor: 'Straks dan?'

Hij had nog steeds haar pols vast. Ze trok hem los en verstrengelde toen haar vingers met de zijne. Het voelde... ongelooflijk. Ze moest er gewoon van glimlachen. Terwijl ze hem aankeek, fluisterde ze terug: 'Misschien.'

Hij kneep even in haar hand. 'Daar doe ik het voorlopig dan maar mee.'

47

Kay zat vooraan en kon het altaar goed zien: de flakkerende vlammetjes van de kaarsen van bijenwas die werden gereflecteerd in de zilveren kaarshouders, de crèmekleurige winterrozen en witte ranonkels en hortensia's in glazen schalen en het liefdevol geborduurde witte altaarkleed dat in keurige plooien over de hoeken viel.

Alexander, die naast haar zat, boog zich iets naar haar toe. 'En wanneer gaan wij trouwen?'

Alleen de klank van zijn stem al maakte haar gelukkig. Alles aan hem. 'Nog niet. Het is te snel.'

'Het is al bijna zeven jaar. Is dat niet lang genoeg?'

'Maar dat weten de meeste mensen niet,' wees ze hem erop. 'We moeten een periode inlassen tussen mijn scheiding en mijn tweede huwelijk. Dat is netter.'

'Nou, je bent inmiddels al bijna een maand gescheiden. We zouden aan het eind van de lente kunnen trouwen.'

'Misschien hebben we voor die tijd dan zelfs al wel een leuke vrouw voor Terry gevonden.' Ze stootte hem even aan. 'Je hebt me nog niet verteld hoe zijn date van gisteravond is gegaan.'

'Niet zo goed. Terry zei dat ze het de hele avond over golf had.'

'Hij heeft haar leren kennen op de golfclub!' riep Kay uit. 'Hij is dol op golfen!'

Alexander haalde zijn schouders op. 'Hij zei dat we het hadden moeten horen. Non-stop. Hij werd er knettergek van.'

'Net zoals ik knettergek werd van zijn golfpraatjes. Nu weet hij eens hoe dat is. Nou ja, maakt niet uit. We blijven ons best doen.'

'Hij zei dat dat niet hoefde, dat het zo ook prima is.' Alexander legde zijn hand op de hare. 'Hij zei ook dat hij van zijn vrijheid geniet.'

Dat Terry zulke plagende opmerkingen kon maken zonder dat ze zich beledigd voelde, was nog een bewijs van haar toegenomen zelfvertrouwen. Kay drukte haar been tegen dat van Alexander aan; hij had rust en stabiliteit in haar leven gebracht. Sinds ze had besloten om hem helemaal te vertrouwen, na dat jaren niet te hebben gedurfd, was ze veel gelukkiger. Net als Terry, die zo meteen door het middenpad zou komen aanlopen met Lottie aan zijn arm.

'Daar heb je Imelda en William,' zei Alexander, zich half omdraaiend om hen te begroeten. 'Leuke jurk heeft ze aan.'

Imelda had de zwierige jurk met jasje in een gedurfd blauw met groen dessin gekocht in een kleine boetiek in Bath. En ja, ze leek er een beetje propperig in, maar het stond haar toch goed. Ze zag er mooi uit.

'Ik vind hem ook leuk.' Kay klopte even op de gladde amberkleurige zijde van haar perfect gesneden outfit. 'Maar ik vind die van mij mooier.'

Freya had de tijd van haar leven. Omdat het te koud was om lang buiten te zijn, hadden veel gasten zich vooraf verzameld in het Rupert Hotel. In de bar had ze Cameron zien praten met twee van zijn favoriete personen, de redacteur van de plaatselijke krant en de grote baas van de tv-zender. Ze kon het niet laten om er quasinonchalant een beetje in de buurt te gaan staan en het gesprek af te luisteren, want aan de gezichten van beide mannen te zien kon ze wel raden waar het over ging.

'Het zou echt een fantastisch verhaal zijn voor de kijkers,' vertelde Cameron enthousiast. 'Als ik mijn beste studievriend niet had uitgenodigd voor mijn eigen bruiloft afgelopen mei, zouden we hier nu niet staan!'

'Maar is dat nou echt zo'n fantastisch verhaal?' De baas van de tv-zender leek niet erg onder de indruk.

'We kunnen het fantastisch maken,' hield Cameron vol. 'Luister, ik ben van plan om met Pasen over de Chinese Muur te rennen. Voor een goed doel natuurlijk. Wat als ik Max zover krijg dat hij met me meegaat? Dan zouden we een serie kunnen maken over onze trainingssessies, zodat de kijkers zien hoeveel erbij komt kijken om op tijd fit te raken voor...'

'Als Max je beste vriend is,' onderbrak de redacteur van de krant hem, 'waarom ben jij dan niet zijn getuige?'

'Nou... eh, ik bedoel... we zijn nog steeds heel goed bevriend...' Cameron stond even met zijn mond vol tanden. 'Ik bedoel, natuurlijk zijn we nog steeds goed bevriend. Anders had hij nooit dat grote huis in Lanrock gekocht.'

'Tja.' De baas van de tv-zender zag er verveeld uit. 'Maar ik heb hem laatst even gesproken, en hij vertelde me dat hij met Pasen samen met Lottie naar Griekenland gaat, dus nee, we hebben geen belangstelling voor jouw reis naar China. Volgens mij hebben onze kijkers een beetje een overdosis gekregen van jou en je goede daden. Ze zijn toe aan een korte pauze. Hoe dan ook, leuke dag nog.' De baas van de tv-zender en de redacteur van de krant schonken Cameron een vluchtig, beleefd lachje en liepen weg.

Cameron, zichtbaar beledigd, zag ineens Freya staan. 'Hoorde je dat? Wat bezielt die lui? Kan het ze dan echt helemaal niks schelen wat ik allemaal voor de mensen doe? Nou, dan moet ik maar andere wegen zoeken.' Hij schudde wanhopig zijn hoofd. 'Maar hoe gaat het met je? Heb je al een nieuwe vlam?'

Freya rolde met haar ogen; die vraag stelde hij iedere keer en het was bijzonder irritant. 'Zoals ik al heel vaak heb gezegd: ik wil geen nieuwe vlam. Ik heb helemaal geen zin in al dat gedoe. Maar ik ben blij dat het met jou en Tanya zo goed gaat.'

'Dank je. Ik overweeg om haar ten huwelijk te vragen tijdens een gesponsorde parachutesprong.'

'Leuk,' zei Freya. 'Maar pas op dat je de ring onderweg naar beneden niet laat vallen.'

De kerk was inmiddels bijna vol. Het was een en al geroezemoes en gelach terwijl de gasten elkaar begroetten. Freya, die even bij de ingang was blijven staan, zag Max voorin zitten. Zo te zien had hij naar haar uitgekeken, want hij wenkte dat ze even moest komen.

Toen ze bij hem kwam staan, knikte de man die naast hem zat en zei: 'Dat is ze. Dat is die vrouw.'

Ze had hem niet eerder gezien, maar ze nam aan dat hij Max' getuige was.

De mannen stonden allebei op om haar te begroeten.

Max zei: 'Freya, dit is Paolo. Paolo, Freya.'

'Jij bent het.' Paolo's donkere ogen schitterden en hij wierp haar een brede lach toe. Zijn gezicht was ongewoon bruin als je bedacht dat het winter was.

Freya zei: 'Ik weet dat ik het ben. Hoi.'

Hij gaf haar een korte kus op iedere wang. 'Ik had je al gezien toen ik in het hotel boven uit het raam keek. Je rende over het terras.'

Max zei: 'Dus jij bent de mooie vrouw die hij zag. Hij zeurt me de hele tijd al aan mijn hoofd dat hij per se te weten wilde komen wie je was.'

'Ik was in paniek, ik vroeg me af of ik je ooit weer zou zien. Het was net Assepoester, maar dan zonder schoenen die me verder konden helpen. En nu ben je er.' Paolo spreidde zijn handen. 'Het is een wonder.'

'Nou, niet echt. Ik was gekleed voor een bruiloft, dus je wist dat ik hier zou zijn.'

'Ja, en dat is het grote wonder van bruiloften. Misschien ontmoet je vandaag wel de man van je dromen.'

'Alleen ben ik daar niet naar op zoek.' Ze keek hem vrolijk aan. 'En ik weet wie je bent, ik ken de verhalen. Het feestbeest dat met alle vrouwen flirt en al vele harten heeft gebroken.'

Max begon te lachen. 'Sorry, maar dat heb ik haar inderdaad verteld.'

'In feite ben ik erg verlegen,' zei Paolo. Er verscheen een kuiltje in zijn wang. 'Mensen verzinnen de raarste dingen over me. Mijn hobby's zijn oude kerken bezoeken,' hij gebaarde om zich heen, 'en bloemschikken.'

'O, dus je hebt verstand van bloemen? Hoe heten die daar?' Ze knikte naar de schalen met de rozen en ranonkels en hortensia's op het altaar.

Hij draaide zich om om ernaar te kijken. 'Dat zijn… witte bloemen. Met groene blaadjes.'

'Wauw, Monty Don mag wel oppassen, zo meteen neem je zijn tuinprogramma nog over. Je hebt er echt verstand van, merk ik.'

'O, je lacht me uit? Dat vind ik leuk.' Paolo klopte op de lege plek naast hem op de bank. 'Kom gezellig bij me zitten.'

'Dat hoeft niet, mijn moeder heeft een plekje vrijgehouden. Daar.' Ze wees naar de andere kant van de kerk, waar Tess op een bank zat te kletsen met Ruby en Richard.

'En ook nog doen alsof je geen belangstelling hebt,' zei Paolo. 'Nu vind ik je nog leuker.'

'Ik doe niet alsof. Ik héb geen belangstelling.'

Hij lachte. 'Ga dan maar gauw naar je moeder. We zien elkaar later nog wel.'

'O, tegen die tijd heb je vast al iemand anders gevonden om je kunstjes voor op te voeren.'

'Nee, echt niet. En ik weet dat je denkt dat ik een spelletje met je speel.' Hij keek haar met een alwetend lachje aan. 'Maar dat is echt niet zo.'

Dezelfde kerk. Andere dominee.

Andere bruid, andere bruidegom.

En deze keer geen drama, geen ophef, geen geheime affaires die ineens werden onthuld, geen auto-ongelukken en al helemaal geen nachtelijk naaktzwemmen in zee.

Nou ja, anderen mochten dat wel doen als ze daar gek genoeg

voor waren, maar Max was niet van plan daaraan mee te doen.

Met een zwierig gebaar zette de organist de eerste tonen in van de muziek die Lotties komst aankondigde. Max stond op, samen met Paolo, en zag dat zijn moeder hem met een bemoedigend lachje toeknikte.

Wie had ooit kunnen denken dat het zover zou komen? Imelda en William zaten hand in hand en draaiden zich net als de rest van de aanwezigen om naar de ingang, terwijl de openingsakkoorden van 'The Prince of Denmark's March' door de oude kerk weerkaatsten en Lottie aan de arm van haar vader in de deuropening verscheen.

Terry keek belachelijk trots uit zijn ogen. En Lottie was oogverblindend mooi in haar eenvoudige jurk van ivoorkleurig fluweel, met haar moeders ketting die schitterde in het kaarslicht en een diadeem van kleine witte bloempjes in haar lichtblonde haar. Kay, die naast Imelda stond, begon haar ogen al te deppen met een kanten zakdoekje en Imelda kneep haar even geruststellend in haar arm.

Max werd overspoeld door emoties. Dit was het, dit was wat hij altijd al had gewild, nog voordat hij had geweten dat hij het wilde. De twee strijdende gezinnen herenigd. Het meisje van wie hij als tiener al had gehouden en toen was kwijtgeraakt, als door een wonder teruggevonden. Lottie was uitgegroeid tot een vrouw die zowel vanbinnen als vanbuiten mooi was, en met haar voelde hij zich compleet,

'Ze is te goed voor je,' mompelde Paolo grijnzend, en waarschijnlijk had hij gelijk, maar Max was vastbesloten om zijn best te doen haar waard te zijn, wat de toekomst ook zou brengen.

Het leven was één groot avontuur en hij kon niet wachten om het samen met haar door te brengen.

Hij kreeg een brok in zijn keel toen ze bij hem bleef staan. O, god, hij huilde anders nooit; dat mocht echt niet gebeuren.

'Goh, dat jij hier ook bent,' fluisterde ze, waardoor de spanning werd verbroken en hij moest lachen in plaats van huilen.

'Pas goed op haar,' zei Terry een beetje nors terwijl hij de arm van zijn dochter losliet.

Max knikte. 'Dat zal ik doen.'

'Hallo, ik ben geen porseleinen vaasje of zo!' Lottie keek hen met opgetrokken wenkbrauwen aan. 'Zullen we zeggen dat we goed op elkáár passen?'

Paolo knipoogde naar de dominee en draaide zich om om de verzamelde gasten toe te spreken. 'Daar gaan we dan. Het gaat echt gebeuren. Dames en heren, we zullen zo getuige zijn van de bruiloft van het jaar.'

Jill Mansell, daar word je vrolijk van!

Solo *Solo*
Wanneer Tessa vier boterhammen met banaan achter elkaar opeet, beseft ze dat ze zwanger is.

Open huis *Open House*
Tegenpolen trekken elkaar aan, zeggen ze, maar de verschillen tussen Marcus en Nell zijn wel heel groot.

Tophit *Kiss*
Izzy raakt in één klap alles kwijt, maar ze klimt weer uit het dal, vastbesloten om te scoren.

Kapers op de kust *Sheer Mischief*
Maxine solliciteert bij een beroemde fotograaf, maar ze is niet de enige.

Hals over kop *Head Over Heels*
Als de nieuwe buurman je oude grote liefde is, dan kan het leven heel ingewikkeld worden.

Geknipt voor Miranda *Miranda's Big Mistake*
Een man is net een trein, er komt altijd een volgende!

De boot gemist *Perfect Timing*
Poppy Dunbar ontmoet op een vrijgezellenavond de man van haar dromen.

Millies flirt *Millie's Fling*
Millie vindt het wel best, een manloze zomer. Tot ze Hugh ontmoet.

Niet storen! *Staying at Daisy's*
In het hotel van de spontane Daisy is het nooit saai.

Kiezen of delen *Nadia Knows Best*
Nadia wordt gered door een knappe vreemdeling. Nu moet zij...

Gemengd dubbel *Mixed Doubles*
Drie vriendinnen gaan vol goede voornemens het nieuwe jaar in. Maar het lot heeft andere plannen.

Geluk in het spel *Good at Games*
Suzy valt nota bene voor de agent die haar een boete geeft... maar na hun tweede ontmoeting is hij verdwenen.

De prins op het verkeerde paard *Falling for You*
Voor Maddy en Kerr is het liefde op het eerste gezicht. Tot ze ontdekt wat zijn achtergrond is.

Schot in de roos *The One You Really Want*
Nancy vertrekt naar Londen voor een nieuw leven. Al snel ontmoet ze haar nieuwe, knappe buurman Connor.

En de minnaar is... *Making Your Mind Up*
Lottie is helemaal niet op zoek naar liefde, tot ze haar nieuwe baas Tyler ontmoet.

Ondersteboven *Thinking of You*
Ginny wordt door een lange, knappe man van diefstal beschuldigd en is totaal...

Scherven brengen geluk *An Offer You Can't Refuse*
Lola voelt meteen weer kriebels als ze haar oude liefde Doug terugziet.

Eenmaal andermaal verliefd *Rumour Has It*
Tilly Cole raakt verstrikt in de intriges en rivaliteit rondom de aantrekkelijkste man van de stad.

Versier me dan *Take a Chance on Me*
Cleo wordt versierd door de liefste man van de wereld.

De smaak te pakken *To the Moon and Back*
Vindt Ellie na maanden verdriet weer ruimte voor verliefdheid?

Drie is te veel *Two's Company*
Cass ontdekt dat haar man niet zo perfect is als ze dacht.

Vlinders voor altijd *A Walk in the Park*
Lara komt opeens haar vriendje van vroeger tegen. Voor ze het weet voelt ze weer vlinders.

Huisje boompje feestje *Don't Want to Miss a Thing*
Er is meteen een enorme aantrekkingskracht tussen Molly en haar nieuwe buurman.

Rozengeur en zonneschijn *The Unpredictable Consequences of Love*
Voor Sophie geen relatie meer, echt niet! Maar dan ontmoet ze Josh en wordt ze tot haar afgrijzen toch verliefd.

Je bent geweldig *Three Amazing Things About You*
Hallie heeft een geheim: ze is verliefd op de perfecte man. Maar het zal nooit wat kunnen worden, want Hallie heeft niet lang meer te leven.

Lang leve de liefde *You and Me, Always*
Wanneer Lily op haar verjaardag de allerlaatste brief van haar overleden moeder opent, krijgt ze de verrassing van haar leven.

Ik zie je op het strand *Meet Me at Beachcomber Bay*
Clemency ontmoet Sam in het vliegtuig, maar verliest hem uit het oog. Drie jaar later blijkt hij de nieuwe vriend van haar verwaande stiefzus te zijn.

Stuur me een berichtje *This Could Change Everything*
Essie verliest alles als een persoonlijke brief per ongeluk viral gaat. Maar dan ontmoet ze Lucas.

Ik wil met je mee! *Maybe This Time*
Telkens wanneer Mimi's pad dat van Cal kruist voelt ze dat er iets meer is dan alleen maar vriendschap. Zal het juiste moment voor hen beiden ooit aanbreken?

Heerlijk duurt het langst *It Started With a Secret*
Lainey kan haar gevoelens voor Seth maar moeilijk verborgen houden. Maar ze blijkt niet de enige met een geheim...

Tot aan de zon en terug *And Now You're Back*
Didi krijgt de schrik van haar leven als ze na dertien jaar weer oog in oog staat met Shay Mason, haar eerste liefde. Zijn onverwachte bezoek dreigt lang verborgen geheimen aan het licht te brengen…

De zomer van je leven *Should I Tell You*
Amber heeft een geheim; ze is verliefd op Lachlan – haar beste vriend! Ze weet dat het nooit kan werken. Bovendien maakt ze zich zorgen om haar pleegvader Teddy. Is zijn nieuwe vriendin wel zo perfect als ze lijkt?

Het zonnetje in huis *Can You Keep a Promise?*
Wie had kunnen denken dat de excentrieke Edgar de oplossing zou hebben voor Lou's problemen? Het enige wat ze hoeft te doen, is zwijgen over de voorwaarde. Maar kan ze die belofte wel houden?

Een dag om nooit te vergeten *The Wedding of the Year*
Er komt een bruiloft van het jaar – of misschien toch niet… want waar is de bruid? Als er liefde in de lucht hangt, kan er van alles gebeuren…